한국 현대소설 작가의 서울 사용법

- 장편소설을 중심으로 -

저자 조미숙

건국대학교 국어국문학과를 졸업하고 동 대학원에서 문학박사학위를 받았다. 문학평론가이자 소설가. 건국대학교, 대구대학교, 숭의여자대학 문예창작과 전임강사를 거쳐 현재는 건국대학교 글로컬캠퍼스 교양대학에서 문학과 글쓰기 강의를 하고 있다. 저서로는 『한국 현대인물묘사방법론』, 『문학의 여성 여성의 문학』, 『격동의 시대와 문학』, 『반공주의와 한국 문학의 근대적 동학』(공저), 『교양인의 글쓰기』(공저) 등이 있다.

한국 현대소설 작가의 서울 사용법

– 장편소설을 중심으로 –

초판 1쇄 인쇄 2024년 5월 20일
초판 1쇄 발행 2024년 5월 30일

저　　자 조미숙
펴 낸 이 이대현

편　　집 이태곤 권분옥 임애정 강윤경
디 자 인 안혜진 최선주 이경진
마 케 팅 박태훈 한주영

펴 낸 곳 도서출판 역락
주　　소 서울시 서초구 동광로 46길 6-6(반포4동 문창빌딩 2F)
전　　화 02-3409-2060(편집부), 2058(영업부)
팩　　스 02-3409-2059
등　　록 1999년 4월 19일 제303-2002-000014호
이 메 일 youkrack@hanmail.net
역락홈페이지 http://www.youkrackbooks.com

I S B N 979-11-6742-839-4 93810

"이 저서는 2023년도 건국대학교 교내연구비 지원에 의한 결과임"

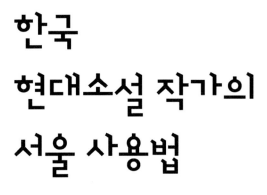

한국
현대소설 작가의
서울 사용법

장편소설을 중심으로

| 조미숙 |

역락

머리말

이 책은 필자 최근 연구 중 서울 장소성을 다룬 글들을 묶은 것이다. 기존 서울 관련 연구서들과 다른 점이라면 작가들의 장소감으로 한정한다는 점이다. 주로 장편소설이 대상이었으나 글을 합치는 과정에서 단편소설도 간혹 포함되었다.

장소성으로 들여다본 서울은 다양한 양상이다. 그도 그럴 것이 서울은 오랜 역사적 도시이며 복잡한 변화 과정을 겪었다. 작가들은 서울의 비슷한 장소를 많이 다루고 있었고 또 특정 장소에 대한 작가만의 개성도 볼 수가 있었다. 근대 우리나라 작가들에게 서울은 작품 활동을 시작하는 장소였다. 서울에서 작가들은 모이고 소통하면서 자신의 문학관을 나누고 확장했다. 특히 광인사, 박문사, 신문관, 보성사 등 인쇄소를 겸한 출판사들과 여러 신문사들이 옹집한 중구 일대는 작가들의 일터와도 같은 곳이었다. 서울 토박이 작가뿐 아니라 지방의 작가들도 일을 위해 서울에 머물게 되었다. 작가는 글쓰기를 위해 서울이라는 무대를 관찰하는데, 이때 토박이 작가와 상경 작가들 간 서울에 대한 장소감 차이가 주목을 요한다. 필자의 가장 큰 관심 중 하나는 여성 작가들이 글쓰기를 위해 삶의 터전을 떠나 처음 서울살이를 하면서 느꼈을 서울에 대한 장소감이다. 많은 작가들은 점차 서울에 대한 낯섦에서 벗어나 익숙해지기도 하였지만 끝내 서울에 대한 낯섦에서 머문 작가들도 있다. 작가들의 느낌이 작품 속에 어떻게 반영되고 그것은 작품 속에서 어떠한 영향을 끼쳤던가, 아직도 이 연구는 진행 중이다.

글을 모으다 보니, 선택한 텍스트에 따라 철자법이 다른 것이 보인다. 서울의 지도 사용도 연구 시기에 따라 달라졌다. 글을 싣는 매체에 따른 차이도 거슬렸다. 일일이 수정하려다 보니 다시 쓰는 것이 나을 정도라는 생각마저 들었다. 서울을 무대로 한 몇 작가들로 한정한 것은 이 책의 또 다른 한계점이다. 이미 연구하고 있음에도 지면 관계상 강신재와 박화성 논의를 이 책에는 포함하지 못했다. 기회가 허락된다면 이들의 연구를 비롯하여 대표적 서울 작가들을 아우르는 후속 연구를 통해 앞으로 더 많은 문학작품 속 서울을 살펴보고 싶다. 서울로 그칠 게 아니라 공간의 지평을 확대하고 좀 더 천착, 장소의 기억학 차원으로 나아가는 연구를 소망해 본다.

2024. 5
저자 씀

차례

제1장

장소성과 장편소설, 스토리텔링

1. 공간과 장소

인간을 둘러싼 환경으로서 '공간'은 한 사회가 지향하는 목적에 따라서 규칙화되고 재생산되며 사회관계가 구조화되는 커다란 '장'이다. 사회학자 앙리 르페브르의 말처럼 이것은 사회와 더불어 변화하며 정신, 문화, 사회, 역사적인 것을 연결하는 개념이다. 사전에 의하면, '공간'이란 "아무것도 없는 빈 곳", "영역이나 세계", 특히 "물리적으로나 심리적으로 널리 퍼져 있는 범위, 어떤 물질이나 물체가 존재할 수 있거나 어떤 일이 일어날 수 있는 자리"를 의미한다. "우리를 지속적으로 에워싸고 있는 것처럼 보이고, 우리가 그 '속'에 지속적으로 머물러 있는 매우 구체적인 것"인 동시에, 파스칼이 간파한 바처럼 매우 추상적이기도 한 것이 공간이다. 일정한 활동, 사물, 환경을 가지는 위치 사이의 연장인 물질적 토대이며 물리적인 '곳'으로서 추상적 특성을 갖는다. 상상적이고 사변적이며 신적인 특성을 갖는 중세적 공간 개념은 근대 뉴턴적 절대적 '공간' 개념으로 바뀌었고 라이프니츠의 비판을 통해 상대주의적 공간 개념이 되었다.[1] 공간을 의미하는 단어로서 'Space'는 로마 이후 사용되었고 그 이전에는 'Topos'라는 단어를 사용하였다고 한다. 아리스토텔레스는 공간을 정의하기 위해 "모양, 물질, 담는 것의 한계 내에서의 어떤 확장체, 또는 (만약 포함된 것이 크기 이상의 확장체가 없다면) 그 경계" 중에 찾아야 한다면서 감싸고 있는 것과 감싸지고 있는 것이 거기 있어 "담긴 몸체와 접촉하는 담는 몸체의 경계"로 보고 있다.[2] '토포스'는 결국 "둘러싸는 물체의 가장 안쪽의 움직일 수 없는 경계", "위치로서의 장소"이며, 연장을 지닌 '양'과 '위치'인 것이다.[3] 사물의 고유한 장소라는 의미의 '토포스'는 '주제'를 의미하는 'topic'의 어원이고 현대에 와서 "반복적으로 나타나는 모티프의 고정된 형태"를 가리키기도 하는 단어이다.[4] 토포스는 '토폴로지', '유토피아', '토포그래피', '토포필리아' 등으로 활용되는데, 특히 '토포필리아'는 인간 스스로가 머물고 있는 환경과 공간에 대한 남다른 애착과 특별한 의미부여 작용을 의미한다.[5]

일상 언어로 '곳'이라는 뜻을 갖는 '장소'는 수사학과 관련되면서 "모든

---

1 이하 서술은 마르쿠스 슈뢰르, 정인모 배정희 역, 『공간, 장소, 경계 : 공간의 사회학 이론 정립을 위하여』(에코리브르, 2010, 10-43면)를 참고. 공간에 관한 철학적 사회학적 연구를 망라하며 공간의 사회학을 시도하는 이 책에서는 최근 사회학과 지리학이 평행운동을 하면서 공간을 "공간의 귀환"으로서 재발견하고 있음을 주목한다.

2 아리스토텔레스, 허지현 역, 『자연학』, 허지현 연구소 2022, 159-165면.

3 이상봉, 「서양 중세의 공간 개념- 장소에서 공간으로」, 『철학논총』 62, 2010, 291면.

4 한국문학평론가협회, 『문학비평용어사전』, 2006.

5 이-푸 투안은 '토포스topos'에 '병적 애호'의 뜻을 가진 '필리아philia'를 연결한 '토포필리아'라는 용어를 사용하면서 이를 "사람과 장소 또는 배경의 정서적 유대"라고 하였다. "풍광을 보면서 느끼는 찰나의 즐거움에서 덧없기는 마찬가지라도 갑자기 드러나면서 훨씬 긴장감 있게 느껴지는 미적 감각에 이르기까지 다양할 것"이며 "공기나 물, 흙에 닿아서 기분이 좋은 감각", "고향이나 추억의 장소, 생계수단을 대하는 사람들의 느낌"이라고 정리하였다. 그는 장소를 안전, 공간을 자유와 연관지으면서 모든 인간은 장소에 애착을 가지며 공간을 추구한다고 하였다. (이-푸 투안, 이옥진 역, 『토포필리아 환경 지각 태도 가치의 연구』, 에코리브르, 2011, 146면)

인식의 토대로서의 장소"로 확대된 추상적 수사가 되었다가 실존주의와 연관되면서는 "개인 내면적 깊이의 침잠을 과도하게 추구할 때, 대안 없는 낭만주의로 치부"되기도 하였지만 '공간'의 한 영역으로 자리잡게 되었다.[6] 결국 장소란 공간 중에서도 구체적, 실존적, 체험적, 문화적, 맥락적인 특성을 갖고 주체를 중심으로 구획, 한정된 내부로 인간 활동을 수용하는 의미를 갖는다. 장소는 "시간과 함께 우리가 같이 지내 온 추억이나 때 같은 것이 묻어 있"[7]어 물질 토대에 대한 인간 감정 이입의 장이다. 장소는 과거에 생명을 불어넣어 현재에 존속하게 하는 힘을 가지며 이를 통해 사회적 기억을 재생산함으로써, 단순히 물리적·지리적 위치뿐 아니라 인간의 실천과 밀접한 개념이 되기 때문이다.[8] 인간의 기억은 장소-지향적, 장소-기반적 성향이 있다. 그것은 장소 그 자체가 지닌 물질성과 그 위에 조성된 경관이 공적 기억을 각인해 담아둠으로써 장소 그 자체로 강력한 기억의 힘을 갖고 때로 기억의 주체마저 되기 때문이다. 다시 이-푸 투안의 말을 빌자면, 공간이 우리에게 완전히 익숙해졌다고 느낄 때 비로소 장소는 공간이 되며 강력한 가치를 부여하게 된다.[9] 앤서니 기든스는 "장소에서 공간은 상호작용을

---

6   김인성, 「한국건축에서 장소성 개념의 변천과 의미 구조에 대한 연구」, 『한국실내디자인학회 논문집』 24(1), 2015, 124면.

7   함성호, 「공간과 장소, 그리고 시간」, 『플랫폼』, 2014, 10면. 이 글에 의하면, '공간'의 '공(空)'이 '스스로 아무 성격을 가지지 않음'을 뜻하는 만큼 공간은 성격 없는 곳의 의미이고 장소는 시간이 개입된 공간이다. 공간(S)과 장소(P), 시간(T)의 문제는 옆의 [그림]처럼 나타낼 수 있다. (11면)

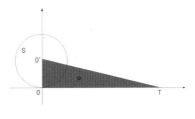

8   정헌목, 「전통적인 장소의 변화와 '비장소'의 등장 : 마르크 오제의 논의와 적용사례들을 중심으로」, 서울대학교 비교문화연구소, 『비교문화연구』 19, 2013, 112면.

9   이-푸 투안, 심승희·구동회 역, 『공간과 장소』, 대윤, 2007, 124면.

위한 관련틀로서 이용 가능하게 되어 있지만, 그 반대로 이 상호작용 관련
틀은 공간의 맥락성을 특수화시키는 원인이다"라면서 공간의 구체화 양상
이 장소임을 확인하였다. 장소란 인간의 행위와 관련되면서 사회제도의 견
고성에 기여하는가 하면 지역적으로 분절된다는 근본적 특성을 가진다는
것이다.[10] 공간에 대한 가치평가는 공간에 대한 장소의 특권화, 즉 근공간으
로서 장소를 우위에 두면서 이뤄진다는 것이다.[11]

2. 장소성과 크로노토프, 그리고 문학

특정 장소를 다른 장소와 구별되게 하는 성질을 특별히 '장소성
(placeness)'이라 한다.[12] 인간이 다양한 활동을 통해 장소에 의미를 부여할
때 형성되는 것, 일정 기간 체험되면서 가치와 의미가 생긴 특정 장소가
가지는 성질인 것이다.[13] 건축에서 장소는 맥락, 정체성, 경관, 공동체로 이
뤄지며 이는 환경, 제도, 물성, 실존 등으로 둘러싸인다.[14] 에드워드 렐프는
현상학적 관점에서 정적인 물리적 환경, 인간의 활동, 장소의 의미가 장소
성을 이룬다고 보았다. 이 세 가지 요소 간 상호 조합이 이뤄지고 시공적
맥락이 결합하면 특정 공간은 장소의 특성을 갖게 된다. 장소성은 '장소
정신', '장소 정체성', '장소 애착', '장소감' 등의 총체로 볼 수 있다. 그 중

---

10   마르쿠스 슈뢰르, 앞의 책, 130-131면.
11   위의 책, 27면.
12   강학순, 「하이데거에 있어서 '존재의 토폴로지'에 관하여」, 『현대유럽철학연구』 23, 2010, 5-24면.
13   앙리 르페브르, 양영란 역, 『공간의 생산』, 에코리브르, 2011, 29-31면.
14   에드워드 렐프, 김덕현·김현주·심승희 역, 『장소와 장소상실』, 논형, 2005, 112면 ; 김인 성, 앞의 책, 131면.

'장소 정신'과 '장소 정체성'이 객관적, 물적 요소로서 긴 시간 동안 이루어지는 종합적인 특성을 갖는다면, '장소감(sense of place)'과 '장소애착(place attachment)'은 개인적인 구체적 경험에 의하여 형성되는 특성을 갖는다. '장소감'은 "한 대상이나 소환경에 대한 의식적인 애착 및 그것의 정체성", 장소에 깃든 독특한 감각, 곧 장소에 대한 인간의 주관적, 감성적 느낌으로서 장소의 의미를 생산하고 소비하는 인간의 능력을 상정하는 용어이고 '장소애착'은 "어떤 대상이나 소환경에 대한 애착", "사람들 간의 관계 및 사람과 물리적 환경과의 관계에 의해서 강한 영향을 받는" 것을 말한다.[15] 장소감과 장소애착은 개인으로서 정체성의 중요한 원천이 되는 동시 소속감도 갖게 한다.[16] 인간이 특정 장소에 대한 애착을 가지기까지는 시간이 필요한데,[17] 장소애착은 등장인물의 주된 활동 장소를 통해, 장소감은 특정 장소에 포함된 인물 감정을 통해 나타난다.[18]

인문학에서 시간과 공간에 대한 인식은 오랜 성찰의 역사를 갖는다. 모든 문학은 이미 쓰였다는 점에서 역사적이며 역사의 장은 가시적인 공간이다. 뚜렷한 시공간, 그중 정확한 장소 설정은 소설의 리얼리티 확보를 위해 필수적인 것이다. 서사양식에서 인물이 생활하는 '장소'는 매우 중요한 요소이다. 영화, 문학작품에서 특정 장소를 배경으로 한 작품은 그 장소에

15　이석환·황기원, 「장소와 장소성의 다의적 개념에 관한 연구」, 대한국토도시계획학회, 『국토계획』 32(5), 1997, 180-181면.

16　에드워드 렐프, 위의 책, 143-148면. 렐프는 장소성 3요소로 물리적 환경, 인물의 활동, 장소의 의미와 장소감을 든 바 있다.

17　이-푸 투안, 심승희·구동회 역, 『공간과 장소』, 대윤, 2007, 315면.

18　'장소애착'은 살고있는 지역과의 일체감, 지역 내 강한 정체성인 '장소정체성', 해당 지역이 중요한 장소라는 의식 등의 '장소의존성', 정착 여부와 이주 시 그리움 여부 등의 '장소착근성'으로 이뤄진다(최열·임하경, 「장소애착 인지 및 결정요인 분석」, 『국토계획』 40, 대한국토도시계획학회, 2005, 53-62면).

특정 장소성을 주기도 한다.[19] 특정한 지역에 작가들이 "장소를 이용하는 구성원들의 장소에 대한 인식 정도와 긍정적 정서적 유대감"인[20] 장소애착이 생긴 것은 그들이 오랜 시간 머물면서 형성한 장소 정체성 때문이다. 소설에 나타난 장소의 정확한 근거를 찾는 작업은 이런 점에서도 의미가 있다. 인간의 삶은 특정한 시공간 속에서 이뤄진다. 때문에 인간 삶을 구현하는 소설에서 시공간은 그 필수 구성 요소가 된다. 특히나 소설 속에서 인물이 살아가는 구체화된 삶의 맥락, 공간은 인물을 보다 효과적으로 구성하여 생생한 존재로 부각한다. 인물이 특정 공간에서 움직이게 되는 문학에서 공간의 가치는 더욱 크다. 대상이 되는 삶의 현실을 공간화하여 그럴듯하게 재현할 때, 진공이 아닌 특정 공간 속 움직이는 인물을 통해 독자가 사실주의적 실감을 갖게 되기 때문이다. '공간은 시간에 의존적이고 시간은 공간의 전제조건'이라는 말처럼 시간이나 공간은 단독으로 존재하기 어렵다. 시간과 공간은 내면화된 체험을 담아내는 작업이자 체험의 내면화 과정이며[21] 작가가 체험한, 특정한 시간과 장소의 변형된 모습이다. 문학 속 공간은 건축 미학의 미적 공간 구조나 소설의 단순한 배경으로서의 지역성, 공간성(Spatiality)과는 다른, 인물의 활동공간으로서의 환경, 장소, 분위기로서의 구체적 삶의 공간을 의미한다.[22] 문학의 구체적 시공간 설정은 작중인물을 생생하게 움직이게 한다.[23] 문학에서 사용되는 '선경후정'이라는 말은

---

19   장소성 부각은 문화산업과 관련되기도 한다. 박태원의 1930년대 소설 『천변풍경』은 청계천의 장소성을 모티프로 하고 있다. 영화의 경우에도 『시애틀의 잠 못 이루는 밤』, 『뉴욕의 가을』, 『구로 아리랑』, 『밀양』, 『곡성』, 『부산행』, 『해운대』 등 장소와 관련된 작품들은 지속적으로 나타나고 있다.

20   최열·임하경, 「장소애착 인지 및 결정요인 분석」, 『국토계획』 40(2), 2005, 53면.

21   장동천, 「소설의 정전성과 시공간의 의미」, 『중국학논총』 37(0), 2012, 140면.

22   김종건, 「소설의 공간구조가 지닌 의미」, 우리말글학회, 『우리말글』 13, 1995, 250면.

23   최근 소설인 윤대녕의 「빛의 걸음걸이」 같은 경우 아예 집의 평면도를 그려놓고 소설을

공간을 통한 감정 표현 가능성을 보여준다.

바흐친은 칸트와 우흐톰스키가 먼저 사용한 크로노토프 개념을 받아들이면서 이를 "문학작품 속에 예술적으로 표현된 시간과 공간 사이의 내적 연관"이며 공간과 시간 사이의 불가분의 관계를 표현하는 개념으로 정리했다. 우흐톰스키는 우리 지배적 인식소가 우리 몸과 실재 사이에 존재하는데 이는 실재, 즉 현실 세계를 우리 의식 속에 표상할 수 있게 하는 기능을 수행하며 그것에 의하여 표상된 내용이 크로노토프라고 하였다. 물리적 속성을 지닌 '실제계=실재' 표상을 통해 인간이 크로노토프의 개념을 형성한다는 것이다. 바흐친은 크로노토프가 현실적(역사적)인 시간의 실상을 포착하는 역할을 담당하고 현실의 본질적 측면들이 소설의 예술적 공간에 반영, 통합되도록 한다고 강조하였다. 그것이 인간이 경험을 이해하는 방법이며 사건과 행위 본질 이해를 위한 특정한 형태-갖추기의 이데올로기로 특정한 행위를 위한 장을 제공하고 경험에 대한 특정한 감각을 지닌다고 한 것도 그러한 맥락이다.[24] 그는 크로노토프가 "사건을 묘사하고 재현하기 위한 본질적인 토대를 제공"하기 때문에 "인간형상은 언제나 본질적으로 크로노토프적"이며 "이야기의 의미" 역시 "크로노토프에 속한다"라고 선언한다.[25]

문학예술 속에서 크로노토프란 "공간적 지표와 시간적 지표가 용의주도하게 짜인 구체적 전체로서 융합"되는데, "시간은 부피가 생기고 살이 붙어 예술적으로 가시화되고, 공간 또한 시간과 플롯과 역사의 움직임들로 채워지고 그러한 움직임들에 대해 반응"하여 "두 지표들 간의 융합과 축의 교차

시작한다. 그러면서 인물이 구체적으로 그 공간에서 살아 움직임을 강조하는 것이다. 그럴 경우 독자는 인물의 구체적 움직임에 대한 상상을 하게 된다.

24 여홍상, 『바흐친과 문화이론』, 문학과지성사, 1997, 152-176면.

25 미하일 바흐친, 전승희 외 역, 『장편소설과 민중언어』, 창작과비평사, 2002, 260-262면 /458-468면.

가 예술적 크로노토프를 특징짓"는다는 것이다. 이 말은 일차적으로는 시간의 공간화 또는 공간의 시간화 현상을 통한 시공간의 긴밀한 연관성을 의미한다. 서사에서 공간과 시간을 상상하는 방식은 본질적으로 공간 안에 있다는 것이다.

3. 공간 스토리텔링과 문학

문학 텍스트란 삶과 의식, 현실과 의식 사이의 끊임없는 교호작용의 결과이다. 문학 속 시공간 구조와 그 의미를 연구하는 일은 등장인물 성격과 행위를 이해하게 하고 작품 전체의 주제 파악뿐 아니라 작가 연구에도 도움을 준다. 작가는 작품 속에서 특정 인물을 자신이 창조한 특정한 시공간에 배치하여 역동하는 또 하나의 세상을 창조한다. 작가가 창조한 시공간은 인물들이 살고 소통하면서 형성하는 구체화된 삶의 맥락으로 인물과의 상호작용을 통해 인물의 특징화를 돕고 인물의 서사 활동을 돕는다.[26] 범박하게 '이야기를 말하는(들려주는) 활동'이라는 의미로 볼 수 있는 스토리텔링은 '스토리+tell'에 'ing(현장성)'을 전제하는 개념으로 이해된다. 스토리텔링이란 용어는 21세기에 만들어졌으나 그 범주는 매우 다양하게 진작부터 활용되어 온 개념이다. 매체에 따라 달리 쓰여왔지만(구비→활자→영상→디지털) 우리 삶에 있어서 스토리의 중요성을 강조하는 역할을 하고 있다.[27]

---

26   형상화된 텍스트 공간은 인코딩됨-암호화-으로써 추상성을 띤다. 독자의 능동적 읽기를 통해 텍스트 속 공간은 디코딩되면서 공간의 구체적 형상이 드러나게 된다. 그래서 독자가 소설 공간을 읽어가는 일은 작가와의 능동적인 대화를 통해 새로운 공간을 생산하고 새로운 삶의 감각을 터득하는 과정이다. (김근호, 「소설 텍스트 중층적 읽기의 공간론」, 한국독서학회, 『독서연구』 19, 2008, 136-138면)

27   안영숙·장시광, 「문화현상에서 스토리텔링 개념 정의와 기능」, 『온지논총』 42(0), 온지

특별히 스토리텔링이 공간에 적용되는 경우, 이를 공간 스토리텔링이라고 한다. 이는 해당 공간이 지니는 고유 서사가 구체적인 경험 요소로 발현되는 과정을 적절히 맥락화하는 작업을 필요로 하는 개념인데, 정보통신기술 발달과 감성 중심문화 확장, 체험 장소에 대한 수요가 합하여 탄생한 것이다.[28] 다시 말해 공간 스토리텔링이란 공간에 인문학적 가치를 재구성하는 작업, 곧 공간을 인간의 의미로 전환하고 장소화하기 위한 스토리텔링으로써 특정 지역, 곧 인간의 거주지, 즉 '지역' 단위 등을 대상으로 공간을 인간의 인식 속에 가두어 기억의 재생장소로 기여하는 작업을 말한다. 이는 "부유하는 공간을 인간의 인식 속에 가두어 기억의 재생장소로 기여"하는 작업으로 그 대상은 특정 지역, 곧 인간의 거주지, 즉 '지역' 단위가 기본이다.[29]

대개 장편소설은 인간과 세계의 심층적 탐구를 특징으로 한다. 단편소설이 인생의 특징적 한 부분을 다루는 것과 좋은 대조를 이룬다. 이로 인해 장편소설은 단편소설에 비해 보다 더 역사적이고 사실적 성격을 갖는다. 시대적으로 보았을 때, 일제강점기 이 땅의 장편소설이 식민지 조선인의 조각나고 피폐한 삶과 그 안에서의 분투를 다룬다면, 광복 후와 1950년대 한국의 장편소설들은 인간성 복구와 주체성 문제를 다루면서 전쟁 직후의 삶에 주목한다. 삶을 직접적으로 다루려면 역사적, 사회적 묘사에 투철할

학회, 2015, 337-338면.
28 김세익·최혜실, 「공간스토리텔링과 인문건축」, 세계한국어문학회, 『세계한국어문학』 6, 2011, 21면. 서울역 북부역세권 개발사업 스토리텔링 개발 연구 결과인 이 글은 공간과 스토리텔링을 직접적으로 연관시킨 글이다. 이글에서는 공간 스토리텔링이 공간과 장소에 대한 경험을 중요시하면서 현상학적 장소론을 심화시켜 온 인본주의지리학과 맞물릴 것으로 보고 있다.
29 김영순, 「공간 텍스트의 사회문화적 재구성과 공간 스토리텔링」, 『인문콘텐츠』 (19), 2010, 37면.

수밖에 없다.[30] 그리고 소설가가 보이는 묘사는 그가 직관적으로 지각한 공간과 장소, 그가 세계에 대하여 갖는 관심의 정도와 질을 나타낸다.

30 소설 중에서도 특히 장편소설은 "특정한 '세계'에서 특정한 '문제'를 설정하고 특정한 '해결'을 도모하는 서사전략"이며 길기만 한 것이 아니라 "의제 설정이자 사회적 행동" (신형철, 「'윤리학적 상상력'으로 쓰고 '서사윤리학'으로 읽기-장편소설의 본질과 역할에 대한 단상」, 『문학동네』, 2010, 4-5면)이라는 말은 장편소설의 시공간과 긴밀한 연관성을 가진다는 것을 다시 확인하게 해 준다.

1. 서울의 의미, 서울과 한국 역사

　장소로서 서울은 중요한 의미를 갖는다. 한국의 랜드마크로서 인구 1/5 이상이 집중된 서울은 한국의 대표적 장소로 인정받는다. 2000년대부터 제기된 행정수도 이전 문제가 논란 속 위헌 판결을 받았을 정도로, 서울은 명실상부한 한국의 중심지이다.[1] "말은 낳아서 제주도로, 사람은 낳아서 서울로"라는 우리 옛말 속 서울 이미지는 자식이 가서 적응하면 크게 성장할 수 있는 곳, '대처', 중심지이다.

　서울의 전신인 한양은 우리나라 조선시대 풍수지리상의 명당지, 한반도의 중심지, 교통조건 등을 고려해 만들어진 기획도시였다.[2]

---

[1]　우리나라 중심지는 서울이 아닌 곳이면 안 된다는 의식을 반영한 것으로 보인다. 2000년대 인구 과밀 해소, 국가 균형발전을 위한 신행정수도 건설사업이 2004년 '관습헌법'을 인용, 위헌 판결을 받았다(https://bit.ly/3hGhQY1). 우리나라 중심지는 '서울'이라는 의식을 반영한 것이다. 그러나 2012년 이후 정부 부처들이 세종시로 이전, 점차 서울은 경제 수도로서 기능만 남겨지는 추세라는 의견도 있다(https://bit.ly/3HKOm7t). 2023.1. 현재.

[2]　당시 한양은 북악산, 낙산, 남산, 인왕산의 내사산 지역을 경계로 도성을 지어 그 내에

조선시대 한양의 지리적 공간은 도성과 도성에서 십리까지인 城底十里
를 포함하는 지역이었다. 城底十里는 강이나 하천, 그리고 산을 기준으로
설정된 것으로, 東界는 양주의 松溪院, 西界는 楊花渡 高陽의 德水院, 南界는
한강 노량진이었고, 北界는 특별히 정한 것이 없이 북한산 주변을 경계로
삼았는데, (…) 이와 같은 한양의 지리적 공간은 한양을 둘러싼 內四山에
禁標를 설치한 지역과 그대로 일치한다.[3]

조선시대 '한양'은 5부 52방으로 구획되었고 나라를 대표하는 입지를 굳
건히 했었다. 이후 일제는 서울의 한 나라 수도로서의 상징성을 없애고자
한양의 도성을 헐고 도의 한 행정구역에 지나지 않는 '경성부'로 하락시켰
다. 1910년 10월 1일 한양은 '경성부'로 개칭, 경기도 관할 도시로 격하되었
다. '경성'이라는 명칭은 이전부터 '수도' 의미로 쓰였던 일반명사이다. 1911
년에 5부로 환원, 개편되었으나 성저십리 안이어도 '면'으로 불렸다. 한성부
도성으로부터 10리(4km), '성저십리' 크기였던 한양은 점차 영역이 확대되
면서 다양하게 변화한다. 강점기에 서울 영역의 변화가 뚜렷하다. 일제는
착취 목적으로 영등포 일대를 경성부에 포함하였다. 1936년에는 경성부
관할구역을 대폭 확대하는 '대경성계획'이 이뤄졌고 경성은 "1930년대 초
반은 식민지 자본주의의 자기증식력이 일정한 단계에 달하여 꽤 도시다운
외관의 모습을 갖춰 나가"는 곳이었다. 전차, 카페들이 들어선 경성은 사대
문 중심으로 30만, 1937년 시역이 확장되었을 때 인구 70만의 도시였다.

국한되는 지역의 이름이었지만 차츰 성저십리 구릉지까지 시가지가 되었다. 종로 중심으
로 행랑이 만들어졌고 청계천은 사람이 살지 않다가 임진왜란 병자호란 후 농촌 유민들
이 들어와 빈민 거주지역을 만들었다. (김동실, 「서울의 지형적 배경과 도시화 양상」,
한국 교원대학교 대학원 박사학위 논문, 2008, 50-60면)
3   고동환, 「조선후기 서울의 공간구성과 공간인식」, 『서울학연구』(26), 2006, 9면.

1944년 국지적 수정을 거치며 영역이 더욱 확대된다. 서울을 구획화하는 구제도가 1943년부터 실시되었는데 그것이 오늘에 이르게 된다.[4]

광복 이후인 1949년 '서울특별시'가 되면서 1950년대에는 서울의 영역이 더욱 확장된다. 역사적으로 광복 전후와 1950년대는 서울의 통치자 격변 기간이었다. 일제의 통치를 겪다가 벗어났고 다시 이념에 의해 좌익과 우익이 길항적으로 통치하며 많은 피를 흘린, 특수한 역사적 경험 장소이다. 광복 전후와 1950년대를 관통하는 작가들의 서울에 대한 장소성이 중요해지는 지점이다.[5] 작가들은 서울에서의 격변의 경험 속에 이데올로기의 대립과 고통, 상처, 트라우마를 생생히 표현하기도 하고 손상된 삶의 회복 의지를 보이기도 하였다.

도시란 "누적된 역사(시간성)의 총합이라기보다는 언제나 '지금, 여기'의 생성과 변화의 법칙에 의해 과거적인 것을 지워나가는 '동시대성'의 원칙이 강하게 작동하는 곳"[6]이며 "거듭 쓰인 양피지"[7] 같은 곳이다. 도시 서울을 보더라도 그것이 확인된다. '서울'은 한국문학에서 보면 '모더니티'의 원점

---

4 종로구, 중구, 용산구, 영등포구, 서대문구 등 5개 구로 시작되었고 동대문구, 성동구와 마포구가 포함되면서 광복 전 경성은 8개 구로 되어 있었다(국토지리정보원, 『한국지명 유래집 : 중부편』, 진한엠앤비, 2015, 37-39면).

5 여기에서 '장소성'이란, 인간이 가치와 의미를 부여하고 특정 장소를 다른 장소와 구별되게 하는 장소의 정체성으로서 장소의 정신, 장소의 분위기, 장소감을 포함하는 개념이다 (앙리 르페브르, 양영란 역, 『공간의 생산』, 에코리브르, 2011, 29-31면). 특히 '장소감'은 장소에 대한 감정으로서, 인간이 장소를 자각하고 경험하고 의미화하는 방식이 된다. 이는 개인으로서 정체성의 중요한 원천이 되는 동시 소속감도 갖게 한다(에드워드 렐프, 김덕현·김현주·심승희 역, 『장소와 장소상실』, 논형, 2005, 143-148면).

6 김춘식, 앞의 글, 44면.

7 거듭 쓰인 양피지, '팔림세스트(palimpsest)'라는 표현은 오래 전부터 사람들의 삶이 도시 공간에서 반복적으로 재현되었고 그 흔적이 도시 안에서 각종의 경관과 장소로 남아 있음에 대한 은유이다(전종한, 「도시 '본정통'의 장소 기억」, 『대한지리학회지』 48(3), 2013, 448면).

으로서 '근대의 표상체계'를 몸에 각인시킨 공간이며 '서울/비서울', '전통/모던'의 이항대립적인 공간질서 내에서 변화하는 것과 지켜지는 것이 공존하고 있다.[8]

우선적으로 서울은 한양을 이어받은, 한 나라의 수도라는 점에서 주목을 요한다.[9] 한 나라의 정치 경제적 대표적 공간으로 기능했고 그로 인해 조선의 궁궐을 중심으로 다양한 문화유산도 남아 있다.

서울은 이름의 변화만큼 격변의 아이콘이었다. 대표 공간이었기에 공격의 대상이기도 했다. 수많은 외침 속 훼손도 많았다. 일제는 1915년 근대도시로의 발전을 위한다며 '경성시 구역 개수계획'을 통해 조선의 성문과 성벽을 대대적으로 헐었다. 결과적으로 삼청동·장충동 일대, 흥인지문·숭례문·숙청문·광희문·창의문 등의 성문과 암문·수문·여장·옹성 등 일부 방어시설만 남긴 이 작업은 당시 조선인들에게 큰 충격을 주었다.[10] 개발을 함에 있어서도 재경 일본인 위주의 개발을 시행하였다. 강점기 일본인들이 집중적으로 모여 살던 남대문로와 을지로, 충무로 일대를 중심으로 개발하면서도 조선인이 거주하는 종로 북쪽은 개발을 진행하지 않았다. 서울 곳곳에 화려한 서양식 건물을 건설하면서도 용산과 영등포 일대에는 전시 공업화

8   김춘식, 앞의 글, 61면 ; 다양성에 주목하여 한국의 수도 서울이 근대화의 표상이기도 하고 "두 얼굴"이기도 하며 역사성을 많이 가졌으나 소멸되고 있고 문화도시와 생태도시로서 많은 노력이 필요하다는 연구도 있다(홍성태, 『서울에서 서울을 찾는다』, 궁리출판, 2004).

9   서울은 1394년(태조 3)에 조선의 도읍이 된 한양 이래 지속되었다. 1895년(고종 32)에 전국이 23부제가 되면서 한성부 한성군, 1896년(건양 1)에는 13도제가 되면서 경기도 한성부로, 일제 강점 이후 경성부로 개칭되었다(김기혁 외 18인, 『한국지명유래집 중부편』, 국토지리정보원 2008).

10   「서울 한양도성(사적 제10호) 서울시장 공관 내 문화재발굴조사 약식보고서」, 서울특별시 재단법인 한강문화재연구원, 2014, 8면.

를 위한 중화학공장 건설에 집중했다. 이런 편중 개발로 인해 1910년대에 가로등이 켜질 정도로 전기 사용이 일상화된 서울에서 서울의 많은 사람들은 1930년대까지도 호롱불과 장작이 취사 난방 도구였다.[11] 영역 확장과 더불어 인구 유입도 격변했다. 1428년 16.5㎢에 103,328명의 인구였던 한양은 경성시 개수계획을 거치며 면적 36.18㎢에, 인구 241,085명으로, 1936년에는 133.94㎢에 인구 727,241명으로 격변했다.[12] 지방의 많은 이들이 여러 이유로 서울을 찾았을뿐더러, 피지배를 견고히 하고자 일제가 정책적으로 자국인들을 불러들이기까지 했기 때문이다. 결국 서울은 일제강점기를 거치면서 고의적인 장소성 변화를 겪기도 하였고[13] 전통의 훼손이 되면서 '비장소'가 되기도 했으며[14] 광복과 한국전쟁 속에 더욱 극심한 혼란을 겪은 공간이 되었다.

그런데, 서울은 식민지 도시 '경성'의 구획이나 공간 배치에 일정한 연속성을 띰으로써 학자들의 지속적 관심을 자아내고 있다. 식민지 도시 '경성'을 '장소화'한 자본주의적 작동 원리가 현재 서울에도 여전하다는 것은 문제의식이기도 하지만[15] 과거 소구 용이점도 준다. 어떤 장소의 장소적 성격

---

11 지금의 명동에 미츠코시 백화점 경성지점이 1906년 열렸고 1920년대에는 죠지아 백화점, 미나카이백화점 등이 명동과 충무로 일대에 집중적으로 들어섰다(https://bit.ly/3vYk66l).

12 김동실, 앞의 글, 72면.

13 서울 골목길 장소성 연구의 중요성은 조정구의 "삶의 형상"에서도 참고할 수 있다(「서울 골목길은 '깊고 넓었다'」, ≪경향신문≫, 2010.01.12.)

14 여기에서 '비장소'란 프랑스 인류학자 마르크 오제의 개념으로 개인의 정체성, 상호적 관계성, 역사성이 부재한 공간을 인류학적 장소성이 상실된 공간인 '비장소'로 분류하였다. 대형 종합병원, 공항, 대형쇼핑몰, 이정표의 거리 등이 그 예이다(박정아·이재규, 「마크 오제의 비장소에 관한 현대적 공간 특성 연구」, 한국공간디자인학회, 『한국공간디자인학회 논문집』 13권 6호, 2018, 69면). 전통성 부정은 비장소가 될 수 있다.

15 김춘식, 「식민지 도시 '경성'과 '모던 서울'의 표상」, 『한국문학연구』 38, 2010, 60-61면.

과 그 중층성은 현대 자본주의 도시 속에서도 다양하고 두꺼운 의미의 장소들이 존재하고 있음을 보여주기 때문이다. 나아가, 인간과 장소의 관계가 우리 삶의 본질을 구성하고 있음을 상기하게 한다. 아예 '서울학'이라 명명되기도 할 정도이다 보니 서울 관련 연구는 많은 축적을 보게 된다.[16] 역사적 "근대의 시작"점으로서 종로 등지의 의미와 세월이 흘러가면서 "젠트리피케이션의 현장"이 되어가는 다양성과 역사성으로서의 서울, "다국적 세계" 속 변화의 서울 모습을 살핀 연구도 흥미롭다.[17] 종로 등지에 관한 연구가 집중된 현상을 보인다.[18] 학자들이 주목하는 바 중 하나는 강점기에 형성된 도시성이 지워지지 않고 이어지는 경우가 많고 일제강점기 편중된 발전역시 상당 부분 지속된다는 점이다. 강점기 일본이 재경성 일본인 편의와 침략 거점으로 남대문로에 간선도로를 확장하여 중심 상업지역, 금융과 상업, 문화예술의 중심지로서 기능하게 하였던 남대문로가 그것이다. 강점기에는 재경성 일본인 중심으로 많은 은행들이 남대문로 일대에 들어서게 되어 조선 상업 금융 중심지 위치가 변화하는 경향이 있었던 것이다. 이일대가 경제 중심지로 급부상되고 이전 경제 중심지였던 종로는 식민지조선인들 공간으로 한정되는 경향마저 생겼다.[19] 현 세종로 일대는 행정의

---

16 '서울학연구소'도 있고 이곳에서 펴내는 『서울학연구』 학술지가 있을 정도이다. 이 글도 이곳의 연구들에 크게 도움 받아 진행되었다.

17 조동범, 『(100년의) 서울을 걷는 인문학 : 상징 코드로 읽는 서울 인문 기행』, 도마뱀출판사, 2022. 67-74면. 이 책은 "우리나라 최초의 근대도시인 경성은 그 자체로 우리나라의 근대화를 대표한다"(19면)고 보고 경성부터 서울에 이르는 연구가 인문학의 중요한 테마라고 이야기한다.

18 정동과 덕수궁, 광화문 등 도심을 중심으로 한 역사적 연구도 흥미롭다(이현규·김재철·길정섭·권순호, 『걸으며 만나는 서울의 기억 : 우리가 몰랐던 서울의 역사 이야기』 1, 책과나무, 2023). 이 책은 "역사의 중심" 서울에 있는 사적을 중심으로 그곳에 얽힌 역사적 이야기를 서술하면서 사라지고 있는 역사적 건축물과 장소를 되새기게 한다.

19 전정은, 「문학작품을 통한 1930년대 경성중심부의 장소성 해석」, 서울대학교 대학원 석

중심지로서 관공서가 몰려 있었고 종로 거리는 시장이 발달하고 경제 중심지가 되었었다. 명동과 충무로 일대, 종로 각 지역 장소성은 휴전 이후 정부 환도와 함께 재정비될 때 그대로 이어져 최근까지도 유지되는 경향을 보였다.

문화적인 면에서 살펴본 장소 서울의 의미는 현대문학 초창기부터 문인들이 모임을 갖는 중추적인 장소였다는 점에도 놓여 있다.[20] 경성제대 등 근대식 교육기관이 편재되어 있었던 탓이기도 했고 서울에 있는 작가들 위주로 '문단'이라는 것이 형성되었기 때문이기도 했다. 서울이 문학의 중심지로서도 기능하다 보니 서울을 배경으로 하는 문학작품도 많이 나타난다.[21]

사학위 논문, 2012, 14-16면. 이를 통해 알 수 있는 경성의 특징은 이중적 도시공간이었다는 점, 근대화에 따른 도시여가와 소비문화가 발달했고 큰 도로상의 건축물들이 많다는 것이다. 이로 인한 스펙터클로 구경꾼과 산책자가 생겼으며 가로 건축물들을 중심으로 당시 경성인들은 근대적(현대적) 삶을 누렸다. 강점기 경성은 소비하는 도시의 특성이 지배적이었다. (178면).

20 "문학인으로 이루어진 사회적 분야"라는 뜻을 갖는 '문단'은 형성 초창기 『창조』, 『백조』, 『폐허』 등 동인지와 『조선문단』 등 잡지를 중심으로 서울에 형성되었던 사실과 관련 있다. 사실상 한국 현대문학에서 용어 '문단'이라는 것이 처음 생겨난 것은 부산 피난기 『현대문학』, 『문학예술』을 중심으로라고 알려진다. 하지만 대부분의 문학잡지들을 비롯한 문단 세력들은 전후 다시 서울 중심으로 이뤄졌다.

21 최인훈, 『회색인』(1963-1964)에서 서울은 다음과 같이 묘사된다. "서울에서 그는 늘 초조했다. (…) 그것은 촌놈이 고향 떠나서 뿌리를 박지 못한 불안이었을 것이다. 그러나 그렇게 따진다면 지금의 서울은 촌놈의 서울이지, 서울 사람의 서울은 아니다. (…) 자기 손으로 살림을 꾸리는 사람들에게는 서울은 커다란 저자에 지나지 않는다. (…) 서울은 이도 저도 아닌 그저 오가잡탕의 추악한 도시였다." 지방에서 올라온 사람이 많은 곳, 시장 같은 곳, 추악한 곳이라는 작가의 판단을 담고 있다. 비슷한 시기 김승옥의 「서울 1964년 겨울」, 이호철의 「서울은 만원이다」에서도 공간 서울은 주요하게 다뤄진다. 최근 「달콤한 나의 도시」의 작가 정이현 등 9명의 작가 단편 모음인 『서울, 어느 날 소설이 되다』 등에서 소설적 배경으로서의 서울의 편린을 엿볼 수 있다(네이버 블로그 「책을 펴면 소설이 보인다」 https://bit.ly/42p8llz). 2023.04.27.

2. 서울과 한국 현대 작가

서울의 다양성은 서울로 하여금 문학과도 긴밀한 관련을 맺게 하였다. 도시 공간의 인물은 도시적 삶의 양식을 공간화하게 되고 소설이란 근대 소설 발생기부터 도시적 삶과 긴밀한 관계였음을 생각할 때 문학에 나타난 도시 서울의 고찰은 흥미로운 주제이다. 서울은 부의 축적을 위해 지방에서 많은 이들이 올라오는 곳, 기회의 공간 등 다양한 면에서 독특한 공간이다. 소설 속 인물들은 서울에 편입되고자 하는 욕망을 보이기도 한다. 이를테면 1980년대 박완서 등 여러 작가의 소설에서 볼 수 있는 '문밖의식'은 그런 강박관념을 반영한다.

'서울'이라는 공간이 한국문학 속에 어떻게 표상되어 왔는가 하는 문제는 서울에 대한 역사적 관심 하에서 더욱 의미를 갖는다. 왕조로 표방되는 조선 이전의 전근대와 광복으로 표현되는 현대 이후라는 시간 사이에 근대 도시 경성이 있다. 강점기 경성은 문화적 격변의 면에서, 역사적 혼란의 면에서, 우리 것이되 우리 것이 아닌 공간이었으며 그곳에서의 삶은 우리다운 삶이 아니었다. 문학에 나타난 공간적 상상력에서 '경성'이라는 지역의 중요성, 물질 위에 인간적 의미를 포함한 '장소'로서의 의미는 더욱 크다. 강점기 소설에서부터 구현된 한국문학의 도시성이나 모더니티 등의 제반 문제가 '서울'이라는 장소와 공간에 대한 기억을 매개로 구성되었다는 사실[22]은 그 때문이다. 혹자의 말처럼 한국 현대문학은 그 초창기부터 서울과 거의 등가의 위치에 놓여 있었으며 작가들에게 서울의 의미 역시 무시하기 힘들다.

공간과 장소에 관한 연구는 공간에 나타난 의미에 집중하는 경향이 있다.

22　김춘식, 앞의 글, 60면.

작품의 공간을 집안으로 국한하여 연구한 것들도 있고[23] 문학작품 토포스를 검토하면서 주제의식과 더불어 그 속에 담긴 지역의 역사적, 사상적, 문화적 조망을 가늠하고 다양한 의미를 생성함을 확인하기도 한다.[24] 크로노토프 연구는 건축이나 미디어 관련 연구로 이어지기도 하지만 바흐친 의도대로 문학예술과 연관 지은 연구들이 많다. 라블레론 등 바흐친 이론의 문학적 적용을 다룬 연구[25]와 직접 문학작품에 적용시킨 흥미로운 연구들이 많다.[26] 김종구는 바흐친의 길의 크로노토프를 적용하면서 '떠돌이의 시대'였던 일제강점기, 고향 잃은 이들의 자괴적 초상이요, 은밀한 민족과 계급의 저항의식과 은유적 기표로 「메밀꽃 필 무렵」을 읽는다면, 각 지명이 지시와 은유를 오르내리는 것으로 보았다.[27] 김미란은 김승옥 작품을 중심으로 반공과 검열에 의해 강요된 의미화 방식과 텍스트에 새겨진 의미(의미된 것) 사이의 관련성을 파악하면서 김승옥 문학의 시공간 정치학을 구명하

---

23 정혜경, 「1970년대 박완서 장편소설에 나타난 '양옥집' 표상」, 『대중서사연구』 17(1), 2011, 71-92면 ; 강진호, 「기억 속의 공간과 체험의 서사」, 『아시아문화연구』 28, 2012, 1-19면.
24 김미정, 「『탁류』의 토포스」, 『한국문학이론과 비평』 55, 2012, 65-92면.
25 서정철, 「바흐찐과 크로노토프」, 『외국문학연구』 (8), 2001, 251-278면 ; 윤영순, 「시장과 소설」, 『외국문학연구』 (42), 2011, 105-134면 ; 노대원, 「문학적 크로노토프와 신체화」, 『한국문학이론과 비평』 19(2), 2015, 93-113면.
26 이는 2000년대에 집중적으로 연구되었다. 김병욱, 「『자랏골의 비가』의 크로노토프와 담론」, 『한국문학이론과 비평』 12, 2001, 64-86면 ; 김정아, 「『남도사람』 연작의 크로노토프」, 『한국문학이론과 비평』 14, 2002, 208-233면 ; 송명희, 「김정한 소설의 크로노토프-'섬'을 공간으로 한 소설을 중심으로」, 『한국문학이론과 비평』 25, 107-136면 ; 김미영, 「여로형 소설에 나타난 공간의 의미 - '-가는 길' 작품을 중심으로 -」, 『비평문학』 (20), 2005, 31-59면 ; 안숙원, 「소설의 크로노토프와 여성 서사시학(Ⅰ)」, 『현대소설연구』 (21), 2004, 205-230면 ; 오태영, 「향수(鄕愁)'의 크로노토프」, 『동악어문학』 48, 2007, 207-234면 ; 이소운, 「여로형 소설의 크로노토프」, 『국어교육연구』 41, 2007, 247-282면.
27 김종구, 「「메밀꽃 필 무렵」의 시공간과 장소애」, 『한국문학이론과 비평』 20, 2003, 21-42면.

고자 하였다.[28]

장소성 연구는 지리학에서 많이 이뤄지지만, 문학과의 관계 속에서도 논의되어 왔다. 도시성에 집중한 연구가 우선 많다.[29] 2000년대 한국 현대 소설 속 광장의 장소성을 분석, 개방성과 소통의 장소로 보면서도 인물과 연관시키기도 한다.[30] 이은선은 동아시아의 전쟁소설들을 중심으로 소설에 나타난 미군 기지의 장소성을 다루며 이것이 전통적 의미의 '국가 주권'에 대한 근원적이고 도전적인 질문을 제기하는 것임을 파악하기도 하였다.[31] 김동리 문학에서 경주 읍성과 예기청소가 반복되는 것에 주목하여 죽음-시작-재생이라는 경주 읍성의 의미를 파악하는 연구,[32] 전북지역의 특수성을 확인하고 지명과 경관이라는 현실공간, 역사와 인물의 관점인 가상공간으로 작품 속 전북 이미지를 확인하는 연구[33] 등도 있다. 일제가 정체성이 형성되어 있던 동래보다 부산을 선택한 것에 주목, 이른바 식민지 지리학적 입장에서 식민지의 공간과 장소에 자신들 프로세스를 표상시킨 제국의 지

---

28 김미란, 「여순사건과 4월혁명, 혹은 김승옥 문학의 시공간 정치학」, 『대중서사연구』 15(2), 2009, 7-38면. 이 외에도 시공간의 긴밀성을 강조하는 연구들이 더 있다. 정혜원, 「시공간의 확대와 해체의 의미」, 『스토리앤이미지텔링』(3), 2012, 107-127면 ; 김주리, 「월경(越境)과 반경(半徑)」, 『한국근대문학연구』(31), 2015, 91-119면 ; 이인영, 「만주와 고향」, 『한국근대문학연구』(26), 2012, 135-166면.

29 이평전, 「현대소설에 나타난 도시 공간의 위상학 연구」, 『한국문학이론과 비평』 56, 2012, 183-202면 ; 이양숙, 「일제 말 이효석과 유진오의 도시 읽기」, 『한국현대문학연구』 43, 2014, 371-399면 등.

30 엄미옥, 「2000년대 소설에 나타난 광장의 장소성 연구」, 현대문학이론학회, 『현대문학 이론연구』 79권, 2019, 5-29면.

31 이은선, 「동아시아 소설에 나타난 미군의 형상화와 미군기지의 장소성 연구」, 한양대학 교 동아시아문화연구소, 『동아시아문화연구』 86호, 2021, 161-185면.

32 유문식, 「김동리 소설의 경주 '장소성' 연구」, 『신라문화』 55, 2020, 205-228면.

33 박성호, 「전북지역을 배경으로 한 문학작품의 장소성」, 국어문학회, 『국어문학』 76, 2021, 129-154면.

배적인 시선을 간파한 연구도 있다.[34] 장소감에 관한 연구도 보인다. 한국 작가의 외국에 대한 장소감을 연구하거나[35] 문학 속 우리나라 지역의 장소 감을 연구한 것들이 보인다.[36]

서울 장소성에 관한 다양한 논의도 이뤄진다.[37] 전종한은 장소를 통해 다양한 인간과 장소 관계의 본질을 사유하고, 이를 바탕으로 서울의 종로 거리와 피맛길을 중심축으로 형성된 피맛골에 관하여 장소 기억이라는 개 념으로 사회문화지리적 관점에서 해석하였다.[38] 서울의 특정 지역에 국한 한 장소의 형성과정에 주목한 연구로서 황학동을 중심으로 공간의 변화과 정과 의미부여 과정에 주목하는 연구,[39] 명동의 공간적 변화와 문화적 변천 을 광복 직후, 한국 문학과 예술의 중흥기였던 1950-1960년대, 청년문화의

---

34 허병식, 「식민지의 접경, 식민주의의 공백」, 『한국문학연구』 40, 2011, 9면.

35 차승기, 「제국의 고도古都, 초월의 기술. 상허학보, 29, 2010, 81-113면 ; 장뢰, 「한중 근대 소설과 만주」, 『비평문학』 (48), 2013, 347-371면 ; 와타나베나오키, 「식민지 조선에서 <만주>담론과 정치적 무의식」, 『진단학보』 (107), 2009, 277-297면.

36 진선영, 「식민지 시대 '북청'의 지역성과 함경도적 기질성」, 『한국문학이론과 비평』 18(4), 2014, 261-283면 ; 이성희, 「한국 소설과 합천 해인사의 공간」, 『한국민족문화』 (53), 2014, 65-86면 ; 박덕규·이은주, 「분단 접경지역 문학공간의 의미」, 『우리문학연구』 43, 2014, 387-421면 ; 변화영, 「혼혈아의 차별적 시선과 대응적 정체성」, 『비평문학』 (49), 2013, 205-230면.

37 권윤구·임승빈, 「장소성 측정 형용사를 통한 서울시 대표 장소의 장소성 유형 분류」, 『한국도시설계학회지 도시설계』 15(3), 2014, 135-150면. 서울의 장소성 높은 곳 즉 가로 수길, 강남역, 경복궁, 광화문, 광화문광장, 남대문, 남산, 대학로, 덕수궁 등 41곳의 장소 를 대상으로 개성적인, 매력적인, 유일한, 의미 있는, 익숙한, 전통적인, 정겨운, 중요한 등의 장소성을 구축했다.

38 전종한, 「도시 뒷골목의 '장소 기억'」, 『대한지리학회지』 44(6), 2009, 779-796면. 이글은 종로의 피맛골이라는 뒷골목을 중심으로 중심업무지구라는 단일 색깔로 채색된 종로 일대를 이른바 '결을 거스르는 독해'를 통해 해체하고, 도시가 지닌 공간성의 또 다른 일면을 분석한다.

39 안주영, 「시장의 장소성과 노점상에 관한 연구」, 『서울학연구』 (28), 서울시립대학교 서 울학연구소, 2007, 133-175면.

요람 역할을 했던 1970년대, 글로벌 공간이 된 현재에 이르기까지 다양한 사회문화적 키워드로 논의한 연구[40] 등이 있다.

서울과 문학의 관련성 연구도 활발한 편이다. 고전소설 속 서울의 모습을 알아보기도 하고[41] 문학에 나타난 강점기 경성 시민들의 소비양상을 고찰하기도 하며[42] 소설 속 인본주의나 콘텐츠 활용에 대한 연구도 보인다.[43] 경성을 도시화하는 정책 하 문학 변화상에 주목하거나,[44] 관련하여 경성 내 문학 출판물 양상도 연구된다.[45] 권오만은 한국 현대시에 형상화된 서울 종로가 '둥지'와 '풀무'로서의 모습을 띰에 주목하였다.[46] 특별히 소설 속에서 서울이 어떻게 인지되었는가 하는 문제를 다루기도 한다. 우선 지리학적으로 연구한 것들이 흥미롭다. 전정은은 1930년대 서울도시경관을 묘사하면서 구체적인 지명을 사용하는 박태원의 「소설가 구보씨의 일일」을 통해 근대 도시 표상인 "백화점, 경성역, 다방 및 카페, 공원, 가로"라는 다섯 개의 항목으로 장소성을 해석하였다.[47] 권은은 박태원 『애경』에 나타난 강점 하

---

40 홍정욱, 「명동 역사 속 문화적 재구성」, 글로벌문화콘텐츠학회, 『글로벌문화콘텐츠』 (27), 2017, 147-165면.

41 이지하, 「고전소설에 나타난 19세기 서울의 향락상과 그 의미」, 『서울학연구』 36, 서울시립대학교 부설 서울학연구소, 2009, 165-181면.

42 강심호·전우형·배주영·이정엽, 「일제식민지 치하 경성부민의 도시적 감수성 형성과정 연구」, 『서울학연구』 21, 서울시립대학교 부설 서울학연구소, 2003, 101-148면.

43 김예진, 「인본주의 관점에서 살펴본 서울의 장소성」, 『지리교육논집』 57, 서울대학교 지리교육과, 2013, 11-26면 ; 김지윤, 「문학을 통해 살펴본 문화적 원체험지로서의 종로와 문화콘텐츠 활용 연구」, 『서울학연구』 82, 서울시립대학교 부설 서울학연구소, 2021, 1-53면.

44 최혜실, 「경성의 도시화가 1930년대 한국 모더니즘 소설에 미친 영향」, 『서울학연구』 9, 서울시립대학교 부설 서울학연구소, 1998, 177-213면.

45 김종수, 「일제강점기 경성의 출판문화 동향과 문학서적의 근대적 위상」, 『서울학연구』, 서울시립대학교 부설 서울학연구소 35, 2009, 247-272면.

46 권오만, 「종로 : 둥지로서의 여러 모습-한국 현대시에서의 '종로' 읽기(1)」, 『서울학연구』 13호, 서울시립대학교 서울학연구소, 2001, 11-61면.

도시 경성 연구를 통해 1940년대 경성의 구역 확장 및 재편이 그의 식민지 후기 문학세계와 작품 구상에 미친 영향을 살펴보면서 대경성의 공간 재편을 서사적으로 재현하려 시도한 작품으로 다양한 도시구역에 산포하여 사는 이들의 이야기 이면에 눈에 보이지 않는 '일본인'과 '조선인 토막민'의 존재를 보았다.[48] 강점기 소설을 통해 1920년대 서울이 일제에 의해 장소 정체성을 잃은 장소상실 공간이자 식민지 자본주의의 균열과 모순을 보여주는 상징 공간으로 보는가 하면[49] 현대문학 전반에 나타난 서울을 고찰하고 소설에 나타나는 서울 장소 변화상에 주목하기도 한다.[50] 김미영의 연구 역시 최근 한국소설의 장소성에 주목한다.[51] 유성호는 1930년대 모더니스트들의 작품에서 경성은 "근대적 충격의 진원지"였고, 1950년대 후반기 동인들의 시 속에서 서울은 "전후의 폐허와 실존적 방황의 공간"이었으며, 1960-70년대 김승옥, 이호철, 조세희 등의 소설에서 서울은 "이농민이자 도시외곽을 차지한 빈민들의 변두리적인 삶의 근거지"이며, 1980-90년대 이순원의 소설집과 유하의 시 속 압구정동을 중심으로 한 강남 중심의 서울은 화려한 소비 도시적 면모를 보인다면서 통시적으로 고찰한다.[52] 이동하

---

47 전정은, 「문학작품을 통한 1930년대 경성중심부의 장소성 해석 : 박태원 소설 「소설가 구보씨의 일일」을 바탕으로」, 서울대학교 환경대학원, 2012.

48 권은, 「제국-식민지의 역학과 박태원의 '동경(東京) 텍스트'」, 『서강인문논총』 41집, 서강대학교인문과학연구소2014, 353-384면.

49 유승미, 「식민지 경성, 그 상실된 장소의 소설적 재현」, 한국현대문예비평학회, 『한국문예비평연구』 41, 2013, 67-93면.

50 한형구, 「'소설가 구보 씨의 일일' 계보 소설을 통해 본 20세기 서울의 삶의 역사와 그 공간 지리의 변모」, 『서울학연구』 14, 서울시립대학교 부설 서울학연구소, 2000, 117-164면.

51 김미영, 「최근 한국소설에 재현된 헤테로토피아로서의 서울」, 『외국문학연구』(53), 한국외국어대학교 외국문학연구소, 2014, 37-59면.

52 유성호, 「한국현대문학에 나타난 '서울' 형상 연구」, 『서울학연구』 23호, 서울시립대학교 서울학연구소, 2004, 195-226면.

는『압구정동엔 비상구가 없다』, 『서울은 만원이다』 등에서 서울 사람의 절박한 삶이 잘 드러난다며 최근 한국소설에 주목하였다.[53] 문학에 나타난 서울 공간과 장소성 연구는 감성적 연구로도 이어지는 경향이다.[54]

　일제강점기 서울을 장소로 한 문학 연구의 의미는 장소 기억의 의미, 강점기 조선인의 척박하지만 주체적이고자 노력한 삶의 반추, 재조명 등의 의미를 갖는다. 1950년대 이후 서울을 장소로 한 문학 연구의 의미는 당대를 살아가는 삶의 양상과 의미를 탐구하는 것으로 보인다. 한편 작가들이 도시 서울과 맺는 관련성은 지방 출신으로 상경하여 생활한 경우, 서울 출신인 경우, 지방 출신이지만 서울 거주 기간이 오랜 경우 등 다양한 양상을 보인다. 이들은 각각 그 시기를 어떻게 체험하고 반영하고 있는가가 주목을 요한다.

53　이동하, 「한국 현대 장편소설에 나타난 서울 사람들의 삶」, 서울시립대학교 서울학연구소, 『서울학연구』 12, 서울시립대학교 서울학연구소, 1999, 187-219면 : 그는 소설을 통해 종로와 명동의 모습을 분석하기도 하였다(이동하, 「현대소설에 나타난 종로의 모습」, 『서울학연구』 13호, 서울시립대학교 서울학연구소, 2001, 63-127면).

54　예로써 우리나라 소설 중 가장 많이 문학에 등장하는 서울 도심 문학 공간의 장소 의미 연구를 위해 광교와 광화문통, 화신상회, 전차, 경성역, 카페, 다방, 경성부청과 대한문, 종묘(「소설가 구보씨의 일일」), 빨래터, 천변, 기미꼬의 집(『천변풍경』), 경성법원과 경운궁, 이화학당과 러시아공사관, 경구장과 교남동, 정동의 신작로(「애욕」) 등의 장소에서 인물의 행동을 통하여 멜랑콜리, 우울함 등을 표현하는 장소의 1차적, 2차적 의미를 찾는 연구도 있다(변찬복, 「박태원 문학공간의 미학적 해석」, 글로벌문화콘텐츠학회, 『글로벌문화콘텐츠』 20, 2015, 113-114면).

제3장

강점기 현대 작가의 서울

전술한 바와 같이 한양 → 경성 → 서울이라는 격변을 겪은 공간 서울은 '동시대성의 원칙'과 '거듭 쓰인 양피지' 의미를 갖는 도시이다. 강점기 경성은 '한양'에서 벗어나기 위한 근대화와 동시에 일제에 의한 식민화라는 이중적 층위의 공간이었다. 이런 경성을 바라보는 작가들 시선 역시 다층적이다. 작가가 자기의 할 말을 제대로 쓸 수 없었던 일제강점기라는 시간에, 작가들은 서울을 어떻게 인식하고 있을까.[1] 객지로서 서울을 그리던 1세대 여성 작가들과 대표적 서울 토박이 소설가 염상섭과 박태원 등의 경우로 한정하여 그들의 소설 속 서울 장소성에 관하여 살펴보고자 한다.

1. 김명순과 나혜석의 서울 – 낯설고 두려운 장소

선택과 배제의 문학사는 여성작가들을 배제하여 왔는데 한국문학사 역시 전위의 여성작가, 신여성들을 격렬하게 배척하였다. 근대성이라는 것이

---

[1] 강점기 '서울'이라는 단어는 공식 명칭 '경성'에 반해 "식민지 예속민들이 민족 해방의 염원을 꼭꼭 감춰놓은 '비밀의 언어'로 남"(전우용, 『서울은 깊다』, 돌베개, 2008, 19면)았던 것이 사실이다.

개인의 내면 발견, 주체의 자기 확인 욕구에 기반한 주체성과 현실에 대한 뚜렷한 인식, 합리적이고 자기비판적인 성격과 함께 미래에 대한 지향적 전망의 안목이라고 할 때,[2] 비판적 태도로 자신을 발견하려 하고 도전했던 신여성 작가들의 의식은 근대성을 담보한 것일 수밖에 없으리라 판단된다. 이들의 작업이 계속적으로 조명되고 정당히 평가되어야 하는 이유이다.

서울이라는 공간은 여성에게 더욱 특별할 수 있다. 여러 소설들에서 서울은 남성 청년들에게는 막연한 기회와 성공의 공간, 환상을 실현할 공간이었던 반면, 여성 인물들에게는 절망과 고된 생존의 장소로 그려졌다고 한다.[3] 여성에게 서울이 갖는 의미가 특별하다면 여성 작가에게 서울의 의미는 역시 특별히 다뤄질 필요가 있으리라 본다. 그렇기에 개별 여성 작가의 문학에 나타난 서울과의 관련성을 짚는 연구들이 종종 나타났던 것이다.[4]

현대소설은 도시와 밀접한 관련을 가질 수밖에 없다. 우리나라 최초 여성 현대소설 작가 김명순 작품에서부터 서울은 작품의 주요 배경이 된다. 서울을 경험하고 글을 쓰는 작가들에게 서울은 그가 인식한 현실의 제 문제를 첨예하게 드러내는 상징적 공간, 혹은 축소된 세계이다. 작가가 포착한 서

---

2   연세대 근대한국학 연구소, 『한국문학의 근대와 근대성』, 소명출판, 2006, 58-60면 ; 나병철, 『근대성과 근대문학』, 문예출판사, 2000, 26면.

3   송은영, 「1950년대 서울의 도시공간과 문학적 표상」, 『한국학연구』 29, 인하대학교 한국학연구소, 2013, 493-515면.

4   박철수, 「박완서 소설을 통해 본 1970년대 대한민국 수도-서울 주거공간의 인식과 체험」, 대한건축학회, 『대한건축학회 논문집』 30(3), 2014, 191-201면 ; 강인숙, 「박완서의 소설에 나타난 도시의 양상」(3), 통일인문학회, 『통일인문학』 16, 1984, 51-75면 ; 이정옥은 전후 여성 작가들의 작품에 형상화된 서울에 주목하였는데, 이들은 여성작가들의 작품 속에 그려진 서울은 가치관의 상실과 성적 타락 등, 방황하는 전후세대의 풍속과 소비지향적인 문화의 도래를 보여주는 도시적 성격이 강하다는 것이다(이정옥, 「경제개발총력전시대 장편소설의 섹슈얼리티 구성방식」, 『아시아여성연구』, 숙명여대 아시아여성연구소 42, 2003, 229-264면).

울의 일상적 삶은 개인의 삶 재현 이상의 의미를 갖는다. 때문에 작가들의 문학에 나타나는 서울의 장소성 등을 살피는 일은 근대 서울의 여러 특성을 보여주는 일이 될 수 있다.[5] 강점기 박태원과 이상, 염상섭 등의 문학에서 경성은 일제하 무기력한 지식인이 배회하는 쓸쓸하고 낯선 장소성을 보인다.[6] 서울 토박이인 이들에게조차 경성은 '쓸쓸하다', '외롭다', '서운하다'의 장소감을 주는 곳이었다. 그렇다면 고향을 떠나 상경하여 문인들과 만나고 습작하였던 지방 출신 여성 작가들에게 낯선 장소 서울은 어떠한 장소감을 주는 곳이었을까, 이 글은 그런 문제의식으로 시작되었다.

김명순과 나혜석 모두 1896년생으로 비슷한 시기에 상경했다.

평양 출생인 김명순은 진명여학교 보통과에 입학한 1907년 즈음에 서울에 와서 진명여학교를 졸업하고 일본 유학 후 귀국하여 숙명여고보에 편입하여 다니고 작품 활동을 한 것으로 보아 이후 서울에 머문 듯하다.[7] 그녀는

---

5   이-푸 투안은 장소를 안전, 공간을 자유와 연관 지어 구별하면서 모든 인간은 장소에 애착을 가지고 공간을 추구한다고 하였다(이-푸 투안, 이옥진 역, 『토포필리아 : 환경 지각 태도 가치의 연구』, 에코리브르, 2011, 20-21면, 146면). 장소 개념이 공간보다 더 구체적인 개념임을 알 수 있다.

6   박태원의 「소설가 구보씨의 일일」을 비롯해 이상의 「날개」, 염상섭의 소설들에서 그것을 볼 수 있다.

7   김명순을 가십으로 사용한 글 중 하나에 의하면 그녀는 "平壤女子高等普通學校를 우수한 성적으로 마친 17, 8밧게 아니되든 소녀의 몸"으로 문단에 들었다(「女流作家의 此悲慘, 東京서 金明淳孃 遭難」, 『삼천리』 제5권 제9호, 1933.09.01, 89면). 가십이 재생산되면서 학적도 그대로 이야기되었다(「이야기꺼리, 여인군상」, 『별건곤』 제66호 1933.09.01, 41-42면). 이런 방식으로 김명순이 당한 데이트폭력은 고스란히 그녀를 매장하고 말 다. 김명순에 대한 가십은 일대기를 그려놓기에까지 이른다(청노새, 「가인실연혈루기, 세번 실연한 유전의 여류시인 김명순」, 『삼천리』 제7권 제8호, 1935.09.01, 78-83면). 김명순의 세 번의 사랑 실패 과정이 다 그려지는 이글에 의하면 평양여고보를 거쳐 숙명여고보를 마친 듯하다. 그런데 김명순이 배우였다는 설도 있고 아니라는 설도 있다. 당대 글인 "여배우 金明淳과 여류문인 金明淳씨가 성명이 꼭 가튼 까닭에 한참동안은 여류문인이 여배우가 되엿다고 오해한 일도 잇섯다."(「경성 오십팔쌍동록」, 『별건곤』 제36호, 1931. 01.01, 122면)을 보면 동명이인으로 인한 실수로 보인다.

학교를 다니던 1907년 이래 20여 년 간 일본과 서울을 오가면서 탄실, 망양초, 망양생 등의 필름으로『창조』,『폐허』,『개벽』등지에 글을 실었다. 자신의 꿈을 위해 서울과 동경을 오가며 프랑스어 공부도 하고[8] 글을 쓰던 그녀는 1939년 아주 일본으로 옮겨간 것으로 알려져 있다. 김명순의 서울 생활은 순탄하지 않았다. 미혼의 여성 문인 그녀에게는 항상 각종 가십과 소문이 따라다녔다.[9]

나혜석은 수원 삼일 여학교를 졸업하고 서울로 진학한 1910년부터 서울에서 생활을 하고 활동을 하였다. 1913년 진명여자고등보통학교를 최우수로 졸업한 뒤 일본으로 유학을 떠났고 1917년까지는 동경과 수원 본가를 오간 것으로 보인다. 1918년 잠시 함흥에서 교사생활을 한 뒤 1920년에 김우영과 결혼 이후에는 서울과 동래를 오가며 지낸다. 당시 나혜석은 미술

---

8 김명순은 프랑스 유학이라는 꿈을 가지고 동경에 가서 프랑스어학원을 다니기도 하였다. 이때 그녀는 학자금 마련을 위해 행상까지 했던 것으로 전해진다(「여류작가의 차비참, 동경서 김명순양 조난」,『삼천리』제5권 제9호, 1933.09.01. 89-90면). 1933년 무렵은 그녀의 소설이 발표되지 않던 시기이다.

9 한국 최초 여성 작가로서 김명순은 세세한 것까지 세간에 회자되는 삶을 살았다. "文壇에 驚異的 文名을 날니든 나어린 閨秀文士"로서 "아버지는 金義善氏라하야 (…) 門閥잇는 집안의 따님으로 少女때를 고요히 故鄕浿城에서 보낸 뒤 서울에 올나와 進明女學校에 다"녔고 "東京에 발을 드려노차마자 조그마한 가슴을 비둘기가티 두근거리면서 麻布의 陸軍士官學校를 차저갓다"가 강간을 당하고 "失戀當하여 自殺하려"는 순간 만난 일인 신문기자에 의해 "東京都下의 各新聞에는 金明淳娘의 寫眞이 나고 그「로-맨쓰」가 나고 遺書까지 모다 나서 連日 큰 쎈세 을 이르켯고" "歸國하여 鎭南浦에서 L氏와 사랑의 보금자리를 꾸미엇다가 幾多의 轉變을 經하"게 된 것에 이른다. (「붉은 哀戀史로 東京을 올니든 女詩人 金明淳孃」-「신여성총관(2) 백화난만의 기미여인군」『삼천리』제16호, 1931.06.01. 24-26면) 오늘날로 치면 인권유린에 가까운 글들이 그녀의 사생활을 조명하였다. "지식 계층의 여성만이 아니라 여학생 및 일반적 가정부인" 타겟으로 하여 "근대적인 생활 양식을 적극적으로 받아들이던 신여성들의 모습을 잘 보여 주는" 것을 모토로 한 잡지『신여성』에서 '색상자'라는 난을 만들어 여성의 소문을 집중적으로 생산해내는 등 주도한 것은 아이러니다(최명표, 「소문으로 구성된 김명순의 삶과 문학」, 현대문학이론학회,『현대문학이론연구』30, 2007, 221-246면).

전람회에서도 입선하는 등[10] 화단에서도 유명세가 있었다. 이 시기 그녀는 어머니로서의 감상, 부부 문제나 생활 개량 등 현실적 문제, 그림 이야기 등의 평론들과 소설 「규원」, 「원한」을 발표한다. 1927-1929년 사이에는 유럽 여러 나라를 돌았고 귀국 직후인 1930년 이후 부산 동래 시가에서 지내며 외국 경험을 바탕으로 외국 풍물 소개, 우애결혼과 시험결혼 제창 등의 글을 썼는데, 육아를 위해 글 청탁도 최소화하는 상황이었다.[11] 이후 그녀의 행적을 당시 잡지 자료를 통해 보자면 다음과 같다.

① 1930년 4월 2일 오후5시 경성 인사동의 회견(尹聖相, 黃信德, 羅惠錫 외, 「新兩性道德의 提唱」, 『삼천리』 제6호, 1930.05.01)

② 1933년 3월 8일 방인근의 나혜석 방문(방인근, 「作家日記」, 『삼천리』 제5권 제4호, 1933.04.01)

③ 1934년 여자미술학교 인수할 계획(「三千里人生案內 美術校長과 羅蕙錫氏」, 『삼천리』 제6권 제5호, 1934.05.01)

④ 1934년 서울에 대한 계획 설문 조사에 응함(「내가 서울 女市長된다면?」, 『삼천리』 제6권 제7호, 1934.06.01)

⑤ 1934년 산중 생활을 고백하는 글 게재(「여인독거기」, 『삼천리』 제6권 제7호, 1934.06.01)

⑥ 1934년 8월 1일 나혜석의 「이혼고백장」(『삼천리』 제6권 제8호, 1934.08.01)

---

10 "11日 朝鮮 제2회 미술전람회가 개최되야 朝鮮人측으로 許百鍊, 盧壽鉉, 金昌燮, 羅惠錫, 張錫燐, 李漢福씨 등이 입선 得賞"(「皆自新乎-最近一年中의 社會相」, 『개벽』 제43호, 1924.01.01, 136면).

11 "愛兒病看護 東萊 福泉洞 산골에서 오고가는 세월을 맞는 몸이매 붓을 잡을 機會라도 잇슬 터이오나 요지간은 어린 아해가 病이 들어서 그걸헤 안저 醫藥의 시발을 하느라고 도모지 精神을 못 차리나이다. 어린 것의 快復을 기다려서 긴 글월을 올니기로 하고 끗치나이다."(「잡담실」, 『삼천리』 제4호, 1930.01.11. 16면)와 같은 글에서 이를 알 수 있다.

⑦ 1935년 3월 수원에 기거하고 있음(「三千里機密室」,『삼천리』제7권 제3호, 1935.03.01)

⑧ 1935년 10월 김일엽과 만나러 갔다가 집에 돌아옴(「三千里機密室」,『삼천리』제7권 제9호, 1935.10.01)

⑨ 1938년 충남 수덕사에 기거함(「우리 社會의 諸 內幕-機密室」,『삼천리』제10권 제8호, 1938.08.01)

①은 나혜석이 이혼하기 몇 달 전 글로, 동래에 지내면서도 일로써 서울에 드나들었던 것을 알 수 있다. ⑥의 글에서 "歸國後 八個月만에 心身過勞노하야 衰弱"해진 상황에서 "經濟上 關係로 서울에 살님을 차릴 수 업게되엿"으나 "내舞臺는 京城"이라며 나혜석은 서울에 대한 애정을 고백한다. ②에서 방인근이 "女史는 남편과 자녀를 떠나 壽松洞 日本집 2층에서 혼자 산다."[12]고 표현하여 이혼한 나혜석이 서울에서 거주함을, ③의 여자미술학교 인수 계획[13]은 그녀가 서울에 계속 기거하고 있었음을 알게 한다. ④의 글에서 나혜석은 서울에 대한 지대한 관심까지 보인다. 시장이 된다면 전차를 서대문선과 마포선간, 동대문선과 청량리선간, 광희문선과 왕십리선간을 한 구역으로 변경하겠다는 것은 활동영역이 넓은 이들을 고려한 정책이라 볼 수 있다. 이 글에서 그녀는 민족차별 정책에 대한 반발, 여성단체의

---

12 방인근이 나혜석의 서울 거주를 '귀향'이라고 표현한 것에서도 확인된다. "오래동안 벼르다가 春江과 갓치 羅蕙錫 女史를 방문키로 하엿다. 봄날치고는 몹시 치웁고 바람이 싸늘하엿다. 女史는 남편과 자녀를 떠나 壽松洞 日本집 2층에서 혼자 산다. (…) 그의 모성애는 남달리 심각하엿다. (방인근, 「羅晶月 여사의 귀향 最近日記」,『삼천리』제5권 제4호, 1933.04.01, 116면).

13 1934년에 아직 인수 계획이라고 되어 있는데 전집 연보에는 1933년 2월 4일 나혜석이 수송동에 여자미술학사를 연 것으로 되어 있다(「연보」, 서정자 엮음,『정월 라혜석 전집』, 국학자료원, 2001). 오류로 보인다.

필요성에 대한 생각과 아울러 서울 교통에 대한 해박함을 보이는 것이다. ⑤의 산중 생활을 고백하는 글을 보면 이 무렵 나혜석이 서울을 떠났음을, ⑦의 글에서는 수원에 기거함을, ⑨에서는 수덕사에 기거함을 알 수 있다.

지방을 오가지만 나혜석의 주무대는 서울이었기에 그녀는 이혼 후에 서울에 거주한다. 하지만 나혜석의 이혼 후 서울 삶은 이혼 전과 사뭇 달랐고 김명순처럼 가십의 대상으로 전락한다. 요양을 위하여 수원에서 거처하고[14] 수덕사에도 머물렀다[15]는 것은 어디에서도 안정되기 어려웠던, 그녀의 스트레스의 양을 잘 보여준다. 나혜석은 최고의 삶을 살기도 하였으나 문단과 사회로부터 유난한 배척을 받았던 작가였던 것이다.[16] 김명순과 달리 나혜석은 죽기까지도 서울을 완전히 떠나지 않았다.

---

14   "나고 자라나든 水原땅에 20년만에 다시 도라와 주택을 정하엿습니다." 露馬城을 본 후에 水原城을 보는 감상은 이상히도 로맨틱합니다. 水原은 8景을 가젓스니 즉 光敎積雪, 華虹 瀑㳍, 螺閣待月, 東山夕烽, 屛岩潤水, 柳川長堤, 西湖落照, 北池賞蓮이올시다. 실로 畵圖도 만코 산책처도 만습니다. 불건강한 몸을 服藥으로 靜養한 후 다시 사회에 나가 선생님의 지도를 밧을가 함이다. 만히 애호하여 주심을 바라나이다. 水原 X台 X面 池里 557 羅蕙錫" (「삼천리기밀실」, 『삼천리』 제7권 제3호, 1935.03.01. 22면) "R은 이 생활노 저생활 저생활노 이생활 뛰어 다시 고향을 차자 水原와서 五間草屋 가온대 업대려 身病을 소생 중이엿다."(나혜석, 「나의 여교원시대」, 『삼천리』 제7권 제6호, 1935.07.01, 129면).

15   "蕙錫, 一葉同樓 2個月 畵家 羅蕙錫 女史는 水原故山에 歸臥하여, 彩筆을 視하더니 얼마전에 畵材를 차저 湖嶺山川을 두루 遍巡하다가, 忠南 무슨 절에 削髮爲僧한 女流詩人 金一葉 女士를 맛나 약 2개월 간이나 僧房에서 同居하다가 다시 왔다고 한다." (「삼천리기밀실」, 『삼천리』 제7권 제9호, 1935.10.01, 22면) "羅蕙錫씨─海印寺에 가서 彩筆을 들고 있더니 요지음은 거기를 떠나 충남 修德寺 歡喜庵에 머물너 독서와 彩管들기에 분주하다고." (「기밀실-우리사회의 제 내막」, 『삼천리』 제10권 제8호, 1938.08.01, 19면).

16   개인적 불행으로 점철된 초창기 여성 작가들 중 나혜석은 더욱 고초를 많이 겪었다. 나혜석은 진명여학교를 수석으로 졸업하는 등 두각을 나타내었고 김우영과 결혼, 세계 일주를 하는 등 화려한 삶을 살았지만 이혼 후 비참하게 생을 마감한다. 이혼 후 그녀는 사회로부터 철저하게 외면당했다. 그녀는 허울뿐인 지식인이 아니었으며 유학생활, 구미 만유 등 외국생활을 조선의 현실에 도입하는 방안을 고민한 진정한 지식인 중 한 명이었으나 그녀의 일거수일투족은 사회의 냉대를 당했다.

김명순의 작품 중에서 '경성', '서울' 명칭만 거론하는 경우도 있지만[17] 서울 거리를 구체적으로 들거나 특정 장소감을 표현하며 1920년대 서울을 묘사하고 있는 작품들이 많다. 작품 말미에 "1924년 4월 서울서 초고"했음을 밝히고 있는 「쑴 뭇는 날 밤」은 주인공 남숙이 해몽을 부탁하러 정희철의 집에 가는 이야기이다.[18] 남숙이 배회하면서 서울의 여기저기가 그려지고 있다. 「손님」은 갑순, 을순, 삼순과 순오 4남매가 사는 집에 찾아온 주인성의 이야기이다. 그는 을순에게 끌려 이들의 집에 왔지만 삼순과 이야기가 통하는 것을 느끼게 되는데, 을순과 삼순 자매는 서로 합의하며 마음에 맞는 짝과 함께 하기로 한다는 내용이다. 이 작품에서 서울이 묘사되는 것은 평양에 사는 주인성의 시선에 의하여서이다. 「나는 사랑한다」는 헤어졌던 박영옥과 최종일이 다시 만나 불길 속에 사랑을 선포한다는 이야기로서 공간적 배경이 동숭동으로 되어 있는 작품이다. 이들이 만나고 헤어지는 서울의 여러 지역이 묘사된다. 「모르는 사람갓치」는 소문에 의해 순실과

---

17 '경성', '경도' 등으로 서울을 가리키는 경우가 보인다. "저는 그동안에 벌서부터 故國에 돌아와서 第2 故鄕인 京城의 어떤 旅館 온돌房안에서 당신의 安候하심을 비나이다."(「칠면조」, 『개벽』 제18호, 1921.12.01. 142면) 그러나 선례가 자란 곳은 경도올시다. 거기서 그는 어느 귀족들이 댕기는 학교에서 가장 취미 깁흔 귀족의 따님으로 리해를 받고 귀하게 길니웟습니다.(김명순, 「선례」, 송명희 엮음, 『김명순 작품집』, 지만지고전천줄, 2008, 77면, 이 글의 김명순 작품 인용은 모두 이 책) "그 일 년 전 봄에, XX학교 영문과(英文科)를 조흔 성적으로 졸업한 소련은 그 봄부터 역시 경성에서 XX학교 영어교원이 되어서 그 아름다운 발음으로 생도들을 가리켯다."(「도라다 볼 때」, 86면).

18 「쑴 뭇는 밤」에서, 정희철 부부의 집에 남숙의 친구인 박정순과 내연관계인 서모라는 이가 머물고 있다. 남숙은 Y라는 이를 좋아하는 상태이며 그와 관련한 꿈을 정희철에게 풀어달라고 하는 것이다. 서모는 "믜여운 남자"(138면)로 이야기된다. 남숙의 꿈 이야기를 들은 정희철은 "그것 참 시인의 쑴이로군. 그대로 시를 쓰시지요."라고 말하는데, 남숙은 "시(詩)라도 쓰지."라는 정희철의 말을 되새기면서 "아니다. 시는 그러케 쓸 것일가. 역시 생활을 근견히 해 나갈 그 생긔 잇는 새로운 정신으로래야 쓸 것 아니야."라고 생각하며 '신앙', '순정', '이상', '용감한 정조'를 갖춘 것이 시여야 한다고 생각한다.

파혼하고 다른 사람과 결혼한 창일의 안타까운 사랑 이야기이다. 한 노파의 주선으로 다시 만나게 되지만 순실은 이혼하고 다시 시작하자는 창일의 청혼을 받아들이지 않는다는 내용이다. 여기에서는 순실이 걸어다니는 서울의 북촌 지역이 그려진다.

나혜석의 작품은 내면의 발견과 현실에 대한 개안을 시도하고 있으며 시공간에 대한 인식 면에서 근대성을 확보하고 있다. 그런데 나혜석이 이혼 후 발표한 희곡「파리의 그 여자」와 소설「현숙」,「어머니와 딸」등은 이전 작품들에 비하여 현격한 질적 차를 보인다. 그녀를 향한 세간의 관심만큼 그녀의 소설은 세상의 기대를 받았지만[19] 그녀는「어머니와 딸」이후로 작품을 발표하지 못한다. 그녀의 작품 중 서울을 무대로 한 것은「현숙」뿐이다.「어머니와 딸」역시 서울의 어느 하숙방을 배경으로 하는 듯 보이나 아무런 배경적 묘사를 보이지 않기 때문에 서울에 대한 묘사가 나타난 것은 「현숙」뿐인 셈이다.「현숙」에서는 현숙이 오고 가는 서울 여기저기가 드러 난다. 나혜석의 서울 묘사는 드문 편인 것이다.

---

19 당시 삼천리사를 대표적으로 나혜석의 소설이 나오기를 학수고대하고 있는 정황을 볼 수 있다. "羅蕙錫氏 小說執筆 古都 水原에 이르러 彩筆을 둘느고 있는 女流畵家 羅柳錫氏 는 某新聞社 懸賞小說에 應募로서 方今 晝夜로 執筆하고 있다고"(「삼천리기밀실」,『삼천 리』제8권 제11호, 1936.11.01, 205면) "신록이 무르녹는 初夏에 예술적 충동을 못참어「칸 파스」를 메고 水原古城을 떠나 남방순례를 나섯든 羅惠錫여사 가노라고느간 곳이 경남 陜川 海印寺. 여기에 여장을 풀고 요지간은 매일 계곡의 미를 차저다니며 명작을 一心不 亂 제작중이라든가"(「객담실」,『삼천리』제9권 제4호, 1937.05.01, 5면) "羅惠錫女史 ＝ 山水美와 泉石의 美에 취하여 東萊 일대에 여름 내내 逗留하면서 彩筆을 잡고 있드니 그 동안 여러 작품을 역것다고."(「객담실」,『삼천리』제9권 제5호, 1937.10.01, 4면) 등이 그것이다. 그러나 글 발표 기록이 없다.

1) 서울의 구체적 지명 활용하기

우선 김명순과 나혜석은 일제강점기임에도 '경성'보다는 '서울'이라는 명칭을 더 자주 사용한다.[20] 두 작가 모두 서울의 지명을 구체적으로 거론하며 서울에 대한 지식을 보인다.

김명순 작품에서 필운대, 태평동, 동숭동, 창덕궁 옆 동네 등 지명이 구체적으로 나타난다.

① 그는 필운대까지 엇더케 가랴 하는 염여가 업지 안엇스나 입엇든 옥양목 겹조거리를 버서놋코 얄분 솜져거리를 닙고 거울을 보앗다. (…) 안국동 네거리를 지나서 그는 경복궁 압흐로 향햇다. (「쑴 뭇는 날 밤」, 132-133면)

② 이날 태평동 신흥려관 데팔 호실에서는 서너 사람이 주인성이라는 평양 안에 데일 가는 사업가를 차자서 이야기를 햇다. 그는 맛츰 서울에 와 잇든 중이엿다. (「손님」, 155면)

③ 칠월 모일 아침에 동숭동 최종일 뎡자 직히는 돌이 할아범은 일즉 일어나서 압뜰을 쓰러노코 후원을 쓸려고 수정뎡(水晶亭)이라는 륙모로 생긴 다락모통이를 돌아서다가 후원으로부터 리상한 인긔척을 드른 듯 하야 그 발거름을 멈츳하얏다. (「나는 사랑한다」, 173면)

이날 저녁에 동숭동 최종일의 산뎐에는 큰불이 이러낫다. 조흔 집이 탄다고 사람들은 서러하엿다. 그러나 그 불덤이 속에 소래 들리여 이르되 "사랑하는 이여 아름다운 말 전부는 너의 일흠이다" (같은 글, 191면)

④ 할멈이 와서 쏘다시

"관세음보살"

---

20 전우용의 말(앞의 책, 15-21면)처럼 당시 작가들에게 단어 '서울'은 "비밀의 언어"였음을 여러 작품을 통해 확인할 수 있다.

을 부를 쌔에는, 녀자는 어느 문으로 드러갓든지, 남의 집 후원인 창덕 궁 동북편 담 밋헤 섯섯고 남자는 벌서 그림자조차 보이지 안엇다. (「모르는 사람갓치」, 199면)

인용문 ①의 앞부분에서, 남숙은 "도서관"에서 돌아왔다면서 필운대를 향해 걷는 것으로 서술된다. 김명순이 이 글을 쓴 1924년 당시 서울에는 우리나라 최초의 근대적 도서관인 경성도서관이 재동 취운정에 있었다([그림 1]).[21] 인물은 경성도서관에 갔다가 집에 왔고 안국동 네거리

[그림 1] 경성 도서관 사진
(국립중앙도서관블로그 https://bit.ly/42rU3AD)

를 지나서 필운대를 향하고 있는 것으로 보인다. 따라서 주인공의 행동반경은 취운정~필운대 사이의 거리에 있는 것이다. ②의 「손님」은 심갑순, 심을순, 심삼순, 심순오 등 4형제를 두고 있는 심장로의 집에 손님이 찾아오는 이야기이다. 이 작품의 무대는 시골에서 올라온 주인성이 묵는 여관이 있는 태평로와 을순의 집인 서대문 밖 정도이다.[22] ③의 「나는 사랑한다」에서는

---

21 1920년 일제강점기 윤익선이 과거 취운정 자리(지금의 종로구 삼청동 감사원 자리)에 최초 한국인 소유의, 한국인만을 직원으로 채용하는 경성도서관을 세웠다. 이는 도서출납뿐 아니라 여성과 아동 대상 교육 및 전시프로그램도 운영하였다. 경영난으로 1926년 3월 25일 경성부에 매각하였다. 광복 후 경성도서관은 서울시립 종로도서관으로 이름을 바꾼다. 1968년 8월 20일 사직동으로 옮겼다. (「한국인이 건립한 최초의 공공도서 '경성도서관' 옛터는 어디?」(https://www.news1.kr/articles/?4529368) ; 「경성도서관을 아시나요?」(https://bit.ly/3w2VY2E) 검색일 2024.01.01.

22 이 작품상 '7월 13일'이라는 날짜를 특정한 것은 작가가 작품의 사실성을 노린 장치로 보인다. "단속적으로 비 만히 오든 작년 칠월 십삼 일 누구던지 이 해에 서울 살든 이들은 그 사나웁게 바람 비 부듸치든 무서운 날을 잊지 못할 것이다."(「손님」, 145면). 사실상

동숭동이라는 지명이 나오고 그곳에서 사건이 발생한다. ④는 성균관 앞을 산책하는 두 사람의 이야기인데 "창덕궁의 동북편 담"이라는 것으로 미뤄 보아 명륜동 정도로 유추된다.

나혜석 소설에서 서울 구체적 지명이 드러나는 것은 「현숙」뿐이다.

⑤ 二十三의 色이 히고 목덜미가 드묵하고 몸에 맞는 衣服, 女子와 對面해 있는 男子는 어느 新聞社 記者 아직 아침 아홉시 早朝(조조) 때 南大門 스태숑 부근 적은 喫茶店(끽다점)이었다. (「현숙」, 132면)[23]

⑥ 여자의 푸랑이라는 것은 지금 喫茶店 讓店(양점)이었다. 장소는 鐘路 1丁目, (133면)

⑦ "무어 그렇지도 않어. 뿌르조아 翁이 때때로 丁子屋 食堂에 가서 점심이나 사줄 뿐이지." (134면)

⑧ "今夜 七時頃 鐘路 네거리에서 만납시다" 하였다. 두 사람은 섰다. (137면)

⑨ 安國町 ○○下宿은 가을 비 흐린날 어둠침침하였다. 老詩人 房은 발 듸될 곳 없이 古新聞 古雜誌가 山같이 싸였다. (137면)

⑩ 그 이튿날 오후 老詩人은 L과도 相議치 아니하고 社稷洞에 있는 K大家 집으로 달녀갈다. 老詩人은 徐徐히 말을 끄내여 玄淑의 말을 하였다. (144면)

이 글이 쓰인 1926년의 '작년', 1925년 7월 13일자 신문의 「장마 뒤의 수해지 사천여 이재민의 참상」이라는 기사에서는 "이번 홍수에 저주되야 수해를 당한 피난인들은 경성 시내 외에 수삼천여명에 달하야 그 참혹스런 상태는 실로 목불인견인데 뚝섬 방면에는 리재민이 수천여 명에 달하야 홍수에 집을 빼앗기고 기타 약간한 식량과 의복가지 등도 물에 저저서 지금은 입을 것 업고 먹을 것 업서 애쓰는 상태이며 또한 이촌동, 마포, 동막, 서강 등 기타에도 수해민이 수천명인 바"라고 말하고 있다.

23   서정자 엮음, 『정월 라혜석 전집』, 국학자료원, 2001, 95-194면. 이 책에서 나혜석 작품 인용은 모두 이 책.

⑤에서 현숙과 지인이 만나 대화하고 있는 곳은 "南大門 스테숑 附近"이다. '남대문역'이라는 명칭은 1900년 7월 경인철도가 개통되면서 사용되어 1922년 신축 준공되면서 '경성역'으로 개칭될 때까지 사용한 이름이다. 「현숙」이 쓰인 1930년대 중반까지 이

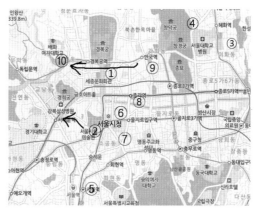

[그림 1] 김명순과 나혜석 작품 속 서울(여기에서 움직이는 공간 ①은 「현숙」에서 노시인이 K화가를 찾아간 길과도 겹친다.)

두 이름은 혼용되었음을 알 수 있다. 그녀가 찻집을 임대하려고 하는 곳은 종로 1정목, 지금의 종로 1가이다. 현숙에게 파트론 같은 존재 부르주아 옹이 점심을 사주곤 하는 정자옥 식당은 ⑦의 위치였다.[24] ⑧은 현숙이 기자에게 오후에 만나자는 곳 종로 네거리이다.[25] 현숙과 노시인, L군이 머물고 있는 하숙집이 있는 곳은 안국정, 곧 안국동이며 K화가의 집은 사직동이다.

이상 두 작가 작품 속 서울 위치를 표시한 것이 [그림 2]이다. 서울 중 종로구 중구에 한정된 지역을 다루고 있음이 보인다. 당시 서울 영역은 변화되어 있었음에도 김명순, 나혜석 작품상 서울은 종로구 중구에 한정된다. 이들의 서울에 대한 협소한 이해도를 볼 수 있다. 서울 특정 지명을 거론하면서도 지역의 고유 장소성에 관심 없어 보이는 것도 그 때문으로

---

24 정자옥(조지아)는 지금의 명동 입구 롯데 영플라자 명동점 자리에 있던 일제강점기 백화점 이름이다. 이는 1921년 4월 일본인이 설립한 현대식 백화점이었고 광복 후 미도파 백화점이 한동안 이 자리에 있었다(위키백과 https://bit.ly/3UpbbVK).

25 여기에서 '종로 네거리'란 보신각이 있는 사거리를 말한다.

보인다.

2) 사교와 활동의 중심지 부각

서울은 사교와 활동의 공간이었고 작가들에게 그것은 더욱 특별했다. 작가들이 종로구, 중구에 주목한 이유 중 하나는 이곳이 서울의 관문인 서울역에서 조선 왕궁이 있는 쪽으로 향해 있었기 때문이다.[26] 상경한 문인들에게 이곳은 작가들이 처음 만나는 서울이기도 하고 경제와 사교 활동의 대부분이 이뤄지는 중심지의 의미였다. 그것은 김명순의 「손님」에서 주로 나타난다.

그의 뎨일 직업은 이 남자 저 남자, 맛나는 것이고 뎨이 직업은 자긔보담 얼골 곱고 재조 잇는 사람의 흠을 지어서 선전하기고 뎨삼 직업은 유탕한 남자들의 심리(心理) 연구다. (…) 그는 자긔가 이 서울 안에서 몰니운 사람으로 못난 사람으로 잡히지 안는 것은 서울 사회와 가티 공평히 아는 일이라고 생각 못 할 리 업섯다. (「손님」, 153면)

이 도회 안에는 이상야릇한 녀자들이 다 꾀여드럿지. (…) 사람은 너나 할 것 업시 그 유혹을 피치 못하고 잇슬니면서, 간신히 생활을 유지하고 이 사회 제도와 도덕뎍 관렴에 타협하는 광고판을 그 얼굴들 우헤 붓친다. (…) 아아 역시 을순이는 미련한 녀자는 아니다. 그는 이 긔회를 타서 자신을 이 서울 안에 넉지 벗게 하엿다. (「손님」, 160~161면)

심장로의 큰딸 갑순은 기혼자이고 그 동생들 을순, 삼순 자매는 대조되는

---

26 그래서인지 이들 작품에서 반대쪽 영등포나 용산 쪽은 전혀 거론되지 않는다.

타입으로 서울의 남자들에게 관심을 끌고 있는 상황이다. 을순은 음악학교를 3년 다녔지만 "배운 피아노는 게으름으로 못하고 제물 독창(자기류(自己流)로 아모럿케나 하는 것)"을 특성으로 하고 있으며, '서울'이라는 공간을 이용하여 인기를 모으는 인물로 보인다. '손님', 주인성은 을순에게 끌리는 마음을 주체하지 못하며 그녀와 연관 지어 서울을 정의하고 있다. 자기가 아는 서울 사람을 통하여 서울의 이미지를 구성하는 경향을 볼 수 있다. "천격"이고 "얼골 믜운" 을순이에게 마음이 흔들리면서 주인성은 "이 도회 안에는 이상야릇한 녀자들"이 모이는, 농락, 사랑, 교양 등이 종합된, 사교의 공간이라고 서울을 파악한다.

　나혜석의 경우는 소설에서는 사교지, 중심지로서의 서울의 면모가 드러나지 않는다. 논픽션 글들에서 다음과 같은 부분을 찾을 수 있다.

　　① 어느 때 내가 「나는 東萊가 실혀요 암만해도 서울가서 살아야겟서요」하엿사외다.[27]
　　② 내舞臺는 京城이외다. 經濟上 關係로 서울에 살님을 차릴 수 업게되엿사외다.[28]
　　③ 「글세 내말이 그 말이야. 그러니까 말이야 친구도 나이 40에 이리저리 헤매지 말고 서울서 그대로 긔초를 잡으란 말이야」[29]

　위의 글에서 나혜석 역시 서울을 자기 삶의 터전으로 생각하고 있음을 알 수 있다. 경제적 이유로 서울에 살지는 못했지만 "내舞臺는 경성"이라는

27　나혜석, 「이혼고백장, 청구씨에게」, 『삼천리』 제6권 제8호, 1934.08.01, 90면.
28　위의 글, 92면.
29　나혜석, 「신생활에 들면서」, 『삼천리』 제7권 제1호, 1935.01.01, 71면.

말은 서울이 자신의 능력을 알아주는 공간이고 사교 활동을 할 수 있게 해주는 곳이라는 그녀의 인식을 보여준다. 나혜석은 이혼 직후 서울에 머물면서도 작품 활동은 거의 못 하지만[30] 서울시의 구체적 발전 계획도 내놓을 만큼 서울에 애정을 가지고 있었다.[31] 나혜석에게 서울은 분명한 사교와 활동의 공간이었다. 그녀가 활발히 문학과 미술 활동을 하던 시기 자주 찾던 공간이 종로구와 중구이다. 1921년에는 경성일보사 내청각[32]에서 한국인으로서는 두 번째, 여성으로는 첫 번째 유화 개인전을 열었다. 그럼에도 사교 공간으로서의 서울이 소설에서는 그려지지 않고 위와 같이 수필류의 글들에서나 간헐적으로 나타난다.

3) 불쾌하고 낯선 시선의 거리

김명순과 나혜석 소설에서 서울은 길 가는 여성을 희롱하는 불쾌한 거리, 공부한 여자에 대한 호기심이 불쾌한 시선으로 표현되는 거리로 묘사된다.

---

30 그녀는 당시 서울에 있었음에도 출품을 하지 않았다. "東京에 드러가서 帝展에 특선이 된 閨秀畵家 羅蕙錫여사는 최근에 서울로 도라왓는데 이번 경복궁에 열닌 미전에는 아모 것도 출품하지 안엇다는 말이 잇다."(「가인춘추」, 『삼천리』 제4권 제7호, 1932.05.15, 9면)

31 혜석은 1934년에 한 설문 조사에 응하였다. 「내가 서울 女市長된다면?」(『삼천리』 제6권 제7호 1934.06.01.)이 그것인데, 나혜석은 여기에서 다른 의견들과 함께 전차의 여러 선 간을 1구역으로 변경하겠다고 하였다. 선 간을 1구역으로 하겠다는 것은 서울 전체를 기본구간요금으로 다닐 수 있도록 한다는 것이다. 1921년 일제는 전차요금을 승차구간에 따라 개정, 시내선과 교외선을 각 1구역 5전으로 인상하였다. 당시 교외선 승객은 1일 약 2만 명에 달했다고 하는데 이 요금 인상에 저항하는 구간철폐운동이 이어졌고 1933년에는 내외선 승계가 인정되었다고 한다(마포구립 도서관 지역자료 http://sglib.mapo.go.kr/guji/). 그렇다면 나혜석의 의견은 당시 이미 시행되고 있던 내용인 것으로 볼 수 있다.

32 당시 경성일보사는 지금의 시청 자리에 있었고 1927년 이후로 조선총독부 신청사가 신축되었다.

① 지금것 어득어득 사람들이 그 엽흘 지낫서도 어두움으로 그 모양을 남뵈이지 안엇지만 희미한 불빗헤 나오매 전문학교 학생 갓튼 청년들이 지나다가 제 각기 외국말로 제각금

"길 일흔 양 것구나."

"놀랠 만치 아름답다."

"아름답다."

"곱다. 그 몸매."

뒤써들면서 지나갓다. 남숙은 놀니는 듯한 소리들이 불쾌해서 속으로 '못된 것들 사내들이 남의 얼골만 보나!'하고 얼썰에 간다는 것이 필운대를 향하고 경북궁 모퉁이를 지나서 작구만 거러갓다. 그 길은 어둡고 무시무시하얏다. (「쑴 뭇는 날 밤」, 135-136면)

② 쾌청한 가늘 날세이엿다. 성균관(成均館) 압헤 황드리 드놉흔 포플라나무들이 맑은 해빗츨 바더 저- 파란 하날 한폭에 황금빗을 휘푸러 그으랴는 듯이 놉히놉히 빗날니고 잇섯다.

(…)

성균관 담 밋헤 흣허진 은행나무닙을 줍은 어린애들이 이상한 시선(視線)으로 잇다금 그의 자태를 탐내듯이 흘러보앗다.

개천가에서 쌜내하는 녀자들, 물 깃는 녀자들, 줄넘기하는 아이들, 쉬 넘기하는 아이들 할 것 업시 모다 하든 동작을 멈추고 황홀히 그의 종용한 배회(徘徊)를 바라보앗다.

승삼동(崇三洞) 산기슭으로 가는 자동차객이 성균관 모퉁이에서 나려 청화원을 가르킨 방향으로 기생을 동반하여 가다가도 물ᄭᅥ럼이 서서 바라보고야 갓다.

"한번 잘낫는걸."

"퍽 점지않은데."

"글세 어듸 외국이나 갓다온 녀자 갓구려."

"한번 저만치 나고 볼 것이다."

하는 따위의 사양 업는 비평을 하고 지나갓다.(「모르는 사람 갓치」, 195-196면)

①에서 주인공 남숙은 거리의 환한 불빛 아래 지나가는 사람들의 희롱을 듣게 된다. 여인 혼자 길을 걸어가기 어려운 곳이라는 두려움에 "길은 어둡고 무시무시하얏다."라고 느낀다. 흘깃거리는 낯선 사람들로 인해 서울 거리의 불쾌한 기분을 묘사하는 부분은 「모르는 사람 같이」에서도 보인다. 산책하는 순실을 향한 사람들의 시선이 그것이다. 나뭇잎을 줍거나 줄넘기 하는 어린애들을 비롯하여 빨래하고 물 긷는 여인들, 모두 순실을 향하여 시선을 집중한다. 심지어 숭삼동으로 가는 자동차객이 "청화원을 가르킨 방향으로 기생을 동반하여" 걷다가도 순실을 바라본다.[33] 어린애들까지도 "탐내듯이 흘터"보고 남자들은 순실을 향하여 "사양 업는 비평"을 하며 희롱한다. 남숙과 순실이 공통적으로 느끼는 불쾌한 시선은 1920년대 신여성을 향한 서울 사회의 시선, 낯선 서울에 올라와 공부하고 작품을 발표하던 20대 신여성 김명순이 느꼈던 불편함[34]을 표상하는 것이다. 당시 사회에서

---

33 숭삼동이란 오늘날 명륜동 3가를 말한다. 1910년 10월 1일 한성부가 경성부로 바뀌면서 경기도 관할지역으로 격하될 때 숭교방 세 번째 마을이라고 하여 숭삼동이라 개명되었다. 1936년 조선총독부령 제8호와 경기도고시 제32호로 경성부 관할구역의 동명을 정비할 때 명륜학원이 있는 세 번째 동이라 하여 명륜정 3정목이라 하였고 광복 후 명륜동3가가 되었다. 지금은 혜화동 주민센터에서 관할하고 있다(http://tour.jongno.go.kr/역사·동 명유래). 자동차에서 내린 사람이 기생과 함께 향하고 있는 '청화원'에 관한 자료는 나오지 않지만 「명륜정 山중에서 괴사체 발견」(≪조선중앙일보≫, 1936.06.13.)이라는 기사에 "12일 아침 다섯시 경에 명륜정 청화원 뒤 산속에"라는 구절로 미뤄볼 때 지금의 와룡공원 쪽에 있던 음식점 정도로 보인다.

34 김명순을 둘러싼 온갖 소문과 가십으로 힘든 삶을 살았음은 그녀의 시를 통해 알 수 있다. 일례로 「유언」 중 "조선아(중략)/ 이다음에 나 같은 사람 나더라도/ 할 수만 있는 대로 또 학대해 보아라 (중략)/ 이 사나운 곳아, 이 사나운 곳아."와 같은 시구가 그를

모던 보이/모던 걸은 주위의 이목의 대상이었다. 당시 이들은 "모뽀와 모껠"로 불리며 "淑女? 紳士? 천만의 말씀을 다 하십니다요? 浮浪者라니 妓生이라니 密賣淫이라니 僞造女學生"[35]이라는 조롱을 받았는데, 신남성보다 신여성들에게 더욱 가혹했다. 가정에 머물지 않고 사회적 활동을 하는 여성들이 받는 불편한 시선에 관해서는 나혜석 소설에서도 주목하고 있다.

① "그런데 김선생. (…) 이렇게 여관에 게시면 비용이 많이 들지 않아요."

"그거야 내가 아러채서 할 일이지요."

"저기 방 하나 말해놓앗는대. (…) 아니 글세 말이야요. 근묵자흑으로 선생이 온 후로는 우리 영애란 년이 시집 안 가겠다 공부를 더 해지라니 대체 녀자가 공부는 더 해서 무엇한답데가." (「어머니와 딸」, 165면)

② 離婚事件 이후 나는 朝鮮에 잇지 못할 사람으로 自他間에 公認하는 바이엿고, 4,5년간 잇는 동안에도 實上 苦痛스러웟나니, 第一 社會上으로 排斥을 밧을 뿐 아니라 나의 履歷이 高級인 關係上 그림을 파러 먹기 어렵고 就職하기 어려워 生活安定이 잡히지 못하엿고 第2 兄弟親戚이 갓가이 잇서 나를 보기 실혀하고 불상이 역이고 애처러이 생각하난 거시오 第3 親友知人들이 내 行動을 有心이 보고 내 態度를 역여보는 거시다.[36]

①은 「어머니와 딸」에서 김선생이 여관에서 쫓겨나는 장면이다. 「회생한 손녀에게」, 「현숙」, 「어머니와 딸」 등에서 나혜석은 여관이라는 공간이 강점기 집을 나온 이들에게 일상적 공간이 되기도 하였음을 보여준다. 「현숙」

단적으로 보여준다.

35 김영팔, 「노상스케취-하나·둘, 가두만필」, 『별건곤』 제23호, 1929.09.27, 84-85면.
36 나혜석, 「신생활에 들면서」, 앞의 글, 72면.

에서는 그림 공부를 하기 위해 상경한 L이 현숙, 노시인과 가족처럼 살아가고 있고 「어머니와 딸」에서도 여관 사람들끼리 '유사가족'[37]처럼 살고 있다. 하지만 ①에서처럼 이 새 집단의 구성에는 여관집 여주인 등에 의한 선택과 배제가 작동했다. 자신들이 이루고 있는 유사가족의 범주에서 현숙을 배제하려는 여관집 여주인의 모습은 여성의 학문과 사회적 활동에 편견을 갖는 사회적 시선을 대표한다. "공부해 가지고 다 김선생같이 되라면 누가 공부를 않이 해요."(163)와 같이 공부한 사람을 존경하듯 말하는 그녀의 속내는 "녀자가 공부는 더 해" 보았자 소용이 없다는 사회적 통념을 체화한 것이었다. ②에서 볼 수 있는 것은 이혼한 후 나혜석이 느꼈던 사회적 배척감이다. 그녀가 이혼 직후 사회적 경험을 한 곳이 서울이기 때문에 여기 '조선'은 '서울'을 제유한다. 그녀는 "朝鮮에 잇지 못할 사람으로 自他間에 公認하는 바"이며 "잇는 동안에도 實上 苦痛스러"워야 했다. 이혼 이후 그녀를 배척하는 사회적 분위기로 인해 작가 나혜석에게 서울은 더욱 낯설고 이질적 장소감을 주었음을 알 수 있다.

4) 비정한 도시, 어두움의 강조

김명순의 소설에서, 여주인공 눈에 비친 서울의 모습은 "캄캄한 어두움"의 이미지이다.

---

37 '유사가족'은 가족 외 다른 집단에서 인간관계나 기타 사회관계를 조절 규제하며 가족 내적 관계를 적용하는 것으로 공동체가 하나의 가족으로 인식됨으로써 개인의 정체성이 높아지고 사회관계에서의 인간다움을 느낄 수 있는 가족 형태를 말한다(장덕희·이경은, 「독거노인의 유사가족 관계와 우울에 관한 연구」, 『한국지역사회복지학』 46, 2013, 229-254면).

① 남숙은 그 자신이 불 빗친 압혜 경복궁 압혜 이른 것을 아럿다. 봄날 밤 안개에 엉크러진 캄캄한 어두움을 둥그런 던등들이 몽롱히 쌔물고 느리게 오고 가는 던차들을 겨우 뵈엿다.

"거츠른 서울아. 왜 이리 어두운고. 사람이 안 사는 것이 아닌데 생각 업는 마음이 아닌데 왜 이리 캄캄하냐. 네 어두움을 밝힐 도리가 업느냐." 하고 남숙은 생각할 새 그 눈에 눈물이 맺치는 거슬 쌔닷고 도라설가 압흐로 갈가 하고 망설거렷다. (「꿈 뭇는 날 밤」, 135면)

② 그는 무시무시한 그믐밤의 어두음에 그 왼몸이 둘니워 안기는 듯이 겁이 나서 급급히 거럿다. (…) 음울한 봄밤은 그 마음을 압흐게 하고 그 마음을 쌔우치고 어듸서 무심코 분별업시 멧 사람이 번롱(翻弄)될 대로 밤 열두 시를 첫다. (「꿈 뭇는 날 밤」, 140-141면)

③ 괴로운 생활을 잇자고, 아편을 쌜듯이 그의 부르는 노래는 그의 소위 요리집에 졈이 다 남은 고기는…? 내가 이러다가는 이 컴컴한 서울에 잇슬니지? 확실이 서울은 어두운 긔분을 이르킨다. 본래 내 고향이지만 그 어두움이 엇절 수 업시 나를 평양으로 쫏찻다. 오오 이 어두움 (「손님」, 160면)

남숙에게 서울은 "무시무시"하고 "겁이 나"며 "어두움에 그 왼몸이 둘니워 안기는 듯"한 공간으로 느껴진다. 그것은 해몽을 위해 지인의 집을 찾아가는 ①에서나 속상한 기분으로 돌아오는 길 ②에서 마찬가지이다. 봄밤조차 "음울한", "마음을 압흐게 하고" "쌔우치"는, 게다가 "어듸서 무심코 분별업시 멧 사람이 번롱"하기까지 하는 장소이다. 돌아오는 길이 밤 12시 전후 늦은 시각이어서 "급급히" 걷는 것은 당연할 수 있지만 자진하여 지인의 집을 찾아가는 길에서조차 "네 어두움을 밝힐 도리가 업"을 정도로 어둡게 느끼고 있는 것은 남숙이 서울 전반을 그렇게 보고 있기 때문이다. 인물이 남성인 경우에도 서울에 대한 어두운 이미지는 ③에서처럼 마찬가지이다. 평양에서 올라와 서울 사교계를 돌아다니고 있는 주인성의 눈에 비친 서울도 어둡기만 하다.

나혜석의 「현숙」 역시 서울 종로구 중구를 어둡게 그린다. 사직동과 안국동이 나오는가 하면, 현숙과 신문 기자가 만나 계약연애에 관한 이야기를 나누고 편지 대필을 하는 다방은 "南大門 스테숑 附近"이고[38] 오후에 만나자는 곳이 종로 네거리인 이 글에서 서울은 모두 어둡게 그려진다. 낮의 밝은 서울 거리 묘사는 전혀 없다. 나혜석에게 서울은 일터였다. 과거에 그녀를 인정해 주고 돈을 벌게 하는 공간이었다. 나혜석이 이혼 후 바로 서울살이를 시작한 것은 그 무렵 그녀가 서울에 대하여 일종의 토포필리아를 가지고 있었음을 보여준다.

개인이 필요로 하는 것은 땅덩어리가 아니라 장소다. 그 안에서 자신을 확장시키고 자기 자신이 될 수 있는 맥락이 필요한 것이다. 이런 의미에서 장소란 돈으로 살 수 있는 것이 아니다. (…) 그들의 애정으로 장소에 스케일과 의미가 부여되어야 한다.[39]

---

38 앞부분에서 '남자'로 명명된 기자와 현숙이 만나는 곳은 남대문역 부근의 어느 다방이라고만 되어 있다. 남대문역은 1900년 7월 경인 철도가 개통되면서 염천교 부근에 열 평 정도의 목조건물로 시작되었으며 1922년 6월 남만주철도주식회사에 의해 서울특별시 중구 봉래동에 다시 르네상스식 건물로 신축, 규모와 독특한 외관으로 당시 화제가 되었고 이때 '경성역'으로 개명하였다. 광복을 맞이한 뒤 '서울역'으로 개명되었는데, 2004년 1월 새로운 민자역사가 신축될 때까지 유지되었었다.(네이버 지식백과, '남대문역' https://bit.ly/3HIBxdS) 이에 의하면 「현숙」이 발표된 1936년 무렵 명칭은 '경성역'이었는데, 작가는 이리 부르지 않고 '남대문역'이라 한다. 일제에 의한 개명에 반하는 작가의 의도로 볼 수도 있고 당시 사회적으로 아직 남대문역으로 부르고 있었기 때문으로 볼 수도 있다.
39 에드워드 렐프, 앞의 책, 173면.

"땅덩어리가 아니라 장소"로서 서울 종로구와 중구의 "스케일과 의미"는 나혜석의 전성시기를 상징하는 것이다. 이곳은 그녀가 활발히 문학과 미술 활동을 하던 시기 자주 찾던 공간이고 성대한 결혼식의 장이기도 하다. 그러나 이혼한 상태의 나혜석에게 서울은 더 이상 '인정의 공간', 토포필리아의 공간이 아니었다. 화재로 인해 애써 준비하던 작품들을 잃고 아들의 죽음마저 겪은 뒤 서울을 떠나는 나혜석에게 더 이상 서울은 유대감의 공간이 아니었기 때문이다. 「현숙」을 쓰고 발표한 1936년 무렵 그녀는 종로구, 중구에 있지 않았음에도 서울을 주된 공간으로 그리고 있다. 그럼에도 그녀의 작품 속 서울은 더 이상 토포필리아나 그리움의 장소가 아니라는 것이 주목을 요한다. 자신의 전성기를 보낸 곳을 장소로 선정했음에도 나혜석은 서울에 대한 어떠한 애정도 보이지 않는다. 이 작품에서 그려지는 종로구, 중구는 "장소의 독특하고 다양한 경험과 정체성이 약화"된 곳으로서의 서울이며 아무런 독특함과 애정이 보이지 않는, 이를테면 렐프가 말한 바 "무장소성"의 공간으로 볼 수 있다.[40]

김명숙, 나혜석 두 작가 모두에게 서울은 어두운 곳으로 인식된 듯하다. 당시 서울은 근대화의 첨단을 걷고 있던 도시로서 화려한 간판과 넓은 도로를 가지고 있었기에[41] 작가들이 머물던 지방보다 서울이 더 어두울 이유는 없다. 그럼에도 이들의 소설에서 어둠이 강조되는 것은 서울이 "어두운 기분"을 느끼게 하기 때문이다. "서울은 눈 뜨면 코 베어가는 곳"이라는 말은 서울에 대한 지방인들의 두려움을 표상한다. 궁궐로 상징되는 아우라가 철

---

40 렐프는 장소 그 자체의 진정성이 사라지는 것을 무장소성이라고 명명했다(에드워드 렐프, 위의 책, 35면). "중요한 것은 무장소성이 일종의 태도이며, 이러한 태도가 점점 지배적인 현상이 됨에 따라 깊이 있는 장소감을 가지거나 장소를 진정하게 창출하는 것이 점점 어렵다는 것을 인식하는 것이다."(179면)

41 김부진·안석주, 「경성각상점 간판품평회」, 『별건곤』 제3호, 1927.01.01. 114-123면.

거된 근대도시 서울은 범죄가 만연한, 부조리의 온상 같은 곳으로 이미지화
되었던 것이다.[42] 「손님」의 주인성의 내면 표현 중에 "괴로운 생활을 잊자
고, 아편을 쌜듯이 그의 부르는 노래는 그의 소위 요리집에 점이 다 남은
고기"라는 부분은 어두운 서울 이미지를 잘 보여준다. 생활이 괴로워서 아
편을 하고 노래를 부르며 고깃집에 가서는 남을 정도로 고기를 시키는 무절
제한 삶이 인물의 눈에 비친 서울 생활이었다는 것을 알 수 있다. 강점기
아편이 특수한 의미로 해석되는 것을 생각하면 이들이 그리고 있는 서울의
모순은 강점 하 조선의 모순이었고 딜레마였다. 당시 서울은 근대화 도시로
서의 면모와 동시에 어두운 뒷면을 가지고 있었음을, 강점하 모순을 응집하
고 있는 곳이라는 점을 여성 작가들이 포착하고 있음을 알 수 있다.

　1기 여성 작가들에 의한 서울의 이미지, 스토리텔링 양상은 다음과 같이
정리된다. 지방 출신 서울 활동 문인으로서 두 작가의 작품속 서울 사용
양상은 특정 지역에 한정, 그럼에도 문화 중심지라는 것, 낯선 시선과 어둠
의 이미지 등으로 보인다. 첫째, 종로구 중구 위주였다. 이는 서울의 다양한
모습 포착이라 하기 어렵다. 중심가로만 이해하는 것은 서울의 관문인 서울
역을 둘러싼 종로구 중구에 한정되어 활동한 때문이기도 할 것이다. 중심가
를 선택하여 스토리텔링을 하면서도 그 장소의 특성, 장소감까지는 포착하
지 못하고 있음을 알 수 있다. 둘째, 서울은 사교와 활동의 중심지로 그려진
다. 이때 직업이나 사람들의 교류를 통한 활발한 경제, 사회적인 활동이
실질적으로 그려지지는 못하고 있음을 보게 된다. 주인성이나 심을순, 현숙

42　당시 글에서 당시 서울은 "大京城의 鍾路 네거리"지만 쓸쓸하다고 이야기된다. "朝鮮의
　首府, 大京城, 인구가 35만이나 살고 잇는 곳인가 하고 생각하면, 더 쓸쓸"하다면서 관찰
　한 바에 의하면 몰락한 중산계급의 인물들이 초라하게 거닐고 "四大門이 업서젓는대
　그까짓것쯤이야 무어" 하는 심리 속에 협잡꾼과 "乞食群" "20여명의 어린 아해들"이 난
　무하는 "電車가 또 니를 갈고 다라"나는 곳이다. (김영팔, 앞의 글, 84-85면).

등이 등장하는 사교계의 모습이 정확히 포착되지는 못하는 것이다. 이는 작가들의 서울 인식이 피상적이었음을 알려준다. 이로 인해 이들은 소극적인 서울 스토리텔링 방식을 보일 수밖에 없다. 셋째, 이들에 의한 서울의 이미지는 낯설고 불쾌한 시선의 장이다. 서울 거리에 대한 낯설고 두렵고 불쾌한 시선의 묘사는 신여성에 대한 당대의 시선을 상징한다. 넷째, 또한 어둠의 이미지가 지배적이다. 어둠의 강조는 강점 하 수도 서울의 복잡상과 그로 인한 미래에 대한 작가들의 암담한 심경을 보여주는 것으로 볼 수 있다. 김명순과 나혜석의 서울 공간 스토리텔링 방식은 장소가 갖는 역사적인 의미와 공간의 특징에 주목하지 못하고 있다.

2. 염상섭의 서울 - 구석구석 잘 아는 장소

염상섭은 도시 경성을 열심히 묘사한 작가 중 하나이다. 당시 경성은 일제강점기 근대화의 미명 아래 가장 많은 변화를 겪은 공간이다. 염상섭의 지속적 경성 묘사는 경성인의 리얼리티 확보의 차원이 아니라, 급변하는 사회 속 사라져가는 것들의 포착이었고 공간에 대한 지대한 관심의 표현이었으며 풍속성 포착을 위한 것이었다.

『무화과』의 시간적 배경은 "만주사변 한 달 후", 동경에 지진이 일어난 날이 시작일로 되어 있다. 만주사변이 1931년 9월 18일의 일이니 10월부터 겨울, 봄까지 6, 7개월 간의 이야기를 소설 속 시간으로 하여 1931년 11월부터 1932년 11월까지 일 년간 쓰고 있는 것이다. 일제에 의하며 제대로 쓸 수 없는 시간임이 이야기되고 있다. 소설의 배경이 되곤 하므로 공산당 사건을 알아볼 필요가 있다. 강점기 조선 공산당 운동은 "공산당 지도 아래에 노동자 농민의 결합에 의하여 공동전선을 전개하고, 일본제국의 통치를 변혁하"(선언)자는 데 목적을 둔 독립운동 일환이었다. 1920년대 초부터 수면으로 나오던 조선 공산당 세력은 사회주의 10월 혁명에 영향을 받은, 몰락한 양반과 인텔리겐치아, 민족주의계열 등을 중심으로 힘을 결집하였다. 김재봉과 박헌영이 공산당 조직 확대와 회원 파견 훈련 준비를 하던 중 1925년 11월 22일 평안북도 신의주에서 조선총독부 밀정에 의해 계획이 탄로, 김재봉 등이 검거되면서 간도에 있던 근거지까지 일망타진되었다(제1차 조선공산당사건). 이 사건은 1927년 9월, 거의 2년이 지난 뒤에야 기사화된다. 『무화과』에 의하면, 삼익사 사건이 크게 보도된 것은 이러한 일제의 보도통제 때문이었다. 1925년 12월에 서울에서 조선공산당은 극비리 조직을 재건한다. 제1차 당 및 공산청년회의 후속조직은 좌우연합의 국민적 당을 조직하여 공산당이 실권을 장악하려는 것이었는데 1926년 6.10 만세운동의 참여로 독립운동을 심화하려던 계획이 거사 직전 탄로, 일망타진 되었다(제2차 조선공산당사건). 1926년 11월 일본에 있던 안광천, 하필원 등이 국내에 잠입하여 정우회선언을 발표하였고 12월에는 조선공산당이 재건되었다. 이들은 1928년 2월 일경에 의해 검거되었다(제3차 조선공산당사건). 1927년 7월에는 170명이라는 숫자의 공산당원이 구속되었다(제4차 조선공산당사건). 1929년 2월에는 원산노동연합회가 총독부의 노동운동 탄압에 맞서 총파업 투쟁을 벌였다. 인정식 등 50여 명이 구속되었다(제5차 공산당사건). 지속적으로 일어난 공산당사건에 염상섭은 주목하였고 여러 소설에서 사용하고 있다.

1) 『무화과』에 나타난 장소성

『무화과』의 배경을 1930년대 경성 가로 지도 위에 표시하자면, [그림 3]과 같다.

(1) 집, '가정' 부재의 장소

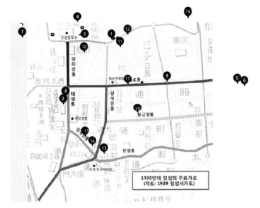

[그림 3] 『무화과』의 공간 ❶원영의 재동 집 ❷채련의 다동 집 ❸종엽의 간동 집 ❹봉익의 삼청동 집 ❺완식의 창신동 집 ❻한인호의 창신동 집 ❼길순의 집 ❽신문사 ❾명월관 ❿보도나무 카페 ⓫경찰서 ⓬순화병원 ⓭삼월오복점 ⓮음악회 ⓯조선호텔 ⓰화계사 ⓱탑골승방 ⓲조일사진관(이상은 소설상 장소를 대략적으로 표시한 것임)

『무화과』에는 가정집 배경이 제일 많다. 염상섭은 집안을 주 배경으로 삼는 작가이다. 이중 원영과 문경이 생활하는 재동 집의 빈도수가 가장 높다. 그 뒤로 종엽이나 채련, 봉익의 집도 설정되지만 이들의 집은 여염집이 아니다. 종엽과 봉익이 생활하는 곳은 하숙집이고 채련의 집은 기생집이다.

원영의 재동[43] 집은 원영이 모친과 아내와 아이들, 동생 문경 외에도 충주 아주머니를 비롯한 여러 객식구들과 살고 있는 집이다. 안채와 사랑채, 행랑채를 갖춘 큰 규모의 한옥이라는 물리적 환경이다. 여기에서 인물들의 활동은 돈과 관련한 대화나 다툼이 전부이다. 작품의 앞부분에서부터 시집간 여동생 문경의 귀국은 돈의 문제를 표면화하게 되었고 가장 많은 사람이 왕래하는 곳이 된다.

43　동명 '재동'은 계유정난 때 수양대군이 단종을 모시던 황보인 등 신하들을 유인 참살하였는데 그들의 피를 마을 사람들이 재로 덮었다고 하여 유래된 이름이다. '재를 덮은 마을', '잿골(회동灰洞)'을 한자로 '재동(齋洞)'이라 표기하였던 것. 한성부 북부-한성부 북서-경성부 북부로 관할이 바뀌었으나 1915년 경성부 직할이 되었다. 1936년 경성부 재동정이 되었다. (서울특별시사편찬위원회, 『서울지명사전』, 경인문화사, 2009) 대대로 양반, 권세가가 살던 동네이다.

① "집행을 만나서 집까지 쳐 나가게 되었다나요."

(…)

"얘는, 그래두 어림없는 소리만 탕탕하는구나. 이 애를 불러내려니까, 아들을 들쑤셔서 끌어낸 게 아니냐. 돈 만 원을 해오란단다. 만 원을!" (『무화과』[44], 29면)

② "그런데 어련하실 것은 아닙니다만 내일 은행 시간은 아니 넘겨주셔야 하겠습니다. 오늘은 어떻게 그럭저럭 넘기겠습니다마는, 내일 또 밀그러지면, 이번에는 가만히들 안 있습니다." (…)

"석 달 치 월급이면 꼭 하나 반인데, 전부 뽑아 보니까, 가불해 준 것을 제하고 약 삼 천원 가량이 남습니다. 그것으로 급한 조건이나마 틀어막아 놓고 며칠 동안 쓸 종잇값이 되겠지요." (45면)

①은 문경이 귀국하자마자 시가로부터 '지참금 추징'을 받았음을 전하는 장면이다. 몇 달 전 연애결혼을 하여 동경에서 살고 있던 문경은 시가의 부름에 귀국했다. 그런데 "혼인에 전후 비용을 다 물리고, 동경에서 살림을 차리거나 말거나 도무지 모른 척할 뿐만 아니라, 심지어 동경에 삼사 차 드나드는 노자까지도 아들이고 며느리고 난 모르니 도맡아 가라는 듯이 눈 딱 감아 버리고 단돈 일원을 안 주"(28)던 시아버지로부터 돈 요구를 받게 되는 것이다. ②는 소설 상 가장 큰 돈 요구인 신문사의 돈 요구이다. 김홍근은 원영의 집까지 쫓아다니며 돈을 요구한다. 『무화과』의 조력자 역할을 하는 종엽과 방해자인 김홍근 같은 인물들을 비롯하여 부친 정모, 채련, 정애 등 여러 인물들이 이 집을 방문하는데, 대부분 원영의 돈을 탐한

---

44 염상섭, 『무화과』, 한국소설문학대계 6, (주)동아출판사, 1995. 이하 이 작품 인용의 경우, 모두 이 책.

방문이다. 문경과 원영의 대화도 문경에게 요구된 지참금과 관련된다. 문경의 시부와 남편은 이곳에 들러 원영에게 노골적으로 돈을 요구한다. 그런가 하면 이 집은 원영과 문경이 경찰에 잡혀가고 식구들이 걱정하는 곳이며 그로 인해 모친이 병들어 죽고 문경이 유산하여 쉬는 곳이다.

중구 다동[45]에 위치한 채련의 집은 가정집이면서 가정집이 아니다. 이른바 '기생집'이다.

> "여기 다옥정 칠십 삼번지가 어디쯤 되우?" 하고 물어보니 모른다고
> 한다. 죽자고나 하고,
> "김채련이란 기생집인데……?"
> 하고 가게쟁이 대신에 미리 제가 코웃음을 치니까, 가게쟁이는,
> "네, 저 웃골목을 들어가시면 자연히 꼬부라지게 되었는데, 전등 달린
> 새 대문집입니다."
> (…)
> 솟을대문은 아니나 훌륭한 커다란 새 대문이 꼭 닫히었다. 환한 전등불
> 빛에는 김영숙이라고 한 사기문패가, 번지수 쓴 것과 좌우쪽에 버젓이 붙
> 어있다. 문전만 보아도 사오백 석 이상은 하는 사람의 집이다. (99-100면)

인용한 부분에서처럼 채련의 집은 "죽자고나 하고" 묻고 답할 민망한 장소이다. 기생집인 이 집은 원영이 보기에 놀랄만한 부잣집이다. 조부를 따라 만주에 갔던 채련이 이러한 집에 산다는 것은 당시 화류계의 위상을

---

45 동명 '다동'은 조선시대의 사옹원의 다방이 있던 자리여서 붙은 이름이다. 다동은 조선
    초기 한성부 남부 광통방의 일부였다. 1914년 경성부 구역획정에 있어 남부 중다방과
    모교 상다동과 하다동 일부씩을 합쳐 다옥정으로 명명하였다. (서울특별시사편찬위원회,
    『서울지명사전』, 경인문화사, 2009) 이를 보면 당시 일제에 의한 공식 명칭은 '다옥정'인
    데 염상섭은 '다동'으로 부르고 있음을 알 수 있다.

알게 한다.[46] 물리적 환경은 재동 집처럼 훌륭하지만 그 안에서 인물의 활동은 미미하다. 이곳에서 채련은 원영과 정을 나누기보다 대부분 손님을 맞이하느라 소일한다. 신문사 물주 이탁도, 브로커인 김홍근도 들르는 공적인 공간이기 때문이다. 조정애는 수배된 상황에서 이곳을 찾는다.

전반부부터 중반까지 간동[47]의 종엽 집이 많이 등장한다. 이곳은 일반 가정집이 아니고 하숙집이다. 이곳에서 종엽/신숙, 봉익/홍근의 대립적 활동을 볼 수 있다. 종엽이 애인인 원태섭과 헤어지고 문경이 봉익이라는 남성을 만나는 과정은 가치관, 이데올로기의 분화와 통섭의 과정을 대변한다. 한편 종엽의 집에서 인물들이 주로 하고 있는 것이 마작이었음을 주목할 수 있다.[48] 1930년대 작품들에서는 마작이 자주 등장한다. 특히 『무화과』에서 기자들과 문경을 비롯한 신여성들은 하숙하는 주인집 안방이라는 공간에서 주인 여인까지 더불어 '불량소녀단'[49]처럼 모여 이른바 노름을 하는 것이다. 사회주의자 봉익도 하숙생이다. 봉익이 앓아눕고 문경이 문병을 다니는 봉익의 집은 "삼청동[50] 막바지"에 있다.

---

46 당시 기생은 오늘날의 연예인처럼 인기와 부를 누리는 지위에 있었다(블로그 「기생 조선을 사로잡다」 http://blog.daum.net/pine19/17951283). 채련은 이미 브로마이드까지 만들 정도로 당대 최고의 연예인이었음을 알 수 있다.

47 간동은 현 종로구 사간동이다. 1914년 북부 관광방 간동, 벽동 일부 지역이 간동으로 통합되었고 1936년 조선총독부령과 경기도고시에 의해 경성부 간정이 되었고(서울특별시사편찬위원회, 『서울지명사전』, 경인문화사, 2009) 간동으로 불렸다.

48 박종홍, 「신여성의 '양가성'과 '집 떠남' 고찰」, 『한민족어문학』 48, 2006, 307면.

49 작가가 장난스럽게 사용하는 '불량소녀단'과 달리, 당시 불량소녀단은 학생이면서 기생처럼 행동하는 여성들을 말했다. 이들은 무리를 지어 하숙집에 거주하며 남학생들을 끌어들였다고(北隊記者S, 「戰慄할 大惡魔窟 女學生 誘引團 本窟探査記, 그들의 毒手는 집마다 노린다! 家庭마다 낡으라, 學校當局도 낡으라」, 『별건곤』 제5호, 1927.03.01. 76-89면) 하면서 부정적 이미지가 많이 보인다.

50 삼청동은 도교신인 삼청 성진을 모신 삼청전이 있던 데서 유래된 동명이다(서울특별시사편찬위원회, 『서울지명사전』, 경인문화사, 2009). 간동의 북쪽 지역이다.

중반 이후부터는 동대문 안 창신동[51] 완식의 집이 등장한다. 당시 창신동은 신흥 자본가계층들이 한양도성 밖에 지은 저택과 지방 조선인들이 몰려 이룬 토막민이라는 전혀 다른 두 층이 공존하는 공간이었다.

> "(⋯) 집은 창신동 작은집하고 합솔을 했다나. 확실히 그리 떠났다면
> 동대문 밖 창신동 골목 아우?"
> "응, L이 새로 지었다는 아방궁이란 데 가는 길이지?"
> "응, 옳지 옳지! 바로 그 아방궁 뒤로 떨어져서 거기 가게가 있으니,
> 그 가게 가서 한XX 집이 어디냐고 물으면 다 알 것이오⋯⋯." (733면)

여기에서 말하는 '아방궁'이란 강점기 대부호의 집들을 가리키는 말이다. 당대 이러한 거부들은 임종상, 장택상, 조병택 같은 인물들이 있었다. 'L'은 창신동에 세칭 '아방궁'을 지은 당시 소득세액 기준 서울시 두 번째 부호에 속하는 인물, 임종상을 지칭한다고 보인다.[52]

같은 창신동, 완식의 집은 "도배가 노랗게 전 단간방에 십 촉 전등이

---

51 창신동은 조선 초 한성부 동부 인창방, 숭신방 지역이 1914년 경성부가 될 때 인창방·숭신방의 가운데 두 글자를 따 명명된 곳이다. 1936년 창신정으로 되었고 광복 후 창신동이 되었다. (서울특별시사편찬위원회, 『서울지명사전』, 경인문화사, 2009) 이곳은 약초정에 있는 완식의 철공장에서 가까운 거리이다. 집과 공장의 거리가 멀지 않아 채련은 전차를 타고 다니지만 완식은 걸어다니고 있다. 약초정은 지금의 중구 초동이다. 번화가인 초동에는 지금도 작은 공장들이 있다.

52 「三千里機密室」(『삼천리』제7권 11호, 1935.12)의 기사를 보면 당시 민대식, 임종상, 김년수 등의 소득이 높았다. 당시 '아방궁' 같은 집을 지은 사람들이 몇 있었다. 윤덕영(순종 왕후 윤황후의 큰아버지)이 옥인동에 지었고(https://bit.ly/3wbL2zy) 창신동에는 임종상이 지었다. "林富者집! 엑크 말도 마러라 서에는 尹대가리, 中央에는 閔大監, 동에는 林富者- 이것은 서울하고도 高名한 三大家이다. 실로 阿房宮 이상이니 1時 外見으로는 감히 開口도 못 할너라. 입만 딱 벌니고 「아구 宏壯도 하구나.」할 뿐이다. 그저 그러케 하고 하두 嚴嚴하야 드러가지도 못하고 왔다"(「大京城白晝暗行記, 기자총출동(제1回) 1時間社會探訪」, 『별건곤』제2호, 1926.12.01.)와 같은 기사를 통해 그 화려함을 알 수 있다.

흐릿하게 비치는" 초라한 곳이다. 그러나 "정돈된 가정적 기분이 정애의 피로한 신경을 편히 쉬어 주기에 알맞"(681)으며 정애와 완식이 마음을 나누는 공간이다. 몰락한 양반집 초라한 공간은 정애의 등장과 애정에 의해 다른 장소감과 의미가 발생하는 곳이 된다.

비밀리에 원애에게 모종의 편지를 전하는 길순(나미짱)은 필운대 막바지에 살고 있다.

> 길순이는 남대문턱에서 차를 내려서 조선신궁 뒤로 난 자동차 길만 따라 올라간다. 그 중턱 오른편에 새로 지은 화양(華洋) 절충제의 문화주택이 최원애의 집이다.
>
> 이 집은 올가을에 낙성을 하고 옮겨 들었다. 아래층은 양실과 온돌방을 들이고 이층은 다다미방이다. (152면)

안달외사의 원조를 받으며 비밀스럽게 원영과 교류하며 김동국을 원조하는 수수께끼의 인물 원애의 집은 남대문 쪽에서 차를 내려 조선신궁[53] 뒤의 차도를 따라가면 된다고 이야기된다. 서울 거리가 상상이 될 정도로 상섭은 거리를 염두에 두고 묘사한다. 원애가 있는 장소는 양식과 온돌방, 다다미방을 고루 갖춘 곳이다. 이런 그녀의 집과 그녀의 행동은 그녀의 성격을 암시하는 듯하다. 그녀는 "고등 스파이"격의 안달외사와 결혼도 동거도 아닌 상태로 낮에는 자기 집, 밤에는 안달의 집에서 살고 있는 것이다.

'집'이라 함은 여러 가지 사회적 갈등과 번민 속에서 돌아오면 휴식과 위안을 주고 보호해주는 공간이다. 보호 기능을 강조하는 바슐라르에 의하

---

53 조선신궁은 염상섭이 『사랑과 죄』 서두에서도 언급한 바 있는, 장마로 무너진 경성을 일제가 식민지 수도로 기획해 나감에 있어 랜드마크가 되었던 건물이다.

면 "육체이자 영혼이며, 인간 존재의 최초의 세계", "인간이 우주와 용감히 맞서는 데 있어서 하나의 도구"이다.[54] 그러나 이상의 집들은 대부분 주거로 서의 따뜻한 장소성의 의미가 없다. 원영의 재동 집에는 부친이 없다. 첩치가를 하는 이정모가 나간 집에서 원영은 홀어머니와 자기 가족들, 딸린 식구들과 생활하고 있다. 부친 대의 비호를 받지 못하는 원영은 경찰이나 당국으로부터, 재산 노리는 이들로부터 안전하지 못하다. 이 작품의 집에 가정의 느낌은 없다. 아이들이 나오지 않으며 가족들 간 따뜻한 대화가 없다는 점이 그것을 보여준다. 원영조차 아이들을 바라보지 않고 귀찮아만 한다.

> "무얼 해. 들어와 아이나 보아요."
> 밖에다 대고 소리를 친다.
> 갓난아이들 떠들쳐 안지는 않더라도 그전 같으면 들여다보고 얼러도 주던 사람인데-하는 생각을 하면 아내는 그것도 야속하였다. 이번엘랑은 딸이면 좋겠다던 사람이니 딸이라 해서 그런 것도 아닐 거요, 셋째 낳는 거라 시들해 그런 것이 아니라, 첩이 생긴 탓이라고 생각하는 수밖에 없었다. 모든 게 첩 탓이었다. 요새로 딴사람이 된 것 같고 마음이 천리만리 떨어진 것 같다. (384면)

『무화과』에서 아이가 나오는 거의 유일한 장면이다. 원영은 아이를 대함에 부성애를 보이지 않는다. '아내'에게도 원영에게도 원영 동생 문경에게도 이 집은 따뜻한 가정의 장소감을 주지 않는 곳이다.

나머지 집들은 기생집이거나 하숙방이다. 정애가 채련의 기생집을 도피 장소로 선택한 것은 그곳이 누구나 갈 수 있지만 은밀한 사적 공간이라는

---

54 가스통 바슐라르, 곽광수 역, 『공간의 시학』, 동문선, 2003, 80면, 133면.

특성 때문이다. 원영의 집이 많은 사람들이 오고가는 광장 같은 곳이라면 기생집인 채련의 집은 비밀스런 장소인 것이다. 채련의 집은 채련이 원영을 만난 후 여염집으로 장소성이 바뀌게 된다. 게다가 원영과의 연관선 상에서 성과 향락의 공간이었던 채련의 집은 지하운동을 돕는 공간으로 장소의 의미가 변화한다. 봉익과 종엽의 하숙방 역시 가정은 아니다. 당시 하숙집이라는 장소의 의미를 생각해 볼 필요가 있다. 자신의 집을 벗어나 생활하는 사람들이 다른 사람의 집에 꾸리는 독립된 공간으로서 '하숙'은 우리 근대문학에서 자주 등장하는 공간이다. 종엽과 봉익은 『삼대』의 김병화처럼 가족들에게서 벗어나 독립적 삶을 영위하고자 하숙을 하고 있다. 하숙의 장, 하숙방이라는 공간은 "방값과 식비를 내고 비교적 오랜 기간 남의 집 방에 숙박하는 일"을 하는 장소이다. 무료 숙박시설 주막이 있었던 우리나라는 "숙박료를 받고 투숙객을 숙박시키는 전문적인 숙박시설"인 여관이 비교적 늦게 발달되었고 그것이 하숙의 기원이 되었다.[55] 종엽과 봉익의 하숙방은 매우 열악한 환경의 이른바 '여염집 하숙'이다. 왜 이들은 돈을 주며 이러한 곳에 살고 있을까.

하숙의 발달은 '가출'과 관계가 있다. '집'으로부터 벗어나기, 가출이란 우리 근대에서 단순한 부형에 대한 반발의 의미를 넘어 국권상실로 인한 정신적 아노미, 혹은 급변한 정세에 대한 부적응에서 원인을 찾을 수 있다. 이것은 "우리(청년)라는 정서적이고 이념적 장으로 정당화, 활성화하는 근대적 감수성과 감정 교육의 동적인 기원"이 되며 "근대 생활의 심볼"인 하숙을 통해 근대인은 시장 체계에로 진입하게 되었다.[56] 신문기자인 종엽

55 이채원, 「일제시기 경성지역 여관업의 변화와 성격」, 한국역사민속학회, 『역사민속학』 33, 2010, 329-348면.
56 이경훈, 「하숙방과 행랑방」, 『사회와역사』 81, 2009, 13-17면.

의 하숙집에 드나드는 이들은 사상과 가치관이 자유롭고 진취적인 "우리"라는 청년 문화를 형성하게 되는 것이다. 그런데 이들이 하고 있는 것은 '마작'이다. 종엽은 마작 책상을 고르러 다닐 정도로 마작에 몰두하고 있다. 그 이유를 작가는 원영에 대한 심란함 때문인 듯 암시한다.[57] 하지만 이들의 마작은 시대와 연결시켜 생각해 볼 필요가 있다. 박종홍의 말처럼 일제강점기 조선의 여성들은 남성들보다 훨씬 모순된 근대를 경험한다. 신여성들은 식민지인, 여성이라는 이중의 구속에서 벗어나기 위해 용감하게 가정을 떠났지만 닫힌 사회 안에서 동요와 방황, 좌절을 경험할 수밖에 없었다. 집이라는 현실을 떠난 이들이 다시 현실을 몰각하는 방법이 마작이요 노름이었으리라 보인다.

결국, 가정집인 원영 집을 비롯하여 기생집인 채련이의 집도 '가정'은 보이지 않으며 종엽과 봉익의 하숙집은 더욱 그러하다.[58] 몇 년 만에 귀국해 들어온 집에 잠시 들렀을 뿐 바로 사라져야 했던 정애의 집도 그렇고 밤마다 안달외사와 자고 오는 원애의 집도 가정 같은 장소감은 주지 못한다. 이 작품에서 "사랑스러움"이 있는 공간 완식 집을 제외하면 모두 쓸쓸하거나 비참함의 공간이다.

---

57 "이전보다 마작에 맛을 잔뜩 들인 것도 그 때문이요, 남자들과 교제가 넓어지고, 아무 데나 놀러 다니는 것도 태섭이 때문이라고 자기도 생각하고 남들도 그렇게 본다. 그러나 또 다른 원인은 없을까? 무어라고 말할 수 없이, 때때로 엄습해 오는 구슬픈 생각 - 무언지 놓친 것 같은 허전한 마음 - 그것이 무슨 때문이라는 것은 제 마음속에 혼자서라도 물어보기 싫었다. 아무쪼록 질번질번히 그날그날을 보내려는 것이다."(285-286)에서 보면 원인 모르는 우울감과 현실도피 성향을 말하고 있다. 작가가 말하지 않은 "또 다른 원인"은 시대성과 연관하여 생각하여야 하리라고 본다.

58 그는 채련의 집을 찾아 헤매는 원영의 말을 통해 당시 지적의 문제점도 지적한다. "경성부 놈들, 지도만 놓고 번지수를 매겼으니까 이렇지,. 실지를 떠나서 하는 일이란 모두 이 모양이야."(98면)

(2) 경찰서와 백화점, 규율공간과 '착시'의 장소

『무화과』속 장소성의 두드러진 대비는 유치장, 병원/백화점, 극장에서
볼 수 있다.

문경과 원영을 비롯하여 인물들은 유치장을 들락거린다. 과거 김동국,
김봉익을 비롯하여 작품의 현재에는 주인공 원영, 문경, 종엽 등이 걸핏하
면 유치장으로 소환된다.

> 저두 까닭없이 일주일씩이나 유치장 맛을 보고 나와서 심사가 나니까
> 마구 말씀을 했는지 모르겠습니다만, (534면)
> 오늘도 해 떨어지기 전에 유치장에서 차입해 가져온 저녁밥들을 먹었
> 다. 문경이는 오늘 자면 사흘 밤을 자는구나 하는 생각을 하였다. 그러나
> 이때껏 취조라고는 두 번밖에 받지 않았다. 들어오던 날하고 어제 저녁밥
> 먹은 뒤하고, 그러기 때문에 오늘 온종일은 이 뒷간같이 구린내가 나는
> 속에서 한 발자국도 나가 보지 못하였다. 이 감방에는 자기 외에 두 여자
> 가 있다. 하나는 마작하다가 붙들렸다는 사십이나 바라보는 남의 첩 같은
> 멋쟁이요, (691면)

위의 인용을 보면 인물들은 "까닭없이" "일주일", "사흘"을 끌려가 있다.
유치장이 묘사되는 것은 딱 한 번이다. 주인공 원영이 유치장에 가면 작품
서사상에서 사라지는데, 문경이 들어갔을 때는 유치장에 대한 문경의 생각
이 나타난다. "뒷간같이 구린내가 나는" 감방에는 마작을 하던 여인과 성매
매를 하던 여인이 같이 있다. 구치소의 '대용공간'인 유치장은 강점기에
조선인 규율 공간이었다.

봉익이 앓아서 병원에 가는 상황에서 인물들은 특정병원을 꺼리고 있음

을 보게 된다.

　　"(…) 그 옆방에서 한 사람이 앓다가 순화병원으로 담아 갔다는구먼."

　　"흥…… 참, 순화병원에서 알게 되면 큰일 아닌가."

　　문경이는 겁을 펄쩍 낸다.

　　"그러게 말야. 그래서 난 의논을 해 보고 어디 값싼 병원으로 소리

　　없이 입원을 시킨다든지, 어디로 옮겨 볼까 하는 궁리를 했던 것인데."

　　(377면)

　　문경은 대학병원으로, 종엽은 "값싼 병원"으로 가고자 하지만, 환자는
보호자나 환자의 의지와 상관없이 피병원으로 가게 된다.[59] 종엽과 문경이
가게 될까 봐 걱정하던 바로 그 병원 피병원, 곧 순화병원이다. 인물들이
순화병원을 꺼렸던 이유는 무엇일까. 앞의 [그림 3]에서 볼 수 있었듯, 규율
공간인 북촌의 순화병원과 경찰서(지금의 종로경찰서)는 매우 근접해 있었다.
당시 순화병원은 시설을 몇 번이나 증축해야 할 정도로 많은 환자를 수용했
다. 콜레라, 이질을 비롯한 9종의 법정 전염병 환자들을 수용하는 순화병원
에서 사망자는 연차적으로 증가했으며 치사율도 높았다.[60] 작품에서 경관
들은 봉익을 거의 강제로 이 병원으로 데리고 간다. 그것은 이 병원의 격리

59　"네, 그런데 지금 피병원으로."(400) 당시 피병원에 대한 사회적 인식은 좋지 않았다.
　　'피병원'이라는 명칭은 전염병원의 일반 명칭으로 전염병 환자 수용이 주목적이고 외래
　　진료가 적은 격리 병원이다. 여기에서는 한말 경우궁 자리(현 현대 사옥 자리)에 1911년
　　7월에 개원한 순화병원을 가리킨다. 굳이 '순화방'이라는 지역명을 사용해 이름 지었으나
　　이전하고자 하였을 때 반대에 부딪칠 정도로 이 병원에 대한 장소감은 좋지 않았다.

60　"全疾病에 대한 死亡百分率"이 22.65%에 달할 정도였으며 특히 20-29세에 높은 감염률
　　을 보였다(김영환·임국환, 「일제강점기 급성전염병 발생에 관한 고찰」, 『보건과학논집』
　　19-1, 1993, 117면). 치사율이 높았던 것은 일제가 조선인을 위한 보건 정책에 소홀했음을
　　알게 한다.

구조가 자신들의 감시와 사회 격리 목적에 맞았기 때문일 것으로 보인다. 사회주의자 봉익의 행적을 놓쳤던 경찰이 병으로 감시망 안에 들어온 봉익을 반기는 장면에서 병원 역시 당시 규율공간의 하나였음이 확인된다. 이는 병원이 격리의 장소로 오용, 악용될 가능성을 보인다.[61]

백화점과 극장이 이렇듯 살벌한 당시 정세를 환기하는 역할을 하였다. 원영이 세 여인을 만난 곳 삼월오복점은 강점 하 최초, 최고의 백화점으로 화려한 근대공간을 상징한다. 1930년에 지하 1층, 지상 4층 규모였던 삼월오복점은 "휘황찬란한 조명, 서구식 신상품들이 질서정연하게 진열된 서구식 매장과 엘리베이터, 옥상정원으로 꾸며"져 "서양과 일본의 '근대'를 집약하여 보여주는 충격"[62]으로 여러 소설에 등장할 정도의 인기를 끌었다. 이어서 여러 백화점이 신축되며 남대문로는 경성을 대표하는 백화점 거리가 되는데 이는 조선의 전통 상권을 크게 위협하면서 상업적인 재편성을 하는 것이었으며[63] 강점기 조선인에게 시각적 환상을 주는 역할을 하였다.[64]

---

61 신문 기사를 보면 당시 피병원은 "지옥 가는 관문"이라는 지극히 원색적인 비난까지 거리낌 없이 등장하는 상황에 이르렀다(김택중, 「경성부립순화병원, 역사적 사실과 그 해석」, 연세대 의과대학 의학사연구소, 『연세의사학』 16권 2호, 2013, 24면). 이 글에 의하면 순화병원은 경복궁 외벽으로부터 400여 미터 정도 거리라 병원 출입 환자와 실려 나가는 시체가 노출되어 있었고 일본 경찰이 전염병 환자는 물론 증상 없는 보균자도 이곳으로 범법자처럼 '연행'해 갔다. 봉익도 경찰의와 함께 피병원으로 송환되는 것을 볼 수 있으니 병원이라는 장소의 악용 가능성을 짐작하게 한다. 병원과 감옥을 같은 공간으로 인식하는 상상력은 새로운 것이 아니다. 이를테면 이광수의 『무명』에서도 전염병동과 감옥의 결합이 보인다.(김주리, 「요절의 질병에서 관리의 일상으로- 한국근대소설 속 결핵의 근대성과 식민성(2)」, 『상허학보』 43집, 347면)

62 김용삼, 『한강의 기적과 기업가정신』, 프리이코노미스쿨, 2015, 68면.

63 하나는 조선인의 소비문화 자극이고 다른 하나는 조선상권의 와해를 결과하였다. "丁子屋 平田商店가튼 큰 상점에는 언제나 조선여학생 신식부인들로 꼭꼭 차서 불경기의 바람이 어데서 부느냐 하는 듯한 성황 대성황으로 물품이 매출되니" "갓튼 갑시인데 그를 쓰고 그 곳으로 몰려간다" 같은 부분을 보면 소비문화 조장의 양상을 알 수 있다.(鍾路一通行人, 「경성경운동개벽사 엽서통신」, 『별건곤』 제34호 1930.11.01. 49면) 백화점이란

극장과 공연 문화는 문경을 중심으로 나타난다. 그녀는 음악회에 가서 원영, 채련을 만난다. 그리고 문경은 종엽과 극장에 가는 길에 봉익을 동행한다.

① 음악회에 가서 앉아서도 이리저리 휘둘러보았으나 여자석이고 남자석이고 눈에 뜨이지는 않았었다. 그러나 파해서 나오다가 문 밑에 지키고 섰었던지, 오빠가 웃으며 알은체를 하고, 뒤따라오라는 듯이 (…) 부립도서관 모퉁이, 사진관 쇼윈도를 등지고 섰는 '여학생' 앞으로 간다. (315면)

② "천승 일행이 왔지요. 거기를 가자고 한 것인데." (344면)

③ 무대에는 화려한 레뷰 걸들이 삼단으로 늘어섰고, 그 앞에는 주연하는 계집애가 반나체로 마술을 응용해서 나타나는 모양이다. (359면)

①을 보면 부립도서관 근처의 음악회장임을 알 수 있다. 당시 부립도서관은 대관정, 지금의 소공동 롯데백화점 자리에 있었다.[65] ②와 ③을 보면

"인간을 소비주체로 호명해 내는 근대 자본주의적 주체화의 핵심적 장치"로서 "식민지조선에도 마찬가지"로 기능했다(김백영, 「제국의 스펙터클 효과와 식민지 대중의 도시경험 -1930년대 서울의 백화점과 소비문화」, 『사회와 역사』 77집, 2007, 81면). 당시 한 잡지에서 한 설문에서는 당연한 역사적 발전과정에 있던 조선이 "다스림을 입"는 상황이어서 미래 발전이 문제가 많지만 짚어보아야 한다며 "각부문부문의 任에 잇는 이"들에게 그 의견을 들으려고 한다고 하였다. 그중 상업계를 짚고 있는 김윤수는 경제난, 은행과의 거래는 부도가 나곤 한다고 지적하면서 삼월오복점, 조지야의 존재는 "조선사람 상업자에게는 적지 안이한 타격"이라고 전망했다.(「조선은 어데로 가나」, 『별건곤』 제34호, 1930.11.01. 2-16면)

64 박명진(「1930년대 경성의 시청각 환경과 극장문화」, 『한국극예술연구』 27, 2008, 70-74면)에 의하면 당시 경성의 풍광은 근대화에 대한 식민 국민의 열망과 좌절을 병치시키되 북촌과 남촌을 지옥과 천국처럼 대비하여 낙후된 전근대=조선과 세련된 근대=일제라는 환기를 결과했다. 일제강점기 초기에 보였던 전근대적 조선의 전통유물과 선진적인 근대 국가 일본의 근대 발명품의 대비를 반복하는 것이라고 하였다.

65 1922년에 서울 최초의 공립 공공도서관인 경성부립도서관이 명동의 한성병원 건물을 고쳐 지은 2층짜리 건물에 들어섰다. 명동의 경성부립도서관은 1927년 중구의 소공동으

천승 일행의 공연은 여성성을 이용한 마술 등의 시각적 공연인 듯 보인다. 가는 길 서울 거리 묘사가 구체적으로 나온다. 종엽, 봉익, 문경 세 사람이 길을 나서고 만나자는 이탁 패거리를 다른 데로 유인하는 과정에서 남대문 앞 "미스꼬시 앞에서 전차를 내려서" "아사히마치 신작로"[66](345-346)로 올라간다고 묘사한다. 남촌 거리는 일본식 지명이 많았다.[67] 강점기 식민 국민들을 극장의 시각적 환상으로 이끌고[68] 근대의 문명으로 눈을 가리며 지명으로 상징되는 조선적인 것은 차츰 지워지고 있었던 것이다.

극단적 공간 구획은 북촌, 남촌 차별정책으로 시각화되었다. 일제는 '북촌'의 남쪽, 중인이나 하급관리들이 주로 살던 오늘날의 명동과 충무로에 해당하는 '남촌'에 일본 거류민들을 거주시켰다. 그리고 그 북쪽, 조선인들 주 거주지 전반을 '북촌'이라 부르며 차별정책을 펼쳤다. 기존 주 거주 공간이었고 양지바른 곳이었던 북촌이 음지 형국으로 상대적으로 거주에 불리한 지역 남촌보다 혜택 면에서 뒤지게 되었던 것이다.[69] 일본인 자본가들은

로 옮겨져 1923년 11월30일부터 1974년 12월1일까지 있었다. 그 이후에는 남산으로 옮겨졌고 지금은 서초동에 있다. 일제는 열악하나마 도서관을 건립하였었다. 1920년대 말에 이르면 경성 내에는 남대문통 조선총독부 도서관, 대관정의 경성부립도서관, 용산의 철도도서관, 종로구 사직동 경성부립도서관 분관 등이 있었다.

66 '아사히마치'는 일본 아사히역을 부르는 말인데, 당시 우리나라 서울역 근처를 '아사히마치 신작로'라고 부르기도 했음을 알 수 있다. 일본인 위주의 명칭인 것이다.

67 일제는 거리를 일본 지명으로 마구 바꿨다. 「三千里機密室」(『삼천리』 제7권 제1호, 1935.01.01. 16면)을 보면 그러한 몇 예를 정리하고 있다. 조선 시대 중국 사신의 숙소였던 태평관 자리에 1914년 9월에 지하 1층 지상 3층 높이로 지은 조선호텔 주변을 "朝鮮駐箚軍司令官 長谷川好道씨가 잇든 곳이라 하야" '長谷川町'이라 하였고 서대문 바깥쪽을 당시 "日本公使 竹添씨가 잇섯든 곳이라 하야" '竹添町'이라 하였고 "京城停車場 附近을 古市町이라 함은 京釜線鐵通工事를 開始할 때 鐵技師公古市道威라는 사람이 잇섯든 자리"이기 때문이라는 것이다.

68 일제강점기 경성에는 영화관도 많았다. 10여 개의 영화 상설관이 있었고 특히 조선극장과 단성사는 1년 내내 영화를 상영하며 연간 관람객 수가 극장마다 20만을 넘는 정도였다. 성인들은 관람문화에 익숙했다(박명진, 앞의 글, 77면).

일제의 무한한 지원을 받으며 신식 건물들을 지었고 현대식 스타일로 신제
품을 진열하였다. 이런 차별정책으로 두 지역은 "인종에 의하여 엄밀히 분
할되는 곳"이 되었다.[70] 그리하여 경성의 조선인들에게 북촌은 국권 상실로
급격히 몰락한 양반들의 거주지로, 남촌은 일본인 중심의 신흥 주거지이자
'신세계'로 인식되게 되었다. 1930년대 초에는 민족자본으로 화신상회가
종각 건너편에 '화신백화점'을 지으며 새로운 전기를 마련하기도 했지만,
북촌 지역을 되살리는 데는 이르지 못하였다.[71]

이 중간 지점에 조일사진관이 있다. 정애가 무엇인가를 가지고 찾아가
전해줄 때와 작품의 마지막, 두 번 등장하는 조일사진관은 경성부 수표정[72]
에 있는데, 그 묘사가 매우 자세하고 구체적이다.

파고다공원 앞에서 내린 정애는 장충교 다리를 향하고 청인의 거리로
들어섰다. (…) 중럭쯤 오더니 D청요릿집에서 비스듬히 마주 보이는 담뱃
가게 옆댕이의 사진관을 쳐다 본다. 사진관은 이층이다. 이층 지붕 위에
간판이 서 있다. 간판에는 조일사진관이라 씌었고 'アサヒ'라고 일본 글

---

69   전종한, 「도시 '본정통'의 장소 기억」, 『대한지리학회지』 48(3), 2013, 436면.
70   한만수, 「북촌과 남촌/홍남/동경 사이의 거리」, 『한국문학연구』 45, 2013, 204-205면.
      이러한 상황에서 식민지 국민들은 구매력과는 무관한 환상을 가지게 되었고 상대적 박탈
      감을 더욱 크게 가지게 된다. 자본주의적 도시개발과 소비주의적 대중문화 도입은 도시
      공간에서 역사성과 장소성 같은 질적 속성을 탈각시켜 공간을 투기와 매매의 대상으로
      탈바꿈하였다(김백영, 앞의 글, 86-98면). 30년대 중반에 이르면 조선의 전통 도읍지 한
      양의 모습은 많이 사라지고 빈부 현저한 계층 양극화와 시가지의 수평적 확장, 도심부
      경관의 수직적 변화로 특징지어지는 자본주의적 대도시화 양상이 전개되기에 이른다.
71   당시 조선인 백화점과 일본인 백화점이 대립을 하고 있는 것 같지만, 화신상회는 "南村에
      잇는 平田商店"을 모방하였지만 "狹少" "規模가 너무 적"었고 동아부인상회 역시 "日本에
      서 百貨店의 王이라는 稱을 밧는 곳의 支店인" 삼월오복점의 상대가 되지 못하였다(신태
      익, 「和信德元 對 三越丁子 大百貨店戰」, 『삼천리』 제12호, 1931.02.01, 52-53면).
72   중구 수표동의 일제강점기 명칭.

자까지 썼다. (509면)

사진관과 뚝 떨어진 딴 집 같은 뒤채가 있어요. 흉갓집으로 몇 해를 첩을 박아 두고 쥐똥과 거미줄로 억결이 된 문 없는 집 한 채가 있지요. (『무화과』, 762면)

문제의 사진관은 정애의 말과 같이 삼사 년 전에는 조그만 청요릿집이었다. 뒤채는 조선집을 그대로 두고 앉아 노는 객실이었고, 지금 사진관이 된 데가 걸상 놓고 앉는 손님방 들이는 것을 다소 변작해서, 층계를 올라서면 오른편 첫 방이 사무실 겸 숙직실이요, 그 다음이 응접실이 되고, 기역자로 층계에서 올라서면 마주 보이는 데가 널따란 촬영실이다. 그리고 암실은 기역자로 앉은 모서리에 있기 때문에, 응접실로 들어가서 왼편 문을 열고 들어가게도 되고, 촬영실에서 오른편 문을 통해 들어가게도 된 구조이다.

그리고 아래층은 예전 요릿집 시절에는 사무 보는 데와 요리간이던 것을 죄다 떨어 버리고, 방을 들이고 가게 터전을 만들어서 담뱃가게를 냈던 것인데, 이번 사람이 사진관을 넘겨 온 뒤부터는 담뱃가게도 내쫓고, 사진관 주인의 아우라는 젊은애가 과자가게를 벌이고 있다. 뒤로 돌아 들어가면 그 흉가라는 뒤채를 검정 판장으로 막아 버렸기 때문에, 홈통 같은 골짜기가 되는데, 오른편에는 겨울에도 썩은 내가 나는 변소가 있고, 판장의 저 끄트머리는 검은 널조각으로 막아 버렸다. 그러므로 그 너머는 이층 암실의 바로 아래가 되는 반 평 가량의 빈터인데 아무 데로도 통치 못하는 요 조그만 터전을 어찌 따로 막았는지 알 수 없으나, 얼른 보기에는 그 너머가 윗집 뒤껼같이 보인다. (763면)

염상섭은 이 작품에서 다른 공간에 비해 조일사진관 묘사에 유독 공을 들이고 있다. 이후로 계속되는 장소 묘사는 마치 그곳이 실제 있는 곳처럼 느끼게 한다. 정애가 반 감금 상태로 머물렀고 살인 사건이 났던 곳, 이곳은 두렵고 음산한 공간으로 설정된다.

(3) 카페와 술집, 쓸쓸한 '일탈' 장소

인물들은 가정답지 않은 가정, 일터 같지 않은 일터에서부터 '현실'로부터 벗어나고자 한다. 가정집 다음으로 많이 나오는 원영의 일터는 일터 같지가 않다.[73] 원영이 여기에서 하는 일이라고는 돈 독촉 받는 일뿐이다. 삼만원을 이미 쓴 상태인 원영은 작품 앞부분에서 만 오천원을 또 쓰고 구조 정리를 하지만 앞으로도 또 돈 쓸 일뿐이다. 결국 신문사는 원영이 '밑 빠진 독에 물 붓기'처럼 끝없이 돈을 요구받는, 착취의 장이었다. 한 사회의 언론으로서 신문사란 여론을 수렴하고 대중을 향해 메시지를 전하는 공간이다. 하지만 일제강점기 신문사는 뜻 있는 이들의 의도와 달리 돈과 권력이 만나는 곳이었으며 언론기관의 역할보다는 지배 이데올로그들의 점거지역 의미가 컸다. 한용운 소설 『죽음』에서 신문사 영업부장 자리를 돈으로 사는 것처럼[74] 『무화과』에서도 돈에 의해 주인이 오락가락하는 세태를 보이는 것이다. 백화점에 서적부도 없던 우민화시대인 강점기에[75], 신문이 제 역할을 하고, 기자들이 일을 제대로 하기는 어려웠다. 『무화과』 속 기자들은 기사를 쓰거나 사건을 조사하는 '일'은 없이 월급이 나올 수

---

73 우리나라 1930년대 신문으로는 기관지가 된 매일신보를 빼면 조선일보, 동아일보, 중외일보 정도였으므로 신문사의 위치는 이들이 있었던 지금의 태평로나 명동 정도로 유추 가능하다.

74 실제로 아무런 지식 없이 돈만으로 신문사 사장이 되는 경우가 있었다.

75 당시 조선의 백화점에는 서점이 없었다. "和信이나 東亞의 두 큰 百貨店에 가면 업는 것이 업스리만치 모든 것이 具備하엿건만 한가지 遺憾은 엇재서 書籍部를 아니둘가. 書籍部는 정말 필요한데 보라구 丁字屋이나 三越吳服店에도 모다 잇지 안는가고-."(「휘파람」, 『삼천리』 제4권 제7호, 1932.07.01.)와 같은 글에서 이를 알 수 있다.

있느냐, 투자가 되느냐의 문제에만 골몰하는 모습이다. 기자들은 회의 장소로 신문사가 아닌 명월관 혹은 보도나무 카페를 사용한다. 신문사 회의마저 명월관에서 열리고 있다.[76]

'중대한 회의'라는 핑계로 가난한 신문사를 팔고, 외상술을 먹고 외상 기생을 만져 보겠다는 모양이겠지만, 그보다도 더 불쾌한 것은 그제 어제 연이틀 모였다는 것이다. (24면)

실상은 길거리에서 만나서 한마디 하여도 될 것이요, 전화로 수작만 해도 넉넉할 일을 회의라고 한 이십 분 숙설거리고 나니까 아까 이사실에서 만몽독립이니 동삼성독립이니 하고 매우 염려를 하던 이원영이만큼나 어린 이사 영감이 부리나케 손뼉을 친다. 보이가 장지를 방긋이 열고 대령하니까 무슨 급한 일인가 하였더니 회의가 끝났으니 기생들더러 들어오라는 분부다. (25면)

기생 채련이 있는 명월관에 기자들이 드나들기 때문에 신문사가 돌아가는 정황이며 세력마저도 채련의 영향력에 좌우된다고 할 정도이다. 이들은 회의보다 기생들과의 유희에 몰두하고 있다. 보도나무 카페가 있는 인사동[77]은 남촌과 북촌의 중간에 있으면서도 종로경찰서와도 인접해 있다. 이

---

76 1909년 안순환이라는 사람이 지은 명월관은 2층 양옥집으로 서울특별시 종로구 세종로 139번지에 세웠던 바, 지금의 동아일보 광화문 사옥 자리였으나 1918년 화재로 소실되었고 소설의 무대는 돈의동 139번지(지금의 피카디리극장 자리)의 제2의 명월관인 것으로 보인다.

77 '인사동'이라는 명칭은 일제강점기인 1914년 행정구역 개편 시에 처음 사용되었다고 한다. 조선 초기 이 지역에 있던 한성부 중부 '관인방'과 갑오개혁 행정개혁 때의 '대사동'이라는 글자에서 '인사동'이 된 것으로 알려진다. 북쪽의 북악산과 남쪽의 청계천 사이의 평지에 위치하는 인사동은 관가이면서 동시에 거주지였다. 중인들 거주지뿐 아니라, 이율곡, 이완 장군, 조광조 등도 살던 곳인데, 일제강점기 이곳에 골동품 상점들이 들어서기

곳에서 인물들은 조선과 일본을 섞은 삶을 살고 있다.

> 인사동 같은 조선사람의 번화지지요, 주인도 조선 여자가 혼자 한다기
> 도하고, 일본 사람 남편이 뒤에 있다고도 하나 그래서 그런지 집 이름부
> 터 '버드나무'란 조선말을 '보도나무'라고 일본말로 취음을 하여 지었고
> 조선 계집애들도 양장 아니면 일복을 시켜서 내세웠다. 말은 물론 일본
> 말. 일어 모르는 늙은 오입쟁이가 가도 조선말은 간신히 의사소통이나
> 될 만큼 반씩반씩 잘라서 아껴쓴다. (60면)

여기에서 인물들이 말싸움을 하거나 폭력행동을 보이는 것은 우연이 아
니다. 회의와 유희, 조선과 일본 등 두 문화가 부딪치는 장이기 때문인 것이
다. 기생집 명월관에서 기자들의 행동은 근대 지식인의 부정적 면을, 카페
에서의 행동 역시 이들의 현실감 부재 양상을 드러낸다.

『무화과』에 나타난 근대도시의 면모 중 하나가 서양 요릿집과 카페이다.

> 길을 빙빙 돌다가 역시 구석진 서양 요릿집밖에 들어감직한 데는 없었
> 다. 그래도 석양판이라 손님도 없고 위층 한 모퉁이를 독차지하고 앉으니
> 봉익이는 마음이 놓였다. (…) 밖으로 다시 나가서 딴 문으로 들어가니까
> 아늑한 양실이 하나 있다. (347면)

스즈란 카페는 문경이 "세련된" 일본어로 음식을 시키는 곳이다. 근대
카페는 전근대적 조선 사회에 신선한 충격이었다. "귀족의 살롱"에서 벗어
나 "선량한 남자 동료들 간의 사회성을 이루게 해주는 새로운 음료"로서의

시작, "문화재 수탈의 창구 역할"도 했다. (한국민족문화대백과, 한국학중앙연구원)

커피를 마시는 곳, 카페는 파리를 중심으로 예술가들의 예술운동, 노동자들의 정치적 성장 기반으로서 공공의 장소 개념이 되었다. 후에 구인회나 해외문학파 같은 모더니스트들이 공개적으로 다방 취미를 퍼뜨리는 "모던의 전략 혹은 운동의 차원"으로 다방들을 열기까지 카페는 조선 사회 근대의 아이콘이었다.[78]

이전의 기생 유흥 문화가 더욱 확대된 결과로 경성에는 여러 카페가 들어선다. 카페는 전통적인 기생집보다 개방적이고 세련된 여인들을 만나는 공간으로 기능하면서 근대 남성 지식인들이 즐겨 찾는 공간이었다. 이러한 카페의 등장과 흥성을 '엽기적 유행'이라고 진단한 당시 신문 기사대로 이는 강점기 사회의 문제점을 반영한다.

화계사, 탑골 승방(보문사) 등 절이 놀이 공간으로 등장한다. 삶의 현장에서 벗어난 곳의 '절'이라는 공간은 사랑을 나누고 휴식을 취하는 비밀공간의 역할을 하고 있다. 특히 화계사 하감재 초막은 채련과 홍근의 단골집이었다. 채련이 몸을 피하기 위해 갔다가 홍근을 보고 홍근은 그곳에 채련이 있음을 직감하는 모습에서 두 사람 사이의 과거를 짐작해 볼 수 있다. 문경이 종엽, 봉익과 '절간의 하룻밤'을 보내는 홍제원이나 여승탐방을 권하는 탑골승방 등의 모습은 당시 '절'에 대한 사회적 인식을 보여주기도 한다.

『무화과』에는 여러 인물의 집과 가정이 주된 배경이고 유치장과 병원, 백화점과 극장으로 장소의 대조도 이뤄진다. 우선 인물들은 집에서 행복한 '가정'의 감을 갖지도, 일터에서 자아실현감이나 성취감을 갖지도 못한다. 일터인 신문사에서 인물들은 일을 하기보다 눈치 보고 돈에 골몰하는 모습이다. 이들은 일탈의 장소를 탐닉한다. 경성은 극단적으로 구획된 대조의

---

78   이기훈, 「다방, 그 근대성의 역정」, 『문화과학』 71, 2012, 231면.

장소감을 보였다. 유치장과 극장을 오가다 보니 인물들은 경성이라는 현실의 장소를 떠나기에 급급하다. 장소감을 보면 정애가 숨어 완식과 대화하던 완식의 집, 채련과 원영이 사랑을 나눈 화계사 정도만 빼면 대부분 일상 공간의 장소감이 '쓸쓸하다', '외롭다', '서운하다' 정도인 것을 알 수 있다. 작가는 심퍼사이저 원영이나 사회주의자 정애의 개인적 삶의 긍정과, 아울러 작품이 갖는 주제의식의 은폐를 위하여 애정공간의 장소성을 강조하고 있다고 보인다.

2) 『삼대』, 『무화과』, 『백구』 삼부작에 나타난 서울

(1) 근대인의 주거 공간-경성인의 삶의 방식

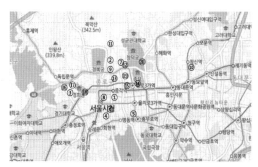

[그림 4] 이해를 돕기 위해 현재 지도 위에 표시함 ①덕기집 ②상훈집 ③병화하숙집 ④경애집 ⑤바커스카페 ⑥K호텔 ⑦원영집 ⑧채련집 ⑨종엽하숙집 ⑩완식집 ⑪봉익하숙집 ⑫순화병원 ⑬보도나무카페 ⑭영식집, 혜숙집 ⑮영식학교 ⑯원랑집 ⑰원랑살림집 ⑱춘홍집 ⑲A병원 ⑳창경궁

주거공간으로서 우선 여염집과 '기생집'의 구획이 엿보인다. 당시 경성의 공간은 남촌과 북촌으로 구획되어 있었다. 삼부작의 주된 공간을 표시한 [그림 4]를 통해 대부분 종로구 중구, 북촌 중심의 가정집이 위주인 것을 알 수 있다.

청계천의 위쪽 '북촌'은 조선시대의 상류 주거지에서 1930년대 한옥주거지였다.[79] 이러한 여염집에 비해 기생, 혹은 그에 준하는 인물들의 집은 남촌

79　오늘날 한옥주거 지역이 밀집되어 있는 가회동, 화동, 삼청동, 사간동, 원서동, 안국동,

에 배치했다. 채련이 다동에 살고[80] 춘홍이 오긍골에 산다고 하는 것은 그와 관련 있어 보인다.[81]

다방골(茶屋町)하면 기생을 련상한다. (…) 그러나 다방골에 긔생이 만히 산다는 것은 최근에 와서의 일이나 하여간 기생 만흔 것은 사실이다. 얼마 전까지도 오긍골이라면 기생촌으로 유명하엿스나 지금에는 瑞麟洞과 淸進洞과 貫鐵洞 근방에 대개 모혀 잇게 되엿다. 그들이 대개 그 근방으로 모혀 사는 것은 요리점을 중심으로 하야 될 수 잇는대로 그 근방을 택해서 사는지는 모르나 서울에서는 그 근방이 기생 만히 살기로 져명하다.[82]

위의 글은 다옥정(지금의 다동), 오긍골(지금의 서대문로)[83]에 대한 당시 사회적 장소감을 보여준다. 이 지역들은 기생과 연관 있는 지역이라는 것이다. 『삼대』의 홍경애가 살고 있는 북창동 역시 마찬가지이다. 이 지역에 대하여 김병화는 "청인의 상점이 쭉 들어섰고 아편쟁이와 매음녀 꼬이는 음침하고

계동, 재동, 팔판동을 아우르는 지명이다

80 "와보니, 솟을대문은 아니나 훌륭한 커다란 새 대문이 꼭 닫히었다. 환한 전등불빛에는 김영숙이라고 한 사기문패가, 번지수 쓴 것과 좌우쪽에 버젓이 붙어 있다. 문전만 보아도 사오백 석 이상은 하는 사람의 집이다. (…) 널따란 뜰을 격해서 높이 붙은 대청간이 전등불에 환한 집이요, 저녁 해치운 집처럼 조용하다."(『무화과』, 100면)

81 "춘홍이의 집은 제법 큼직한 대문에 전등이 환히 달리고 김춘자란 하얀 사긔문패가 놉다케 달려잇다. 대문은 꼭 걸려 잇다."(『백구』, 182면)

82 「大京城의 特殊村」, 『별건곤』 제23호, 1929.09.27, 113면.

83 '오긍골은 서대문로, 지금의 신문로임을 알 수 있었다. "君은 大正2년 8월 28일 「오긍골」에서 태어낫스니 지금 四大門町 1丁目 74번지가 바로 그 집이오."(「李吉用 萬國健兒를 擊破하고 大勝할 白衣三選手 (萬國올림픽 大會에서」, 『삼천리』 제4권 제8호, 1932.08.01, 79면) "은배군은 순전한 서울 사람이다. 大正 2년 8월 28일 「오긍골」에서 태여낫스니 지금의 서대문 정일정목 74번지가 바루 그의 집이요"(楊相浩 「國際的으로 일홈난 朝鮮靑年들의 모습」, 『별건곤』 제65호, 1933.07.01, 4면) 등에서 이를 확인할 수 있다.

우중충한 이 창골 속을 휘돌아 들어갈수록 병화는 강도들의 소굴로 붙들려 들어가는 듯한 음험한 불안과 호기심을 느끼"(271)고 있다. 이것이 당시 북창동의 장소감이었다.[84]

북촌 여염집, 남촌 기생집의 예외는 있다. 조덕기가 살고 있는 집은 수하동이니 남촌이다. 그리고 '은근짜집'인 매당집이나 김의경의 집이 북촌에 있다. 김의경의 집은 간동(현 사간동)에 있는데 매당집으로 가는 홍경애가 재동 못 미처 택시를 내리는 데에서 그녀 집 역시 부근인 것이 확인된다. 이것은 이들을 조덕기가 사는 남촌과 구별하여 조상훈과 같은 북촌에 위치시키려는 작가의 공간 구획으로 보인다.

경애는 큰 광교를 건너서 모교를 바라보고 또 천변으로 나려스더니, 조고만 옥돌장 엽골목으로 드러슨다. (…) 낮에도 행인이 듬은 이 행랑 뒤ㅅ골로 빠지다가 기윽자로 돌치면서 조고만 사랑대문 가튼 것이 꼭 다친 데가 경애의 집이엇다. (『삼대』, 272면)

인사동 같은 조선 사람의 번화지요, 주인도 조선 여자가 혼자 한다기도 하고, 일본 사람 남편이 뒤에 있다고도 하나 그래서 그런지 집이름부터 '버드나무'란 조선말을 '보도나무'라고 일본말로 취음을 하여 지었고 조선 계집애들도 양장 아니면 일복을 시켜서 내세웠다. 말은 물론 일본말. 일어 모르는 늙은 오입쟁이가 가도 조선말은 간신히 의사소통이나 될 만큼 반씩반씩 잘라서 아껴쓴다. (『삼대』, 60면)

---

84 이들은 경애의 가게에서 만나 경애의 집으로 간다. 『삼대』에서 경애의 집은 '창골'(29)이라고도 하고 '북미창정'(30)이라고도 이야기되는데, 서울에 '창골'은 도봉구 창동과 중구 창동 두 곳이었다. 북미창정은 지금의 북창동의 옛이름이다. (서울특별시사편찬위원회, 『서울지명사전』, 경인문화사, 2009) 인물들이 가게에서 나와 남산, 조선 신궁과 돌층계를 걷다가 "바로 저기"(101)라는 경애의 집에 가는 것으로 보아 경애의 집은 중구 창동이며 북창동인 것이다. 이곳이 당시 성매매 장소성을 가지고 있었음도 아울러 알 수 있다.

김경애의 주거공간은 북촌과 남촌의 경계에 있다. 경애는 춘홍이네 가는 길에 자기 집이 있다며 영식을 데리고 간다. 수표교 근처에서 광교까지 걸어와서는 광교를 건너 "모교를 바라보고 또 천변으로 나려스더니, 조고만 옥돌장 엽골목"으로 가는 것으로 보아 그 근처 집이다.[85] 춘홍의 집인 오궁 골에 가는 방향인 것이다.[86] 보도나무카페 역시 경계에 있다. 카페에서 조선 말과 일어를 섞어 사용하는 것은 경계성을 보여준다.

남촌은 미스코시 경성지점(삼월오복점), 조지아, 미나카이, 히라다 등 일본 계 백화점을 중심으로 번화가였다. 현저동(⑯)에 살던 원랑이 백화점 근무를 위해 장사동 고모네 집(⑭)에서 기거한다. 당시 백화점은 민족계 화신백화점 은 종로2가(북촌)에, 나머지는 남대문 쪽에 있었고 장사동에서의 출퇴근이 용이했기 때문이다. 원랑은 남촌(혹은 남촌 경계)과 북촌을 오가고 있다. 이를 통해 자본주의 하 일을 위해 먼 곳으로 출퇴근하기 시작하는 근대인의 주거 방식도 아울러 엿볼 수 있다.

다음으로 '문안'과 '문밖' 의식을 볼 수 있다.

---

85 '넓은 다리'라는 뜻의 '광교'는 서울 청계천 위 다리 중 하나로서, 길이 12m, 폭 15m이다. '광통교', '광충교'라고도 불렸는데 종로 네거리에서 남대문 쪽 큰길을 이었다. '수표교'는 청계천 2가 쪽의 다리이다. 두 다리 모두 청계천 복개될 때 없어지고 지명으로만 사용되 다가 청계천 복원공사 일환으로 복원되었다. (한국민족문화대백과, 한국학중앙연구원 ; 서울특별시사편찬위원회, 『서울지명사전』, 경인문화사, 2009)

86 여기에서 경애의 방과 춘홍의 방, 혜숙의 방이 비교되기도 한다. "문을 드러스면 마루전 이 이마에 맛다을 것 가트나, 그래도 구옥의 사랑채를 떼낸 것이라, 널은 이간방 한아건만 은, 이 집 가튼 단 모녀의 살림에는 그런대로 용신할 만도 하다. (…) 혜숙이의 방은 아모 장식도 업거니와 책상 우 한아라도 깨끗할 때가 업시 너저분히 느러놋는 축이요, 춘홍이집은 천생 첩의 집이지만, 여기는 비롯오 보는 처녀의 방다웁고 요밀조밀히 밥풀 이 떠러저도 주서 먹게쯤 된 것을 보면, (…) 춘홍이집의 화사한 안방 속에 드러안컷슬 때와 가튼 거북한 생각이 안 나서 조핫다."(272) 혜숙의 방은 신여성의, 춘홍의 방은 기생 의, 경애의 방은 사회주의 여성의 내면을 상징하는 공간으로도 볼 수도 있다.

「문밧게라도 나가 보면 엇대요?」

「……」

문밧게란 말에 영식이는 대답할 용긔가 나지 안앗다. (…) 동대문을 바라보면서 문밧기라면 절간이 련상되기 때문에 영식이는 찬성할 수 업섯다. 그러면서도 피가 머리로 확근 올으는 것을 깨다랏스나 마음을 간정시키며 묵묵히 것는다. (…) 오간수 구멍 압까지 와서는 아모래도 길을 도는 수박게 업시 되엿다. (『백구』, 244면)

영식이 자신의 집을 찾아온 춘흥과 천변을 걷는데, 천변을 따라 종로 3가쯤부터 걸어 동대문에 이르자 춘흥이 '문밖'으로 가자고 하고 유혹을 느낀 영식은 거절한다. '동대문의 밖'에서 '절간'이 연상되고 절간은 유혹이 된다는 것이다.[87] 당시 4대문을 벗어나면 서울이 아닌 곳, '야외' 정도의 개념을 가졌음을 알 수 있다.

이 작품들에서 '조선'과 '동경'은 강력하게 대조되는 장소이다. 경애 문제로 고민하던 덕기가 공부하러 가는 곳, 동경은 고민이 없는 곳이다. 사회주의자 인물들은 이성문제 등 걱정거리만 생기면 동경으로 간다. 인물들이 가려고 꿈꾸고 마침내 실행하는 곳이다.

유선생은 날더러두 동경 가튼 데 가보는 게 조타시는데…… 선생님

---

87 당시 절의 장소성은 유흥 공간 개념도 있었다. 채련과 원영, 문경과 봉익 등이 오락을 위해 선택하는 곳은 도시의 카페가 아니면 절간이었다. 원영과 문경이 쉬러 간 곳은 보문사나 무악재 같은 절간이었고 춘흥 역시 피서를 "삼방이나 석왕사"(250)로 갔다고 한다. 절을 피서지, 유흥 공간으로 인식하고 있었음을 알 수 있다. 동대문 직전의 '오간수'는 지금의 청계 6가 네거리의 다리로, 조선시대 청계천 물의 흐름을 위해 만든 아치 모양 구멍을 연결한 것이다. "1907년 일제가 청계천 물이 잘 흘러가게 한다는 명목으로 오간수문을 모두 헐어버리고 콘크리트 다리로 교체하였다"고 한다(서울특별시사편찬위원회, 『서울지명사전』, 경인문화사, 2009).

생각에는 엇더세요? (『백구』, 200면)

「우리집 리서방은 어제 일본 갓지 (…) 금광일로 대판에 급한 볼일이 잇다고 어제 아츰에 비행긔로 갓단다. 아무턴지 세상은 별세상야. 어제 밤에 잘 갓다고 전보까지 오지 안핫겟니」 (『백구』, 233면)

그런가 하면 조선은 늘 감시받는 공간으로 그려진다. 조선의 조선인들은 끊임없는 감시 속에 놓여 있다. 덕기와 병화, 경애가 그렇고 원영과 문경, 박영식과 김원랑도 그렇다.[88] 이들을 감시하는 이들은 일제 경찰이기도 하고 동포 사회주의자들이기도 하다. 감시 하에서 인물들은 서로를 의심하고 있다. 이것이 당대인의 삶의 현주소였다.

이러한 감시 체계 하에서 병원이 독특하게 사용된다. 경호가 병원에서 하는 일이라곤 영식과 춘홍, 혜숙을 만나거나 몇 사람이 모여 '마쟝'을 하는 것뿐이다. 당시 병원은 『무화과』에서처럼 병동과 감옥의 결합의 의미로도 볼 수 있지만 역으로 병을 핑계로 일제 감시망을 피하는 곳이 되기도 했음을 알 수 있다. 『사랑과 죄』의 김호연이 병원에서 순영에게 영향력을 행사하고 해춘 등 인물들을 만나는 것에서 그 가능성을 확인할 수 있다.

(2) 배회하는 공간, 근대의 거리

인물들은 거리를 배회하곤 한다. 염상섭 소설의 특징 중 하나는 인물들의 행동과 시간, 장소를 계산하여 각 장소의 정확한 지정학적 위치를 사용,

---

88 이들도 끊임없이 감시당하고 있다. 「오형(吾兄)의 신변을 보호도 하고 감시도 하는 사람이 잇습니다.……」(『무화과』, 241면) "밧게서 어떤 놈이든지 이 집 문을 노려보고 섯슬 것이요, 병원에서는 최가 직히고 안젓슬 것을 생각하면"(『백구』, 308면) 등의 부분에서 확인된다.

독자로 하여금 인물이 어느 지역에 현존하는지 알 수 있게 하는 것이다.

먼저 혜숙과 은희가 배회하는 창경궁[89]과 송월동 거리를 들 수 있다. 혜숙과 은희는 모두 장사동에 살고 있다. 두 사람은 슬슬 산책하며 파고다공원 앞까지 온다. "파고다공원 압헤서 창경원까지 것기에는 초원하건만, 혜숙이는 전차삭을 앗기랴는지 것자고" 하여 이들은 '창경원'으로 간다. 창경원 앞은 "그리 문이 메일 지경은 아니나, 그래도 오는 전차마다 쏘다지느니, 이 압흐로만 모혀들어서 질번질번하다". 두 사람은 "동물원편으로" 먼저 가면서 원랑 결혼에 관한 이야기를 한다. "한박휘 돌아서 식물원 초입의 련못가에 가서 둘은 안즈며" 결혼에 관한 논의로 이야기는 확대되고 "식물원 편으로 짜라서면서" 독신주의에 관한 이야기도 한다. "창경원에서 나와서 쌔스를 타"고 "차가 적십자병원 압헤 서니까, 나리자고 혜숙이가 압장을" 서 원랑이 이사한 집을 찾는다. "큰길을 조금 올러가다가 오른편 골목으로 들어섯"지만 집을 몰라서, "문패만 뒤지며, 은희의 손목을 붓들고 이 골목 저 골목 들락날락"하다가 "측후소를 새로 지은 어룡바위 압으로 쌔져 나와 가지고, 구멍가가에서 물어서" 간신히 찾는다(94-102면). 결혼 문제에 관한 두 여인의 토론과 고민이 이루어지는 거리였다.

진고개와 충무로를 중심으로, 학교 선생의 배회를 볼 수 있다.

---

[89] 창경궁의 강점기와 해방 후 한동안 이름은 '창경원'이었다. 2000칸이 넘는 큰 궁 창경궁은 임진왜란 때 크게 훼손되었고 일제강점기에 다시 크게 훼손되었다. 일제는 창경궁에 동물원과 식물원을 만들어 왕조의 정통성을 구경거리로 전락시켰다. 강점기에는 전시를 위한 일본 정책에 의해 "들어가는 사람 나오는 사람 창경원은 문이 메"(125면)이고 특히 일본인들이 즐기는 공간으로 설정되고 있다. 혜숙은 영식과 창경원(창경궁)을 가고 싶어 하고 작품에서 창경궁만 두 번이나 등장하게 된다. 1980년대 초에 와서야 많은 유적이 정비되고 본이름 '창경궁'을 찾았다.

헌책사를 뒤저가며, 일한서방에 들러서 잡지를 들처보다가, 전등불이
드러오는 것을 보고 인제는 집으로 가야 하겠다 하고 돌처나와, 좁은
진고개길을 거슬려 올려가려니(장사동으로 가랴면 력로가 그러케 되는
것이다. (『백구』, 176면)

영식이 서점에서 집으로 가는 길을 보여준다. 당시 충무로에 있었던 일본
인 경영 서점 '일한서방'은 지식인들의 지적 욕구를 채우기 위해 찾는 곳으
로서[90], 이광수의 『무정』에서도 언급된다. 이곳에서 장사동으로 가려면 충
무로를 걸어 진고개를 지나 북촌 쪽으로 올라가야 하는 것이 이야기된다.
당시 소설에 많이 등장하는 지명 '진고개'는 충무로 2가 뒷길 고개로, 남산
산줄기가 내려와 형성되어 물이 있는 흙길이었다.[91] 이곳에서 만난 영식과
경호, 혜숙은 조금 걸어 식당에 들러 밥을 먹고 영락정(지금의 중구 저동)에서
택시를 잡아 춘홍의 집(오긍골)으로 가고 있다.

또한, 종로 일대, 백화점에서 을지로에 이르는 사회주의자의 배회를 들

---

90 이곳에 관한 기록을 찾아보니 "본덩통으로 드러섯다. 월간잡지 몃권을 사야 시골서 심심
치를 안을 터이니까 일한서방에를 드러섯다. 집은 얏고 좁은데 21관이나 되는 방갓장이가
드러스니 두사람 목은 넉넉히 된다. 일한서방에 드러설 때 나는 내가 방갓을   거니하는
생각은 이저바리고 보통때 책사러 드러가든 그 마음으로 턱 드러섯다"(이서구, 「白晝大京
城에서 「방갓」을 쓰고 본 세상」, 『별건곤』 제41호, 1931.07.01. 10면)와 같은 구절이 있다.
조선인이 들어가기는 다소 껄끄러운 곳이었음을 알 게 한다. 일한서방은 모리야마 요시
오가 1906년 재조 일본인의 취미나 읽을거리 제공을 위해 일본인들 집단거주지였던 진
고개에 연 서점이었고 매우 호황을 누렸다(신승모, 「조선의 일본인 경영 서점에 관한
시론 -일한서방(日韓書房)의 사례를 중심으로-」, 『일어일문학연구』 79(2), 2011, 324-327
면).
91 이 일대를 남산골이라고 부르고 가난한 선비들이 진흙 때문에 나막신을 신었다고 '남산
골 딸각발이', '남산골 샌님'이라는 말이 생긴 곳이다. 이 진고개는 침략자 일본인의 '본거
지'로 보아야 한다. "소비문화 중심이자 문명제국의 스펙터클"의 공간이 되고 '혼마찌(본
정)'로 불리면서 남촌과 북촌, 민족, 경제 등을 강력하게 구획하는 이름이 되었다(김백영,
앞의 글, 93면).

수 있다.

① 파고다공원 앞에서 내린 정애는 장충교 다리를 향하고 청인의 거리
로 들어섰다. (…) D청요릿집에서 비스듬히 마주 보이는 담뱃가게 옆댕이
의 사진관을 쳐다 본다. 사진관은 이층이다. 이층 지붕 위에 간판이 서
있다. 간판에는 조일사진관이라 씌었고 'アサヒ'라고 일본 글자까지 썼
다. (『무화과』, 509면)

② 전차는 훈련원을 돌아서 황금정으로 치달은다. (…) 구리개 네거리
에 와서도 내리자고 아니한다. 조선은행 앞에 와서도 여전히 안젓다. (…)
조선은행 아페서 한 정거장을 더 가더니, 나리자고 해서 어듸로 삥삥
돌아서 쓸쓸한 신작로 빠지자, 길 여페 웃둑 슨 커단 청료리집으로 끌고
들어간다. (『백구』, 341-342면)

①은 정애가 조일사진관에 이르는 장면이고 ②는 원랑이 동대문 경관파
출소[92]에서 서대문행 전차를 타고 여자(김경애)와 같이 움직이는 장면이다.
삼부작에서는 청요릿집들이 자주 등장하는데 『삼대』에서는 장훈의 부름으
로 홍경애가 갔다가, 『백구』에서는 영식과 원랑이 사회주의자들에 둘러싸
여 곤욕을 치르는 곳으로 설정된다. 사회주의자들과의 관계 속에서 중국
음식점을 비밀스러운 이미지로 만들고 있음을 볼 수 있다. ②의 '훈련원'은
지금의 서울특별시 중구 을지로5가의 자리에 있던, "조선시대에 병사의 무
술훈련과 병서(兵書)·전투대형 등의 강습을 하던" 곳이다. 합병 직후인 1907
년 일제에 의한 군대 해산 뒤 이곳에는 경성사범학교 및 부속소학교가 있었

---

92 '경관파출소'란 "경관파출소순사가 명월관뒤채에서 연기가이러나는것을 발견하고"(≪매
일신보≫, 1919.05.25.)와 같이 여기저기 사용된다. 경찰 공무원, 경관이 근무하는 파출소
라는 뜻으로 사용되었다.

음에도[93] 염상섭은 굳이 옛지명으로 '훈련원'이라 부르고 있다. '황금정'과 '구리개'는 을지로이다. 전자는 일본식, 후자는 고유어 표기이다. 여기에서 '구리개 네거리'는 지금의 을지로 입구 정도이다. 여기에서 조선은행(조선식산은행, 현 한국은행)을 지나 전차를 내리는 것으로 보아 '을지로선' 전차를 이용하는 듯 보인다.[94]

화개동에서 황토현에 이르는 배회 장면에 전차(효자동선)가 나온다.

상훈은 이때까지 돌아오지 않는 덕기와 길에서 마주칠까보아 삼청동으로 빠져서 영추문 앞 넓은 길로 길을 잡아 들었다. (…) 삼각산에서 내리지르는 저녁 바람이 영추문 문루의 처마끝에서 꺾이어서 경애의 말을 휩쓸고 날아간다. (…) 총독부 앞으로 나오려니, 전등불이 환한 전차가 효자동서 내려와 닿다가 떠난다. 상훈은 어찌할까 망설이었다. 이야기를 좀 하자면 어디로든지 들어가 앉아야 하겠는데, 갈 만한 데도 마땅치 않고 전차를 태워가지고 진고개 방면으로 가자 해도 우선 차 속에서부터 누구를 만난다든지 하는 것이 싫었다.

황토현 앞까지 내려오면서도 두 사람은 또 아무 말도 없었다. (…)

당주동 자기 집 들어가는 골목 앞을 지나치면서도 경애는 잠자코 말았다.

두 남녀는 황토현 네거리에 있는 파출소 옆 식당으로 들어갔다. (『삼대』, 312면)

---

93 「훈련원 공원」, 지식백과. https://bit.ly/481Pm1F

94 '전차'는 1899년부터 1968년까지 서울 시내에서 운행하던 운행수단이다. 노선도 및 『한국전기백년사』 등을 통해 ① 본선 : 청량리~동대문~세종로 ② 서대문, 마포선 : 세종로~서대문~마포 ③ 을지로선 : 을지로 6가~을지로입구~남대문 ④ 효자동선 : 효자동~세종로 ⑤ 왕십리선 : 을지로6가~왕십리 ⑥ 신용산, 구용산선 : 남대문~남영동~신용산, 남영동~원효로 ⑦ 노량진, 영등포선 : 신용산~노량진~영등포 ⑧ 의주로선 : 남대문로5가~서대문~영천(靈川) ⑨ 창경원, 돈암동선 : 종로4가~창경원~돈암동 ⑩ 종로4가~을지로4가 ⑪ 동대문~을지로6가 등 구간을 볼 수 있다(https://bit.ly/4877dnY).

이 부분은 루머에 싸인 상훈과 경애가 고민하며 배회하는 장면이다. 이들이 상훈이 사는 화개동[95] 집에서 나오면 경복궁의 건춘문과 만나게 되지만 사람들을 피해 삼청동 쪽으로 돌아 영추문을 지나 총독부 앞에 이르고 있다. 당시 조선총독부는 이미 경복궁 신청사에 이전한 상태였고[96] 이들은 전차가 다니는 큰 도로에 이른다. 전차를 타고 진고개 쪽으로 갈까 하다가 이들은 황토현으로 향하고 황토현 네거리에 이른다. 조선 수도 한성의 심장부였던 광화문 남쪽 '육조거리'(세종로)가 동대문과 서대문을 잇는 신문로·종로와 함께 네거리를 이루던 길,[97] '황토현 네거리'는 지금의 '세종대로' 사거리를 말한다.

벤야민이 말하는 '산보객'은 "어슬렁대는 사람이며, 도시를 급할 것 없이 완보하면서 기쁨과 즐거움을 발견하는 행인"이다. 빈둥거리는 보행을 통해 현대적인 삶의 리듬에서 벗어나며, 무위를 통해 근대의 분업에 저항하며 도시의 풍경을 탐구하는 이들을 말한다. 하지만 염상섭 소설에서 인물들은

---

95 '화개동'은 종로구 소격동·화동에 있던 마을이다. 현재 화동의 동명 유래가 되었다고 한다. 염상섭 소설에 가끔 나오는 곳이다.

96 조선총독부 청사는 1910년 합병 직후 남산에 있었다. 일제는 1915년 조선물산공진회 전시장으로 사용하기 위해 홍례문을 철거하였는데, 1926년 1월에 이곳으로 총독부 청사를 이전하였다. 광복 후 총독부 건물을 헐고 홍례문을 다시 복원하였다.

97 서울특별시사편찬위원회, 『서울지명사전』, 경인문화사, 2009. 당시 황토현 관련 글이 발견된다. "京城은 그동안 변한 것이 적지 않다. 전차가 龍山에서 서대문으로 직행되도록 궤도가 연락된 것이라던지 迎秋門까지 가던 것이 孝子洞까지 연장된 것이라던지 종로스 거리 동서로 길에 「애쓰빨트」를 깔고 인도(Side-walk)를 만들은 것이라던지 황토현에서 개천을 덮어낸 신작로라던지 安國洞 네거리에서 동으로 뚫은 신작로 기타 신작로들이 얼핀 눈에 띄운 것이었다."(無名山人, 「歸省雜感 -東京에서 京城에-, 銷夏特輯 凉味萬斛」, 『동광』 제16호, 1927.08.05. 20면) "黃土峴 네거리에 자리를 잡는 우리 신문사의 편집국에는 당시의 국장이든 C씨와 나와 단 두 사람이 이제나 저제나 하고 가슴을 조리며 마조 안젓고 박게 나간 동인들의 활동으로 압뒤에 잇는 전화통에 불이 난다."(김두백, 「追跡 徹夜 焦燥의 三晝夜-共鳴團과 新聞號外戰」, 『삼천리』 제7호, 1930.07.01, 41면)

산보객과는 다르다. 이들은 장소에 대하여 즐거움을 발견하거나 도시 풍경을 탐구하지 못한다. 도시의 주체이지만 주체일 수 없었던 강점 하에서 인물들은 장소의 주체적인 관계를 이루지 못한다. 창경궁이든, 광화문이든, 서점이든 장소의 정체성이 모호해지는 것은 그 때문이다.

(3) 추정이 가능한 장소성

특징적인 것은 구체적인 정보로 인해 명시되지 않은 장소를 가상하는 작업이 가능하다는 것이다. 장사동에 사는 영식은 직장 학교까지 걸어간다. 당시 경성에는 보통학교가 10여 군데에 불과했고 장사동에서 '남자 걸음으로 이십분쯤' 걸리는 곳이라면 몇 군데로 좁혀진다.[98] 그런데 학교 위치를 알려주는 또 다른 장면이 있다. 학교 근처에서 만나자던 경애와 영식이 "수표교 남쪽 천변 근처"에서 만나는 것이다. 그렇다면 청계천 근처의 수하동에 있던 '수하동공립보통학교' 정도로 추리가 된다. 아울러 유경호가 입원한 "A 병원이란 교동에 잇는 것"인데, 향교가 있었던 지역 명 '교동'은 전국적으로 여러 군데에서 볼 수 있다. 서울의 교동은 법정명 낙원동 일대(경운동·낙원동·종로2가·종로3가·돈의동)이다. 경호가 사건을 주도하면서 인물들은 주로 종로, 중구 쪽에서 활동한다. 혜숙은 장사동에서 A병원까지 걸어가고 유경호가 장사동으로 영식을 찾아와 그를 데리고 춘홍을 만나러 다시 갈 때는 전차를 탄다(214-216면, 이때 전차는 '의주로선'으로 추정). 김경애 일당

---

98 강점기 보통학교는 경운동(지금의 낙원동)의 교동초등학교, 가회동의 재동초등학교를 비롯하여 효제동, 앵정정 2정목(지금의 중구 인현동), 수하정(수하동), 서소문정(서소문동), 통의동, 미근동, 마포동, 죽첨정 2정목(충정로 2가), 창신동, 수송동, 청엽정 1정목(청파동 1가), 청운동, 주교동 등에 있었다. 금정에도 용산공립보통학교가 있었다. (https://bit.ly/3w28aR8)

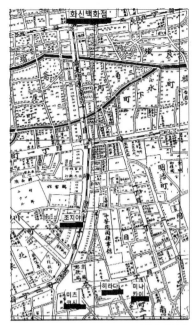

[그림 5] 경성 5대 백화점의 입지(「京城精密地圖」(1/4,000), 1933년 8월, 염복규, 「민족과 욕망의 랜드마크」(『도시연구』(6), 2011, 51면)에서 재인용, 진한 표시-인용자

이 원랑을 만나는 때도 종로구 중구의 장소성을 보인다. 모 백화점 "사층 꼭대기 식당"에서 보자고 하는데, 백화점을 나온 원랑이 바로 전차를 탈 수 있는 큰길가, "남촌의 어구에 안진 이 백화점"(335-336면)은 대략 조지아백화점 정도로 유추 가능하다([그림 5] 참고).

원랑은 결혼 후 연건동에서 살게 되었다고 하였다. 집 근처에 '경성측후소'가 있다고 하여 송월동임을 암시한다.[99] 애초에 송월동에 집을 사 두었다고 하고 연건동에서 살게 되었다던 염상섭의 서술은 오류일 듯하다.[100]

통상적인 이니셜 사용 습관에 준하여 볼 때, 상훈과 경애가 만나는 'K호

---

99 창경궁 동쪽에 있던 측후소가 1913년 1월 14일 낙원동으로 옮겼다(한수당연구원 블로그 https://zrr.kr/N73I) 다시 "二十년이나 오랜 락원동의살림사리에서 지난一日부터인왕산기슭해발八十七미돌의 松月洞마루턱"(≪동아일보≫, 1932.11.10)으로 옮겼다. 결국 1930년대 초 측후소는 종로구 송월동에 있었음을 알 수 있다(시간과공간의향기 블로그 https://bit.ly/3w28aR8 검색일자 2022.07.07.)하였다는 글이 있고 "二十년이나 오랜 락원동의살림사리에서 지난一日부터인왕산기슭해발八十七미돌의 松月洞마루턱이에 약一천평긔지에다가 耐火벽돌과 철근콩크리트를 겸용하야 평가 八十五평의 '모던'청서를지어 이사를하얏다"(≪동아일보≫, 1932.11.10.)는 기록이 있다. 『백구』가 쓰일 당시, 종로구 송월동 1-1에 있었다.

100 "송월동에 전세ㅅ집을 어더놋코, 오늘 막 이사를 하랴는데, 남은 돈 삼백 칠십 원까지 혹쌕 가지고 다라낫스니"(51), "동대문안 련건동에 잇는 데로 떠나기로 결정하얏다 한다. 마츰 비인 것이기 째문에 래일 계약을 하면"(175), "동대문으로 왓지요"(180) 등의 구절이 혼란을 보여준다. 연건동은 종로구에 있는 동이다.

텔'은 당시 '경성호텔'이라고도 불리던 '조선호텔'로 볼 수 있고 그 장소를 중구 소공동 정도로 추리 가능하다.[101] 교동의 'A병원(A의원)' 역시 당시 그 정도 장소에 있던 '안국병원' 정도로 유추 가능하다. 이 부근(경우궁, 현 계동)에 '경성부립 순화병원'이 있었고 경성부민들을 위해 설립한 종합병원 '부민병원'이 경성부에 있었음을 생각할 때 다른 병원이 더 있기는 어렵다. '안국병원(안국의원)'은 제법 큰 병원이었다.[102]

그 외 덕기가 들러 책을 보던 총독부 도서관은 남대문통(지금의 을지로)에 위치했으며[103] 덕기가 어릴 때 다니던 예배당은 안국동에 있다.[104]

---

101 「京城호텔侵入强盗 今曉格闘끝에就縛」(≪동아일보≫, 1939.07.21.), 「京城호텔에盜賊 四百餘圓竊取」(≪동아일보≫, 1932.09.12.), 「京城호텔飮食먹고 八名이中毒重態」(≪동아일보≫, 1932.07.14.) 등의 기사를 보아도 당시 경성호텔이라고 흔히 불렸음을 알 수 있으니 작가가 'ㄱ'음을 'K'로 표한 것임을 알 수 있다. 호텔의 소개글에 의하면 1914.10.10일에 조선철도국에 의해 최초의 근대식 호텔인 조선호텔이 설립, 4층짜리 북유럽 양식의 화려한 건축물이었다.

102 소설에서 'A병원', 'A의원'이 혼용된다. 당시 신문기사 "體府洞 四十八번지 朴某의 첩 申貞子(二五)는자살코저 아편재를 먹엇다 중태에 빠져 직시 安國病院에 입원치료"(「妙齡女飮毒」, ≪동아일보≫, 1933.11.28), "나가려던중에 안국병원에서눈을치료받고나와서"(「昨夜鍾路街上慘劇 交通事故三重奏」, ≪동아일보≫, 1934.12.01), "창경원내에 들어가 뺏을 따먹고 광난이 나서 안국병원으로 부민병원으로 다니면서 응급치료하엿으나 마침내 9일 아침 절명"(「미숙한 과일 먹고 소아 4명 사상」, ≪동아일보≫, 1936.6.15) "부내 安國洞一三十一번지 權昌淳(二七)이란녀자는 자살할목적으로 소독극약 "데신"을 마시엇고 생명이 위독하야 安國洞 安國醫院에 응급치료를"(「青春女子陰毒」, ≪동아일보≫, 1931.07.19) 등을 보면 안국병원, 안국의원도 혼용되고 있다. 한성은행 안국 지점 자리였을 것이라는 추정뿐 정확한 위치는 알아내지 못하였는데, 안국동과 교동의 거리상 교동의 안국의원으로 보았을 가능성이 있다. 이니셜을 무시하고 '교동'에 주목한다면 당시 낙원동의 '인제병원'으로도 추리 가능하다(무료 진료병원을 소개하는 「朝鮮少年總聯盟의 어린이날順序」(≪동아일보≫, 1929.05.05)라는 기사 참고).

103 「總督府圖書館, 조선은행 부근에 금년안으로 건축」(≪동아일보≫, 1923.01.21), 「總督府圖書館, 四月中에는 開館」(≪동아일보≫, 1924.09.21), 「總督府圖書館, 四月三日 開館, 매일 아홉 시부터」(≪동아일보≫, 1925.04.01.) 등의 신문 기사를 보면 총독부 도서관은 몇 년 연기 끝에 개관되었다. 조선인에게 책읽기를 고양하고자 하지 않은 일제의 수법임을 알 수 있다. 1927년 경성부립도서관을 대한제국 황실 영빈관 대관정(지금의 중구 소공동)

염상섭은 『삼대』 삼부작 공간 묘사를 통해 강점기의 다양한 풍속성을 보이고 있다. 그것은 다른 작품들에서 풍경화나 정물화를 그리듯 묘사하던 방식이나 신여성을 욕망으로만 묘사하던 방식과 다르다. 아스만은 장소가 "집단적 망각의 단계를 넘어 기억을 확인하고 보존시켜주며, 장소를 통해 살아난 기억은 장소를 되살리게" 된다고 말했다. 우리나라처럼 장소의 왜곡이 심하게 일었던 경우 망각을 극복하고 복원하는 작업을 통하여 장소성을 되살리는 작업은 큰 의미가 있다. 염상섭이 공간성을 통해 포착한 풍속성은 조선인이 살아가는 현실 공간 강점기 경성의 실재였다. 당시 다소 침체될 수밖에 없었던 종로구, 중구를 배경으로 살아있는 공간으로 탄생시켰다. 인물들이 이동하면서 거리를 묘사할 때는 실제로 걷는 것처럼 계산되어 있음을 볼 수 있다. 공고한 현실의 구체적 지명을 사용하고 특히 그들 사이의 거리 속에서 움직이는 인물을 통하여 소설에 리얼리티를 강화한. 당시 길의 양상-도로공사 중인 것까지도- 등의 묘사는 장소성을 통한 풍속성을 보여주는 것이다. 이러한 묘사를 통해 남산과 종로, 혹은 북촌, 문밖이라는 장소를 바라보는 염상섭의 시선도 나타난다. 남산은 '호텔'로 대표되는 놀이의 공간으로 묘사된다. 종로는 천변을 따라 산책하는 공간으로, 북촌은 인물들의 생활공간으로 그려진다. 그런가 하면 문안과 문밖의 구획도 이루어져, '여기'인 문안과 달리 문밖은 현실이 아닌 공간, 놀이의 공간으로 그려

으로 옮겼던 것도 제국에 대한 기억을 소거하려는 일제의 만행으로 볼 수 있다.

104 당시 안국동 예배당은 '안동교회' 정도로 추측된다. 안동교회 홈페이지(https://zrr.kr/vMPq)에 의하면 안동교회는 1909년 설립되었다. 나라 운명을 생각하여 기호학교(현 중앙 중고교)를 세운 개화파 지도자 중 한 사람인 김창제 집에서 예배를 드리며 시작한 것이 교회의 시작이라고 한다. (다음 블로그 https://zrr.kr/WIUL). 김창제의 집은 재동이었고 후에 소안동으로 건물을 마련하여 양반 교회의 특징을 갖게 되었다(김일환, 「안동교회와 묘동교회의 설립을 통해 본 서울지역 초기 장로교회의 특징」, 『한국교회사학회지』 65집, 2023, 37-40면).

진다.

덕기의 집안에는 아이가 있다. 조의관을 비롯해서 조덕기 역시 자식, 후손에 대한 감정이 유별나다. 그런데 이원영의 집안에서 아이는 사라진다. 아내가 밥을 하러 가는 사이에도 아버지 이원영은 아이를 보지 않는다. 『백구』에서 미혼인 영식의 집안은 말할 것도 없고 김원랑 역시 태기가 없다. 이 작품에서는 제대로 된 결혼조차 없다. 이것이 삼부작에 나타난 당시 서울의 장소성이다.

3. 박태원의 서울 – 익숙하고 친근한 장소

리얼리즘 소설의 대전제는 배경의 당대성과 근접성, 곧 '지금', '여기' ('here and now')이다. 리얼리즘의 모토인 '있는 그대로 그려내기' 위하여 작가 자신이 아는 곳에서 작가가 아는 이야기를 써야만 한다. 그러다 보니 시간적으로는 작가의 당대, 공간적으로는 작가가 체험하고 살았던 곳, 곧 의식 안의 시간과 의식 안의 공간이 배경이 되어야만 하는 것이다. 특히 공간에 있어 작가의 전기적인 삶의 현장과 조응되는 것이 원칙으로 되어 있다. 작가가 실지로 살고 있는, 혹은 살아본 일이 있어 잘 알고 있는 친숙한 장소를 배경으로 채택하여야 하는 것이다.[105]

구보 박태원은 1909년 서울 수중박골 출생이다. 수중박골은 지금의 서울 종로구 수송동을 말한다. 박태원은 결혼 이후 1935년 분가, 종로 6가로 거처를 옮기고 1937년에는 관철동 12-4로 이사하였고 1939년에는 예지동 121번지로 옮겼다. 서울 중에서도 종로구를 벗어나지 않던 박태원이 종로구를

---

105 강인숙, 『자연주의문학론Ⅱ』, 고려원, 1991, 211-212면.

벗어난 것은 1940년 돈암동 487-22에 집을 짓고 정착하면서부터이다.[106] 이후 1948년에 성북동 39번지로 이사하였으니 월북 직전까지 서울에서 살았음을 알 수 있다.

그는 기교와 실험정신에 전력을 기울인 작가라는 평을 듣고 있다. 그러나 그의 '기교와 실험정신'은 환상적이고 낭만적인 로맨스와는 달리 노벨에 기초한 것이다. 박태원은 리얼리스트 면모를 갖춘 모더니스트라고 할 것이다. 그의 작품은 리얼리즘과 모더니즘이 교묘히 맞닿는 자리에 있다.

박태원 소설이 장소 이동으로써 이야기를 전개한다고 할 정도로 그의 소설에서 장소는 중요한 편이다.[107] 작가 스스로는 서울에 대한 애착이 남다를 것 없다고 했지만, 그의 소설들은 '거리의 미학'이라고 할 정도로 서울을 충실히 담고 있다([그림 6]).[108]

---

106 돈암동이 경성부에 편입된 것은 1936년 4월이었는데 그래서인지 1940년 박태원이 그곳으로 이주하기도 하고 돈암동을 배경으로 한 작품을 쓰기 시작한다.

107 최성윤, 앞의 글, 86면 ; 우미영은 「반년간」의 동경을 복합적인 의미망의 공간으로 보면서 코엔지의 하숙집, 신주쿠 거리, 호세이 대학, 오오모리 등으로 나누어 「반년간」에 나타난 각 장소 의미를 살피면서 심적 상태와 연관된다고 하였다(우미영, 「조선 유학생과 1930-31년, 동경(東京)의 수치」, 『한국문학이론과 비평』 77, 2017, 313-341면). ; 아울러 1930년대 초반 동경의 지도를 참고해 박태원 소설 속 공간 동경을 살피면서 개별 작품 공간의 상호 관계에 토대하여 박태원의 동경 인식양상을 읽은 결과 박태원이 일본 제국의 수도 동경이 행사하는 이데올로기 중심으로 끌려가지 않고 동경 주변부, 어두운 세계를 바라본다고도 하였다(우미영, 「박태원의 동경 소설 지도와 상상의 고원사」, 구보학회, 『구보학보』 24, 2020, 175-216면).

108 권은, 「박태원 문학의 '잃어버린 고리' : 「도회의 일각」과 고현학」, 구보학회, 『구보학보』 22, 2019, 795-821면 ; 그림에서 보듯 동정명 언급한 것의 절반 정도가 박태원, 채만식, 이태준, 염상섭, 김남천, 이광수 등 6명의 작가에 의해서 이루어졌으며 횟수뿐 아니라 다양한 동정명 언급으로도 박태원은 월등하다. "말하자면 박태원은 근대 경성을 가장 세세하고 풍부하게 재현한 작가"라는 것이다(권은, 「'멀리서 읽기'를 통한 한국 근대소설의 지도그리기 : 디지털 인문학을 통한 공간 연구 방법론 모색」, 『돈암어문학』 41, 2022, 191면). ; 김한배·조윤승, 「도시문학을 통해 본 서울 도시경관의 인식」, 『서울도시연구』 20, 2019, 45-70면 ; 김재희·양철호, 「소설가 구보씨 중구를 거닐다」, 서울시 중구청

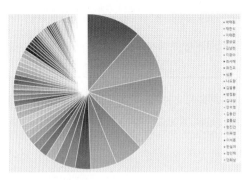

[그림 6] 박태원 소설 속 동정명 언급 횟수(권은, 「멀리서 읽기」를 통한 한국 근대소설의 지도그리기」, 『돈암어문학』 41, 2022, 191면)

조선인을 우민화하고 무력화하던 강점 말기, 작가들은 조국을 떠나거나 붓을 꺾었다. 특히 1940년대 조선에서 글을 쓴 작가들은 서정적, 개인적 차원의 글쓰기로 내려앉거나, 그렇지 않으면 시대에 편승하는 길을 걸어야 했다. 이 시기 활동했던 박태원은 후자의 예이다. 그럼에도 그는 남과 북 모두에서 한국문학사상 중요한 작가 중 한 명으로 인식된다.[109] 해금 후 남한에서의 박태원 연구는 주로 리얼리즘과 비교되는 모더니즘 등 형식적 측면에 쏠리거나[110] 초기 작품 「소설가 구보씨의 일일」과 『천변풍경』 등 몇 작품에 집중되는 경향이었

문화관광과, 2015 (https://bit.ly/3zvBOXl '소설가 구보 중구를 걷다').

109 북한 문학사에서는 1926년 이후 광복까지를 '항일 혁명 투쟁시기'로 보고 주체사상의 '항일 혁명문학'과 함께, 조명희·이기영·강경애 등의 문학을 '항일혁명 투쟁 밑에 발전한 진보적 문학'으로 본다. 친일문학은 배제하면서 박태원의 경우는 『갑오농민전쟁』을 들어 주목하고 있다. (박종원·류만, 『조선문학개관Ⅱ』, 도서출판 인동, 1989, 11-99면)

110 박태원 특유의 공간적 감각에 주목하는 연구들이 많다. 『천변풍경』에 나타난 공간들과 문체의 변화의 관계를 짚는 연구도 보인다(명형대, 「박태원 소설의 공간시학(1)」, 『인문논총』 1(0), 1989, 3-36면 ; 백지혜, 「박태원 소설의 사유방식과 글쓰기의 형식」, 『관악어문연구』, 30(0), 2005, 231-246면 ; 김정현, 「1930년대 모더니즘 텍스트의 알레고리적 양상 연구(1)」, 『한국현대문학연구』 62, 2020, 179-229면 ; 박태원의 모더니즘 소설을 재현적/비재현적 요소들 사이의 복합적이고 다층적 결합 의한 구성으로 보면서 그것을 박태원의 모더니즘소설의 특질로 보았다(이은선, 「박태원 소설과 재현의 문제」, 현대소설학회, 『현대소설연구』(44), 2010, 311-312면). ; 후기 작품을 중심으로 기호학적 분석을 시도하기도 한다(박태상, 「박태원의 『임진조국전쟁』과 김훈의 『칼의 노래』 비교 연구」, 『한국문예비평연구』 52(0), 185-217면).

다.[111] 일제 말기 작품들은 배제되면서 박태원의 1940년대 작품들도 논외로 여겨지곤 하였다. 사소설로 일컬어지는 '자화상 연작'인 「음우」, 「투도」, 「채가」를 일종의 주변부 삶으로서 다루거나[112] 『명랑한 전망』, 『여인성장』 등 장편소설들을 포괄적으로 읽거나,[113] 당대 『아세아의 여명』과 함께 친일 표방 작품으로 묶어 보는 데 그쳤다. 작품 내 친일적 성향이 논의를 조심스럽게 만들었던 때문이다. 최근 박태원 연구도 지평이 확대되고 있다. 그의 도시 체험과 도시성 연구가 확대되고[114] 해방기 활동을 재고하거나[115] 아동

---

111 많은 연구들이 『천변풍경』과 그 이전의 작품에 집중된다. 조낙현, 「박태원 소설의 미적 근대성」, 『한국문예비평연구』 12(0), 2003, 70-86면 ; 이광호, 「박태원 소설에 나타난 시선 주체와 문학사적 의미」, 『인문학연구』 45, 2013, 321-348면 ; 박치범, 「박태원 단편 「방란장 주인」 연구」, 『현대문학이론연구』 68(0), 2017, 5-41면 ; 조은주, 「박태원 초기 단편의 '환상성' 연구」, 『순천향 인문과학논총』 39(4), 2020, 5-37면 ; 박태원의 초기작에 나타나는 '광기'라든가 '불안'을 재해석하기도 했다(허진혁, 「박태원의 적멸 에 나타난 '광기'의 재해석」, 구보학회, 『구보학보』 22집, 2019, 305-306면).

112 방민호, 「박태원의 1940년대 연작형 '사소설'의 의미」, 『인문논총』 58, 2017, 301-329면 ; 박태원 소설에 나타나는 '이동'은 "최소한의 이동도 수월하게 행하지 못하는 고달픈 인생을 바라보는 소설가의 눈"을 보여준다는 연구(최성윤, 「박태원 소설에 나타난 도시 의 일상과 이동 경로」, 구보학보 24집, 2020, 85-112면) 등이 주변부 삶을 반영하고 있다.

113 김미현, 「박태원 소설의 감성과 이데올로기」, 『현대문학의 연구』 51, 2013, 369-395면 ; 황지영, 「박태원의 「애경」 연구」, 『한국문학이론과 비평』 59, 2013, 263-288면 ; 김정란, 「박태원 소설에 나타난 근대주체의 '정념성' 연구」, 한양대학교 대학원 박사학위 논문, 2016 ; 이화진, 「박태원과 신감각파, '감각'의 양상과 의미」, 『반교어문연구』 44, 2016, 285-312면.

114 류경동, 「박태원 소설에 나타난 소비주체의 욕망과 갈등 연구」, 『현대문학이론연구』 56, 2014, 277-297면 ; 김정화, 「박태원 소설에 나타난 동경 체험의 양상 고찰」, 『우리어문연구』 51, 2015, 331-360면 ; 오영록, 「박태원 산문세계에 나타난 부정적 인식과 정체성」, 『비평문학』 73, 2019, 107-128면.

115 문혜윤, 「해방기 박태원의 문장론」, 『현대소설연구』 77, 2020, 177-208면 ; 유승환, 「해방기 박태원과 「소년삼국지」」, 구보학회, 『구보학보』 21, 2019, 685-735면 ; 이길연, 「박태원의 월북 후 문학적 변모 양상과 『갑오농민전쟁』」, 『우리어문연구』 40, 2011, 121-144면 ; 하신애, 「아나키스트의 눈과 탈식민적 국제 연대의 상상」, 『동아시아 문화연구』 76, 2019, 115-136면.

문학, 번역 작업에 대한 관심도 일고 있다.[116] 1940년대 박태원 소설에 대한 평가는 크게 이분되는 경향이다. 하나는 '작가의식의 훼손'과 '현실도피'로 읽는 것이다. 박태원 장편들 통속성의 근거를 우연성, 과다한 수식, 비속어구 등으로 보고 그 원인을 작가의 문학관, 당대 정세의 인식, 신문 연재소설이라는 발표 매체와의 관련에서 찾으면서 박태원의 역사의식 부재와 '변질'을 지적한다.[117] 다른 하나는 박태원의 통속화와 친일의 길 선택을 중층적으로 들여다보아야 한다는 것이다.[118] 이는 "일제의 식민정책에 부합하는 것이 보편적 근대를 지향하는 정신과 일치"한다는 생각이 담긴 박태원 작품들

---

116 박태원 문학의 역동적 특성을 살피기 위해 다양한 작품들 간 관계 맺는 다양한 방식 추적이 필수적이며 다양한 텍스트'들'이 만들어 내는 구조를 통해 일제 말 박태원 문학의 성격을 가늠해야 한다(오현숙, 「'암흑기'를 넘어 텍스트'들'의 심층으로-일제 말기 박태원 문학의 연구사 검토」, 구보학회, 『구보학보』 9, 2013, 59-82면). 그 외에도 다양한 연구가 시도된다(김명석, 「박태원 소설의 해외 번역 출판 연구」, 『인문학연구』 50, 2015, 7-38면 ; 김정화, 「박태원 추리소설의 삽화 양상 연구」, 『국제어문』 70, 2016, 161-183면 ; 도윤정, 「이상의 삽화 분석」, 『인문과학』 115, 2019, 5-35면 ; 서보호, 「신문연재소설과 줄거리 텍스트 연구」, 서강대학교 대학원 박사학위 논문, 2020. 최유학, 「중국소설 『서유기』의 한국어번역 및 수용 양상」, 서울대학교 대학원 박사학위 논문, 2020).

117 공종구, 「통속적인 연애담의 의미-『여인성장』연구」, 상허학회, 『상허학보』 2, 1995, 406-408면 ; 박태원의 "고독한 산책자로서 근대화된 경성을 활보"를 "현실 도피의 발로"로 보고 '다방'이라는 공간의 "타락"이 "현실의 모순을 무책임하게 긍정"하는 양상을 보인다(최혜실, 「산책자의 타락과 통속성」, 『상허학보』 2, 1994, 204-205면)고도 한다. 『명랑한 전망』, 『여인성장』을 고현학 포기와 전망 찾기, 산책 불가 등 박태원 소설 변질 결과로 본다(김종회 「일제강점기 박태원 문학의 통속성과 친일성」, 국제비교한국학회, 『비교한국학』 15(2), 2007, 91-104면). ; 『여인성장』은 도식화와 호기심 차원에 머묾으로써 다른 문제 인식을 차단하고 감각적 쾌락과 향락적 삶만 추구하므로 통속적 흥미에만 동화된 능력 있는 작가의 퇴보라고 보는 연구들(김종회, 앞의 글, 102-103면)이 있다.

118 단순히 친일문학으로 치부하기 전에 작품을 들여다보아야 한다는 견해가 많다(정현숙, 「박태원 소설에 나타난 신체제 수용 양상」, 구보학회, 『구보학보』 1, 2006, 172-184면). ; 박태원은 백백교 사건을 다루는 『금은탑』을 통해 허구와 픽션의 경계를 모호하게 만들면서 주제의식을 담는 서사전략을 보여 왔다(김미지, 「박태원의 『금은탑』 : 통속극 넘어서기의 서사전략」, 『어문연구』 37(3), 2007, 265-290면).

중층적 독해를 요구한다.[119]

박태원의 또 다른 장편 『여인성장』을 중심으로 그의 소설에 나타난 서울을 살펴본다.

1) 서울 문안의 장소성 - 구체성

장편소설인 『여인성장』에서도 작가 주변 공간을 노출하면서 서울 '문안'의 장소성을 보인다. 청계천을 중심으로 한 『천변풍경』에서보다 영역 확대를 볼 수 있다.

작품의 주요인물인 강순영의 부친 강우식은 그 아버지 대부터 "광충교", 곧 광교 근처에 살고 있었으며 그가 교원3종시험에 합격, 처음 발령받아 다니던 학교는 수하동 공립보통학교이다.[120] 주인공 김철수가 강우식의 제

---

119 류수연, 「공공적 글쓰기와 소설의 통속화」, 구보학회, 『구보학보』 3. 2008, 205-226면 ; 박태원 소설의 신체제론이란 근대의 부정성을 극복할 역사적 대안으로서 '인의의 세계 곧 아시아적 세계이며 무조건적인 친일, 식민주의 논란의 무의미함을 강조한다(한수영, 「박태원 소설에서의 근대와 전통」, 『한국문학이론과 비평』 27, 2005, 227-256면). 같은 맥락으로 박태원의 세 소설 『여인성장』, 『애경』, 『명랑한 전망』을 "신체제기 고민"으로 파악한다(박진숙, 「박태원의 통속소설과 시대의 '명랑성'」, 『한국현대문학연구』 27, 2009, 207-239면). ; 후기 사소설 속 무너진 공공성 확보를 위해 '생활'의 차원으로부터 식민지 근대의 문제에 천착해 들어가고자 하는 작가의 고군분투가 보인다(류수연, 「전망의 부재와 구보의 소실」, 구보학회, 『구보학보』 5, 2010, 97-128면 ; 인물들이 서사 마지막에 '신흥 공간'으로 모이는 것은 "신흥 문화주택지"의 공간을 새로이 부각시켜 근대를 끌어들이는 기능을 하고 있다(하신애, 「식민지 말기 박태원 문학에 나타난 시장성-『여인성장』의 소비주체와 신체제 대응 양상을 중심으로」, 2011, 313-355면). ; 『아세아의 여명』 역시 대일협력 인물을 다루되 친일 행적보다 전쟁으로 고통받는 실상을 강조하고 있으므로 근대적 직업인 박태원의 '매문' 행위 일종으로 재평가해야 한다는 연구(서은주, 「신체제기 지상 과제로서의 '생활'과 '화평론'」, 구보학회, 2016, 43-66면)도 있다.

120 강점기 보통학교 교원시험은 1-3종이었다. 3종 교원시험은 1,2종에 비해 낮은 단계였다. 교원시험은 자격시험으로서 임용과 직접 관계는 없었고 결원이 생기면 촉탁교원으로 임시채용되었다가 1-2년 뒤 정식교원이 되었다.(김광규, 「근대개혁기-일제강점기 교원시

자로, 이 학교를 졸업하였는데 그는 취운정[121]까지 "500보 남짓"(311)하는 거리의 종로구 재동에 살고 있다. 득병으로 상경한 강우식이 새로 얻은 집은 "현저동 새문밖 현저정"의 "100에 13원"(120)의 사글세방이었고 이사한 곳은 청진동이다. 강순영이 다니던 학교는 진명여고,[122] 순영이 왕래하는 친척 아주머니 집은 새문안로 근처 당주동이다. 순영의 가게는 삼선교 근처로 '삼선 양품점'이라는 상호를 달기도 한다. 이숙자 시집은 명륜동이다. 작품 속에서 김철수가 산책하던 월미도, 글을 위해 간 금강산[123]을 빼면, 공간적 배경은 서울 종로구와 중구에 집중된다.

단편 「오월의 훈풍」, 「소설가 구보씨의 일일」, 「거리」 등은 종로 일대의 거리가 배경이 된다. 여기에서 인물들은 집을 나와서부터 배회를 하게 되는데 대부분 화신상회와 종로 거리 또는 청계천변, 멀어야 사직동을 벗어나지 않는다. 청계천변만을 배경으로 삼아 그 일대의 이야기를 하는 『천변풍경』이 있는가 하면 청계천에서 근접한 관철동을 배경으로 하는 작품도 여러 편이다. 이러한 배경 설정은 작가 자신이 청계천변에 가까이 살았던 점과도 무관하지 않다. 1937년 관철동으로 이사하기 전부터 관철동이 배경이 되는

험의 변천」, 『역사교육』 132, 2014, 197-198면) 우식이 처음 되었던 '촉탁교원'이란 임시교원이다. 그가 부임한 수하동 공립보통학교는 중구에 실제로 있던 학교이다.

121 '취운정'이란 1870년대 중반 민태호가 지은 정자 터로서 유폐된 유길준이 『서유견문』을 집필한 곳이기도 하다. 일제강점기에는 많은 사람들이 찾는 서울의 명소였고(「경성의 명승과 고적」, 『개벽』 제48호, 1924.06.01, 109면) 독립운동가 회합 장소로도 이용되었던 (https://bit.ly/3fqIy59) 곳이다. 지금의 감사원 자리로 추정된다.

122 순영이 다니던 진명여고는 현 창성동에 있었다. 1904년 설립자 엄준원이 사저인 달서위궁에 사숙을 설치, 1906년 진명학교를 설립하였다. 광복 후 6년제 진명여자중학교로, 1950년 신교육법에 의하여 진명여자고등학교와 진명여자중학교로, 1987년 진명여자고등학교만으로 전환하여 1989년 양천구 목동 신축교사로 이전하였다. (https://bit.ly/3ltmT09)

123 박태원은 최승일 제작 영화 시나리오 집필을 위해 금강산에 들어간 적이 있다(「박태원씨 씨나리오 집필차 금강산행」, ≪조선일보≫, 1939.06.07.).

작품을 발표하고 있다.

「보고」, 「윤초시의 상경」 등을 비롯하여 「미녀도」도 관철동과 간동을 배경으로 하고 있다. 그밖에 「골목안」을 보면, 정동과 청진동을 주배경으로 하고 있어서 종로 일대와 종로구에 이웃한 중구를 벗어나지 않는 것을 확인할 수 있다. 『여인성장』의 경우 역시 계동과 혜화동, 삼선교 일대를 배경으로 하면서 서울 4대문 안이라는 전통적 의미에서의 서울 영역을 벗어나지 않고 있다.

2) 복잡하고 화려한 서울 거리의 묘사

박태원 작품에서는 서울의 거리와 골목, 상업시설, 전차와 버스 등 탈것 등이 묘사된다.

> ① 청진정을 찾아갔다.
> 고깃간 옆골목으로 들어서서 다시 바른편 셋째 골목으로 접어들면 왼손편으로 청대문 다음 집 (56)
> ② 혜화정 골목을 미처 다 나가지 못하여 (…) 철수가 길앞을 횡단하여 동소문 편으로 가는 것 (…) 두 사람은 삼선교 앞에서 남쪽으로 꺾이어 성을 끼고 오르는 신작로로 들어섰다. (219-221)
> ③ 물론 어디라 갈 곳이 있어서가 아니다. 되는 대로 종로까지 나오자 그의 발길은 다른 때나 마찬가지로 저절로 종로다방 편을 향하였으나 (…) 경성역에 내리자 즉시 전차를 타고 (316-317)

서울 거리 묘사는 위 ①②처럼 목적 있는 걷기를 통해 나타난다. 철수 혼자 걸을 때는 강순영, 최종석 집에 일을 보러 가는 경우이다. 강순영을 돕기 위해 걸어서 종로 우미관 뒷골목 전당포에서 옷을 팔고 걸어서 청진동 강우식의 집에 간다.[124] 최종석 집에 갈 때는 이숙자, 최숙경 시점으로 묘사되어 걷는 장면은 없다. 두 사람이 서울 거리를 걷는 장면이 두 번 나온다. 하나는 철수와 숙자가 화신 정도에서 조우하여 한강 모래사장을 걷고 남대문 근처에서 헤어지는 것, 다른 하나는 재동에서부터 걸어가다 숙경을 만나게 된 철수가 숙경과 함께 돈암동 새집에 가는 것이다. 후자는 "삼선교 앞에서 남쪽으로 꺾이어 성을 끼고 오르는 신작로", 현 한성대입구역 근처를 지나 집터를 둘러본 두 사람이 "정자옥" 전시회에 갔다가 "본정으로 들어가 다방에서 차를 또 같이"(226)하며 산책하고 있다.[125] 『여인성장』에서 ③과 같은 '방황'에 가까운 걷기를 빼면, 산책은 이뿐이다. 철수 스스로 요즘은 산책을 하지 않음을 밝힌다. 벤야민의 보들레르 연구에서 제시된 '도시 산책자' 개념에 의한 '산책'[126]이 사라진 당대 모습을 볼 수 있다.

---

124 '우미관'은 1912년부터 서울 관철동에 있던 큰 극장이다. 양화관으로 출발, 1910년대에 가장 활발했고 1930년대 이후 단성사·조선극장과 경쟁적인 흥행을 벌였으며 광복 이후에도 있었다. 1959년에 화재로 전소했고 이전하여 영업하였다가, 1982년에 폐업하였다. ([그림] 출처 : 한국학중앙연구원, 『한국민족문화대백과』)

125 '삼선교'는 성북천에 있었던 콘크리트 다리로, 지명 '삼선평'에서 따온 이름이다. 지금은 성북천 복개와 시장, 상가아파트 건설로 사라지고 지명만 남아 있는데(성북마을 아카이브 https://bit.ly/37mFdQo) 현 '한성대입구역' 부역명('삼선교역')으로 남아 있다. 한편 '정자옥'은 1921년 4월 일본인이 충무로에 세웠다가 1939년 9월 남대문로 2가로 이전한 백화점 이름이다. 광복 후 미도파백화점으로 불렸다가 롯데백화점에 인수, 현재 롯데영플라자로 사용된다. '본정'은 주지하다시피 강점기 충무로를 이르던 말이다.

126 보통 '산책'이란 속도에 편승하지 않고 게으르게 걸으며 외부를 관찰하는 행위를 말한다. 파리 대개조 사업 이후 변화해가던 도시 거리가 산책의 대상이었고 벤야민의 말처럼 산책자는 노동 현장에서 벗어난 자본주의 외부자이면서 자본과 권력이 생산하는 '판타스마고리아'에 도취되는 이중적 존재(발터 벤야민, 조형준 역, 『아케이드 프로젝트 2』. 새물결, 2005, 963-1040면)라고 할 때, 작품에서 이러한 산책은 드물다. 철수와 숙자를 의심하며 숙경이, 오해받아 집을 나온 숙자가 거리를 걷지만 이것은 산책으로 보기 어렵다.

서울의 다양한 상업 시설들도 묘사된다.

문을 닫을 무렵의 화신상회를 들어가 양과자를 한 상자 샀다. (91)
본정이라도 한 바퀴 휘돌아볼까?-- 하고 광교까지 걸어갔었으나 (…)
화신상회 앞으로 (276)
숙자는 화신상회 앞까지 가서는 (289)
네거리까지 나오자 바로 그렇게 예정하였던 사람처럼 서슴지 않고 종
로다방으로 들어갔다. (273)
반도호텔을 나온 것은 7시 반을 좀 지났을 때 (303)

당시 여러 백화점이 있었고 전시회를 하는 정자옥도 작품에 등장하지만,
이 작품에서는 화신상회가 자주 언급된다.[127] 그 외 최종석이 철수와 저녁식
사를 하고 차를 마시는 반도호텔, 상호와 숙자가 성대하게 결혼식을 하고
음악회가 열리는 장소 부민관 등도 보인다.[128] 미쓰코시 백화점, 명치정의
다방, 장곡천정의 다방 등도 등장한다.[129]

종로 4정목에서만 갈아타면 되는 것을 일부러 노량진행을 타고 종로
에서 다시 한번 내려서 (91)
버스를 성북정 입구에서 내려, 남쪽 성 밑으로 길을 잡아들자 (150)
종로 4정목서 큰아씨가 차에 오르는 걸 보구 (…) 큰아씨는 운전대

---

127 '화신상회'는 신태화가 1931년에 설립, 박흥식이 매수하여 운영하던 백화점으로서 강점
기 한국인이 운영하던 최대의 가게, 최대의 건물이었다.
128 '부민관'이란 1935년 서울특별시 중구 태평로 1가에 세웠던 경성부 부립극장인데 강점기
친일어용극이나 관제행사에 주로 사용되었다. 광복 후 다양하게 사용되다가 1991년부터
현재까지 서울시의회 건물로 사용되고 있다.
129 경성 최초 근대적 백화점인 미쓰코시 경성점이 1906년 명동에 '오복점'으로 개설되어
강점기 가장 번화가를 형성했다(https://bit.ly/3DLSIaD).

나는 차장대니 사람 틈 비집구 앞으로 나갈 수 있어요? (227)

차가 종로를 지나 안동 육거리에서 동편으로 꺾어질 때, (255)

언제나 한결같이 차는 만원이었으나, 그래도 앞에 앉았던 사람이 명치

정 입구에서 내려 철수는 숙자를 그곳에 앉힐 수 있었다. (290)

전차와 버스, 택시, 한강 보트 등 서울의 각종 탈것이 망라된다. 새집에 갈 때 아버지와 명숙은 성북동까지 버스를 타고 간다. 철수와 혜화 로터리 근처에서 전차를 타고 '정자옥'에 갔던 숙경은 같은 전차를 탔던 윤기진 처를 만나는데 그녀의 말을 통해 혼잡한 전차의 상황을 잘 알 수 있다. '종로 4정목'(종로 4가)은 숙자 시점, 순영 시점에 모두 등장하는데, 당시 이곳이 전차 2개 선이 지나는 교통 편리지역이었기 때문이다. 미쓰코시 백화점에 갔던 숙경이 집에 가다가 재동 사는 철수를 생각하는 것은 택시가 "종로를 지나 안동 육거리에서 동편으로 꺾어"지기 때문이다.[130] 철수와 숙자는 한강에서 보트를 타기도 한다.[131]

3) 서울 상류층의 묘사 - 화려한 삶

서울 일상 묘사도 나타난다. 최종석 집이 있던 명륜동은 당시 신흥 주택

---

130 '안동 육거리'라는 지명은 찾아지지 않는데 현 '안국 사거리'('안국 네거리')를 말하는 것으로 보인다. 작은 골목까지 포함하면 6거리가 된다.

131 "전차가 철교 못 미처에서 멈추었을 때"(291) 인물들이 내리는 곳은 '한강교'역 정도로 보인다. 한강 보트 역사는 오래된 듯 보인다. 「일일에 사명이 수중혼」(≪조선일보≫, 1923.07.03.)를 보면 밤에도 한강 보트를 타다 사고가 나기도 했음을 알 수 있다. 당시 한강 유람선은 평민들이 타기 어려웠고 일반 배와 모터보트 구락부까지 있는 모터보트 사이에는 민족적 차별도 있었다(노상래, 「근대를 우회하는 '창백한 얼굴'들-채만식의 「창백한 얼골들」을 중심으로」, 『인문연구』, 2017, 137-172면).

지로서 화려한 집들이 있었다. 최종석 집은 거실과 주방의 생생한 묘사를 곁들이며 '이상적'이라고까지 이야기된다. 주생활의 화려함은 화려한 식생활로도 이어진다. 최종석 집에서는 탕수육마저 "값싼 음식"으로 치부되고 "찰밥·죽순·표고·용안육·잘 다져놓은 제육·그린피스"(206) 등 재료로 만드는 '정루바오지', '주우샹로우' 등 화려한 요리를 하기도 한다. 여러 집에서 음식 시켜먹는 문화가 보이기도 한다.[132]

이때 특정 집안을 중심으로 한 화려함의 과도한 강조는 일반 독자들을 염두에 둔 행위라고 보기 어렵지만, 1930년대 작가 공간인 서울을 노출하며 도시 서울에 대한 정보를 주는 전략을 보게 된다.

박태원 소설의 공간적 배경이 대부분이 서울 문안이지만 서울의 변두리가 배경이 되는 경우도 있다. 이 경우는 작가의 이사와 관련된다. 작가는 1940년 돈암정으로 이사를 하면서 서울의 4대문 안을 벗어나는데 작품의 배경도 변두리로 옮아가고 있다. 회귀형 구조이며 수미상관식 구성을 보이는 「길은 어둡고」에서 남자의 변심을 의심하는 향이가 일자리를 군산으로 옮기려고 기차를 타고 가는 때에도 경성역을 출발하여 용산역, 영등포역까지만 갈 뿐 다시 돌아온다. 후기 작품에 속하는 「음우」와 「사계와 남매」의

---

132 신혼여행에서 돌아오자마자 상호네 집은 "국일관에선가 시켜왔다는 조선요리로 같이 저녁을 나누"(53)고 신행갔을 때 숙자네 집에서도 "생각다 못하여 근처 청요릿집에서 요리를 대여섯 접시 시"(54)킨다. 강순영도 여러 차례 음식을 배달시킨다. 우리나라는 비교적 음식 배달의 역사가 길다. 배달 기록은 1768년 7월 『이재난고』라는 책에서부터 보인다. 순조 때 냉면을 시켜 먹었다는 기록도 있고 교방문화가 배달 문화를 확대했다고도 한다.(「배달음식 1호, 1768년 7월 냉면」, 『서울 &』, 2016.05.04 https://bit.ly/3imHcuf) 1906년 『만세보』에 배달음식 광고도 실려 있다. 경상도 안동 토계리에서 기자가 "土溪里란 곳은 先生의 後孫 居住地로 家戶數는 數十을 過하나 點心한 그릇 시켜먹을 수가 업섯다."(「舊文化의 中心地인 慶北 安·禮地方을 보고, 新舊文化의 消長狀態를 述함」, 『개벽』 제15호, 1921.09.01. 101면)는 글에서도 배달의 보편성을 알 수 있다.

배경은 각각 황금정, 공덕리 그리고 성북동으로 서울 변두리 지역이 배경이 되어 있음을 알 수 있다. 『여인성장』에도 배경으로 등장하는 성북동은 작가가 그 무렵 살았던 돈암정과 이웃한, 4대문에서 멀지 않은 곳이다. 「음우」, 「투도」, 「채가」, 「재운」 등 자전적 소설들 역시 작가의 이사한 곳을 배경으로 한다. 「수염」, 「비량」, 「수풍금」, 「성탄제」 등 배경이 명시되지 않는 경우에도 문맥상 서울 언저리인 것으로 추측 가능하다.

배경의 도시성 면에서 박태원의 소설은 그 예외가 드물다. 주인공이 요양을 하러 서울을 떠나 겪는 이야기를 그린 「여관주인과 여배우」, 어릴 적 살던 곳을 찾아간다는 「점경」을 제외하면 대부분의 작품이 도시를 배경으로 하고 있다. 소설 전체가 한 문장으로 되어 있어 유명한 「방란장 주인」, 「진통」, 「성군」의 경우도 동경에서 멀지 않은 곳이라며 도시적 요소를 띤 곳이 배경이다. 그렇기 때문에 그의 소설에서는 여러 부분에서 현대문명적인 장치와 실업 등으로 인한 인간 소외라는 도시적인 요인이 발견된다. 그것은 작가 박태원이 서울 출생이고 결혼 후 월북 이전까지 서울에서만 생활했다는 개인적 이력과도 관련되는 것이다. 서울의 지리와 분위기를 잘 알고 있는 그였기에 거리를 산책할 때에도 배경이 살아있음을 느낄 수 있다. 그가 월북 후 발표한 대하 역사소설 『갑오농민전쟁』에서도 동학군이 서울(한양)에 입성하였을 때의 묘사는 다른 어느 곳에서보다 리얼하고 정치하다. 작품 중 종로, 청계천변, 광교, 탑골 공원, 관철동 일대라든지 인물이 친구를 찾아갔다가 만나게 되는 사직공원이라든지 하는 것은 그가 실제로 그 공간을 스케치하고 직접 가 본 곳이기에 오랜 세월이 흘러도 본 듯이 묘사할 수 있었다. 그는 거리를 걸을 때에도 대학노트를 끼고 다니며 메모하고 그림으로 그려 보기도 하고 정착 공간에 도착하면 그 노트를 중심으로 작품화하는 일종 르포 작가와도 같은 태도로 작품을 썼던 작가이다.[133]

[표] 박태원 작품 속 서울

작품명	주요 공간	특징
수염	서울	특정되지 않음
사흘 굶은 봄달	동경 시내와 공원	서울 이외 도시
피로	서울 거리(다방, 신문사, 한강)	
누이	서울	특정되지 않음
오월의 훈풍	종로 거리	종로구
소설가 구보씨의 일일	종로 일대	
딱한 사람들	동경	서울 이외 도시
길은 어둡고	서울역 부근	중구
전말	와룡동	종로구
거리	종로 일대	
비량	서울	특정되지 않음
방란장 주인	동경 근교	
진통	동경 근교	
천변풍경	청계천 근처	중구
보고	관철동 33번지 유곽	종로구
향수	서울	특정되지 않음
여관 주인과 여배우	강화	
성군	동경 근교	
수풍금	서울	특정되지 않음
성탄제	서울	
윤초시의 상경	관철동 257번지	종로구
미녀도	사직동, 관철동, 간동	종로구, 중구
골목안	청진동, 정동	종로구, 중구
음우(陰雨)	공덕리, 황금정	마포구, 중구
음우(淫雨)	돈암정	성북구(당시 동대문구)
점경	필동	중구
투도	돈암정	성북구
사계와 남매	성북동	성북구
채가	돈암정, 신당정	성북구, 중구
재운	돈암정	성북구
여인성장	계동정, 성북정, 혜화정, 삼선교	종로구, 성북구

133 대학노트를 끼고 다니며 메모하는 박태원의 모습은 「소설가 구보씨의 일일」, 「애욕」 등에서, 또 그 메모된 노트를 토대로 작품을 쓰는 모습은 「소설가 구보씨의 일일」에서 나타난다. 산책 후 정착 공간에서 '이제까지 걸어온 길을 되풀어 더듬어' 글을 쓰려고 한다는 데에서 이러한 것이 암시된다.

그의 단편에 나타나는 공간적 배경을 정리하면 [표]와 같이 서울의 이곳 저곳이다. 배경의 협소성 면에서 보면, 박태원은 염상섭의 경우보다는 확대되어 있다.[134] 그것은 박태원이 계속하여 보이는 지식인의 소외와 정신적 방황이라는 사실과 무관하지 않다. 이러한 지식인의 현실에의 불안정과 무력한 배회를 통한 나른하고 권태로운 일제강점기 한국인 모습의 소묘가 작가 박태원 소설 쓰기의 목적이었다면 그것은 식민지 치하의 작가 박태원이 보여 준 하나의 작은 저항이 된다. 그를 위하여 작가는 종종 주인공을 거리로 내어 몬 것이 아닐까 한다. 방황과 배회 모티프가 박태원의 리얼리즘적 요소를 삭감시키는 요소가 되는 것은 아니다. 그에게 있어서 청계천과 종로, 안국동 거리는 '있는 그대로'라는 리얼리즘 본질을 뚜렷이 보이는 것이기 때문이다. 종로 일대가 박태원으로서는 태어나 학교를 다녔고 늘 오고 가던 현실적인 공간이다. 그 공간에서 무목적적인 방황과 배회는 강점기 지식인이 삶의 본질과 문제를 고민하는, 삶의 필수적 장치였다.

박태원은 월북 이전에 서울이라는 도시를 떠나 살아 본 적이 없다. 그리고 그의 문학은 거의 대부분이 도시를 배경으로 하고 있다. 서울 가운데에서도 4대문 안이라는 전통적 의미에서의 서울이 박태원 문학의 주배경이 된다. 그의 문학이 서울문학일 수밖에 없는 이유이다.

4. 최정희의 서울 - 낯섦, 정착의 공간

최정희는 남편 김동환은 물론이고 김남천, 이상 등 당대의 주요한 작가들의 동지로서, 뮤즈로서 함께 교류하였으며 자신 역시 활발한 집필 활동을

---

134 강인숙, 앞의 책, 234-237면.

보였기에 문학사적 중요성은 의심할 나위가 없다. 최정희는 역사의 질곡에서 살아남아 통일을 위한 염원으로 분단, 가족, 아픔과 인생 노년기의 관조적 삶과 죽음 철학까지 보이는[135] 한국 문단 대표 여성 작가이다. 최정희에 관한 연구는 다양하게 이뤄지는 편이다. 우선 최정희 소설 전반적 경향을 다루는 것들이 있다.[136] 이병순의 말처럼 최정희는 일제강점기 초기의 경향성, 모성에의 관심, 광복기의 좌익 이념, 이후 낭만적 사랑에의 천착 등의 경향을 보이면서 문단의 추이에 따랐던 작가이다.[137] 다음으로 최정희 문학의 친일성이나 여성주의에 집중하는 연구,[138] 여성 작가로서의 특징에 주목하는 경우,[139] 작중인물의 특성에 집중하는 연구[140] 등을 볼 수 있다. 최정희

---

135 황수남, 「최정희 작품론」, 『문예운동』 122, 2014, 59-68면. 1931년에 수필로 데뷔한 최정희를 비롯해 1930년대 여성 작가는 15명 정도였다. 조선문단에 '여류문단'이라는 인식을 심어준 것이 최정희를 비롯한 2기 여성문인이었던 것이다(박죽심, 『최정희 문학연구』, 중앙대학교 대학원 박사학위 논문, 2010, 16면).

136 정영자, 「최정희 소설 연구-내용적 특성을 중심으로」, 문예운동사, 『문예운동』, 2014.6, 42-57면. 정영자는 페미니즘적 특성, 모성의 원리, 현실비판과 추악한 인간상의 폭로 등으로 나눔, 같은 책에 편집부, 「최정희의 문학과 생애」에서도 포괄적 정리를 보이고 있음(16-34면) ; 그 외 이유식, 「최정희론」, 『세종어문학회』 5-6집, 1988 ; 황수남, 위의 글 등이 있다.

137 이병순, 「현실추수와 낭만적 서정의 세계」, 『현대소설연구』 26, 2005, 131-149면. 문단의 추이를 따르려 하는 것은 일제 강점이나 한국전쟁의 경험에서 비롯된 우리나라 작가들의 강박관념일 수도 있다.

138 이영아는 「천맥」이 여성과 아동 모두 '국민화 프로젝트'에 참여하여 일제말기 여성을 국민총력전의 주체로 호명하여 전쟁 동원의 이데올로기에 충실하게 이바지하는 작품으로 친일문학의 길항지점에 있다고 하였다(이영아, 「최정희의 「천맥」에 나타난 '국민' 형성 과정」, 『국어국문학』 (149), 2003, 639-659면). 최정희의 모성 강조 친일문학은 「기획 발굴-최정희의 친일문학 작품」(『실천문학』, 194-226면) 등에서도 쉽게 접할 수 있다.

139 김경원, 「근현대 여성 작가 열전④ 최정희-역사적 격랑 속에서 여성의 좌표 찾기」, 『역사비평』, 1996, 253-275면 ; 심진경, 「최정희 문학의 여성성」, 『한국근대문학연구』 7(1), 2006, 93-120면 ; 심진경, 「'모성'의 탄생-최정희의 「지맥」, 「인맥」, 「천맥」을 중심으로」, 『한국학연구』 36, 2015, 415-435면 ; 손유경, 「'여류'의 교류」, 『한국현대문학연구』 51, 2017, 385-419면 ; 손성준, 「'여류' 앤솔로지의 다시쓰기, 그 이중의 검열회로」, 『코기토』

작품 분류는 시대에 따라 일제강점기 경향적 경향과 여성 삶에 치중하는 작품들의 시기, 광복 직후 보고적 서술의 시기, 한국전쟁 이후의 여성 삶의 신산함을 다룬 작품 등 세 시기로 보거나[141] 일제강점기 현실인식기, 광복 후 농촌문제에의 관심기, 전쟁 후 피해적 삶 형상화 시기, 이후 인간 본질 문제로의 전환 등 네 시기[142]로 시대구분하는 것이 지배적이다. 주된 관심사에 의하여 나눌 수도 있다. 최정희 소설은 내용에 의하여 사회적인 관심사를 다루거나 개인적 차원의 삶에 집중하는 것으로 크게 분류할 수 있는데, 이는 작가가 개인적 삶과 함께 사회에 대한 관심의 끈을 놓지 않았기 때문이다. 한편 최정희 작품은 장소로써 크게 이분되는 경향이 있다. 『낙동강』, 「산제」, 「봉황녀」, 「풍류잡히는 마을」 등[143]처럼 시골을 배경으로 하층민의

(81), 2017, 160-201면.

140 임금복, 「최정희 소설에 나타난 지식인 연구」, 『돈암어문학』 (4), 1991, 207-233면 ; 방민호, 「1930년대 후반 최정희 소설에 나타난 여성의 의미」, 『현대소설연구』 (30), 2006, 61-91면 ; 장미경·김순전, 「최정희 일본어 소설에 나타난 '여성 지식인' 고찰」, 『일본어문학』 42, 2009, 173-193면 ; 최정아, 「최정희의 『녹색의 문』에 나타난 여성 정체성 탐구 양상」, 『현대소설연구』 (44), 2010, 435-461면.

141 일제강점기는 경향성과 여성 삶의 천착(30년대 초 경향성, 30년대 후반-40년대 초 모성에의 관심), 광복기는 초기작과 같은 경향성을 보이다가 1948년 이후 서정성으로, 다시 한국전쟁 이후에는 여성 운명과 삶의 신산함을 다뤘다(이병순, 「현실추수와 낭만적 서정의 세계」, 『현대소설연구』 (26), 2005, 132-133면) 젊은 시절에는 여성의 인간화 구현, 후반기 이후 역사와 사회, 인간과 실존의 문제를 다룬다고 보기도 한다(황수남, 앞의 글, 68면).

142 ①1931년에서 1934년-습작기, 동반자적 경향 ②전주사건으로 옥고 치른 후 문학관에 변화, 여성 문제 천착, ③광복 이후 농촌의 모순된 현실을 형상화 ④전후에는 일상사 혹은 신변체험을 중심에 둠(권영민, 임순애 등의 견해. 박죽심은 앞의 책에서 1930년대, 일제 말기, 광복 전후, 전쟁 이후 등 4기로 시대 구분했는데 대동소이해 보인다).

143 당시 장혁주에 의해 책상에 앉아 쓴 것이 아닌, 현장성과 치밀한 묘사, 리얼리즘 작이라 평가된 최정원의 『낙동강』은 정쇠와 남이 가족을 중심으로 수재민의 아픔을 그린 것으로 최정희가 동생 이름을 빌어 발표한 작품이라고 밝혀진 바 있다. 「산제」는 1925년 현진건이 발표한 「불」과 매우 비슷한 내용으로, '쪼깐'이 당하는 성적 학대와 그 복수를 다룬다. 「풍류 잡히는 마을」은 광복이 되었어도 지주와 소작의 착취-피착취 관계가 지속되는

삶을 다루는 것이 한 축이라면, 다른 한 축은 도회의 삶을 다루는 서울 배경의 자전적 성향의 작품들이다. 최정희에게 서울은 특별한 공간이었다. 서울은 함경북도 출신 최정희가 1912년생으로 나이를 6살이나 속이면서까지 편입해야 했던 공간이었다.[144] 1925년 숙명여고보에 편입한 이후 최정희는 보육학교를 거쳐 유치원 보모라는 직업을 갖고 도쿄의 유치원으로 잠시 이직한 이후 줄곧 서울에 머물렀다. 1931년부터 시작한 기자 생활 이후 여러 매체 글쓰기를 하면서 계급주의 영화감독 김유영과의 불행한 결혼, 출산, 사별, 김동환과의 재혼 등 굴곡의 역사를 살아간 곳도 서울이었다.[145]

격변의 삶을 살았던 강점기, 특히 여성 작가 최정희에게 서울은 어떠한 곳이었을까.

앞에서 보았듯 여성 작가 제1세대였던 나혜석과 김명순의 소설 속 서울 스토리텔링 양상은 서울 지명의 활용, 중심지로의 인식 등과 함께 서울 속 타인들의 시선, 서울에 대한 어두운 이미지 등이 특징적이었다. 서울 지명에 관한 지식을 나열하면서 중심지로는 인식하지만, 그 서울은 정이 없는 도시, 익명의 시선을 주고받는 차가움 등이 특징적이라는 것이다. 이에 비해 신여성 제2세대 최정희는 다른 양상을 보인다. 그녀 역시 '서울'이라는 지명을 사용하는데 이때 서울은 있고 싶고 정착하고 싶은 곳으로서 그려진다. 인물은 주도적으로 서울을 관찰하고[146] 서울 여기저기를 활보하

사회적 부조리를 다룬다.

144 최정희는 시골에서 보통 학교를 다니다가 서울로 올라와 숙명여고보에 편입할 때 연령 제한에 걸리지 않기 위해 나이를 줄였다(서정자, 「일제강점기 한국 여류 소설 연구」, 숙명여자대학교 대학원 박사학위 논문, 1988, 93면).

145 1931년 최정희는 1929년 6월 12일 자로 창간되어, 14년간 152호가 발간된 대중잡지 『삼천리』(판권장을 보면, 편집 겸 발행인 김동환, 인쇄인 심우택, 인쇄소 대동인쇄(주), 발행소 삼천리사, 총판 박문서관)의 기자가 되어 들어간다. 삼천리사가 있던 곳은 돈의동 74번지 낮은 기와집이었다.

고 있다.

1) 명칭으로서의 서울 - 복잡하고 불안한 곳, 멀지만 동경의 장소

최정희 초기 작품에서 '서울'이라는 명칭만 사용된 경우가 있다.

> 잡음의 「심포니」가 사람의 머리를 어지럽게 하는 도시―서울의 밤은 깊허 젓습니다. (「정당한 스파이」, 118면)[147]
>
> 동무는 다시 말이 없고…. 경성행 열차가 꺼먼 연기를 뽑으며 들이닿았다. 어느 때 어디서나 그렇지만 차가 닿자 여러 사람들은 매우 분주하게들, 차에 올랐다. (「지맥」, 41면)[148]

습작 혹은 데뷔작 「정당한 스파이」에서부터 최정희는 '경성'이 아니고 '서울'이라고 표기한다.[149] '-행'으로 열차를 표현할 때 '경성행'이라고 쓰는 것은 예외적이다.[150] 사회주의자 애인을 둔 주인공이 조직의 스파이가 누군가를 알아내는 스파이 노릇을 한다는 내용이 위주가 되어 배경은 별로 보이

---

146 「지맥」을 보면, "나는 흔들리는 인력거 안에 작게 뚫린 팬한 구멍으로 나를 열아홉까지 곱게 길러준 고향의 거리를 살피며"(42면)라는 대목이 있다. 작가의 관찰자로서의 면모가 잘 보이는 부분이다.

147 「정당한 스파이」, 『삼천리』 제3권 제10호, 1931.10.01. 이 글에서 작품의 인용은 되도록 <한국사데이터베이스> 원문에 가까운 것을 하고자 하였고 구하기 어려운 경우는 최근 책을 사용하였다. 표기법 등 통일성 없는 것은 그 때문이다.

148 「지맥」, 최정희·지하련, 『도정』, (주)현대문학, 2011. 이하 「지맥」 인용은 모두 이 책.

149 1930년대 기자였던 최정희의 습작들은 저널리즘의 폐해, 경박성, 시류를 따른 관념적 제재, 기사적 보고문학 수준이라 평가된다(서정자, 앞의 글, 97면)

150 사실 '경성'이나 '서울'은 수도를 일컫는 일반명사이다. 다만 '서울'이라는 말이 신라시대부터 쓰여 온 반면, '경성'은 일제강점기에 명명된 것이다. 작가 최정희의 의도적인 '서울' 표기를 강점에 대한 문제의식으로 볼 수도 있다.

지 않는 「정당한 스파이」에서 작가는 굳이 작품의 무대를 서울로 설정하고 소음이 많은 곳, "머리를 어지럽게 하는" 복잡한 곳이라고 이야기한다. 다음, 주인공이 아이들을 두고 타야 하는 "경성행 열차"는 "꺼먼 연기를 뽑으며" 들어오고 사람들은 "매우 분주하게들" 그곳에 오른다. 도시에 대한 불안함이 암시되는 부분이다. 이러한 부분들을 통해 현대화의 한편으로 강점기 수도로서 여러 문제를 가질 수밖에 없었던 당시 서울 장소성이 드러난다.

"너 서울 가는 거 안 좋아? 서울 가서 학교랑 댕김 얼마나 좋을렌데 그래."

"서울 가면 보통핵교 가나…… 엄마 참말이가" (「지맥」, 38면)

나는 이내 그가 사흘 전에 서울서 결혼예식을 지내고 혜봉의 친정으로 신혼여행 겸 다니러 온 혜봉의 신랑인 것을 알았습니다. (「인맥」, 201면)[151]

내 꼴이 점점 안되어 감을 걱정하더니 서울 친정에 얼마간 가 있으라고 어느날은 말했읍니다. 나는 싫다고 거절했읍니다. (「인맥」, 206면)

「참 세월이 망하더니 별일이 다 있구나. 네가 그래 집안 망신시키구, 부모 망신시키려고 서울 왔니? 인제 서울서두 못 살게 만들려느냐. 자식이 아니라 다들 원수구나 원수」 (「인맥」, 211면)

「그럼 서울이구나.」

「그래, 서울 아저씨가 우리 응아랑 엄마랑 아부지랑 다 잘 있느냐고 편지했어 (…) 서울이 하늘만큼 머여? (…) 거기 가 봤음.」 (「인맥」, 222면)

---

151 「인맥」, 최정희, 『최정희 선집』, 신한국문학전집12, 어문각, 1975. 이하 「인맥」 인용은 모두 이 책.

최정희 소설에서 명칭으로 사용되는 경우 '서울'은 종종 '먼 곳'의 의미로 사용되곤 한다. 동시에 서울은 동경의 장소, 추억의 장소로 설정된다. '서울'은 먼 곳이고 심지어 "하늘만큼" 먼 곳에 있다고 이야기되지만, "보통학교"를 갈 수 있는 곳, "아저씨" 같은 존재가 살고 있는 곳으로 그려지고 인물이 처녀 시절 살던 곳, 부모님이 사는 곳, 친구 혜봉이 사는 곳이기 때문이다. 하지만 '서울'은 혜봉 신랑이라는 유혹의 상태가 있는 곳, 그에게 고백을 하지만 거절당하고 엉뚱한 남자와 동거하는 등 혼돈의 장이기도 하다. 부모가 '나'로 인해 망신스러워 서울에 살지 못할까 봐 걱정하기도 하는 곳이다. 이에 반해 서울이 아닌 곳, 주인공이 결혼해 자식을 낳고 살아가고 있는 외지는 남편이 아내의 외도를 견디며 기다리고 있는 곳으로 그려진다. 은영의 외도에도 불구하고 혼인생활을 유지하게 된 것은 거의 성자처럼 기다려 준 남편 때문이다. 결국 서울은 동경, 추억과 그리움, 그리고 살고 싶은 장소로 그려지고 있다.

2) 외부자로서의 시선 - 도시의 관찰과 정착 어려움의 묘사

겨울이 갓가운 가을날의 태양이 떠러질녀고 한다. 건축 중에 잇는 T관청 놉흔 첨탑에 반쯤 걸여잇는 태양이 샛빨갓케 되여서 한양 장안을 내려다본다. (…) 도시의 거리는 복잡하다. 회사에서 은행에서 관청에서 터저 나오는 군중 근대 자번주의에 의하야 편성된 싸라리-맨- 돈 잇는 사람을 태운 자동차, 인력거, 전차, 뻐쓰, 그리고 애인을 기다리는 모-던 껄, 엇잿든 거리는 물꼴 듯이 뒤끌엇다.

이럿케 뒤끌는 그 속엔 또 한 게급의 인간들이 잠재하엿스니 축 처진 억개에 지게 진 자유 노동자도 잇섯고 통행자를 귀찬케 하는 거지들도 잇섯다만은 그들의 존재는 누가 인정해 주지 안엇다. 해여진 옷을 걸치고

「돈 한 푼 줍시요.」하며 애걸하나 그들에게 동전 한 푼 더지는 자가 업섯다. 그들은 은행 철문 압히나 큰 상점 압 움측에서 추운 밤이 닥처옴을 근심하고 잇다. (「비정도시」, 60면)[152]

작품 제목부터 '비정'을 표현하는 이 작품에서 작가는 서울을 '한양'이라고 명명한다. 구한말 명칭인 '한양'을 통해 변화에 대해 부정적인 작가의 시선을 볼 수 있다. 이는 다음에 묘사되는 서울 거리 풍경에 대한 부정적 시선과 연관이 된다. 그녀는 서울 속 "싸라리-맨- 돈 잇는 사람을 태운 자동차, 인력거, 전차, 뻐쓰, 그리고 애인을 기다리는 모-던 껄"을 바라보는가 하면, 새로이 등장하고 있는 계급 "지게 진 자유 노동자"와 "통행자를 귀찮케 하는 거지"를 바라본다. 작가 최정희의 눈에 비친 당시 도시 서울은 정을 기반으로 하는 공동체로서의 사회가 아니었다. 빈과 부가 극단적인 대립을 이루는 곳이었고 자본가와 프롤레타리아가 대적하는 곳이었다. 서울 생활을 한 지 얼마 되지 않았을 시기, 동반자 작가 최정희가 외부자적 시각으로 서울의 모순을 통찰하고 있음을 알게 한다.

최정희의 소설에서 서울 정착 소망은 빈번한 소재가 된다. 강점기 병폐를 구현하고 있는 강점기 수도 서울이지만 작가는 이곳에 대한 애정을 가지고 있었던 것이다.

조용한 시간을 갓고 십다.
위선 집을 옴겻으면―. 한 뜰 안에 여섯 살님이나 버려노앗으니 조용할 때가 잇슬이 업다―. 게다가 한방에 일곱 여들 식구식이니 전녁 먹고 어린 것 재우고 겨우 틈을 만드러 책상에 안즈니 엽집 애들이 벽을 차는

152   「비정도시」, 『만국부인』 제1호, 1932.10.01, 60면.

등 서로 싸와 가지고 우는 등 야단이다.

(…)

더구나 쓰기에 귓치 안은 수필과 雜文인데 하로 밧비 다른 조용한 집에 살고 십다. 이 살님이 실낫 갓흐나마 내가 가지고 잇는 문학적 소질을 빼앗서 간다.[153]

여기에서 인물은 작가로서 글을 쓰기 좋은 환경을 간절히 바라고 있다. 버지니아 울프가 말한 바, 여성 소설 작가의 어려움인 '자기만의 방'이란 글에 집중할 수 있는 제반 여건을 의미하는데, 실제로 장소로서의 개인 공간이 필수적일 것이다. 이 글이 쓰인 1933년경 최정희는 습작을 하면서 신문과 잡지 『삼천리』에 글을 쓰는 기자 활동을 하고 있었기에, 밑줄 친 부분에서처럼 틈이라도 내어 책상에 앉아 "수필과 잡문"을 써야 하는 인물의 상황은 작가의 것이다. 이를 통해 근대 여성 작가의 애환이 잘 드러난다. 한편 여섯 가구가 한 집에 살고 있는 것에서 당시 서울의 열악한 주택난이 엿보인다. 1930년대 서울은 토지조사사업 등으로 땅을 잃은 농민들까지 서울로 몰려들어 인구가 급격히 밀집되기 시작했고 서울 거주 일본인들 위주 개발로 인해 조선 서민들 주택 사정은 형편없었다. 그럼에도 인물이 서울에 정착하고자 하였던 이유는 이곳이 "가지고 잇는 문학적 소질"을

---

153 최정희, 「作家日記」, 『삼천리』 제5권 제4호, 1933.04.01. 110-111면. 이 글에서 작가는 "서로 차저다니며 文學이약이 하든 R作家 夫婦의 생각도 해보고 또 이런 생각 저런 생각에 엇전지 긔분이 우울해저서 나종엔 울고 십"다고 쓰고 있다. 작가가 우울할 만한 이야기를 가진 R작가라면, 그 무렵 이혼한 나혜석일 수 있으나 나혜석과 최정희 교류 증거는 찾지 못했다. 인용 부분 사이에 "더 미운 즛은 경(?)읽는 것이나 긔도하는 것이나 전부 일본말이다. 또 거긔의 선생(?)도 일본 일음 갓고 일본옷 입고 일본사람 행세한다. 하나님 이 조선사람인줄 알면 복을 안 주는지 그럿타면 그럿케 불공평한 하나님을 누가 밋을가." 와 같은 부분은 최정희의 민족의식을 보이고 있다.

발휘하여 돈을 벌 수 있는 장이었기 때문이다. '이사' 문제는 이후 다른 작품 「흉가」에서도 지속된다.

벌써 육칠년을 두고 지내 본 일이지만, 삼사 원짜리 방 한 칸을 얻자 해도 보증금이니 선세니 해 가지고 사오십 원너머의 돈이 있어야만 하는 건데 그 집은 방 셋에 부엌 있고 마루 있고 뜰이 넓고 또 그 위에 경치가 좋고 한데, 보증금도 없고 선세 여러 달치 내라는 말도 없이 직업도 식구도 묻지 않고 (⋯) 정동 집에서 우리 집 식구가 끝끝내 집달리와 변호사와 순사에게 그 집에 살던 백여 명 식구와 함께 쫓기던 날, 비지발 없이 마당에 동댕이쳐 내던지운 세간 등속을 걷어 싣고 자하문 밖 아는 이의 친구 집 건넌방을 빌려 임시로 옮기게 된 지도 한 달이 (⋯) (「흉가」, 306면)[154]

통 모르시고 집을 얻으셨읍니까. 하긴 집터가 세더래두 집 다스리기루 간다군 합니다만⋯⋯ 이집 바깥 쥔은 사십 미만에 그만 죽었읍죠. 또 그 안쥔은 미쳤읍죠. 그러다가 나니 이집을 동네서 최다 흉가라 이르고 누가 드는 사람 하나 없이 이태 동안이나 비어 두지 않았읍니까 (308면)

「이만하면 고향 손님이 와도 부끄럽잖다」고 하시던 어머니의 말씀 「엄마 왜 우리는 밤낮 이사만 해⋯⋯ 우리 지금 가는 집은 하늘 끝에 있어?」하고 정동 집에서 떠나던 날 다 저문 자하문턱을 넘을 때 자하문을 통해 뵈는 하늘을 넘어다보며 울 듯 겁나는 듯한 얼굴로 아이가 내게 묻던 말도 기억에 있기는 하나 (312면)

작가인 인물이 돈을 벌 수 있는 서울은 정착하지 않으면 안 되는 곳이었고 정착을 위해 집을 구하는 문제는 중요했다. 인물은 "방 셋에 부엌 있고

---

154 최정희, 「흉가」, 『녹색의 문 외』, 삼성출판사, 1982.

마루 있고 뜰이 넓고 또 그 위에 경치가 좋고" 등의 좋은 조건 앞에서 "보증금도 없고 선세 여러 달치 내라는 말도 없이 직업도 식구도 묻지 않고 그저 수월히 내어주는 데는 무슨 까닭이 있지 않은가"라는 합리적 의심을 하고 있다. 하지만 이전 "정동 집"에서 "집달리와 변호사와 순사에게 그 집에 살던 백여 명 식구와 함께 쫓기"어 났던 인물로서 더 따져볼 여유가 없었다. 100여 명 살던 집에서 외압에 의해 쫓겨났다는 것은 살던 곳이 경매되어 세입자로서의 권리도 잃은, 최악의 상황임을 알게 한다. 합리적 의심에도 불구하고 서둘러 이사한 것은 그 때문이다. 자본주의 사회에서 집을 구하는 문제는 '돈'이라는 경제적, 근대적 계산을 전제한다. 돈 문제를 전면화하고 삶의 문제를 부각하였다는 점에서 이 작품은 작가의 작품 경향을 잘 대표한다. 작가가 인물이 서울에 정착하는 과정을 그리는 이 작품을 실질적 데뷔작이라고 할 만큼 애정을 갖는 것도 최정희 소설 창작의 지향점이 리얼리즘에 있음을 잘 보여주는 대목이다. 작가는 생활인이었다. 1930년대 작가는 아들을 기르는 싱글맘이었고[155] 가정을 버린 아버지 대신 4남매 장녀로서 어머니를 부양해야 했다. 아들과 어머니의 소망에도 불구하고 이후에 주인공에게 닥치는 병과 악몽으로 인해 집을 내놓아야 했기에 인물에게 있어 집을 구하는 문제는 진행형이다.

> 집은 성화여학교와 부용이 집 가까운 데 하느라고 수송정에 얻었다. 나는 살림을 장만하고 아이들과 하순을 데려 오고 하느라고 한 보름 동안 그야말로 눈코 뜰새 없이 바빴다. 상훈이도 만나지 못하고 부용이와 조용히 이야기할 사이도 통 없었다. (「지맥」, 65면)

---

155 김유영과는 전주사건으로 수감 경험을 한 이후 헤어졌다.

「흉가」에서 '이사'를 위해 우선되었던 경제적인 문제가 「지맥」에서는 "가까운 데", 근접성으로 대체된다. 주인공이 '수송정'에 집을 얻는 것은 그녀의 직장인 부용이의 집 '낙원정'과 가깝기 때문이다.[156] 낙원동(낙원상가 주변)과 수송동(종로구청 주변)은 종로구로서, 작가 역시 중구와 함께 종로구를 주로 다룬다는 점은 앞선 여성 작가들과 차이점이 없다. 비서울 출신 여성 작가에게 서울은 정착하기 어려운 곳이라는 장소성이 지배적으로 나타난다.

3) 거주자로서의 시선 - 구체적 삶의 장소로서의 서울 이곳저곳

최정희 작품에서 구체적 삶의 장소로서 서울을 그리고 있는 것은 이혼, 재혼 문제를 다루는 작품들에서이다. 서울에서 인물들은 재혼 문제로 속을 끓이거나 홀몸으로 생계를 이으며 힘들게 살아간다.[157]

마침 일요일이고 또 신문사에 별일도 없고 해서 사에는 잠깐만 들였다가 아이가 늘 가고 싶다든 동물원엘 갔다. (「정적기」, 53면)[158]
바위에 안졌으나, 아이가 있을 때처럼, 소설을 생각하고 또 남모를 다른 생각에 즐겁지 못하고 행여 우리 애기 도라오는가 자하문 턱마루ㅅ길

---

156 강점 초기 경기도 고시로서 경성부의 동이나 정의 명칭과 구역을 공포하면서 일제강점기 지명의 틀을 완성하였는데, 종로 일대는 종래대로 '동'으로 하고, 일본인들이 주로 거주하는 남산 일대나 용산 일대를 '정'으로 하였으나 일반적으로 '동'보다 '정'이 많이 쓰인 것으로 보인다. 대부분 '동'으로 쓰고 있으며 몇 작가들은 혼용하고 있다.
157 최정희 초기작에서 결혼보다 먼저 등장하는 것이 '재혼' 문제인 것은 자전적 요소 때문으로 보인다. 연구자들에 의하면 1934년 제2차 카프 검거 사건으로 전주에서 옥고를 치른 이후 1930년대 말까지가 최정희의 독신 시기로서 이 시기 그녀의 작품은 모성성이 주된 특징이 된다.
158 「정적기」, 『삼천리문학』 제1집, 1938.01.01.

을 바라만 보았다. 한적한 산길이라 그런지 그런 아이들 오고가는 양은
보이지 않고 자하문이 푸른 빛과 함께 어렴풋이 눈물속에 새믈거려질
뿐이고 즐겁든 산은 내게 아모 흥미가 없었다. (「정적기」, 57면)

　　그는 내가 동경 들어가는 것을 극력 말리곤, 곧 나와 돈의정 자기 하숙
방에 작은 살림을 시작하자고 했다. (…) 그러기에 남편이 그 아내와 정면
해결을 하고자 서울의 우리 작은 살림을 대구로 옮기자고 할 때에 나는
내가 가장 무서워하고 꺼리고 하는 그의 아내가 있는 대구로 간다고 했고
(「지맥」, 34면)

　　인물에 의해 서울 거주자의 구체적 삶이 드러난다. 신문사를 다니는 주인
공은 아들과 함께 "동물원"에 가고 있다. 직장을 다니며 시간을 내어 휴식을
취하는 서울 거주자의 삶의 양태를 볼 수 있다. 당시 최정희는 조선일보
기자였으니 자전적인 이 작품에서 "잠간만 들"르는 곳은 조선일보사가 있
는 현 세종로, 그 다음 가는 "동물원"은 당시 '동물원'으로 불렸던 창경궁임
을 알 수 있다. 장소감이 두드러지는 것은 그 다음 장면이다. 아이를 기다리
는 "자하문 턱마루ㅅ길"(57면)에서 주인공은 "자하문이 푸른 빛과 함께 어렴
풋이 눈물속에 새믈거려질 뿐이고 즐겁든 산은 내게 아모 흥미가 없"다고
이야기된다. 평소에 즐거웠던 산이지만 지금 그렇지 못하다는 것이니 인물
의 감정에 따라 변화한 장소감이 담긴 것이다. 여기에서 자하문 턱마룻길은
시내 쪽에서 올지 모르는, 그러나 오지 못하는 어린 아들을 마중하고자
하는 어머니의 그리움이 표상되는 장소이다.[159] 대구로 옮겨 가던 과거 회상

159　자전적인 이 작품에서 주인공은 아이 생일날 며느리를 보러 온 시어머니에게 저항하느라
　　스스로 아이를 보내놓고 눈물짓는가 하면 책을 읽고 있다. "오래간만에 머리를 빗고 산에
　　올나가 뽀-드레-르를 읽었다. 그를 대할 적마다 마음이 무거우면서도 즐거웠다. 나는 그
　　가 모순을 사랑한 것이 즐겁고 세상의 모-든 습관을 풍속을 미워하고 어두운 세상을

장면에서 서울은 마음 편하게 있던 곳, 사랑의 공간이라는 장소성을 보이기도 한다.

> 서울 와서도 한 보름 동안은 마음의 건전을 무한히 노력했읍니다마는 끝내 혜봉의 집을 찾아 떠나고야 말았읍니다. 혜봉의 집은 신당정이었읍니다. 자그마한 새 집 한 채를 장만했노라고 혜봉이가 몇 달 전에 내게 기뻐서 편지하던 바로 그 집이었읍니다. (「인맥」, 207면)
>
> 남편이 세상 떠난 후 곳 아현정 집에서 명윤정 이 노파의 집 문간방을 동무의 알선으로 이사하게 된 후 노파는 이태 동안을 늘 한결같이 자기의 지난날을 생각함에선지 다른 뜰아래방이나 건너방에 있는 사람들보다 연이를 생각해 주었다. (…) 연이의 여섯살 난 아이를 꼭 자기의 손자처럼 보아주군 하는 것이었다. (「천맥」, 283~284면)[160]
>
> 집과 한테 통한 병원은 락원정 큰길께 번듯이 나 앉었다. 간판도 큼직하고 건물도 거대하고, 또 환자들이 많어서 잘못하면 의사가 파리만 날리고 앉었는 시대에도 이 병원은 흥성했다. (「천맥」, 286면)

「인맥」의 서울은 혜봉이 살고 있는 '신당정', 부모가 거주하는 '가회정' 등이다. 주인공이 혜봉의 집을 찾아가는 데 어려워하고 있는 것은 그 곳에 대한 특정 장소감 때문이다. 신당동 혜봉의 집은 단순한 장소가 아니고 사랑하는 사람이 살고 있는, 신비하고 어려운 장소로 여겨진다는 것이다. 「천맥」에서 아현동이 남편과 살았던 곳, 과거형의 공간으로 기술되는가

살아가면서도 늘 자기 세상을 창조하려고 한 것이 즐거웁다."(63면) 실제로 최정희는 아이를 시가에 보내고 떨어져 살았고 모자는 수백 통의 편지를 주고받으며 독서 이야기를 많이 했다고 한다.

160 「천맥」, 『삼천리』 제13권 제1호, 1941.01.01. 이하 「천맥」 인용은 모두 이 글.

하면 명륜동은 현재 세를 얻어 사는 곳이다. 이 집 역시 한 집안에 여러 가구가 살고 있으며 주인 노파의 배려로 인해 비교적 긍정적인 장소감을 보이는 것을 볼 수 있다. 주인공이 개가한 허진영의 집은 병원을 겸하는 "번듯"한 건물이다. "의사가 파리만 날리고 앉았는 시대"인 당시에도 이 병원이 "환자들이 많"고 "흥성"한 것은 당시 서울 거리에 대한 작가의 이해도를 보인다. 당시 낙원정은 카페 송죽원 등이 자리한 번화한 거리였던 것이다.[161]

자하문 근처(현 청운동이나 부암동 근처)나 명륜동이 생활공간이라면 낙원동은 일터였으며 재혼을 통한 새로운 생활이 시도되는 곳이다. 「지맥」의 부용이의 집도 낙원동이다. 주인공에게 맡겨진 인물 하순이 다니는 성화여학교 역시 근처이다.[162] 구체적 서울 살이의 모습을 그리는 경우, 최정희도 1세대 여성 작가인 김명순이나 나혜석의 경우와 마찬가지로 종로구와 중구를 주로 선택하고 있다. 공간을 스토리텔링할 때 작가는 자신이 잘 아는 곳을 선택하게 마련인데, 최정희 역시 종로구와 중구 위주로 생활하였기 때문이다. 「장미의 집」의 경우는 다소 예외적이다.

> 그들의 서재를 겸한 이집 중에서 가장 넓은 응접실과 그들의 침실과 또 그외에 별로 적지 않은 방이 둘이 있고 부엌이 있고, 건물에 비해서 마당이 좀 넓었다. (⋯) 자기가 생각한대로 요리가 되여지는 때, 성례는

---

161 낙원정, 낙원동은 강점기 가장 번화한 거리 중 하나였다. 「소설가 구보씨의 일일」에서도 "구보는 다시 다리에 기운을 얻어, 종각 뒤, 그들이 가끔 드나드는 술집을 찾았을 때, (⋯) 그들이 마침내 낙원정으로, 그 계집 있는 카페를 찾았을 때"와 같이 번화한 거리로 묘사된 바 있다.

162 학교로 들어가 교장선생을 만나 대화하는 장면까지 묘사하기 위해서는 작가가 경험한 곳이어야 했기에 역시 당시 자신이 다닌 바 있는, 수송동의 숙명여학교 정도가 배경이 된 듯하다.

그림을 그리는때, 자기 마음대로 잘되여지는 것이나 마찬가지로, 기뻤다. 비단 요리에 있어서뿐 아니라, 살림전체이 있어서 그러했다. 그러기때문에, 성례는 하로종일, 행주치마를 벗지못하고 분주히 지내는 날에도 고된 줄도 모르고 추운줄도 몰랐다. (「장미의 집」, 147-148면)[163]

이 문화촌이란 이 동네가 이름이 문화촌이지. 속엔 똥이 들어찼네. 다 그러탄 건 아니지만, 태반은 회칠한 무덤이야. 마당에 화초를 심은 문화주택에서 하인을 부리며, 잘 먹구 잘 쓰구 손에 물 한 방울 안무처가며, 백화점으루 미용원으로 영화관으루 싸다니기만하면 문환가. 책 한 자 신문 한 줄 안보구두 문화주택에서 살면 문환가. (154면)

집의 구조까지 이야기되는 이 작품은 구체적인 삶을 묘사하는 듯하지만 장소의 구체성은 전무하다. "쓸데없이 마당이 넓"을 정도의 집, 이른바 "장미의 집"의 화려함이 묘사되는데, 1930년대 조선인의 생활이라 하기 힘든 화려함은 이 소설이 이른바 친일소설로 분류될 정도로 일제에 찬동하고자 하는 목적을 지닌 때문으로 보인다. 여기에서 주인공은 개인과 가정의 일에 몰두하고 있다. 다른 외부의 사정은 보지 않은 채 자신의 집에서 요리를 하고 그림을 그리며 행복하다고 생각하는 것이다. 다음 부분에서, 그런 삶 속에서 최소한의 현실 인식이 필요하다고 이야기하지만 공허하기조차 하다. 구체적 지명까지 거론하면서 현실 인식할 것을 이야기하는 듯하지만, 문제는 그가 칭송하는 성례의 삶이, 식모까지 두고 부유하게 살던 성례가 애국반장이 되어 국가의 이데올로기에 적극 찬동하게 된다는 것에 있다. 이 부분에서 당시 '문화촌'이라는 기획도시가 있었음을 보여줄 뿐,[164] 별다

163 「장미의 집」, 『대동아』 제14권 제5호, 1942.07.01.
164 최근까지 서울에 있던 '문화촌'은 서대문구 홍제동에 있던 마을 이름이다. 1950년대 말 이곳에 양옥들이 들어서면서 붙은 이름이라고 한다. 광복 전에 쓰인 이 글에서의 '문화촌'

른 장소감이 담기지 않은 것은 이 곳이 작가가 잘 아는 곳이 아니기 때문이다. 한편 여기에서 구체적 삶의 모습으로써 묘사되는 '살림'은 주목을 요한다. 작중 "살림"이라는 단어가 빈번할 정도로 주인공 성례는 열심히 살림을 하고 있다. 살림이란 "한 집안을 이루어 살아가는 일"로서, 자기 몸뿐 아니라 다른 사람들의 삶까지 주관하는 일이다. 작가는 아들을 키워야 했고 어머니를 부양하면서 살림을 살았다. 서울이라는 곳에서 "살림"의 여부가 최정희가 앞선 여성 작가들과 구별되게 만드는 점 중 하나로 보인다.

4) 집 밖의 거리 관찰 - 동선 혹은 다양한 교통수단의 이용

최정희 작품 중 서울 지명이 구체적으로 드러난 것은 집 밖의 거리가 드러나는 「푸른 지평의 쌍곡」[165]에서부터이다. 지배인의 아들 정수가 데이트를 신청하면서 "래일 문 바끄로 나가시도록 하시지요."라고 말하고 "오후 두 시에 장충단 공원 련못가"[166]에서 만나기로 하는 것에서, 이들이 일하고

은 1920년대 새로운 주택들을 지어 '문화촌'이라 불렀던 동소문 안 지역을 가리킨다. 당시 서울은 문화촌 외에 빈민촌(수구문 밖 신당동), 서양인촌(정동), 공업촌(용산), 노동촌(경성역 봉래교), 기생촌(다동, 청진동, 관철동, 인사동 일대) 등 특수촌이 형성되어 각 지역마다 장소성이 형성되어 갔다(신현규, 『기생 이야기』, ㈜살림출판사, 2007, 79면).

165 『삼천리』 제4권 제5호, 1932.05.15. 40-42면. "봄빛은 넘치게 흐른다."로 시작하는 이 소설은 봄이라는 계절적 요소가 『여공애사』를 읽는 정도로 의식이 있는 주인공이 "해정한 미남자형에 또 거기다가 돈 잇는 지배인의 아들" 정수와 감상적인 만남 경험을 하게 한다는 정도의 이야기를 하고 있다. 주인공 옥희는 "철공장-둘재층 사무실에서 대머리까진 여러 중역을 좌우전후에 안처 노코 사무를 보"는 인물이고, 옥희 '오빠'는 대판에서 모종의 일을 하고 있는 사람이며 그 친구들은 "옥중에 잇는 이가 반 이상"일 정도이다. 목적성이 두드러지는 소설이다.

166 장충단공원이란 본래 1900년에 고종황제가 을미사변으로 시해된 명성황후를 위해 마련한 제사 터 장충단이 1910년 일제에 의해 사라지고 1920년대 후반부터 벚꽃 수천 그루와 연못·산책로로 공원화된 곳이다.

있는 공장이 서울 '문안'에 있음이 짐작된다. 한편 주인공 옥희는 몇 달 전에 "혼마ㅅ지에서 귀여운 옥희씨를 자조 맛나는 사나희" K로부터 연애편지를 받는다. 당시 '혼마찌'는 지금의 충무로로서, 옥희 공장이 충무로라는 번화가에 있었음을 알게 한다.

「지맥」에서 서울은 찾아다니는 장소로서 동선으로 그려진다.

> 서울 하늘도 흐리고 서울에도 서글프게 눈이 퍼부었다. 나는 역 앞에서 인력거 한 대를 잡아타고 낙원정 XX번지 김연화의 집을 찾기로 했다. (「지맥」, 42면)
> 영애어멈의 뒤를 따라 저물은 저녁 길을 걸어 청진정 그 집에를 갔다. (49면)
> 내가 해 저물녘 길을 미끄러지며 찾아낸 명치정 구십팔 번지는 '고마도리'라는 찻집이었다. 인접한 편지에 다방을 한다는 이야긴 없었지만 명치정 거리란 데가 다방 거리고 또 그가 함직한 일인 것 같기도 하기에 나는 '고마도리'라는 다방 앞에서 얼마 망설이지 않고 홀에 들어갔다. (56면)
> 나는 누가 보면 미친 사람이라 할 만치 그만큼 당황했다. 당황했다기보다 즐거워했다. (…) 북악산 근처의 푸른 경치도 나를 위해 있는 것 같고 태양이, 푸른 숲이, 아니 온 우주가 전혀 나를 위해서 있는 것 같았다. (…) 거리는, 더구나 다방 거리인 명치정 길은 낮과 같이 밝고 사람들이 오고가고 와글와글 끓었다. 나는 그 길을 슬픈 이야기의 주인공인 듯한—하나 세상에서 가장 행복한 상봉을 하게 되는 일을 생각하면서 '고마도리' 이층, 상훈의 방문을 노크했다. 문이 곧 열리며 공기와 함께 방안의 흐뭇한 냄새가 전신에 풍겨왔을 때 돌기둥이 되어 있는 그와 나는 똑같은 자세와 표정을 지었다. (73-74면)[167]

하순은 로버-트·테일러와 같다는 남자와 알게 된 지 한 스무날밖에 안 된다는 거며, 처음에 알기는 동흥백화점에 향수 사러 갔다가 비로소 피차에 좋아지게 되어 (…) 그 백화점에 가서 바로 그 로버-트·레일러와 같은 사람이 팔고 있는 화장품부의 물건—크림, 분, 그 외에 그곳에 진열되어 있는 거개를 샀다는 거며 (58면)

인물들은 각기 사람을 찾아 낙원동, 청진동, 명동을 배회하고 있다. 처음 도착한 서울에 내리는 눈은 "서글프게" 묘사되고 뒤를 따라 가는 길은 "저물은 저녁길"이다. 그 후 주인공이 상훈을 방문하던 두 번의 방문이 그려진다. 두 번 모두 그가 있는 곳 명치정이 다방 거리임을 강조하고 있다. 주소만 보고도 그곳이 다방 거리임을 아는 것은, 그곳의 장소성 때문이다.[168] 당시 그곳은 밤이지만 "낮과 같이 밝고 사람들이 오고가고 와글와글 끓"을 정도로 상권이 모인 곳이었음을 보여준다. 여주인공이 상훈을 재차 찾아가는 장면에서 장소감이 잘 드러난다. 이때 인물에게 서울은 행복한 장소로 감지되고 있는 것이다. "슬픈 이야기"를 떠올리기도 하지만 인물에게 그곳은 "세상에서 가장 행복한" 장소로서 인식된다. 이로써 주인공이 상훈에 대하여 가지는 심경을 미뤄 짐작하는 것이 가능하다. 「인맥」에서는 동흥백화점

---

167 이 부분에서 나오는 '슬픈 이야기'는 톨스토이의 장편소설 『안나 카레니나』를 말한다. 다른 판본에서는 이 부분이 주인공 안나 카레니나와 브론스키의 재회 장면과 오버랩되기도 한다. 이때 명동 거리에 대한 인물의 장소감은 안나 카레니나가 브론스키를 만나는 모스크바 기차역과 동일시되는 것이다.

168 신현규, 앞의 책, 39면 ; 다방 거리, 다방골로 불리는 중구의 다동은 조선시대 이곳에 다례 주관처가 있어 다방골로 불렸는데, 강점기 다방이 많이 자리하기도 하였다. (서울특별시사편찬위원회, 『서울지명사전』, 2009, 경인문화사, 156면) 여기의 상훈은 작가 이상을 모델로 한 것이 아닌가 한다. 주인공이 찾아가는 남성 주인공 상훈이 '고마도리'(물새)라는 이름의 다방을 하고 있다. 1935년에 이상이 개업한 카페 이름 '쓰루(鶴)'와 연관성이 있어 보인다. 게다가 이상의 소설 「종생기」의 바람둥이 여성 인물의 이름이 '정희'라는 것도 현실과 허구를 섞어놓는 이상의 창작수법 중 하나로 보인다. 이를 뒷받침하는 이상의 편지도 발견된 바 있다(『뉴시스』 2014.07.23 http://www.newsis.com/).

을 드나드는 인물 이야기가 나오면서, 당시 젊은 여인들이 드나들었다는 서울 백화점의 장소성이 잘 나타난다.[169]

골목길을 나오자 야시는 한창 흥정이 벌어진 듯 뒤법석 야단이었읍니다. 전차에 오르면 떨어지리라 했던 김동호는 내 타는 차에 먼저 부득부득 올라탑니다. (「인맥」, 209면)
나는 전차가 종로에 와 닿은 줄도 모르고 정신없이 그의 입만 쳐다보고 있는데
「여게서 바꿔 타야잖아요? 댁이 가회동이라시니……」 (…)
「친정댁이 가회정 사신단 걸 허윤 부인한테 듣구 언제 한/번 서울 오시리라 기다리구 있었죠.」 (…)
앞에 길게 출렁대는 내 그림자를 밟으며 신당정에서 가회정까지 걸었읍니다. (209-210면)

1930년대 거리 풍경이 그려진다. 신당동에서 전차를 타려면 동대문 쪽으로 와야 했으니 "골목길을 나"온 이들이 본 것은 동대문 야시장 정도로 보여, 당시 서울에도 밤에 물건을 홍정하는 야시가 있었음을 알 수 있다. 다음에서 볼 수 있는 것은 전차를 이용하는 현대인의 삶이다. 동대문 정도에서 출발하여 가회동을 가려면 종로쯤에서 갈아타야 함을 보여주고 있다.[170] 그 다음 장면은 이후 주인공 선영이 허윤상을 재차 찾아갔다가 혜봉

---

169 그런데 당시 서울에 '동흥백화점'이라는 곳은 없었다.(서울 근대공간 디지털 콘텐츠, 백화점 전성시대(http://www.culturecontent.com/content/). 장소상 최남이 세웠던 동아백화점이나 대동흥업과 연관된 화신백화점을 염두에 둔 서술인 듯 보이나 불분명하다.
170 1898년 2월 19일 한성전기회사 설립된 다음해1899년 서울에서 처음 전차가 운행되었다. 서대문-청량리 간 단선(1898), 종로-남대문 간 단선(1899) 신설로 개통식을 한 이래 1920년대부터는 전차가 대중교통으로 자리 잡아 1968년까지 주요 운행수단이었다. 여러 차례

부부의 행복을 확인한 이후 행적이다. 앞에서 전차를 갈아타면서 귀가한 바 있는 4-5킬로미터 거리의 길을 선영이 혼자 걸어가고 있는데, 이는 그녀의 복잡한 심경이 외면화되는 부분이다.

> 어느 날, 학원에 집어넣었던, 형주 설주를 데리고, 다짜고짜로 남산정 있는 성모학교에 간 것이었다. (「지맥」, 71면)
>
> 연이는 아이학교에도 명윤정 노파집에도, 들리지 않기로 하고 아이의 손목을 꼭 잡은 채, 파고다공원 정유장에서 동대문행 전차를 타 버렸다. 정유장에 이르러서까지 어찔까 어쩔까하고 망서린 것이나 아이학교나 명윤정 노파집에 들리는 일은 꼭 불결한 - 혹은 무서운 것이 튀여 나올 듯한 곳을 뒤지는 것과 같어서 싫었다.
>
> 연이네 모자는 전처와 뻐쓰를 거쳐, 무학대(舞鶴臺)에서 도보로 길이 팬-하니 뚫인 고개 둘을 넘어, 언덕길에 이르렀다. (「천맥」, 287면)

「지맥」의 은영이 혼돈스러운 마음을 종교를 통해 다스리고자 아이들을 성모학원에 데리고 가는 장면에서 작가가 서울의 지리에 관한 정보를 활용하고 있음을 알 수 있다. '성모학교'는 가상의 공간으로 보인다.[171] 다음 부분은 「천맥」에서, 허진영의 집을 나온 연이가 아들과 함께 고아원을 찾아가는

신설과 확장을 거쳐 1930년대에는 ①본선 : 청량리-동대문-세종로 ②서대문, 마포선 : 세종로-서대문-마포 ③을지로선 : 을지로 6가-을지로입구-남대문 ④효자동선 : 효자동-세종로 ⑤왕십리선 : 을지로6가-왕십리 ⑥신용산, 구용산선 : 남대문-남영동-신용산, 남영동-원효로 ⑦노량진, 영등포선 : 신용산-노량진-영등포 ⑧의주선 : 남대문로5가-서대문-영천 ⑨창경원, 돈암동선 : 종로4가-창경원-돈암동 ⑩종로4가-을지로4가 ⑪동대문-을지로6가 등으로 확대되었다.(위키백과 '서울 전차' https://bit.ly/4877dnY) 이 글에서는 신당동에서 가회동까지 가기 위해 갈아타는 것이 표현된다.

171 오래된 신문과 글을 찾아봤으나 당시 남산에 '성모학원'이라는 것이 있었는지, 남산 쪽 큰 성당을 이야기하는지는 확인할 길이 없었다.

길이다. 이 장면에서 연이가 명륜동을 향해 "불결한", "무서운" 장소감을 갖는 것은 그곳이 재혼을 주선한 노파가 사는 곳이기 때문이다. 명륜동 노파가 주선하여 이뤄졌던 재혼을 벗어나려는 상황에서 연이는 그곳을 들르기조차 꺼리고 있는 것이다. 한편 낙원동에서 옥수동을 가기 위해 "파고다공원"(현 탑골공원), 즉 종로 2가 정류장에서 전차를 타고 동대문 쪽으로 간 뒤 다른 전차나 버스로 갈아타고 있다. 본선을 타고 버스나 전차를 갈아타고도 고개 둘이나 넘어야 옥수동에 도착하는 노정을 보여준다. 종로통 교통이 편리했던 반면, 외곽으로는 교통 사정이 좋지 않음을 알 수 있다.[172]

> 오후 다섯시에 청목당에서 만나자는, 내 편지보다 더 짧은 원고용지 한 장 한 가운데 꼭 한 줄만 쓴 편지였습니다. (…) 나는 꼭 사람 죽은 집 같은 그 경황 없는 집을 빠져나와 그이가 오후 다섯시에 만나자는 청목당을 미리 찾아놓았습니다. 그것은 내가 청목당이 어디 가 붙었는지도 모르고 또 그이가 어떤 데서 나를 만나주려는가 부디 그 청목당이라는 데가 조용한 곳이었으면 하는 마음에서였습니다. (…) 청목당을 나와 그이는 앞을 서서 삼중정 백화점 옆 골목길을 걸었습니다. (…) 그 길을 한참 걸어 남산 밑 산길이 되면서는 두서너 패의 산보객이 있을 뿐 무척 한적했습니다. (…) 그이와 나란히 으슬막 서울의 거리를 내려다보는 사이에 나는 세상의 온갖 것을 혼자 정복한 듯한 우월감을 느끼게 될 뿐 아니라 사랑의 호소와 신의 비밀같이 혼자 해독할 수 있을 것 같은 자신이 생겼기 때문입니다. (「인맥」, 213-214면)

---

172 여기에서 '무학대'라고 표기되어 있는 것은 작가의 실수 혹은 오기로 보인다. 서울에는 '무학대'가 아니라 '무악재'가 있다. 서울 서대문구 현저동과 홍제동 사이의 고개를 말한다. 그런데 이곳은 옥수동 가는 길과 무관해 보인다. 이 근처 고개라면 버티고개가 있을 뿐이다.

서울의 골목 거리를 산책하는 장면에서 인물이 갖는 장소감이 보인다. 허윤상이 만나자고 한 곳은 '청목당'인데 선영은 그곳을 미리 찾아두고 있다. 이는 선영이 '장소'의 중요성을 인식하고 있음을 보여준다. 당시 일본인이 경영한 레스토랑 '청목당'은 충무로 남쪽에 있던 삼중정(미나카이) 백화점 근처에 있어[173] 1-2킬로미터 정도만 걸어도 "남산 밑 산길"에 다다르게 되어 한적한 산길을 걸어 올라가 서울을 내려다보게 되는 장소였던 것이다. 작품 속 인물들이 어떠한 경로를 걸었는지, 그곳들의 장소감은 각각 어떠했으며 주위의 인적은 어떠했는지가 구체적으로 드러나는 부분이다. 주인공은 좋아하는 이와 같은 곳을 보고 있다는 사실로 서울에 대한 우월감마저 만끽한다. 교통기관의 구체적 제시와 산책 노정의 노출을 통한 구체적 서울 묘사를 볼 수 있다.

최정희 초기 소설에 나타난 1930-40년대 서울은 대부분 '그립다', '있고 싶다', '생활하는 곳' 등의 장소감을 보이면서 서울 공간이 보다 적극적으로 활용된다. 그 양상을 정리하면 다음과 같다. 첫째, 주로 습작에서나 과거 회상 장면에서 명칭으로 사용되는 경우 서울은 불안하고 복잡한 두려움의 대상이기도 하지만 곧 멀지만 가고 싶은 곳, 여러 가지가 가능한 곳, 그리운 사람이 살고 있는 곳으로 그려진다. 시선이 멀리 있다 보니 다소간 피상적

---

173 남대문로 조선은행 광장에 면해 있었던 청목당은 1층에서는 양주를, 2층에서는 차와 식사를 팔았다(http://www.culturecontent.com/search/search.jsp). 1902년 독일계 러시아인 손탁이 지은 '손탁호텔'과 강점 직후 일본인들에 의해 명동의 진고개에 지어진 '깃사텐'이나 '청목당'이 당시 중요 음식점이었다. (한국학중앙연구원, 『한국민족문화대백과』) 삼중정(미나카이) 백화점은 본정 45번지에 있었다. 당시 '혼마치'로 불리던 충무로에는 1906년 미스코시(사보이호텔 자리), 21년 조지아, 22년 미나카이, 26년 히라다 등 일본인에 의한 백화점이 마구잡이로 들어서 조선인의 소비문화를 자극하였고 조선상권의 와해를 가져오는 부작용을 낳은 바 있다.

경향도 볼 수 있다. 둘째, 외부자로서의 시선이 그려지는 작품들에서 서울은 다양성이 포착되고 정착하고 싶은 곳으로 그려진다. 빈부의 격차 등 산업화의 모순을 보이는 서울이지만, 여러 작품에서 빈번한 이사 모티프를 통해 작가가 보이는 것은 정착에의 욕망이다. 셋째, 거주자로서 인물을 통해 작가는 서울의 다양한 장소를 사용하며 여러 감정의 장소로 그린다. 그것은 획일적인 '무섭다, 낯설다'가 아니라 실제로 서울의 구석구석에 대한 다양한 감정을 담고 있다는 것이다. 특정 장소의 고유 장소감 포착에는 미치지 못하지만 1930년 서울의 사회상을 보이고 있다고 판단된다. 넷째, 산책이나 이동의 공간으로서의 구체적 서울 거리나 교통수단의 이용을 통해 적극적인 서울 공간 활용상을 보인다. 이때 때로는 서글프기도 하고 즐겁고 우월감의 장소로써 그려지기도 한다. 이상은 여러 작품에 혼재되어 나타난다.

제4장
광복, 한국전쟁과 서울의 반영

민족의 숙원이었던 광복이었으나 갑작스러울 수밖에 없었다. 곧 이어진 한국전쟁까지 더하여 서울은 혼란기를 맞이하였다. 박태원과 이태준을 비롯한 많은 작가들이 월북하는 사태가 이어져 강점기를 이어 글을 쓰는 작가는 많지 않았다. 해방과 더불어 돌아온 해외교포나 월남민들은 중심지 서울에 정착하고자 하는 경우가 많았다.[1]

1. 염상섭의 서울 - 복잡성이 강조

작품 『효풍』은 공간성에 주목할 필요가 있는 작품이다. 해방기 염상섭이 탐색했던 민주주의는 공간성과 관련되며 담론들이 민주적으로 분출되었어야 할 해방기에 폭력과 테러가 얼룩진 거리, 지성인의 사랑방 유폐, 구락부나 댄스홀 등이 민주주의 공론장을 대체했다는 주장[2] 역시 망명 길에서

---

1   1955-1960년 사이 피난민들의 귀환 이동과 재정착과정이 서울과 경기도 도시 지역의 인구성장률을 증가시켰다.

2   유예현, 「『효풍(曉風)』과 해방기 민주주의들의 풍경-염상섭의 『효풍』 연구」, 『현대소설연구』 75, 2019, 317-340면.

돌아온 작가가 직시한 한국 공간성을 주목한 것이다. 이 작품은 염상섭이 만주 체험에서 고국으로 돌아왔기에 가능했다. 나라를 떠났을 때는 소설을 쓰지 못했던 염상섭이 귀국 직후 혼란한 정국 속에서도 장편소설을 쓰고, 어느 때보다 가장 왕성하게 글을 썼던 것이다. 귀국 후 첫 장편소설 『효풍』에 나타난 서울 크로노토프를 고찰할 필요성은 여기에 있다.

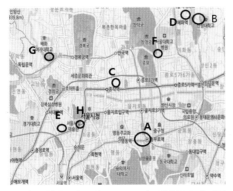

[그림 1] 『효풍』의 공간 구조도— 빈도와 중요도에 따라 A 경요각, 취송정, 스왈로, 요릿집, 고려각 등 명동 일대, B 김혜란 집, C '누님집' 다방골 근처, D 박병직 집, E 경찰청, F 원남동 일대, G 화순 집, H 제일고녀

『효풍』의 시간적 배경은 1947년 12월 24일 크리스마스 이브에서부터 1948년 3월 말까지이다.[3] 작품 연재를 시작한 것이 1948년 1월 1일이고 보면,[4] 작가가 밀착된 시공간을 배경으로 하고 있음을 알 수 있다.

공간적 배경은 서울, 특히 종로구 중구 중심 지역이다.[5] 혜란

---

3 작품의 첫 문장에서 크리스마스 이브, 진고개 어구임을 밝힌다. 작품 시작점이 크리스마스 이브지만 "크리스마스를 쇠잔 말야."(염상섭, 『효풍』, 실천문학사, 1998. 19면. 앞으로 『효풍』 인용은 모두 이 책)뿐 크리스마스 관련 이야기나 분위기 묘사 등은 전혀 없다. 작품 끝부분 혜란이 풀려난 다음날은 "음력 이월 보름께쯤"(314면)이다. 계산해보면, 양력으로는 3월 25일이다. 작품 내 소요시간은 대략 3개월 정도로 볼 수 있다.

4 ≪자유신문≫에 1948년 1월 1일에서 11월 3일까지 200회에 걸쳐 연재.

5 염상섭의 서울 공간에 대한 애착은 광복 전 대표작품들에서도 뚜렷하다. 『효풍』에서도 "당일에 갔다 올 데라도 서울을 떠나는 것이 마음에 안 놓이기도 하고"(269면)와 같은 서술에서 서울에 대한 애착이 드러난다. 경요각은 13개 장, 집 8개 장(혜란 집 6번, 병직 집 1번, 진석 집1번 등), 거리 배경 14개 장, 술집이 8개 장(취송정 4번, 다방골 누님집 4번, 빈대떡집 1번), 대중음식점 8번(양요릿집 k원이 3번, 오뎅집 2번, 고려각 2번, 찻집 1번) 등에 사용된다. 병직 입원 병원이 5개 장에, 형사가 등장할 때마다 경찰서에 가면서 경찰서도 2개 장에 등장한다. 수만이 경찰청에 간다고 하고 데려온 형사가 예의 그 형사인 것으로 미루어 경찰청을 가리킨 것으로 보인다. 1번 등장하는 스왈로 댄스홀도

이 근무하는 경요각과 집을 빼면 길거리, 술집(취송정, 다방골 누님집), 음식점 (K원, 고려각, 오뎅집) 등이 주된 공간이다([그림 1]).

먼저 A는 경요각을 중심으로 한 진고개 일대로 번화가이다. 취송정, K원, 고려각, 오뎅집, 명동의 베커 숙소 등이 이 일대에 포함된다. 박종렬의 서울 양조회사 본점도 "남문 안 창골(倉洞)"[6]이니 이 지역에 포함된다. 염상섭 소설에서 명동을 주무대로 삼은 드문 예이다.[7]

　　요 골목을 빠져나가면 바루 모퉁이가 지금의 충무백화점-예전에 M
　　백화점 아닌가? (31면)
　　홀탯속 같은 진고갯길을 곧장 올라가며 을지로(乙支路) 4가 정류장까
　지 바로 갈 작정이었으나 그래도 사람의 일이란 모를 거라 허희단심 오는
　것을 한걸음 새에 어긋날 것만 같아서 제 공상에 혼자 분한 생각을 참고
　명동으로 (…) 네거리 국제극장 앞에 와서 또 잠깐 멈칫하였으나 발길은
　저절로 왼편 전찻길 쪽으로 돌아섰다. 그 동안 일주일 틈날 때마다 이

　　중요한 장소이다. 만국공원, 흑석동 별장, 흑석동 가는 도중인 노량진 부근도 거론된다.
6　서울에서 조선시대 창고가 있었던 지명 '창골'은 도봉구 창동과 중구 창동 두 곳이 있다.
　'남문 안'이라 하였으므로 중구 남대문로의 북창동과 남창동, 현 소공동과 회현동(서울특
　별시사편찬위원회, 『서울지명사전』, 경인문화사, 2009)을 가리킨다.
7　염상섭의 이전 작품들에서 주무대였던 북촌은 이 작품에서 장만춘의 언급 한 번으로
　그친다. 그가 말한 "화개동 경기중학교"는 현 화동 정독도서관 자리에 있던 학교이다.
　1947년 이곳에 경기중학교가 있었고 그 이전에 한성일어학교가 있었음을 보여준다. 화개
　동은 『삼대』에서 덕기네 집이 있던 곳이다. 화동 23번지에 조선시대 화초를 기르던 장원
　서가 있어서 꽃이 피어 있다는 '화개동'의 명칭이 붙여졌다고도 하고(서울특별시사편찬
　위원회, 『서울지명사전』, 경인문화사, 2009) '화기동'이 변하여 화개동이 되었으며 이는
　조선시대 화기도감이 있었기 때문이라는 의견도 있다. 갑신정변 이후 개화파 관료들이
　일본으로 망명하자 조선은 그들이 있던 자리에 경기고등학교의 전신인 관립중학교를
　설립했다. 1906년 관립 한성고등학교로 개명, 1911년 한성외국어학교를 병합, 경성제일
　고등보통학교·경성제일공립고등보통학교·경기공립중학교 등으로 개명, 1976년 영동교
　사로 옮길 때까지 여기 있었다. (경기고등학교 홈페이지 http://kyunggi.sen.hs.kr/
　108227/subMenu.do)

길로 병직이와 둘이 찻집에를 찾아 거닐던 길이다. (47면)

"올 가을에, 대춘향전인지 소춘향전인지 구경가자구 끌어내서 돌아가
는 길에……." (209면)

위의 서술을 통해 골동품점 경요각의 위치가 충무로 2가 정도임을 알
수 있다.[8] "홀탯속 같은 진고갯길"에서 지명 '진고개'가 다시 확인된다.[9] "분
한 생각을 참고" 걷는 주인공은 길을 거슬러 을지로까지 가서 2가, 4가
갈래 길에서 명동, 을지로입구 쪽으로 돌아선다. 여기에서 쭉 가서 네거리
국제극장이라 함은 현 명동예술극장 자리 극장을 말한다.[10] 병직 부모는

---

8 'M백화점'은 신세계백화점의 강점기 이름인 미쓰코시 백화점을 가리키는 것으로 보인다.
서울특별시 중구에 위치하며, 1930년 10월 24일에 미쓰코시 경성점으로 개점, 해방 이후
동화백화점으로 영업하였는데, 충무로에 있다 하여 '충무백화점'으로도 불렸다.

9 '진고개'는 서울 중구 명동에 있었던 고개로, 옛 중국대사관 뒤편에서 세종호텔 뒷길까지
이어지는 길이었다. 지금은 충무로 2가로 불린다. 이 당시 남산 줄기는 지금의 충무로와
명동 일대에 언덕을 형성하고 있었고, 진고개는 높지는 않았지만 흙이 워낙 질어 통행이
불편해 이런 이름이 붙었다. 일제강점기 진고개를 깎아 평지가 되어 고개는 사라졌지만
이 명칭은 한동안 그대로 남아 쓰였고 작가는 광복 이후까지도 사용하고 있다. 지금은
'충무로'나 '명동' 등으로 대체되거나 인근 음식점의 상호명 등으로나 남아 있다. (서울특
별시사편찬위원회, 『서울지명사전』, 경인문화사, 2009) '홀태'란 "배 속에 알이나 이리가
들지 않아 배가 홀쭉한 생선", "좁은 물건", "벼를 훑바심(양식이 부족하여 덜 익은 곡식을
미리 수확하는 일)할 때 사용하는 연장" 등의 뜻이니 "홀탯속 같은"이란 '좁은'의 의미인
듯하다.

10 '국제극장'은 현 명동예술극장의 옛이름이다. 명동에 있던 명치좌가 광복 후 국제극장으
로 불렸다("서울 明治町에 있는 明治座는 신정부터 國際劇場으로 改稱, 再出發케 되었다."
「明治座를 國際劇場으로」, ≪동아≫, 1946.01.07). 한편 「國際劇場은 어데로」(≪동아일보≫,
1947.11.05)라는 기사는 이를 두고 문교부는 국립극장으로, 시청에서는 시민관으로 용도
관련 다툼이 있음을 보여준다. 후에 시공관으로 사용되었다. 광화문, 지금의 동화면세점
자리에 있던 국제극장은 1957년 개관, 1985년 4월 폐관한 다른 건물이다(https://
blog.naver.com/ykhpd/220913471591). 이것은 동아일보사 소유 극장이었던 것으로 보
인다. 일제강점기 기사 중 「양태호씨 독창회 도문서 성황」(≪동아일보≫, 1934.08.03.)을
보면 "당지 국제극장에서 독창회를 열게 되엇섯다."라는 부분이 있다.

이 근처에서 「대춘향전」이라는 공연을 보았다. "올가을"이라고 하였지만 당시 신문 검색 결과 가을 「대춘향전」 공연 기록은 보이지 않으며 1947년 1월 국도극장 공연을 염두에 둔 서술로 보인다.[11] 병직 모친과 혜란이 와 있고 과거 병직 부모가 공연 후 들른 일이 있다는 '목멱장'은 이름처럼 남산, 남대문 주변 음식점이었을 것이다. 경요각 손님 베커가 묵고 있는 숙소도 대화정, 곧 지금의 중구 필동이니 여기 포함된다.

B는 혜란 집이 있는 돈암동 일대이다. 이곳은 주택가라는 특성을 보인다. 염상섭이 귀국 이후 거처하던 지역이다. A 지역 경요각에서 퇴근하는 혜란은 신문기자 병직과 함께 걸어서 귀가하는데, 병직은 돈암동까지 그녀를 바래다주고 성북동 자기 집으로 간다. 혜란의 직장인 경요각에서 5-6킬로 거리로서 도보로는 1시간 반 정도 소요될 것으로 추리된다. C는 다방골 '누님집' 일대이다.[12] 다방골은 중구 다동의 옛이름으로 그림에서 보다시피 경찰청(E)에서 지근 거리이다. 형사는 수시로 다방골에 오고 있다. D는 병직 집이 있는 성북동이다. 성북동은 염상섭 소설에서 비교적 사용되지 않는 곳이었다. E는 인물들이 자주 가게 되는 경찰청이 있는 곳이다. F는 원남동

---

11 미군정기 『대춘향전』은 여러 번 공연되었다. 우선 광복 직후 국극사 창립기념, 국악원 주최로 아악 창악, 무용, 민요, 속곡을 종합한 대춘향전을 구안(≪동아일보≫, 1945.12. 02), 1946년 1월에 올렸던 창극이 있다. 조선시대 장악원이 강점기 아악대, 이왕직아악부를 거쳐 광복 후 구왕궁아악부로 개칭되었는데, 정부 수립 이후 국립국악원이 되면서 했던 기념극이다('대춘향전', 『두산백과』 ; '구왕궁아악부', 『문화원형 용어사전』) 그 다음해 경향신문 후원으로 국도극장에서 1월 11일부터 17일까지 "해방 최초의 제1회 창극제전을 개최"(「흥보전과 춘향전으로 제1회 창극제전」, ≪경향신문≫, 1947.02.05.)하였다. '국도극장'은 서울특별시 을지로4가에 1913년부터 1999년까지 있었던 영화관이다. 일제 강점기 일본인이 을지로에 황금연예관이란 극장을 세워 '경성보창극장', '황금좌'라는 이름을 거쳐 광복 이후 '국도극장'이 되었던 것이다.

12 "광충교 못 미쳐서 길을 다방골로 접어드는 것을 보"고 혜란은 "'누님집'에를 가나 보다" 생각한다. 여기에서 '광충교'는 '광교'의 다른 이름이다.

으로 김관식이 걸으며 거리 풍경을 보는 곳이다. G는 화순이 사는 사직동이고 H는 가네코와 혜란이 다녔던 것으로 되어 있는 제일고녀[13] 자리이다. 이 외에도 서울 남쪽 흑석동이나 서울 외 인천 등 지역이 등장하기도 한다.

이 지역들은 사람들이 모여 이야기하는 응접실, 우연히 만나 사건이 전환되는 길, 선택의 문제가 놓이는 문턱의 성격을 띠고 있다.

1) 응접실/살롱의 크로노토프

경요각 등 여러 장소를 바흐친에 의한 "응접실의 크로노토프" 또는 "살롱의 크로노토프"로 살펴볼 수 있다. '살롱'은 응접실 혹은 "상류 가정의 객실에서 열리는 사교적인 집회"의 의미를, '응접실'이란 말 그대로 접객용 방을 의미한다. 바흐친은 응접실에서의 흥분은 격변에 의한 새로운 자극으로 발생하는 것이 아니고, 인물들이 흔히 겪는 정도로 본다. 이는 여러 가지 진기함과 만남이 이뤄지기도 하지만 "길 위에서의 만남"과는 다른, 인물들이

13　혜란과 가네코가 다닌 '제일고녀'는 현 중구 정동에 있던, 강점기 일본 여학교였다(일제 강점기 경기도 관내 공립여자중등학교를 보면, 일인 여고는 제일고녀, 제이고녀 등 여러 개인데 조선인 여고는 경성여자고등보통학교뿐이어서 경쟁률이 치열하다는 기사가 있다.-「조선인은 삽육할」, ≪동아일보≫, 1928.03.07.). 나혜석의 글 「아차, 좀 從容히 보랏더니-朝鮮美術展覽會 西洋畵總評」(『삼천리』 제4권 제7호, 1932.07.01. 40면)에 "경복궁 뒤담을 지나자 (…) 광화문을 드러서서 (…) 第一高女와 淑明女高普團體가 압흘 서게되여"라는 부분이 나온다. 이 제일고녀 자리에 광복 후 경기여중(6년제)이 옮겨왔는데, 한동안 사람들은 '경기여중'을 '제일고녀'로 불렀다. 경기여중은 1908년 4월 관립한성고등여학교로 창설, 관립경성여자고등보통학교로 개칭, 1938년 4월 경기공립고등여학교로, 광복 후 1947년 5월 경기공립여자중학교(6년제)로 개칭하였고 1988년 개포동 교사로 옮길 때까지 여기 있었다(경기여자고등학교 홈페이지 http://kgg.sen.hs.kr/19083/subMenu.do). ≪동아일보≫의 「횡설수설」(1965.02.10.)을 보면, 이곳에 불이 난 뉴스가 나오고 역사가 정리되는 부분이 있다. 경기여중고의 본관 건물이 "일제 때 일인의 딸들만을 가르치던 제일고녀의 목조건물을 그대로 이어받아 양회를 겉에만 입힌 것"이라는 것이다.

예상할 만한 가벼운 정도의 자극이 일어난다는 특징을 갖는다. 염상섭의 이전 작품들에서 응접실 활용은 드물었다. 사랑방은 부친 세대의 노인들이 더부살이하는 공간으로만 그려지고 인물들의 이야기는 술집 등에서 비밀스럽게 나눠졌던 것이다. 그런데 『효풍』에서 혜란이 근무하는 경요각은 매우 중요한 응접실 역할을 하고 있다. 경요각은 골동품점이다. 사전에 의하면, 골동품점이란 "오래되고 예술적 가치도 높아 수집이나 감상의 대상이 되는 물품을 파는 가게"로서, "우리나라 문화재 및 동서양 골동품의 매매 또는 교환"하는 곳이다.[14] 인사동을 중심으로 한 골동품점은 일제강점기에도 있었지만,[15] 광복 직후 대거 들어온 미국인들을 대상으로 더욱 성행했던 듯하다. 그런데 경요각은 물건을 흥정하거나 매매하는 일은 극히 일부고 대부분 인물들이 만나 대화하는 장소로 사용되고 있다. 그 외 대중음식점인 취송정, 고려각, 목멱장, K원 등과 스왈로 댄스홀의 밀실, 베커의 응접실까지 다양한 응접실들이 나타난다. 이곳에서 인물들은 빈번하게 당대 사회 관련 토론을 하고 있다.

> 화순이는 경계망을 치고 대꾸를 하면서도 혹시는 윌레스가 슬어놓은 알(卵)이나 아닌가 하는 생각도 들었다. (…) "중석(重石)은, 홍삼(紅蔘)은 얼마나 실어내 가는지 모르시는 모양이로군? 홍삼은 일제(日帝)시대에는 미쓰이(三井)에게 내맡겼던 것이죠? 이번에는 어떤 '미국 미쓰이'가 옵니까?" (112면)

---

14 김지혜, 「인사동 내 업종분포 및 이용행태 변화를 통한 장소성 변화에 관한 연구」, 서울시 립대학교 대학원 석사학위 논문, 2012, 42면.
15 일제강점기부터 인사동을 중심으로 골동품 상점들이 들어섰다. 이들이 문화재 수탈 창구 역할도 하였는데(편집부, 『한국민족문화대백과』, 한국학중앙연구원, 1996) 광복 직후에 도 그러했다.

"부잣댁이니 덮어놓고 얻어먹겠다는 것도 아니요, 사실 조선사람이 거지 병신이 싸워서 먹을 콩 났다고 덤벼들었다가는 큰코다칠 것도 잘 알거마는 백만장자댁에서 빚에 얽매인 오막살이꾼이 허덕이는 틈을 타려 들지는 않/겠지요? 하여간 그런 인상을 주어서 민중이 떨어져 나가게 하는 것은 큰 실책이거든! 떨어져 나가서 어디를 의지하려는지? 어느 힘을 빌려는지? 그것이 큰 문제니까……." (113-114면)

　　인용에서 볼 수 있는 것처럼 미국 관련 부정적인 논의 부분이다. 작품 앞부분에 "한문글자를 폐지한다는 이 시절"(9면), 조선이 전통적으로 사용하던 한문을 배격하고 영어가 공용어처럼 된 미군정 하 상황이 부각된다. '미군정'이라 함은 일제를 몰아낸 자리에 들어선 미국의 통치를 의미한다. 병직이 베커와 인사를 나누며 "일본관리들과 교제하던 생각이 머리에 떠"(117면)오르는 것이 그 때문이다. 미군정 하에서 미국과 미군의 일을 돕기 위해 영어 사용자들이 투입되었고 고급 인력들이 그쪽으로 돌아섰다. 영어 교사였던 혜란이 외국인 상대 점원이 되고 장만춘이 통역으로 일하는 것이 그 예이다. 미국인 베커는 경요각에 드나들며 골동품을 구입한다. 자신의 응접실에서 베커는 혜란을 관찰하고 베커 집 일하는 여인은 혜란에게 "삐쭉하고 야비한 웃음"(72면)을 짓는다. 당대 미국인을 상대하는 것은 자긍심이 아니라 자조를, 존경보다 멸시를 받는 일이었음을 보여준다. 스왈로 댄스홀에서 "남양의 댄서"들을 보며 "니그로"를 떠올리는 인종주의적 모습의 베커는 미국의 파워를 상징하는 인물이다. 베커가 "여남은 칸 되는 집 한 채 값"에 육박하는 "지참금 백만 원짜리 신부를 만들어"주겠다고 혜란을 유혹하고 혜란은 "미국청년"인 그가 "그만 권력은 가진" 사람이므로 "터무니없는 허욕은 아닐 것"(169면)을 간파한다. 화순과 병직이 베커에게 한미

무역 현황에서부터 한국 현실 정치에 대한 미군의 책임 문제를 들이대는 것도 그 때문이다. 미국이나 일본이 착취의 면에서는 마찬가지라는 문제 제기에 베커는 미국을 무조건 믿으라며 "미국 상인은 캔디도 설탕도 우윳 가루도 못 팔아먹고" "있는 밥값도 못 뽑아내"(170면)겠다면서 조선을 상품 시장으로 식민지화하는 미국의 태도를 두드러지게 보인다.

> "지금 판에 어느 방면, 어느 기관 쳐놓고 좌익계열에서 아니 스며들어
> 간 데가 없는 것도 사실이지만 또 한편 빨갱이 빨갱이 하는 말처럼 대중
> 없는 것도 없지. 제 비위에만 틀리면 단통 빨갱이를 들씌우니까……."
> (37면)
> "당신 같은 분부터 빨갱이와 대다수의 여론의 중류·중추(中流·中樞)가
> 무언지를 분간을 못하니까 실패란 말요! 우리는 무산독재도 부인하지마
> 는 민족자본의 기반도 부실한 부르주아 독재나 부르주아의 아류(亞流)를
> 긁어모은 일당독재를 거부한다는 것이 본심인데 그게 무에 빨갱이란 말
> 요? 무에 틀리단 말요?"(115면)

여기에서 당시 중요한 키워드 '빨갱이' 논의를 보인다. 한국전쟁이 일어 나기 전 1940년대에 색깔 논쟁이 만연했던 것이다. 1940년대 '빨갱이'란 "좌익세력뿐만 아니라 친일-단선단정세력 외의 모든 이념, 세력, 지향을 통 칭하는 의미"로서 "매국반역자로 규정되면서 민족의 이름으로 철저한 소 탕, 절멸의 대상으로 취급되"는 존재였다.[16] 베커가 혜란을 가리켜 "아니 현대여성으로 존경할 인격자라고 나는 믿는데 빨갱일 리가 있나요."(93면)

---

16 이봉범, 「냉전 금제와 프로파간다 — 叛亂, 轉向, 附逆 의제의 제도화와 내부냉전」, 『대동 문화연구』 107, 2019, 99면.

라 하는 것은 '빨갱이'는 '인격자'가 아니라는 재단마저 들어있다. 애인 병직이 6개월 전까지 좌익계열 신문사에 근무했다 하여 혜란에게 '빨갱이'라는 낙인이 찍히는 사회 단면을 보여준다. 거짓 스캔들만으로 학교에서 쫓겨나던 『진주는 주었으나』에서 문자처럼 혜란 역시 여교사라는 직업의 불안정성을 구현하고 있었다.

> "(…) 요새는 그 임가두 기생첩 떼어들이구 거드럭거린다네."
> "그야말로 해방덕 봤군요." (33면)
> "그럼 해방덕은 그 집이 혼자 보았는데 으레 잘살 거지."
> 하고 모친은 코웃음친다. 그 코웃음은 물론 영감의 박종렬이를 비웃는 코웃음과도 다른 것이요, 시들하다는 의미도 아니다. 그러나 혜란이도 해방덕은 혼자 본 병직 집이 장하다는 생각은 없고 부러우면서도 냉소하는 마음이 한구석에 다시 있는 것이다. 그 박씨집의 며느리가 되어 들어가는 것이 명예라고 생각지도 않는다. (226면)

다음은 당시 친일파, 일본인의 변신 문제이다. 조선의 사정에 어두운 미군정은 효율적 행정 장악을 위해 강점기 친일 모리배들을 다시 중용했다. 분명 배제되어야 했던 이들을 다시 현실 기득권 자장 안으로 끌어들였던 것이다. 박종렬과 가네코가 그 대표적인 케이스다. 병직의 부친은 일제강점기 도회의원이었다. 일제강점기 도회란 "자치의 외피를 둘러쓴 수탈의 도구"로, 그 의원이란 피식민지인들 중 선출된 지역 유지, 고등교육 엘리트들이었다. 특히 일제 말기로 가면서 도회의원들은 "비행기 헌납, 육해군장병 위문, 창씨개명 독려, 미곡공출격려 강연 등" 더욱 식민지 착취에 앞서는 역할을 했다.[17] 나중에 박종렬의 명함을 받은 형사는 '장래 탁지대신감'이라고 그를 평가한다. 일제강점기 친일파가 나중에도 득세하게 됨을 잘 보여주는 부분이라 할 수 있다.[18] 그가 자주 가는 곳이 취송정이다. 강점기 M백화점의 "약품화장품부 점원"이었던 임평길 아내 가네코의 내력은 작가가 서사 중 공을 들여 설명하고 있다.[19] 약혼자를 배신하고 조선 미남자 임평길과 결혼한 가네코는 광복 후 일본인들이 재산을 빼앗기는 상황에 가네마스라는 일본 이름을 취송정으로, 기모노를 한복차림으로 바꾸며 신분 세탁, 적산을 고스란히 지켰다.

응접실 크로노토프를 통해 당시 미국에 대한 감정, 빨갱이 논의, 친일파 등의 당대 주요한 화두들을 볼 수 있다.

2) 만남 크로노토프(길 위에서의 만남)

염상섭 소설에서는 인물들로 하여금 생생한 거리를 걷게 하는 데서 리얼리티를 확보하게끔 한다. 소설에서 '길'은 주요하게 사용된다. "사람이나 동물 또는 자동차 따위가 지나갈 수 있게 땅 위에 낸 일정한 너비의 공간"인 길은 인물들이 움직이는 진행의 공간이고 발전의 의미를 함축하기도 한다. 고대소설 속 영웅들이 입신양명이라는 자아실현을 위해 반드시 자라던 안락한 고향을 떠나 험난한 과정의 길 떠나기를 선택하게 경우가 그러하다.

---

17 이행선, 「(비)국민의 체념과 자살 : 일제말, 해방공간 성명, 선거와 도회의원을 중심으로」, 『순천향 인문과학논총』 31, 2012, 11-24면.

18 '탁지대신'이란 "대한 제국 때에 둔, 탁지부의 으뜸 관직"이고 탁지부가 "조선 말에서 대한제국에 존재했던 관청"이다. 형사가 '장래 탁지대신'이라 했지만, 당시로서 장래에는 탁지부가 없다. 형사가 현실 감각이 없는 인물이거나 강점기 크게 출세했을 인물임을 이야기하는 것일 수 있다.

19 그 외에 갑자기 '필자'가 등장하며 강조한 인물로는 "중립파 술장수 마누라", 곧 '다방골 누님'이 있다. 이런 '누님집' 같은 설정은 『무화과』에서도 찾을 수 있다.

시간이 공간과 함께 융합되어 공간으로 흘러 들어가 시공간이 완벽하게 결합한 형태인 길에서의 만남은 루카치가 "문제적 개인"과 함께 강조한 바 있는 "우연적인 세계"로 볼 수 있다.『효풍』에서의 '길'은 인물들이 여행을 떠나거나 발전의 매체로 사용되는 것은 아니며 시간의 흐름 자체가 문학적으로 표상된, 만남이 이뤄지는 장소이다. 아예 한 장의 제목이 '거리에서'이기도 하고 인물들은 빈번히 길을 걸으며 사람들을 조우한다. 혜란은 애인 병직을 찾으러 다니는 길에서 병직과 화순을 만나고 병직과 걷는 길에서 화순과 자신을 저울질하는 병직의 모습을 보기도 한다. 병직과 걷다가 폭력배들을 만나기도 하고 형사에게 끌려가다가 박종렬을 만나기도 한다. 김관식도 거리를 걷다가 우연히 사람들을 만난다. 청년단 멤버들인 장윤만과 박석이 만난 곳도 길이다.

해방 전 술이 극도로 귀하였을 제 종묘 앞 대폿집이란 선술집에 그나마 열을 지어 들어서던 것이 반가운 추억도 되거니와 그때 장선생을 두어 번 만나서 함께 어울리기도 하였던 것이다.
"웬걸! 해방덕에 이렇게 출세하지 않았나! 인젠 고등이 돼서…… 허허 허." (40면)
양지거리를 찬찬히 걸어오자니 왕래가 빈번한 보도 위에 구두 닦는 아이가 열을 지어 늘어앉아서 담배 파는 아이들의 외치는 소리에 섞여 악머구리 끓듯한다. 이런 생화가 언제부터 생겼는지 이때껏 별로 눈여겨 보지도 않았지만, (…) 종점에를 오니 극장의 낮흥행이 파해 나와서 그런지 여기도 장사진(長蛇陣)이다. (…) 원남동 근처에서 조촐해 보이는 음식점 앞을 지나며 일단 지나쳤다가 시장도 하고 따뜻한 술 한 잔이 생각나서 다시 돌쳐서 들어갔다. (123면)
혜란이도 기분은 좋았다. 아직 외투는 입었을망정 따뜻이 차창으로 비껴 받는 햇발에도 봄은 온 것 같은데, 이러한 훌륭한 차 속에 편안히 몸을 실리고, 앞뒤로 젊은 신사들에게 옹위가 되어 교외로 산책을 나간다는 것은 서양의 어느 소설에서 보던 귀족의 따님이 된 듯싶은 달뜬 기분이 들먹거리는 가슴속에 은은히 피어올랐다. (270면)

우선 길에서 인물들은 혼란과 혼돈을 만난다. 당시 상투어처럼 사용된 듯 작품 안에서 여러 번 반복되는, '해방덕'이라는 단어가 이를 잘 보여준다. 이는 조선에 의해 주도된 것이 아닌, 자주적이지 못한 해방에 대한 자조, 허탈감의 반영으로 보인다. 해방 전에 선술집에서 만나던 인물들이 요릿집에서 만나는데, 그것이 '해방 덕'이라는 것이다. 외국과 교류가 활발해지면서 술이 흔해지고 선생이던 인물들이 통역관이 되어 기생이 있는 술집을 드나드는 상황에 대한 자조인 셈이다. 김관식은 거리에서 사회적 혼란을 직면한다. 어제까지 60원이던 요금이 120원이 된다. 당시 미군정의 미숙한 운영 때문에 물가는 광복 전에 비해 폭등했고 사회는 혼란스러웠다.[20] 김관식이 바라보는 "구두 닦는 아이가 열을 지어 늘어앉아서 담배 파는 아이들의 외치는 소리에 섞여 악머구리 끓듯" 하는 거리 역시 혼란상을 잘 보여준다. 또한 그는 원남동 근처, 음식점에서 과거 문인, 10여 년 전 자비로 잡지를 경영하고 신진작가였던 '남원'을 만난다. 일제가 선전 선동문학이나 총후문학을 강요하여 한국의 문학인들에게 암흑기였던 시기에도 자비로 잡지를 경영하던 인물은 절필하고 장사를 하고 있다. "너무나 의외"인 그 모습에 김관식은 "어이가 없고 가엾"기만 하다. 영문학자 김관식은 이것이 미군

---

20 미군정기 막대한 양의 원조물자에도 불구하고 필수물자 부족, 물가고였는데 그 이유는 경제 운용 방침에 의해 규정된 물자수급정책의 근본적 한계, 물자수급정책 운영과정상의 문제점에서 찾을 수 있다(김점숙, 「미군정과 대한민국 초기 물자수급정책 연구」, 이화여자대학교 대학원 박사학위 논문, 1999, 187-192면).

정 때문임을 간파한다. 그는 자신이 "영락하기나, 남원이 붓대를 던지고 녹두를 갈고 지짐을 부치기나 가엾긴 일반"이라면서 "사시미가 싫듯이 삐푸스틱도 싫"고 "사구라, 모찌가 싫듯이 초콜릿이 싫어졌"(125면)다고 하는데, 여기에서 '삐푸스틱'과 '초콜릿'이 두 사람을 이런 상황으로 몰아넣은 미국을 대신하는 객관 상관물인 것이다. 미군정이 싫어 자신의 전공 영문학에 대한 부정을 보이는 관식처럼 '남원' 역시 미군정 하 경직된 이데올로기 하에서 절필하였던 것이다. 혜란 역시 거리에서 혼란을 경험한다. 길에서 애인 병직의 변심도 알게 되고 외국 남자도 알게 된다. 혜란은 길 위에서 착종된 감정을 보인다. 인천행 자동차 안에서 "차창으로 비껴 받는 햇발"과 "봄", "훌륭한 차", "앞뒤로 젊은 신사", "교외로 산책을 나간다"는 사실을 연결하고 자신을 "서양의 어느 소설에서 보던 귀족의 따님"(270면)같다고 생각하는 것이 혼돈을 잘 보여준다.

거리는 불신과 폭력이 팽배한 사회의 단면을 담은 곳이기도 하다.

> "요새 자동차 가지고 와서 같이 나가자는 것은 무서워! 집안에 유언이라도 하고 나서기 전에는……." (127면)
> 야단을 쳐서 내쫓으니까 두고 보자는 듯이 앙심먹는 소리를 하며 나가다가 문패를 유심히 보고 가더라는 일이 있었다. (…) 아무 청년단이든지 청년단의 이름만 팔면 일반시민/이나 가정 부인이 위협을 느끼고 무슨 무리한 청이라도 들으리라고 생각하게끔 된 이 분위기 (131-134면)
> "정신 차려! 눈깔이 외루 배긴 게로군!" (…) 컴컴한 속에서 허연 손이 번뜩 올라오더니 철석 한다. 눈에 불이 번쩍 나며 뺨이 얼얼하는 것을 깨달을 새도 없이 (…) 주먹이 병직이의 왼편 턱주가리를 으스러져라고 또 갈긴다. (178-179면)
> 뒤에서 박석이가 다가오며 가만히 부른다. 수만이도 대개의 경우에

이름을 두세 가지 입에서 나오는 대로 쓰는 버릇이 있다. 이것도 해방 이후의 유행이니 수만이 역시 그 본을 뜬 것이지 (262면)

그러나 어느 놈이나 곧이들으려 하지 않고 어느 놈이나 '정보'를 쑤셔내려고 눈이 벌겋기는 일반이었다. 그러면서도 정보교환은커녕 저놈이 진짜 빨갱인가? - 저 놈이 나를 올가미나 씌우지 않나? 하는 의심이 앞서서 (261면)

집 앞 거리에서 차에 타라는 박종렬 영감의 말에 김관식이 두려움을 표할 정도로 당대 사회는 흉흉했다. 사회 불안 요인에는 청년단이 작용했다. 당시 이들은 "일반시민이나 가정 부인이 위협을 느끼"게 하는 위협적 존재였다. 성냥이나 달력, 극장표를 팔기도 하는데 폭력적이기도 했기 때문이다. 여기에서 '청년단'은 좌익, 우익 청년단을 말한다. 당시 이들의 충돌이 잦았는데, 미군정의 정책과 이를 등에 업은 우익 청년단 테러로 좌익 청년단은 점차 없어졌다. 병직에게 테러를 가한 청년들은 우익 청년단들이다. 이들의 테러 이유는 뚜렷하지는 않으나 조직에 대한 충성 때문일 것으로 추측 가능하다.[21] 이들은 불신사회를 대표하는 존재들이다. 이름조차도 사실대로 밝히지 않고 "이름을 두세 가지 입에서 나오는 대로 쓰는" "해방 이후의 유행"을 따르고 있다. 이들은 스파이 행위도 서슴지 않는다. 우익 청년단 소속 단원 박석은 자신이 "실상 ××청년단에서 일을 하"되, "좌익계열인 ××노동조합에도 가맹해" 정보를 얻고 있다고 밝히는가 하면 강수만도 "××단에서

---

[21] 당시 우익 청년단은 우익 정치세력의 정치적 목적 달성과 지도부의 야망 실현, 하부단원들 생계 유지를 위해 테러행위를 자행했는데 미군정의 묵인 하에 공권력 보완책이 되며 국가폭력적 성격까지 가진 것이었다(임나영, 「1945-1948년 우익 청년단 테러의 전개 양상과 성격」, 서울대학교 대학원 석사학위 논문, 2008, 8-18면). 당시 미군정과 우익 청년단은 공생관계였던 것이다.

선전과 정보에 책임이 있기 때문에 A당에도 숨어들어가" 정보수집을 하고 있다고 한다. 돈이라면 수단을 가리지 않고 모두들 속이고 속는 사회인 것이다. 한편 '빨갱이' 신드롬을 여기에서도 볼 수 있다. "저놈이 진짜 빨갱인가? - 저 놈이 나를 올가미나 씌우지 않나?"(261면) 의심하는 것이 당시 길 위에서의 만남의 성격이다.

> 이동민이가 지명수배중의 인물이라 하여도 그리 대수롭게 여기는 거물(巨物)도 아니요, 이 형사 역시 우연히 지나는 길에 원광으로 보고 기연가미연가 하면서 뒤를 대섰던 것이니 (…) 순사가 옆방으로 끌어다가 사람이 우글대는 속에 앉혀 놓는다. 이 방도 취조실인 모양이다. (62면)
> 문을 닫은 백화점 앞 컴컴스레한 정류장에 열을 지어 섰는 사람들의 얼굴이 두어 간통 떨어졌어도 달빛에 대중치고 분간할 수도 있었다. (…) 두 남녀를 앞세우고 좌우로 뒤를 밟는 두 검은 그림자를 수만이는 또 그 뒤를 댓 간통쯤 떨어져 예까지 쫓아온 것이다. (286면)
> 흥! 공무집행 방해로 며칠 욕보겠군. 병직이도 이젠 발 빼라니까 화순이 따위 좌익분자하구 여전히 휩쓸려다니니 그 꼴이지! (67면)
> 동구 밖 아이들이 양갈보 왔다— 하고 꼬여드는 것을 혜란이가 소리를 질러 쫓아버렸다. (…) 아이 보는 년이 동리에 나가 듣고 들어와서 무슨 반가운 소문이나 들은 듯이 영감님 듣는 데서까지 떠들어놓았던 것이다. (320면)

길 위에서 검거와 미행, 그리고 소문 등이 나타난다. 『효풍』에서 형사는 이동민을 미행하고 누군가가 병원에 있는 병직을 감시하기도 한다. 이동민을 미행하던 형사는 짐작만으로 화순, 병직, 혜란, 주인을 모두 구속한다. 특히 병직은 두어 번 구속을 경험한다. 가네코와 혜란이 경요각을 나왔을 때 진석은 그들을 미행한다. 박석의 말을 믿지 못하는 상황에서 병직이 요구하는 돈을 가진 두 사람을 미행하는 사람이 있고 수만은 또 다시 그들을 미행한다. 미행은 처녀 장편인 『진주는 주었으나』부터 정탐소설적 요소를 지향하는 염상섭의 작품에 자주 등장하는 모티프다. 해방 이전 작품들에서 조선이 감시 받고 암울한 공간이었던 것처럼 여기에서도 감시는 일상처럼 되어 있다. 한편 청년단 선전부장인 태환의 말에 의해 병직이 "발 빼라"는 압력을 받았던 것도 알 수 있다. 길에서 혜란은 "양갈보"라는 소문을 접하기도 한다. 소문에 의해 한 사람의 인생이 좌지우지되기도 하는 것은 『진주는 주었으나』, 『이심』 등의 소설에서 잘 나타난 바 있다.

길 크로노토프를 통해 혼란과 혼돈, 폭력과 불신, 미행과 억압 등의 사회상이 그려지고 있다.

3) 문턱의 크로노토프

문을 열고 드나드는 지점 '문턱'이란 진입과 멈춤의 선택을 요구한다. 바흐친은 '문턱의 크로노토프'와 '고딕 성의 크로노토프'의 차이를 주목할 때 새로움이 거의 없는 후자에 비해, 전자는 새로운 정보를 처리하고 새로운 결정을 내릴 수 있는 시공간이다. 바흐친은 이를 "인생을 변화시키지 못하는 결정성, 문턱을 넘어설 두려움"으로 갈등하는, 주체의 의지를 보이는 지점이라고 하였다. 여기에서 주체는 새로운 경험적 데이터에 직면하여 이전 오래된 경험과 비교하고 스스로 두 가지를 조율할 힘 없음에 무력하게 된다는 것이다. 문턱의 크로노토프는 정보의 포화와 기억 물질의 강한 관여로 변화된다.[22] '효풍'이라는 제목부터 밤과 아침의 사이의 문턱의 의미이며 혜란은 베커와 병직, 또한 유학과 결혼 등의 문턱에 서 있다. 대표적으로 병직의 경우를 중심으로 살펴보겠다. 병직은 주변에 의해 옮기게 되었던 이전 신문사와 지금 신문사의 경계에 있다.

> 유리창 밖에서 중절모자를 쓴 얼굴이 얼찐는 것을 재빨리 본 혜란이는 살짝 일어나며 좌중에 고개만 까딱해 보이고 급한 발씨로 나간다. (…) 문밖에 남녀가 나란히 서서 소곤거리는 것 (18-19면)
> "별일 될 거 뭐 있누. 이렇게 딴쓰도 하고 엉정벙정 놀면 그만이지."
> 병직이가 본성이 허랑하고 난봉은 아닌 줄 알건마는 그 낙천주의가 너무 지나친 데에 혜란은 불안을 느끼는 것이다. 사랑의 윤리나 도덕을 무시하고 덤비는 그 수작에 반대인 것이다. (102면)

박병직이 처음 등장하는 곳은 경요각의 문 앞이다. 그는 가게로 당당하게 들어오지 못하고 문 앞에서 그저 주춤거림으로써 혜란으로 하여금 밖으로 나오게 한다. 그는 경요각의 응접실에 참여하지 못하는 것이다. 그는 대화에 적극 끼지 못하는 성향이다. 앞에서 보였던 병직의 주장 역시 엄밀히 말하면 '응접실'이라기보다 '딴쓰홀'의 밀실이었다. 일제강점기 때 금지되었던 댄스홀은 광복이 되면서 급격히 늘어났다.[23] 이는 "엉정벙정 놀면"

---

22 이상의 논의는 Bart Keunen, 「The Chronotopic Imaginationin Literature and Film Bakhtin, Bergson and Deleuze on Forms of Time」, N. Bemong et al. (eds.), 『Bakhtin's Theory of the Literary Chronotope : Reflections, Applications, Perspectives』, Ginkgo-Academia Press, 2010, 40-45면.

23 일제강점기에 댄스홀은 금지되었다. 여러 사람들이 경무국장에게 보내는 편지 형식으로 쓴 글이 장안에 화제가 될 정도였다(이서구 외, 「서울에 딴스홀을 許하라」, 『삼천리』 제9권 제1호, 1937.01, 165-166면). 댄스홀은 광복 후 급격히 발전한다. "자유의 환성은 정치에서 경제에서뿐만이 아니라 사상문화종교 등에서 물론 오락과 향락에서 이 또한 자유에 광희하엿든 것도 억압의 반동적 가세로 지연한 바" 있으나 "시내풍경은 요정과 음식점이 거리거리에 골목골목에 거이 가가호호고 구비된 현상이고 카바레와 딴스홀은 점일 늘어만" 갔던 것이다(「풍기숙청」, ≪동아일보≫, 1945.12.27.).

그만이라는 당시 젊은이들의 현실 도피 의식과도 관련이 있다.

> 이 여자의 열정을 돋우는 수단으로도 화순이와의 관계를 숨길 필요가
> 없다. 비판적이요 냉철(冷徹)한 편인 혜란이가 (…) 투기하는 버릇을 심어
> 주지 않겠다는 이기적(利己的) 수단으로도 그리하는 것이다. 다른 여자와
> 의 교제를 무심히 보거나 하는 수 없는 일이라고 단념해 버리는 그런
> 습관을 길러주려는 것 (85면)

개인적으로도 병직은 혜란과 화순 두 여자 사이에 자리한다. 혜란은 병직
이 결정해야 할 태도가 "사상적으로 또 하나는 화순이와의 관계"라는 "두
가지 의미"가 있다고 본다. 화순은 같은 신문사에 있었던 사이고 혜란은
집안에서부터 혼담이 있어 온 여자인데, 병직은 두 사람 사이에 그냥 머물
러 있다. 혜란에게 가려다가 화순에게 붙잡혀 가지 못한 날 길에서 혜란과
마주치게 되어도 숨기려 하지도 않는다. 오히려 "투기하는 버릇을 심어주지
않겠다"는 생각으로 혜란을 길들이려 한다는 것이다. 병직은 두 사람 중
아무도 선택하지 않는다. "사직 끝까지 화순이 집에를 가기가 귀찮은 생각
도 나고 지금 혜란이에게도 들러봐야는 하겠는데 혜란이를 만나면 뿌리치
고 자연 떨어지기 쉽지 않고"(88면) 같은 표현이 그것을 잘 보여준다. 그런데
유치장에서 하루를 보낸 다음날 화순으로부터 택일을 요구받게 된다. '과학
적 연애'라며 병직을 구속하지 않던 화순은 "첫날밤" 운운하며 변화된 태도
를 보인다. "홧김에" 하려는 월북에 병직을 데리고 가려는 것이다. 병직에게
택일은 어려운 것이었다. 두 여자 중 택일은 이데올로기의 택일을 의미하는
것이었기 때문에 더욱 그러하다.

"(…) 난 결국 삼팔선 위에 암자나 하나 짓고 거기 우리 들어가 책이나 보고 있는 게 소원인데……." (…) "(…) 삼팔선에서 한 걸음 더 내딛으면 최화순이를 끌구 갈 거로되 삼팔선 위에 지은 암자니까 내나 데리구 가시겠다는 거지?" (172면)

"당신은 지금 삼팔선에 발을 걸치고 서서 한 발을 내놓을까 한 발을 들여놓을까 하시구 망설이느라고 그러시는 모양이지만……." (176면)

"화순이를 그렇게까지 세상에 없는 여자라고 생각하는 것두 아니지만 화순이의 취할 점은 감연히 인습(因襲)을 타파하고 봉건적 가족주의에 반항하고 나온 데 있다 할까?" (190면)

이때껏 둘이서 이러한 사상 문제를 실없는 소리로라도 건드리는 것은 피차에 피하여 왔었다. (…) 최후의 파국(破局)이 올까 보아 겁을 집어먹는 것이다. 어젯밤을 지낸 오늘 와서는 병직이의 마음이, 그만치 또다시 흔들렸다. (191면)

선택해야 하는 상황에서 병직의 태도가 주의를 요한다. 병직은 사상적인 면에서 화순에게 더 가까이 있는 편이었다. 좌익 쪽 신문사에서 일했던 그가 신념을 바꾼 증거가 없다는 사실에서 이를 확인할 수 있다. 병직이 다니던 신문사를 옮기는 사실은 당시 미군정의 언론정책과 관련 있다.[24]

---

24 병직이 신문사를 옮기게 된 배경을 생각해 볼 필요가 있다. 미군정 3년 간 미군에 의한 언론정책은 자유로운 듯 보였지만 그렇지 않았다. 서울 입성 후 미군은 전국 언론시설을 적산으로 접수, 미군정 의중 인사들에게 관리를 위임했다. 이는 진보적 성향의 언론지나 기자들이 위협적이었던 당시 분위기에서 미군이 주도권을 잡는 것이었고 이로써 언론 좌경화나 진보주의 색채는 견제되었다. 미군정은 보수언론의 육성 차원에서 조선일보는 매일신보(서울신문)에서, 동아일보는 경성일보에서 인쇄를 할 수 있도록 배려하여 두 신문의 속간을 도왔다. 반면에 진보언론에 대해서는 군정법령 88호를 발령하여 새 신문의 창간을 차단하면서 탄압에 들어간다. 당시 언론의 자유란 미군정이 틀 지워준 범위 내에서의 제한된 자유였던 것이고 이른바 '언론 대학살'이 자행되었다. 결국 미군정 3년을 거치면서 진보계열의 신문은 모조리 도태되고 친미보수언론의 세상이 되었다. 그리고

그는 체제 순응적 성향도 있었던 것이다. 병직이 "인습"과 "가족주의에 반항하고" 집을 나와 혼자 사는 화순의 결단력 있는 모습에 매력을 느끼면서도, 그런 화순이 북에 가자고 하자 갑자기 혜란에게 마음이 쏠리는 현상은 병직의 심리를 반증한다. 변화 앞에서의 두려움, "문턱을 넘어설 두려움"인 것이다. 그의 소원은 월북이 아니다. "삼팔선 위에 암자나 하나 짓고" 싶은 소원은 병직의 선택 불가의 심리를 보여준다. 당시 38선의 의미는 선택을 강요하는 것이었다. 병원이라는 장소도 문턱이라는 시공간의 특성을 잘 보여준다.

> 어쨌든 입원한 것을 기화(奇貨)로 병원 속에 숨어서 자기네들의 무슨
> 모임이 있는 것만은 분명하다고 (…) 화순이가 가욋사람은 쫓아내고 채
> 를 잡고 앉아서 젊은애들을 몰아들이고 눈을 까뒤집고 호통을 하고 하는
> 눈치가 정녕 무슨 딴 일이 있는 켓속이다. (203면)

감시 체제 하에서 '병원'의 변칙적인 사용양상을 볼 수 있다. 강점기 염상섭의 작품에서 병원은 감시를 피해 동지들을 만나고 모종의 일을 꾸미는 곳(『사랑과 죄』, 『백구』 등)으로 사용되었다. 이때 병원은 병동과 감옥의 결합의 의미였는데, 인물들은 역으로 병을 핑계로 일제 감시망을 피하기도 했던 것이다. 『효풍』에서의 병원 역시 그러한 용도로 사용된다. 병직이 북으로 가기 위해 계획을 세운 장소였고 이후 사라진다는 점에서 병원은 남과 북의 문턱이기도 한 셈이다. 문턱의 크로노토프는 두 신문사, 두 여자, 두 체제를 사이에 둔 병직의 경우에서 두드러진다.

방송은 미국식의 상업방송 포맷이 도입된다. (조소영, 「미군정의 점령정책으로서의 언론정책과 언론법제의 고찰」, 『법과 사회』 24, 2003, 193-194면)

『효풍』에 나타난 크로노토프의 양상을 응접실, 길, 문턱이라는 특징적 크로노토프로써 살펴본 결과를 정리하면 다음과 같다. 첫째, 경요각, 술집, 댄스홀 등을 배경으로 한 이른바 응접실 크로노토프에서는 미국 관련 담론, 당시부터 만연한 빨갱이 논의, 친일파 청산의 문제를 볼 수 있다. 그런데 병직까지 가세한 본격적 토론이 일어난 곳은 공적 토론장이 아닌 밀실이었음에 주목할 필요가 있다. 토론장은 경요각 등 제대로 된 응접실 격의 장소가 아니었고 다른 사람은 함부로 출입하지 못하게 비밀로 쓰는 댄스홀의 밀실이었던 것이다. 당대 토론은 공적 장소에서 할 수 없었음을 알게 하는 부분이다. 둘째, 명동이나 혜란 직장과 집 사이를 중심으로 한 길에서의 만남 크로노토프에서는 혼란한 사회상, 미행과 감시, 폭력과불신 등으로 얼룩진 사회가 여실히 드러나고 있다.『효풍』의 시간이 분명 광복 후임에도 거리는 억압, 미행, 공권력, 폭력 등의 면에서 광복 전 작품들과 차이가 없다. 거리를 배회하는 김관식은 광복된 조국의 공간에서 타자처럼 살고 있다. 주인공 김혜란 역시 씁쓸한 시선으로 도시를 바라본다. 도시의 주체이지만 주체일 수 없는 이들 인물들의 모습을 통해 강점을 벗어난 광복 후에도 피식민적 상황에 별 변화가 없었음이 감지된다. 셋째, 문턱의 크로노토프는 당시 많은 인물들에게서 공통되는 것이었다. 당시 염상섭의 '귀환의 서사'들에서 볼 수 있는 것처럼 작가 자체 "중간자적인 조선인의 삶"(김경수)/"조선인의 삶"의 문턱이었다. '해방공간'이라 이름한 당시는 국가적으로는 '식민/탈식민'의 경계였고 혜란의 경우에도 '미혼/기혼'의 경계, 유학/결혼의 경계, 병직/베커의 경계의 자리였다.

2. 최정희의 서울 - 구체적 생활의 공간

해방기, 한국전쟁기 서울이라는 공간을 스토리텔링한 점에서 두드러지는 여성 작가로 최정희를 들 수 있다. 최정희 작품을 파시즘과 연관된 전쟁문학, 지배이데올로기의 내면화의 양상으로 파악하는 경우도 많다.[25] 최정희 문학에 나타난 친일성이나 반공주의적 성향은 그녀가 문단의 흐름이나 대중성을 따르는 경향을 지향하고 있기 때문으로 보인다. 그녀는 당대의 시대정신이 카프일 때는 카프에 속했고 그러한 경향을 작품화했으며 전주 사건 이후 전향하였을 때는 친일적인 성향마저 작품에 담았다. 광복 직후 최정희가 「점례」, 「풍류 잡히는 마을」, 「봉황녀」 등 향토색 짙은 작품에 몰두하면서 토지 추수의 삼분병작제 등 농촌 사회의 제반 모순, 지주와 소작인 문제에 몰두하였던 것은 당대 시대정신을 그러한 맥락으로 파악한 때문이다. 그러던 그녀가 전쟁기는 물론이고 휴전이 된 상태에서 과거에 몰두하며 일체의 이데올로기를 배제하는 작품 경향을 보이는 것은 당대 시대정신을 종잡기 어려웠던 때문으로 보인다. 그녀가 지향하는 당대 시대 정신 표현하기는 대중여성잡지에 작품을 연재하는 활동으로 재개된다. 휴전 직후 그녀가 처음 쓴 장편소설 『녹색의 문』이 그것이다.[26] 1930년대를

---

25 김효순, 「식민지기 조선인 여성작가 최정희의 문학과 전쟁동원」, 『일본연구』 제32집, 중앙대학교 일본연구소, 2012, 293-313면 ; 허윤, 「1950년대 양공주 표상의 변천과 국민 되기」, 『어문연구』 제41-1집, 한국어문교육연구회, 2013, 257-283면 ; 이영아, 「최정희의 『천맥』에 나타난 '국민' 형성 과정」, 국어국문학회, 『국어국문학』 제149집, 2008, 639-659면 ; 김복순, 「소녀의 탄생과 반공주의 서사의 계보」, 한국근대문학회, 『한국근대문학연구』 제18집, 2008, 203-234면 등.

26 김정숙, 「최정희의 해방기 소설과 『녹색의 문』에 나타난 현실 인식의 변화」, 비평문학회, 『비평문학』 제34집, 2009, 78면 ; 최정희는 이 작품에서, 시대의 변화에서도 여전히 남성 지배이데올로기에 의해 희생되어야 하는 여성 인물과 도와주는 다른 여성 인물 설정을 통하여 여성주체의 의미와 역할을 강조, '의식 상승'의 인물들을 구현한다(최정아, 「최정

배경으로 하는 이 작품에서 대중성의 가닥을 잡고 난 최정희의 다음 작업은 『탄금의 서』 연작을 통한 광복 전후 시기 작가 주변의 과거사 정리 작업이었지만 이후 『끝없는 낭만』 등 대중성 짙은 작품을 지속적으로 발표한다. 이 시기 최정희의 문학은 광복과 한국동란, 잔류 경험과 부역의 혐의 등 다양한 경험이 가로놓여 있다.[27] 광복 직후는 물론이고 한국전쟁 등 사회적인 혼란기, 위험천만한 상황에서도 창작활동을 한 작가 최정희의 글은 당대 사회상과 시대정신을 알려주는 중요한 작업이라 하겠다. 광복 직후부터 1950년대 최정희 소설에 나타난 서울 공간 스토리텔링의 양상을 고찰하고자 한다.[28]

작가가 경험한 시대 '지금', 자신이 가 본 '여기'의 원칙으로 작품 활동을 하는 최정희는 서울에서도 자신이 가 본 곳, 잘 아는 곳을 배경으로 사용하고 있다. 광복 직후에 쓰인 「점례」 이후 「수탉」, 「꽃피는 계절」, 「비탈길」, 「봄」, 「선을 보고」 등에서는 서울이 배경이 아니거나 공간 개념이 별로 없다. 최정희 중기 작품에 나타난 서울 스토리텔링 양상은 외부자로서의 시선부터 내부자-거주자로서 구체적 공간의 장소성 묘사, 이동 공간으로서의 서울 거리의 장소성 묘사 등으로 분류 가능하다.

희의 『녹색의 문』에 나타난 여성 정체성 탐구 양상」, 한국현대소설학회, 『현대소설연구』 제44집, 2010, 439면).

27 격변의 시기를 산 그녀의 삶은 『적화삼삭구인집』(오제도 외, 국제보도연맹, 1951)에서 잘 나타난다. 이 책을 통해 장덕조, 손소희와 함께 최정희는 "고난의 구십일" 간 겪었던 수난을 고백하여야 했다. 남편 김동환 피납 후 서울 잔류하며 부역했다는 혐의를 받은 최정희는 1950년 6월 27일부터 10월 21일까지의 체험을 일기형식으로 기록하면서 "인민의 피를 빨아먹는 문학"을 했다는 이유로 잡혀가 살기 위해 '문맹'에 가입하였고 반성문을 써야 했음을 고백한다. 이후 그녀는 종군작가단에 가입하여 자신의 반공주의를 입증하여야 했다.

28 최정희 작품은 크게 광복 전, 광복 직후와 1950년대, 1960년대 이후 등 초기, 중기, 후기로 구분된다.

1) 특정 지역의 장소성 : 외부자적 시선에서 내적 시선이 되기까지

(1) 서울, 먼 곳 혹은 돌아가고 싶은 곳

> 아내는 거북한 대로 서울 가는 닭장수한테 닭을 구했는데 닭장수는
> 벌써 멀리 가서 없더라고 영감에게 말했다. (…)
> "야, 이 숭맥아, 해필 서울 가는 놈의 닭을 살 게 뭐람." (「수탉」, 125면)
> 점례 어머니는 복이더러 오늘이라도 곧 서울 가서 점례의 아래웃도리
> 감을 끊어오라 일러주고 (「점례」, 316면)
> 독립이(그들은 해방을 독립이라 불렀다) 안 됐더면 서울 갈 쌀인데
> 우리가 먹게 되었구나. (「풍류 잡히는 마을」, 332면)
> "독립이 되믄 울아버지가 날더러 장갈 디레 준댔서. 너한테 갈 테다."
> (…) "독립이 언제 되는 걸까. 서울 이모 아저씨가 오심 똑똑히 알아봐야
> 지." (「꽃 피는 계절」, 379면)

위 인용의 공통점은 최정희 작품의 한 경향인 시골을 배경으로 한, 궁핍
한 서민들의 삶을 리얼리즘의 원칙으로 그리는 것이다. 소박한 시골의 풍경
이나 착취당하는 농촌을 배경으로 할 때 서울은 먼 곳, 큰 도회의 의미로
사용된다. 거리상, 심리적으로 먼 거리의 장소로서 그려지는 것을 볼 수
있다. 닭을 사도 무를 수 없게 먼 거리, 저고릿감을 끊어오는 많은 쌀이
소비되는 큰 도회, 이모나 아저씨들이 사는 먼 곳 정도로만 지칭된다.

광복 직후 작가가 서울에 있지 않았기에, 서울에 대한 인식은 외부자로서
의 시선을 견지한다. 광복 후 처음으로 서울을 배경으로 한 작품 「청량리역
근경」에서도 그러한 시각이 두드러진다. 해방기 도시 현실을 스케치하는
이 작품에서 작가는 무질서한 세태와 그 속에서 살아가는 가난한 이들에

대한 연민을 외부자적 시각으로 보이고 있다. 기차가 연착된 상황에서, 자신이 살던 곳 같으면 훨씬 여유롭게 기다릴 수 있는데 청량리역 근처는 그렇지 못하다는 것이다.

하지만 『탄금의 서』에서처럼 서울은 돌아가고 싶은 곳, 떠날 수 없는 곳이기도 하다.

> 수구문 안의 성내에다 꽃을 심읍시다. (…) 당신은 성안 해당화 속에서 노래 부르며 꽃을 따고, 저는 호미 들고 성문 밖 넓은 들에서 메밀을 갈아 거두구요. (『탄금의 서』, 403면)[29]
>
> "돈암정에 샀오, 내일 나갑시다." (…) 어머니는 그 길로 신당동 본래 세들어 살던 집 마당에 내어 놓인 우리 짐들을 가져오고 (404면)
>
> 그러기에 서울 가서 계란 값으로 커피나 코코아를 마시고 돌아오는 길이면 벌서 종로에서 동대문 사이의 역마차 속에서부터 뉘우쳐지는 것입니다. (417면)
>
> 파인이 서울 가 있게 되면서 반주법은 아주 없어지고 말았다. 파인은 해방이 되자 곧 서울에 이사할 궁리를 하고 있었다. 나는 서울 가는 것을 극력 반대했다. (425면)
>
> 노량진에서 며칠씩 묵으며 「야미」 도강증을 사든지 그렇지 않으면 며칠씩 묵으며 그리운 서울을 바라만 보다가 더 나은 곳으로 되돌아간다는 것이었다. 이런 사람들이 영등포나 노량진에 수없다는 것이었다. (467면)

'수구문 안'이란 서울을 가리킨다.[30] 인용한 부분에서는 '성안'을 유토피

---

29 여기에 실린 『탄금의 서』는 최정희가 1953년부터 1955년 사이에 발표한 「해당화 피는 언덕」, 「산가초」, 「반주」, 「그와 나와의 대화」, 「수난의 장」, 「속 수난의 장」 등의 단편들에 「까마귀」, 「피난행」, 「다시 서울에」 등을 추가하여 엮은, 파인과 최정희 사이의 아이가 처음 태어난 때부터 덕소 생활, 광복과 한국전쟁기의 고초를 기록한 자전적 작품이다.

아처럼 생각하는 인물의 심정이 나타난다. 작품 내에서 돈이 없어 서울을 떠난 인물들은 덕소에서 이웃해 있는 미망인으로부터 반주 버릇을 배워 자못 낭만적인 시간을 보내고 있고 낭만적 장소인 덕소에 반해 서울은 현실적인 장소로 대조적으로 그려지지만 서울에 들어오고 싶어하는 것을 볼 수 있다. 그렇기에 일단 자리를 잡고 싶어 앞뒤 재지 않고 서울에 정착하려는 모습이 나타나는 것이 그 다음 부분이다. 주인공은 아이를 낳고 갈 집이 없어 오래 병원에 머물던 상태였고 마침내 돈암동에 집을 구하게 되어 신당동에서 짐을 찾아오게 되는 것이다. 갈 곳을 구하지 못할 경우, 일단 내쫓되 살던 집 마당에 살림을 맡기고 다니던 서울살이의 형편이 아울러 드러난다. 상기한 바와 같이 서울은 현실의 장소여서 사람들을 만나는 장소이고 소비의 장소이다. 만나고 소비하던 인물이 서울을 벗어나려는 순간, 소비를 반성하는데,[31] 이를 통해 "종로에서 동대문 사이"가 현실의 끝자락을 상징하는 공간으로 그려진 것을 볼 수 있다. 다음 인용 부분에서 '파인'과 '나'는 서울에 가고자 하는 문제로 대립되고 있다. 한 사람은 서울로 갈 수 있는 여건만 되면 서울을 가고자 하는데, '나'는 "극력 반대"한다. '나'가 반대하는 이유는 서울에의 정착이 어려운 문제라는 인식도 있지만, 두 사람에 대한 갖가지 재단이 이뤄질 현실공간에 대한 두려움, 현실을 도피하고자 하는 심정도 찾아볼 수 있다. 그러나 종합해 보면, 서울은 그리운 곳으로 표상되곤 한다. 도강증([그림 2])이 없는 사람들이 바라만 보아야 하는 곳이

---

30 '수구문'은 혜화문, 소덕문, 창의문과 함께 사소문 중 하나로서, 동대문과 남대문 사이의 중구 광희동에 있었던 '광희문'의 속칭으로, 시체를 내가는 문 '시구문'이라고도 불렀다. 풍수지리상, 실용상 별 도움이 없다 하여 없어졌다.

31 "원고료보다 계란 값이 더 소중"하다며 전원생활을 높이 평가하는 이 글은 작중에서 작가가 어느 곳에 실었다며 「산가초」라는 글을 인용하는데, 이 글이 바로 『탄금의 서』 중 「산가초」 부분이다.

[그림 2] 한국전쟁 시 도강증
e뮤지엄 http://www.emuseum.go.kr/

기도 하다. 피난 갔던 사람들은 미군에 의하여 발급되는 도강증이 있어야 강을 건널 수 있었다.[32] 특정 장소가 그립다는 것은 그곳이 살았던 곳이거나 익숙한 곳이기 때문이다. 최정희 역시 서울에서 소질을 계발하고 돈을 벌던 작가였기에 서울은 그리운 곳일 수밖에 없다. 한편 "영등포나 노량진"의 장소성도 보인다. 이곳은 도강이 불가능한 상황에서 "바라만 보다가 더 나은 곳으로 돌아간" 사람들이 머무는 곳으로 설정되고 있다.

(2) 안정된 장소성 추구, 학업의 장소

최정희 작품에서 거주지 결정의 문제가 주요 소재라는 것은 그녀 자신이 장소성을 인식하고 있음을 보여준다.

어떤 집은 안주인이 무당이어서 옮겼고 어떤 집은 바깥주인의 (…) 성북동(城北洞) 막바지 골 안에 쑤욱 들어앉은 산밑 집, 식구래야 영감 노파 두 식구에 식모 하나뿐이라고 광주리 장수에게 들었을 때 어머니는 이 이상 더 기쁠 수가 없었다. (…) 이집 울타리가 가시쇠줄로 되어 있는

---

32 당시 도강증은 미 헌병사령부가 발급하였다. 필요한 사람들은 소속기관장이나 서울시를 경유하여야 했다(「도강 신청은 이렇게」, ≪경향신문≫, 1952.01.25.). 이 도강증은 1953년 9월 5일 미군이 도강 제한사무를 한국정부에 완전 이양하고 도강증 대신 시민증으로 대체하기 전까지 사용되었다.

데 이 울타리를 스쳐서 산에 오르내리는 사람들이 바로 이집 마당을 내왕
하기라도 하는 것 같이 되어 있었다.

　　그런데 혜화동 성우 비슷한 대학생과 또 인제 곧 그렇게 됨직한 말(馬)
만큼씩한 고등학교 학생들이 하루에도 두세번 오르내리는 것이었다.
(「바람 속에서」, 116-117면)

「흉가」등 최정희 광복 전 소설에서 이사의 문제를 다룰 때는 돈과 결부
된 양상이었다. 하지만 「바람 속에서」에서 이사의 원인은 딸을 숨기듯 기르
고 싶은 어머니의 욕망 때문이다. 이혼녀로서 선주를 빼앗겼던 어머니는
아들 성우와 함께 은거하여 살 집을 찾아 성북동까지 온 것이다. 조용한
곳, 시선이 많지 않은 곳을 찾는 인물이 결정한 곳이므로, 이를 통해 성북동
의 당시 장소성을 알 수 있다. 이때 성북동은 작가가 거하던 동숭동과 멀지
않은 거리로서 관찰 가능한 장소이다. 그런가 하면 서울은 학업과 관련된
장소성을 보인다.

　　권농동 XX번지는 창경원(昌慶苑) 담장을 옆구리에 끼고 앉은 고옥(古
屋)이었다. 집은 낡았으나 창경원 담장을 넘어 들려 오는 온갖 새소리
짐승의 소리도 좋으려니와 봄이면 봄대로 꽃향기에 취하게 하고 여름은
녹음이 마당에 질은 그늘을 지어 주다가 가을이면 나뭇잎들이 온통 이
집 마당을 향해 떨어지는 것이 즐거웠다. (『녹색의 문』, 14면)[33]

33　최정희, 『녹색의 문』 '하숙집', '애증교착', '봄의 서곡', '정양실에서', '고양이같은 여자',
　　'졸업 후', '들에서', '젊은 사람들' 등 40여 개의 장으로 이뤄진 이 작품은 공통적으로
　　학생 주인공들의 복잡한 애정사를 중심으로, 전쟁이 끝나갈 무렵에 쓴 1부(17개 소제목)
　　는 주로 일제 말기와 해방 공간의 모습을, 1955년에 창작된 2부(27개 소제목)는 전쟁
　　후 재건과 국가 이데올로기와 관련된 서사로 진행된다. 이러한 서사 진행에서 드러나는
　　작가의 목소리가 균열되고 있다는 지적도 있다(김정숙, 앞의 글, 79면). 당시 분위기상

『녹색의 문』에는 권농동이 주인공 유보화에게 중요한 장소로 등장한다.[34] 이곳은 북쪽으로는 중앙고보, 휘문고보를 비롯하여 이화여고보, 숙명여고보, 중동학교 등 학교들이 인접해 있고 경기고보, 조금 더 멀리 배화여고보, 진명여고보 등 많은 학교에서 가까웠던 지역이다. 하숙이나 자취 생활을 하는 집이 많이 있었던 장소였다. 유보화와 도영혜가 이곳에서 하숙을 하면서 느끼는 장소감은 "즐거웠다"이다.

『끝없는 낭만』에서 명륜동과 가회동은 학업 공간과의 연관성 속에서 장소성이 부여된다.

집은 명륜동에 얻었읍니다. 크지는 않지만 우리 식구로선 넓은 정도였어요. 이층에 방 두 개와 아랫 층에 온돌방 세 개와 목욕간이 있고 지하실이 있어서 좋다고 어머니는 줄곧 외쳤어요. (…) 신록이 짙어갈 무렵 해서 모교가 서울에 분교를 두게 되었고 나 모양으로 서울에 미리 올라온 동창들은 모두 등교하게 되었읍니다. (…) 상매네 집은 폭격에 없어져서 상매네는 집을 마련하기까지 외가에 가서 살게 되었읍니다. 상매네 외가는

균열될 수밖에 없었으리라 보인다.

34 현재 지명으로 잘 사용되지 않는 권농동은 창덕궁 앞 종묘 근처 동네([그림])다. 같이 행정동 '종로동'에 포함된 인사동이나 관훈동, 낙원동, 익선동 등의 명칭이 사용되는 것과는 비교가 된다. 조선시대 이곳에 채소 재배를 권장하는 농포서와 혹은 농업 권장의 뜻을 가진 내농포가 있던 데서 유래된 지명으로 1914년 4월 1일 경기도고시 제7호에 따

라 권농동이 되었다고 하지만(서울특별시사편찬위원회, 『서울지명사전』, 2009, 경인문화사, 92-93면. 682면) '권농동'이나 '원서동'과 같은 등의 지명이 일제가 토박이 땅 이름 대신 새로 만들어 붙인 것(「만 원짜리 한 장으로 해장·이발·커피까지 '끝'」, ≪오마이뉴스≫, 2015.04.25.)이라는 주장도 있다.

마포인 까닭에 상매가 통학에 지장이 있었습니다. (『끝없는 낭만』, 53-55
면)[35]

　　상매네가 이사한 집은 가회동이었어요. 학교에서 돌아오는 길에 들르
기에 적당한 위치여서 나는 오는 길이면 줄곧 들르곤 했어요. (같은 책,
91면)

　　학교를 중심으로 명륜동과 가회동이 설정된다. 전쟁기 우리나라 초 중등
학교들은 부산에 피난학교를 운영하였고[36] 차래는 부산 상매집에 피난하던
시절에도 상매 부모님의 도움으로 학교를 다녔다. 하지만 그녀는 서울 올라
와서 학업을 중지해야 했다. 학교는 같이 서울에 왔지만 차래 집안 형편
때문이었다. 남의 집에서도 가능했던 학업을 중지해야 했을 정도로 당시
서울에서의 상황은 더욱 어려웠던 것이다. 차래의 집은 미군 부대에서 가까
운 것으로 되어 있다.[37] 차래가 캐리 조오지의 도움으로 "넓은 정도"의 집을
얻을 때 학교와의 근접성이 우선되었던 것을 알 수 있는데, 이는 먼저 대학
에 진학한 상매가 Y대학 분교 통학을 위해 차래의 명륜동 집에 기거하는
것으로써 확인된다.[38] 고등학생인 차래가 다니는 학교의 위치는 원래 살던

35　이 작품은 '숙명의 피안', '캐리 죠오지의 출현', '신의 손길 악마의 손길', '편지', '하늘은
　　잿빛으로' 등 27개 장으로 나뉜다.
36　「피난학교」, 향토문화전자대전 https://zrr.kr/lmVJ
37　이 작품에는 구체적 지명이 거의 등장하지 않는다. 다만 한국전쟁기 미군이 주둔했던
　　곳은 용산 일대와 동숭동 서울대학교였다. 작가는 자신이 잘 아는 곳을 배경으로 활용
　　곤 하므로 작가가 거주하던 동숭동을 『끝없는 낭만』의 배경으로 보는 것이 무리가 없다.
38　상매가 다니는 'Y대'는 서울대학교를 가리키는 것으로 보인다. 광복 후 설립된 우리나라
　　대학들 (1946년부터 우리나라에는 서울대학교, 이화여자대, 연세대, 보성전문대, 고려대
　　학교, 동국대, 성균관대, 단국대, 숙명여대, 중앙대, 한양대, 국민대, 건국대, 홍익대, 경희
　　대 등(위키피디아 https://zrr.kr/boDo) 중 'Y'로 표기함직한 연세대라면 상매의 외가
　　마포에서 더 가까울 것이나 상매는 그곳에서 멀다고 차래네 명륜동 집에 머문다. 서울대
　　학교홈페이지에 의하면, 사변이 터지자 서울대학교는 1951년 2월 19일 부산에서 응급조

동숭동에서 멀지 않으며 새로 이사한 명륜동 집으로 오는 길에 상매가 이사한 집 가회동을 들르게 되는 곳이어야 한다. 그렇다면 대략 최정희가 잘 아는 학교, 그녀의 모교인 숙명여학교 정도로 설정된 듯하다.[39]

(3) 잔류된 서울의 장소성

한편, 서울은 전쟁기 잔류자들의 공간으로 그려진다.

> 동네는 날마다 조용해 갔다. 사람의 그림자 하나 얼씬하지 않았다. 본래 이 동네는 낙산 아래 호젓이 들어앉아 있어서 도적이 많이 꾀었다. (…) 9·28 이전에 집을 비워 버리고 월북한 사람들이 이 동네에 많았다. 9·28이 되어 수복되자 이 비어 있는 집에 대부분 국군의 가족이 들어 있었다. 후퇴하라는 명령이 내리자 국군의 가족들이 먼저 움직이게 되었다. (『탄금의 서』, 459면)

1947년부터 작가가 살았던 "문리과 대학 뒤 언덕" 동숭동의 장소성을 설명하고 있는 부분이다. 한국전쟁기에 이곳은 빈집이 많았는데, 그것은 워낙 도둑이 많이 들어 살기 어려웠었기에 다들 먼저 떠난 것이거나 월남인들이 살다 떠난 자리에 살던 국군의 가족들이 소개 명령을 먼저 알아 피하였기 때문이라는 것이다. 비어 있다는 것은 소외되어 있다는 것을 의미한

치로 연합강의 형식을 취하여 수업을 하였고 1953년 4월 15일에 서울분교로 개강했다(그때까지 동숭동 서울대학 문리과대학 본부 및 문리과대학은 미8군이 주둔하고 있었고 1953년 10월 반환되었다.(http://www.snu.ac.kr/historyphoto/1950/2). 이것이 "Y대학 분교도 서울에 왔으나"(『끝없는 낭만』, 54면)의 이야기와 맞아떨어진다.

39 숙명여학교는 한성부 박동(종로구 수송동 79)에 있었고 1981년 현재의 위치로 옮기기 전까지 그 자리에 있었다.(https://zrr.kr/jcWL)

다. 『끝없는 낭만』에서 이곳은 소외 지역으로 그려진다.

> 길수네는 서울에 남아 있었다. (…) X은행 합숙소를 인민군의 적산관
> 리국인가 뭔가 하는 기관이 들게 되었고 (「찬란한 대낮」, 475면)[40]
> 　해방 후 서울로 온 차래와 곤 ─ 우리는 서울에 머물었읍니다. 셋방을
> 얻고 어머니가 삯바느질을 해서 위선 끼니를 이어갔읍니다. (…) 그러나
> 거의 전부라 할 수 있는 수의 서울 시민은 고스란히 서울에 남아 있었던
> 것입니다. 남아 있으래서 남은 것이 아니었어요. 적은 이미 가까운 데까
> 지 들어왔고 한강 철교는 끊기어서 꼼짝할 수가 없었으니까요. (『끝없는
> 낭만』, 20면)
> 　그 불한당이 다시 서울에 몰려든다고 서울시민이 온통 피난을 떠나건
> 만 노파는 서울을 떠날 생각을 못하고 있었다. (「정적일순」, 133면)

한국의 현대사에서 도강의 문제는 클 수밖에 없다. 신속한 정보력과 기동
력으로 정부를 따라 강을 건너 피난하였느냐, 서울에 남아 있었느냐의 문제
는 이후 그들의 삶에 크게 작용하였기 때문이다.[41] 「찬란한 대낮」에서는
남편이 의용군으로 차출된 뒤 서울에 남아 있게 된 가족의 삶이, 『끝없는
낭만』에서는 망명했던 차래 가족이 고국에 돌아와 정착하였다가 남은 이들
의 삶이 그려진다. 차래 가족은 도심지에 자리를 잡는데, 이는 고국의 중심
부에 포함되고자 하는 망명인, 월남인의 심리가 반영된 것이기도 했다. 피

40　자료에 따라 '찬란한 한낮'으로 표기된 것도 있으나 여기에서는 전집의 표기를 따른다.
　　어린 길수의 눈으로 서울의 여기저기가 그려진다. 집에서 소외된 어린 길수는 '큰언니'를
　　위시한 또래집단과 방공호에 머무는 경험을 한다. 그는 '마보로시노'라는 일본 노래를
　　입에 담고 사는 강인기를 부정적인 시각으로 바라보기도 한다.
41　문인들의 경우에도 도강파는 가족을 버리고 피난했다는 죄의식으로, 잔류파는 부역과
　　연관된 혐의로 인해 고통을 받게 된다.

난 시기 나이가 많은 이들은 「정적일순」에서처럼 잔류하는 경향이 많았다. 이들에게 서울은 떠날 수 없는 곳이라는 의미가 강하다.

(4) 상처와 빈곤의 장소성

무엇보다 1950년대 서울은 전쟁의 도가니에 있었다. 좌익 우익 할 것 없이 서울을 빼앗으려 하고 탈환하려 하면서 시민들의 생활은 급격히 어려워졌다. 「찬란한 대낮」의 다음과 같은 부분은 당시 서울의 장소성을 잘 보여준다.

> 청계천을 넘어서자 꿀꿀이죽 냄새에 군침이 돌았다, 길수는 춘자 손을 붙잡고 김이 후끈 나는 가게 안으로 들어갔다. (「찬란한 대낮」, 484면)
> 아침과 저녁은 같은 데서 먹고 점심만은 제각기 먹었다. 종로요, 남대문이요, 광화문이요, 혜화동 로우타리요 하는 데서 각각 구두를 닦고 있다가 한군데 모이기가 힘이 들었던 것이다. (490면)
> 길수는 동대문 시장 안을 살살이 돌아다니며 어머니를 찾았다. 그 많은 저고리 가게와 구호물자 저자와 양키물건 상점과, 나일론 가게와 그밖의 수없이 많은 가게와 노점을 다 둘러보아도 어머니는 나타나지 않았다. (…) 길수는 어머니가 월남에게 젖 먹이는 장소에 가 기다리려고 생각했다. 젖을 먹이는 장소는 종로 삼정목 XX학교 앞 청계천변이었다. (…) 여기는 장사꾼들이 별반 없어서 젖먹이기에 불편하지 않았다. 또 커다란 고목이 그늘을 펼쳐 주기까지 했다. (499면)
> 나 파고다공원 뒤에 가 점을 쳐봤다… 그 장님들이 쭈욱 늘어앉은 데 있잖아. (…) 어머니는 청계천변에 포장을 치고 앉은 영감한테로 갔다. (500면)

길수어머니는 청계천에서 꿀꿀이죽을 팔고 있다. 광복 직후 미군정청이 그 전까지 일본 총독부가 있었던 중앙청을 차지하고 있었는데, 그곳에서 가깝고 사람들이 모이는 시장 거리인 청계천변은 꿀꿀이 재료를 나르는 곳이었다. 청계천변은 오늘날 대대적으로 정비된 곳이지만 당시는 관리가 되지 않는 시궁창 같은 하천이었다.[42] 청계천이 '꿀꿀이죽'으로 표상되는 장소성을 갖는 한편, 종로 등 서울 이곳저곳은 '구두닦이' 소년들의 공간으로 그려진다. 전쟁으로 가정이 파손된 아이들이 거리로 나선 방편이 구두 닦는 일이었던 것이다. 다음 동대문시장의 장소성은 많은 물건이 있고 혼잡한 곳임을 보게 된다. 그곳에서 찾기를 포기하고 길수가 가는 종로 3가 청계천변에는 학교가 있었다.[43] 이곳의 장소성은 사람이 많지 않고 "고목이 그늘을 펼쳐 주는" 것이다. 전쟁의 와중에 쉴 수 있는 장소성을 주는 곳임을 알 수 있다. 강인기가 가서 점을 보았다고 하는 "파고다공원 뒤"란 오늘날 탑골공원 뒤쪽이다. 오늘날에도 그곳에 점집이 있는 것으로 보아 당시 마련된 장소성이 지금까지 이어지고 있음을 알 수 있다.[44]

---

42 청계천은 해방 직후 정리되다가 1954년 전후 복구사업으로 하수도 개량공사에 착수, 1970년대 이후 콘크리트 관을 주로 하는 관거시설을 설치하였다. 1958년부터 복개사업이 시작되고 그 위에 삼일고가(나중에 '청계고가'로 개칭)가 설치되어 서울 교통 흐름에 이바지하였으나 환경 등 여러 문제로 인하여 다시 복원된 사업이 2005년부터 진행되어 오늘에 이른다.

43 광복이 되었지만 아직 '-정목'으로 쓰이곤 하였음을 알 수 있다.

44 우리나라 최초의 근대적 공원이라는 탑골공원 뒤쪽에는 아직도 사주 점집이 많다(블로그 https://zrr.kr/Toh2). 한편 길수어머니는 청계천변에 가서 점을 보는데, 이는 다른 결과를 기대하는 행동으로도 볼 수 있다.

(5) 소비와 유흥의 공간

최정희 중기 소설에 나타난 유흥의 장소는 다음과 같다.

전번에 춘자아버지의 환영회를 정릉에 가서 했다고 들었다. (「찬란한 대낮」, 500면)

우리들은 오하라 대위의 지프차를 타고 국제그릴로 향했어요. (『끝없는 낭만』, 126면)

"댄스 홀에 갈까, 죠오지 하사?" (『끝없는 낭만』, 129면)

정릉이라는 장소가 당시에도 유원지로서의 장소성이 있었음을 알 수 있다.[45] 당시 주한미군들을 둘러싼 유흥공간으로서의 장소성은 '국제그릴'과 '댄스 홀'이라는 장소를 통하여 보인다. 여기에서 '국제그릴'은 1950년대 소공동에 있었던 음식점이다. 나중에 차래와 캐리 죠오지가 결혼식을 한 곳도 여기였다.[46] 당시 소공동은 문화적 중심지였던 것으로 보인다. 우리나라에 댄스 홀이 처음 생긴 시기는 정확하지 않다. 일제강점기 일부 조선인들에 의해 강력히 요구되기도 하였으나 개장된 기록은 보기 어렵다.[47] 광복

---

45 당시 '정릉각희'라는 씨름대회가 열렸고(≪동아일보≫, 1935.8.25.) 정릉에서 즐겁게 지낸 기록을 보이는 「정릉일일」(≪경향신문≫, 1949.06.24.) 같은 기사에서도 정릉의 휴양지로서의 면모가 잘 드러난다.

46 '국제그릴'의 자료는 남아 있지 않지만, 1959년에 임흥순 신임 서울시장 취임을 환영하는 환영식(http://photoarchives.seoul.go.kr/photo)이나, 그해 10월 21일 한국영화에 공헌한 영화인들을 대상으로 표창수여 행사(https://zrr.kr/KfJJ), 또한 정치인들의 친목회 행사(「경남북출신 민의원 참의원및 각료 등이 중심되어 '경남북친목회'를 구성하리라 하며 동발기회를 15일 하오 6시 서울시내 국제그릴에서 개최」, ≪조선일보≫, 1960.09.14.) 등의 기사를 통해 여러 행사를 하던 '국제그릴'이라는 곳이 있었음을 확인할 수 있다.

47 『삼천리』 등 매체에서는 "서울에는 멀지안어서 딴스·홀이 신설되리라 합니다. 지금도

후 미국문화와 함께 본격화되어 1947년과 1954년에는 댄스홀 폐쇄령이 내려질 정도로 사회문제를 일으켰다는 것이 알려진다.[48]

정순자 집은 명동 딸라 장사들이 우글거리는 골목에 있었읍니다. 정순자의 집이 아니고 정순자가 세 들어 있는 방이었읍니다. 방마다 정순자와 같은 여자들이 들어 있었읍니다. (『끝없는 낭만』, 174면)

한국전쟁 직후 명동의 모습을 볼 수 있다. '달러 장수'란 달러를 개인적으로 거래하는 암달러상을 말하는데 이들은 해방 직후부터 명동 근처에서 활동한 것으로 보인다.[49] "정순자와 같은 여자들"이란 차래가 그토록 되기 싫어했던 미군 접대 여성이며, 명동이 이들 주요 거주지 중 하나였음을 알 수 있다.[50] 명동은 용산 미군기지, 중앙청 등 서울의 중심부와도 가까운

조선호텔 속에는 무도장이 잇서서 서양사람이나 일부이니사가 오-케스트라에 마추어 딴스를 하고 잇지만은 장차로는 딴스 렬이 굉장하게 우리들 사이에 펴질 것 가치 생각됩니다."(「딴스홀이 되면 춤추려 다니서요?」, 『삼천리』 제4권 제5호, 1932.05.15, 18면)와 같이 분위기를 조성하였으나 그 후 5년 후에도 「서울에 딴스홀을 許하라」(『삼천리』 제9권 제1호, 1937.01.01, 162-166면)와 같이 몇 사람이 연명까지 하며 진정하는 수준이었다.

48 「다방·요정, 퇴폐풍속」, 국가기록원 - 금기와 자율 [네이버 지식백과] https://zrr.kr/1dUs 한편 「댄스 홀 문제 근본방침 세운다고, 치안국」(《조선일보》, 1956.01.23.), 「시경, 비밀 「댄스 홀」을 색출 - 걸리면 명단 발표」(《조선일보》, 1961.04.04.) 등의 기사에서 당대 사회적 문제였음도 볼 수 있다.

49 "법을 어기고 몰래 달러를 사고파는 일. 또는 그런 장사꾼" 암달러상이나 일본 돈 거래를 하던 상인들은 우리나라에 해방 직후부터 나타난 것으로 나타난다. 1950년대부터 사회적 문제가 되었으나(「미화 암거래자는 엄벌. 이대통령 16일 거듭 경고」, 《조선일보》, 1955.08.18.), 충무로 2가 북한 출신 여인들에게서 비롯된 밀거래(「서울 새풍속도-명동 뒷골목 누비는 암달러상」, 《경향신문》, 1971.09.07.)는 최근 "거의 자취를 감췄지만, 아직도 이 일대에서는 달러를 바꿔준다는 할머니들이 드문드문 눈에 띈"다고 한다(「[서울시] 시계와 함께한 41년… "오래된 부품도 다 있죠" 명동서 간판 없는 시계수리점 '진영사' 운영하는 양원영씨」, 《조선일보》, 2012.02.22.) 등의 기사가 확인된다.

50 당시 '양갈보', '양공주'라 불리던 미군 위안부들은 정부에 의해 보호받지 못하는 국민이

곳이었고 신식문물이 많은 장소성을 가진 곳이었기에 암달러상이나 미군 접대 여성 등 미국 관련 장소성을 갖게 되었던 것으로 보인다.[51]

2) 이동공간으로서의 서울 : 도보, 전차, 기타

(1) 도보에 나타나는 장소감

해가 다 지면 우리는 사무실을 나왔다. 안국동으로 해서 돈화문을 거쳐 구름다리 밑을 지나는 것이 언제나의 코오스였다. (『탄금의 서』, 406면)

우리는 거리로 나왔다. 간다고 약속한 장소엘 향해 가는 것이었다. 종로 뒷골목으로. 청진동 뒷골목으로, 인사동 뒷골목으로, 다시 종로 뒷골목으로, 청진동 뒷골목으로, 가야 할 방향과는 딴 데서 우리는 큰길도 아닌 골목길을 왔다갔다 하는 것이었다. (『탄금의 서』, 448면)

인물들은 산책을 하고 있지만 말 그대로 여유로운 산책은 아니다. 집 돈암동을 가기 위해 안국동과 돈화문, 구름다리를 거치는 것을 보아 이들의 사무실을 삼천리사가 있던 돈의동 정도로 설정한 것을 알 수 있다. 돈의동

였다. 불법적인 기지촌 조성과 운영, 조직적인 성병 관리, 그리고 성매매 정당화 등과 함께 "외화벌이 애국자로 치켜세"워지면서 국가가 적극적으로 성매매를 부추겼던 것이다. 오늘날 이들에 대한 재인식과 피해보상도 이뤄지고 있다(「법원, 미군 기지촌 여성 '성매매 방조' 국가 책임 첫 인정」, 『KBS 뉴스』, 2018.02.09)

51 명동은 1950-1960년대는 한국 문학과 예술의 중흥을 이끌었고 1970년대 청년문화의 요람이었으며 현재의 글로벌 공간에 이르기까지 100년 간 "상업 장소로서의 특성"과 "문화사적 측면에서 대한민국의 문화적 트렌드를 주도"하는 공간이 되었는데(홍정욱, 「명동 역사 속 문화적 재구성」, 글로벌문화콘텐츠학회, 『글로벌문화콘텐츠』 제27권, 2017, 147-165면) 이는 일본 강점기 형성되고 해방 후 고정된 장소성이 이어진 때문이다.

74번지는 탑골공원과 종묘 사이 골목으로, 돈암동까지 5-6킬로미터 정도 떨어진 곳이다. 인물들은 때로는 다른 집 "집터를 닦아 놓은 것"을 구경하면서 퇴근을 하고 있다. 이것이 가난한 부부의 데이트 방법으로서의 배회라면, 다음 부분은 시간을 유예하는 배회 장면이다. 인물들이 정치보위부라는 곳에 가기 전에 종로 뒷골목, 종로 1가의 청진동, 인사동 길을 반복 배회한다. 그곳에 가기 싫은 마음이 이러한 행동으로 외면화되는 것이다.

> 문학가동맹회관은 청목당에서 한청빌딩으로, 가회동으로, 혜화동으로, 종로 오정목으로, 경학원 뒤로 옮아다녔다. (…) 오래간만에 동맹에 나가 볼 양으로 경학원 앞길을 올라가고 있는데 이번에 월남해 온 R작가가 마주 내려오고 있었다. (『탄금의 서』, 450면)

서울 잔류 시기 도보에 의한 서울 거리 묘사이다. 문학가동맹회관의 잦은 위치 변경도 보인다. 충무로의 식당 청목당에 있다가 종각 옆쪽으로, 다시 가회동, 혜화동에서 종로 5가로 옮겼다가 성균관 쪽으로 옮긴 것이다.[52] 경학원 앞길이라 함은 주인공이 살고 있는 동숭동에서 가까운 곳이다. 작가의 종로 거리에 대한 지식이 반영되기도 한다.

> 조심조심 대문 밖에 나섰다. 이성배가 나타날까 싶어서였다.
> 골목 하나를 지나니까 곧 하숙집이었다. (…) 발 익은 골목이라 어둠

---

52 보안상 자꾸 위치를 바꾼 듯 보인다. 여기에서 '한청빌딩'은 박길룡 건축가가 지은, 종각 옆의 한 빌딩 이름이다(https://zrr.kr/y37p). '경학원'은 '성균관'을 말한다. 조선 최고학부 성균관은 일제강점기 경학원이라 불리면서 최고학부 기능을 잃고 석전향사와 재산관리만을 했으나 광복과 함께 성균관으로 환원되었다(『한국민족문화대백과』, 한국학중앙연구원). 광복 후에도 '경학원'이라고 부를 정도로 일상화되었음을 알 수 있다.

속에서도 수월히 잘 걸을 수 있었다. 대문간도 그러했다. (…) 종로 삼정목에서 그들은 전차를 탔다. (『녹색의 문』, 141-142면)

[그림 3] 이성배 집에서 나온 유보화가 하숙집 할머니와 걷는 경로

인용 부분은 유보화가 성폭행 장소에서 탈출, 학창시절 하숙을 했던 집을 찾게 되는 부분이다. 골목 하나 사이로 따스한 학창 시절 추억과 성폭행 장소가 나란히 놓인다는 아이러니를 볼 수 있다. 주인 할머니를 동반하여 이들은 종로 3가로 가고 있다. [그림 3]에서 보이듯 최정희는 지리를 구체적으로 표현한다.

　우리의 행렬은 미국 대사관을 향해 움직였읍니다. (…)
　약 한 시간 동안 여기에 진을 치고 있던 우리들은 다시 행진하여 미국 공보원과 반도호텔 앞을 지나고 을지로 사가로 해서 대학병원 앞에 (…) 데모 군중은 창경원 앞까지 올려 뻗쳐 있었어요. (『끝없는 낭만』, 76-77면)

　휴전 반대 데모의 장면이다. 학생들이 단장이 "휴전 반대"를 "크게 외치면 선두에 선 행렬이 받아 외치고 선두에 선 행렬이 외치고 나면 다음의 행렬, 또 다음의 행렬이 받아 외치곤" 하는 식으로 구체적으로 묘사되면서 미국 대사관에서 미국 공보원, 반도호텔, 을지로 4가, 대학병원을 지나는 경로를 보여준다. 미국 대사관은 세종로, 지금은 용산으로 옮긴 미국 공보원은 을지로1가에 있었다. 반도호텔은 롯데호텔의 전신이고 대학병원은 서울대학교 병원을 가리킨다. 그렇다면 경로가 세종로를 출발한 시위대는 을지로 1가에서 을지로 4가에서 종로 4가를 거쳐 혜화동으로 이동하였던 것이다.[53]

> 쏜살처럼 상매집을 향해 달렸읍니다. (…) 나는 아무 대꾸 없이 상매집을 나왔읍니다. 대문 밖에서 잠깐 망설이다가 시공관 쪽으로 발을 옮겨놓았읍니다.
> 전차도 버스도 타지 않았읍니다. 그대로 눈속을 헤치며 시공관에 이르렀어요. (『끝없는 낭만』, 169면)

주인공은 자기 집인 명륜동, 상매의 집인 가회동, 시공관이 있는 명동에 이르는 약 5, 6킬로미터 정도의 거리를 걸어서 이동하고 있다. 당시 시공관은 국립극장을 겸하였는데 각종 대회의 장이 되고 있었음도 함께 알 수 있다.[54]

---

[53] 휴전 반대 시위는 1951년 6월 10일부터 지속적으로 일어났다. ≪동아일보≫에 「한국정전설유포의 근거」(1951.05.25.), 「삼팔정전유화반대」(1951.07.01.) 등의 기사가 실린 이후 군 대표단에서 초등학교 학생에 이르기까지 반대 데모가 지속되었다. "중구 을지로 1가 미국 공보원 앞길에서 시위를 벌이던 일부 시위대"에 의해 공격을 당하기도 하고(「미공보원 화염병 피습」, ≪동아일보≫, 1990.05.10.) 점거되기도 한 역사를 가지고 있다. 여기 반도호텔은 1938년 4월 일본의 노구치준에 의해 서울 중구 을지로에 세워진 것으로, 1974년 롯데호텔로 바뀌었다.

[54] '시공관'은 지금의 명동예술극장 자리에 있던 국립극장을 겸한 공관이었던 곳을 말한다. 1934년 '명치좌'라는 이름으로 명동에 조선의 국립극장이 만들어졌는데, 1948년 서울시공관으로 명칭을 바꾸어서 시공관 겸 국립극장의 역할을 했다. 개발 붐을 타고 그 자리에 금융회사가 들어섰고 2009년 6월에 명동 국립극장이 되었다.(≪경향신문≫, 2009.05.17.) 그 외에도 극장과 시공간을 겸한 이곳에 관한 자료를 볼 수 있다(https://zrr.kr/WYGd). '남녀대학생영어웅변'(≪경향신문≫, 1948.11.30. ; ≪경향신문≫, 1950.04.22.) 등 행사도 시공관에서 열렸다.

(2) 전차를 이용한 경우의 장소감

가게를 잠그고 나서 셋은 전차 정류장을 향해 걸어갔다, (…) 전차가 삼선교에 이르자 어머니가 먼저 일어서고 강인기가 따라 일어섰다. 길수는 허둥지둥 뒤를 따르다가,

"돈암정에 안 가? 형근할머니한테." (…)

성북동 골짜기를 올라 걷는 사이에 뿌우연 안개는 잿빛으로 차차 변해 가고 있었다, 그런 속을 소눈깔처럼 눈을 크게 떠 응시하며 길수는 뒤를 따랐다. (「찬란한 대낮」, 481-482면)

길수어머니의 가게는 청계천에 있고 집은 성북동이다. 당시 전차 돈암동선을 타면 종로4가에서 출발하여 원남동, 명륜동, 혜화동을 지나 삼선교에 도착하게 되니 여기에서 내려 400-500미터 정도 거리 "골짜기를 올라 걷는" 길을 걸으면 성북동 집에 가게 되는 것이다. 물론 전차 돈암동선은 삼선교를 지나 돈암정까지 가기 때문에 여기에서 내리지 않고 "형근할머니한테" 다녀올 수도 있음도 알 수 있다.

"그렇거들랑 전차로 가요." (…) 효자동행을 탈 작정인 이성배에게 유보화는 황금정을 거쳐 가는 동대문행이거나 종로를 거치는 동대문행을 타자고 했다. 효자동행이면 도영혜 집에까지 가게 되는 것이고 황금정이나 종로를 거치는 것이면 이성배 누이의 집으로 가는 것이 되었다. (『녹색의 문』, 197면)

결혼식 후 도영혜의 다방에서 피로연을 한 뒤, 자동차를 타고 이동하자는 이성배에게 유보화는 전차를 권한다. 전차를 편리하게 이용할 수 있음을

보이는 부분이다. 이성배가 가자는 효자동 쪽 전차는 결혼 후 며칠 묵기를 권하던 도영혜의 집에 갈 수 있는 것이고 그에 비해 유보화가 타자는 방향은 을지로나 종로를 거쳐 동대문으로 가는 것이다. 이는 권농동 이성배 누이의 집, 결혼 후 유보화가 살게 되는 집으로 가는 방법들이다. 당시 전차 노선도를 참고했을 때, 이 두 가지 전차 라인이 다 지나는 곳이라면 도영혜의 다방은 세종로 정도에 위치한 것으로 보인다. 이러한 부분을 통해 1930년대 서울의 지리와 교통이 잘 나타난다.

> 일요일이어서 거리엔 사람이 많았읍니다. 마포선 전차도 꽉 차 있었어요. 모두 교외로 나가는 산보객들인가 보았어요. (『끝없는 낭만』, 81면)

교외로 나가기 위해 나온 듯한 사람들로 전차가 "꽉 차" 있음을 알 수 있다. 명륜동에 사는 인물이 마포를 가기 위해 서대문-마포를 오가는 마포선을 타는 것이다. 기분 전환을 위해 교외로 나가자던 상매가 자기 집이라도 가자고 하는데, 이로써 마포의 장소성이 현실 공간에서 조금 벗어난 느낌이었음을 알 수 있다.

(3) 기타 - 트럭과 택시 이동에 나타난 장소감

> 광화문까지는 앞차가 거리를 얼마 안 두고 달렸으나 덕수궁 앞에서부터 차차 거리를 두었다. (…) 이제라도 빨리 달려 주었으면 하고 바랐는데 용산에 가선 아주 멈추는 것이 아닌가. (『탄금의 서』, 461면)

피난 상황의 한 장면이다. 인물이 거주하던 곳에서부터 피난하는 동안의 지리가 나타난다. 당시 서울을 벗어나 지방으로 내려가기 위해서 용산을 지나는 방법밖에 없었음도 알 수 있다.

> "필동 쪽으로 가요." (…) 창경원 앞을 지나 구름다리께에 이르렀을 땐 백설의 터널을 뚫는 것 같은 착각을 일으켰습니다. (…) 필동 어구에 내려서 걷기 시작했어요. 성남 영아원 앞까지 차를 몰 수 있었지만 여기서 세운 것입니다. (「끝없는 낭만」, 171면)

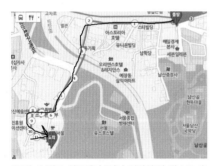

[그림 4] 필동 어구에서 '성남 영아원'의 장소로 추측되는 현 '남산원'까지의 도보 경로

당시 명륜동에서 필동을 가려면 현 율곡로를 지나는 길이 제일 빨랐음을 알 수 있다. 여기에서 성남 영아원은 필동 입구에서 내려서 걸어갈 수 있는 중구의 요보호 아동 보육시설 '남산원' 정도로 유추할 수 있다.[55] 택시에서 내린 차래가 걸어간 경로를 보면 [그림 4]와 같다.

최정희 작품에서는 서울을 배경으로 한 경우 멀리 외부자의 시선에서부

---

55 1952년 4월에 군경 유자녀원을 설립하고 국방부 및 치안국 주선으로 군인과 경찰 유자녀를 인수하여 수용하면서 시작했다.(http://www.namsanwon.or.kr/) 당시 혼혈아 문제가 심각했고 보육 시설이 많이 생기고 있었다. 심각성을 보도한 신문에 의하면, 당시 경상남도 78명을 최고로 서울 77명, 최저의 제주도 2명 등 도합 356명의 혼혈아가 있으며 88명이 고아원 같은 사회시설에서 양육되고 있지만 전국의 양공주 수 6만 4,934명과 또한 "각 기관에 근무하는 여성 중 품행이 단정치 못한 자 또는 경박한 허영에 뜬 여자들 등등의 수많은 여성들"로 인해 "그 몇 배되는 혼혈아가 실존해 있을 것"이라고 하였다. (「혼혈아, 새로운 사회 문제로 대두」, ≪서울신문≫, 1952.10.26.)

터 내부자로서의 구체적 삶의 장소 배경이 그려지며 장소감도 표현된다. 단어로서 '서울'이 등장한 몇 작품에서 서울은 '먼 곳', '그리운 곳'이라는 장소성이 표현된다. 그리고 서울은 안정된 곳, 학업의 공간으로 그려졌다. 그런가 하면 전쟁 시기 잔류의 경험과 빈곤의 기억을 담는 구체적 장소이기도 했다. 미군이나 외국인들을 대상으로 한 유흥 공간의 면모도 보였다. 한편 인물들은 서울 안에서 이동하면서 거리를 관찰하기도 한다. 연인과 산책을 하거나 충격을 받아 뛰기도 하고 데모 행진을 따라가면서 서울 거리를 보여준다. 교통수단 가운데에서도 전차를 이용할 경우, 작가는 서울 전차 노선을 잘 알고 활용하고 있음을 보게 된다. 그 외 트럭이나 택시를 타고도 서울은 관찰된다. 경황이 없을 상황에서까지 지리를 통찰하고 있는 것을 보게 된다. 작가가 실제로 가 본 곳, 잘 아는 곳을 배경으로 하고 있는 것과 함께 강력한 리얼리즘 정신을 구현하고 있는 부분이다. '서울'이라는 명칭으로 묘사할 때 서울에 대한 장소감은 먼 곳, 돌아가고 싶은 곳, 정도로 나타난다. 학업 관련된 장소 중 권농동은 '즐겁다', 나머지 성북동, 동숭동, 명륜동, 가회동의 장소감은 중간 정도로 볼 수 있다. 잔류 기억을 다루는 작품들에서 서울의 장소성은 '소외감 느끼다', '쓸쓸하다' 정도로 보인다. 전쟁기 빈곤의 기억을 그리는 경우에도 서울의 장소성은 심하게 나쁘지 않게 그려진다. 전쟁기 소비와 유흥 공간의 장소성의 경우 '즐겁다'에는 미치지 못하고 '쓸쓸하다'와 '즐겁다'의 사이 정도로 판단된다. 이동 시 장소감도 정리해 볼 수 있다. 우선 도보의 과정에서 나타난 서울 거리 장소감은 좋지 않다. <탄금의 서>에서 '쓸쓸하다' 정도라면 <찬란한 대낮>에서 전차에서 내려 걷는 성북동 길이 초점 화자 길수가 "허둥지둥" "소눈깔처럼 눈을 크게 떠 응시"해야만 하는, '분노하다', '슬프다'에 가깝기 때문이다. 그외 유보화나 차래가 이용하는 전차 이용의 경우도 낮은 장소감을 보인다.

전차로 이동하는 경우에 비해 트럭이나 택시 등 기타 교통수단에 의할 경우 장소감은 낮다. 아이를 잃을까 봐, 혹은 아이를 맡겨야 하는 경우이기 때문이다.

3. 박경리의 서울 - '표류'의 공간

『표류도』는 『현대문학』지에 1959년 2월부터 11월까지 연재된 박경리의 두 번째 장편소설이다. 작가 개인적으로 "체험의 허구화란 커다란 범주"라는 초기 경향이 집약되면서 장편 작가로서의 가능성을 타진한 작품이었다.[56] "우연성과 작위성의 극치" 등 한계가 없지는 않으나[57], 단편소설이 주류를 이루던 당대 문단의 흐름을 깨고 1960년대 이후 대중소설, 장편소설의 물꼬를 트는 데 기여했다고 평가된다. 작품 관련 다양한 연구는 그 때문이다. 주인공의 자의식에 주목하는 철학적 연구도 있고,[58] 가정을 지키려는 주인공의 노력을 주목하며 1950년대 국가주의 이데올로기와 관련한 연구[59]

---

56 김상욱, 「박경리 초기소설 연구」, 한국현대소설학회, 『현대소설연구』(4), 1996, 287-308면. 그에 의하면『귀족』이전 박경리 소설은 체험의 허구화란 커다란 범주 아래 있지만, 현실에 대한 불신과 자신까지도 명징하게 비판하려는 치열한 자의식으로 인해 범속한 비관주의가 되지 않는 것이다.

57 정희모, 「현실에의 환멸과 삶의 의지-박경리의『표류도』연구」, 한국문학연구학회, 『현대문학의 연구』6권, 1996, 331-360면. 이 글은 작품에서 최 강사 살해를 "우연성과 작위성의 극치"로 보았다. 아울러 작가의 초기소설부터 보여온 외부 세계와 내부 세계의 단절이 심화된 증거라고 평가했다.

58 홍정표, 「박경리의『표류도』에 나타난 정념의 기호학적 분석」, 한국기호학회, 『기호학연구』26권, 2009, 403-437면. 이 글은 주체의 분열, 정념 분석의 두 가지 차원, 현상학적 접근법에 텍스트에 산재해 있는 주요 정념들을 정념의 기호학적 방법론으로 분석하면서 도덕적 주체와 비도덕적 주체가 여러 모습으로 변주하면서 이어짐에 주목한다. ; 니체의 이론을 접목한 연구도 있다(이혜경, 「주체의 욕망과 생명의식의 변화 양상 연구」, 국제어문학회, 『국제어문』70, 2016, 185-216면).

도 보인다. 박경리의 대표작으로도 인정[60]되는 이 작품은 무엇보다 '전쟁미망인'이며 '가장'이어야 했던 여성 주인공의 위상을 당대성과 연관 지어 보아야 한다고 논의된다.[61] 당대성과 함께 공간성을 다루는 연구도 있다. 작품의 제목 '표류도' 자체가 "물에 떠서 흘러감", "어떤 방향이나 목적을 잃고 헤맴 또는, 일정한 원칙이나 주관이 없이 이리저리 흔들림"을 의미하면서 공간성을 전제하기도 한다. 주인공 강현희를 중심으로, 죽은 찬수는 물론 이상현, 김환규, 김민우, 종업원 광희까지 당시라는 시대성 안에서 '표류'하고 있다. 그렇기에 '표류도'라는 공간 자체가 남성에게는 의도적, 인위

---

59 김양선, 「전후 여성 지식인의 표상과 존재방식-박경리의 『표류도』론」, 한국문학이론과 비평학회, 『한국문학이론과 비평』 45권, 2009, 235-255면. 이 글은 가정 밖의 "위험한 여성" 현희로 하여금 끊임없이 고민하게 함으로써 가정성의 이데올로기, 가부장제 이데올로기와 결합된 국가주의의 이데올로기를 내파하고 한국전쟁 이후 현실에 대한 젠더화된 비판을 보였다고 본다.

60 한점돌의 「박경리 초기소설과 에고이즘」, 현대소설학회, 『현대소설연구』 (49), 2012, 357-393면. 『표류도』는 박경리의 중·후기적 경향을 보이기 시작한 작품으로 본다. 초기 단편적 내면성의 파멸이 이 작품에서는 '타인'의 관계성을 통하여 벗어나기 때문이다. 박경리 후기소설의 중요한 발상법인 "연대와 생명에의 개안"이었고 이 싹이 『표류도』에서부터 보였음에 주목한 것이다. ; 『표류도』를 박경리 문학의 분기점으로 보는 논의는 여러 글에서 볼 수 있다. 불가항력적 한국전쟁의 처절한 경험이 초기 단편에서 개인적 문제였다면 『표류도』에 이르러 사회의 문제가 되었음에 주목, 박경리 자기의식의 발전 형태로 보는 것이다(최윤경, 「박경리의 『표류도』 연구」, 전남대학교 한국어문학연구소, 『어문논총』 24, 2013, 187-206면. 이 글은 이상현을 '김상현', 민우를 '민기', 찬수를 'K'가 죽었다는 등 오류를 보인다).

61 김은하의 「전쟁미망인 재현의 모방과 반역」(조선대학교 인문학연구원, 『인문학연구』 47, 2014, 277-301면)는 전쟁미망인 육체를 계도와 처벌 대상으로 볼 것이 아니라 가부장제를 공격하고 해체하는 히스테리컬 언어로 봐야 한다고 하였다. 가부장제 규율을 각인하고 실천하는 수동적 자세를 극복하고 위법과 이탈, 반역과 탈주로써 드러내고 있다는 것이다. ; 정보람의 「탕녀'와 '가장'」(한국현대소설학회, 『현대소설연구』 (61), 2016, 229-262면) 역시 전쟁미망인은 성적 존재이면서 가장이라는 표상을 동시에 구현하게 되는데, 『표류도』는 "'가장-되기'의 시험과 독립성으로의 수렴"을 보인다고 했다. 시험에 귀속되지 않는 여성의 성이 자아의 자립을 위협하면서도 동시에 성공하게 하는 요소로 작용, 사실상 가장-되기의 과정에 수렴된다는 것이다.

적으로 관계를 만들게 하는 추상적 공간이라면 여성에게는 인위적인 관계에서 벗어나 현실적으로 추구해야 할 공간이라며 집, 다방, 교도소를 모두 포함하고 있는 서울 공간 의미를 주목하기도 한다.[62] 임정연은 『녹지대』와 함께 『표류도』의 '다방'과 '섬'이라는 공간성에 주목, 공간적 상상력이 박경리 문학의 탈근대성이라 보고 '다방'과 '섬'의 헤테로토피아적 성격을 분석, "낭만과 반낭만이 길항하고, 근대와 탈근대의 다중시점이 공존"한다고 보았다. 특히 인물들의 대화에서 상상적으로 존재하는 '표류도'가 "내향성과 타자지향성이 공존하는 인간의 실존적 조건에 대한 은유"라고 보아 "고정된 경계를 지우고 탈영토화"한다고 하였다.[63] 『표류도』 관련 시공간 연구의 필요성이 제기되는 부분이다.

여기에서는 『표류도』의 주요 공간인 다방, 길, 성 같은 저택 등을 통하여 '1950년대 서울'이라는 작품 속 로컬 크로노토프에 주목하고자 한다. 박경리가 1950년대라는 그 시대 속에서 발견한 서울의 크로노토프를 통해 작가의 주제의식을 명징하게 볼 수 있다는 판단에서이다. 시골 출신으로 1946년 결혼, 진학하며 상경, 서울에서 대학을 다니고 황해도라는 낯선 곳에서 직장 생활을 하다가[64] 돌아와 서울에서 문단 생활을 하게 된 여성 작가 박경리

---

62 박창범, 「대결 및 타협의 정신과 비대칭적 사랑」, 아시아여성연구소, 『아시아여성연구』 제57권 2호, 2018, 277-307면.

63 임정연, 「박경리 문학의 공간 상상력과 탈근대적 사유」, 현대소설학회, 『현대소설연구』 62, 2016, 341-369면.

64 박경리의 서울 입성은 1946년 결혼(1월)과 대학 진학 무렵으로 보인다. 우연한 기회에 김동리의 도움으로 문단에 등단하고 1980년대 서울을 떠날 때까지 서울에 머문 것으로 알려진다. 학교 졸업 후 잠시 황해도 연안여자중학교에 근무했다가 한국전쟁 이후 남하했다. 박경리가 학교를 그만둔 이유는 타의적이었던 것으로 보인다. 여러 작품에서 학교와 선생에 대하여 그려지는 것으로 미루어보면 박경리는 학교에 대한 미련이나 애착이 있었던 듯하다. 주변의 압력으로 인한 사직이 아니었을까 보인다.

에게 1950년대 서울은 특별한 시간이었고 공간이었으리라 보인다.

바흐친에 의하면, 문학작품 속 크로노토프는 "공간적 지표와 시간적 지표가 용의주도하게 짜인 구체적 전체로서 융합", 곧 시간과 공간 축 교차를 전제로 하면서 그것이 단순한 배경에 그치지 않는다.[65] 문학 작품을 바흐친의 크로노토프로 독해한다는 것은 구체적 물질 공간을 통해 의미 있는 시간성을 포착, 작품이 동시대 특수한 현실을 작품에 담아내는 방식을 파악하는 일이 된다. 바흐친의 크로노토프가 서구 문학작품 역사와 하위 장르 분석을 위해 사용되었던 만큼 문학예술에서도 많이 연구되고 있다. 한국문학 연구에서도 크로노토프 이론의 도입과 연구가 많이 시도되고[66] 최근에 이르러 그 이론 적용을 위한 노력이 활발해지는 추세이다. 원용진 등은 사건과 시공간의 교차점을 통하여 시간성과 공간 안에서 가시화되는 방식에 관하여 연구하는데 이는 바흐친의 크로노토프 분류-마이크로(micro), 로컬(local), 도미넌트(dominant), 제네릭(generic), 플롯스페이스(plotspace) 등-를 적용한 방식이다. 특히 로컬(지엽적) 크로노토프 연구는 사건이 놓인 시공간의 교차점으로서 시간성과 공간 안에서의 가시화 방식을 찾는 작업이다.[67] 바흐친은 로컬 크로노토프의 예로써 '길 위에서의 만남', '고딕 양식의 성', '응접실 또는 살롱', '지방 도시' 및 '문턱' 등을 제시한다. 시간성과 공간적 가시화 방법을 문제삼는 것이다.[68]

---

65 미하일 바흐친, 전승희 외 역, 『장편소설과 민중언어』, 창작과비평사, 2002, 260-262, 458-468면.

66 권기배, 「바흐찐 크로노토프 이론의 국내수용에 관한 고찰」, 노어노문학회, 『노어노문학』 18(1), 2006, 151-189면. 그간의 문학 속 시공간 연구는 공간에 나타난 의미, 장소성에 집중하는 경향이 있었다.

67 원용진·이준형·박서연·임초이, 「메디컬 드라마의 크로노토프」, 대중서사학회, 『대중서사연구』 25(2), 2019, 169-216면.

68 로컬 크로노토프는 도미넌트 크로노토프의 하위에 속하며 사건 조직의 중심, 해당 사건

1) 다방 : 살롱/응접실의 크로노토프

'살롱'은 바흐친의 로컬 크로노토프 중에서 주요하게 다뤄진다. 많은 사람들과의 밀접한 만남이 이뤄지는 장소이기 때문이다. 『표류도』에서 다방 마돈나가 살롱의 역할을 하고 있다. 1920년대 중반 한국에 다방, 카페가 들어온 이래, 문학에서 다방, 카페는 주요 공간으로 설정되어 왔다.[69] 염상섭의 『삼대』, 박태원의 「성탄제」 등 여러 소설에서 다방과 카페는 대화의 장소로, 새로운 만남과 대화의 장소로 등장했다. 1930년대 소설가 이상은 아예 다방 '제비'를 경영하면서 문학 활동을 하기도 했다. 카페 여급인 인물들이나 마담이 작품에 등장하는 경우도 있었다. 『표류도』에서는 아예 다방 '마돈나' 마담이 주인공이다.[70] 1950년대 명동을 중심으로 다방들이 번성했

의 시간과 공간을 응축시키는 역할을 한다. (N. Bemong et al. (eds.), 『Bakhtin's Theory of the Literary Chronotope : Reflections, Applications, Perspectives』, Ginkgo-Academia Press, 2010, 7-8면, 40-45면)

69 일제 강점기 다방은 식민 치하의 조선인들에게 있어 공론장과 휴식처 역할을 했다. 당시 "實은 外交에 紛忙하야 茶집이 客室代用이며 文士, 畵家其他文筆業者들의 午後의 休息所라는 意味에서 그 存在理由가 相當"하다(「다방잡화」, 『개벽』 신간 제3호, 1935.01.01. 107면)는 글에서도 알 수 있다. 한국인에게 자유로운 다방은 일제 강점기 중에서도 30년대에나 생겨 유럽 카페처럼 토론 공간이 되었지만 사양길을 걷다 광복 직후 급증했다(손연숙, 「카페문화의 역사와 음다공간의 정체성 부합에 관한 연구」, 국제차문화학회, 『차문화·산업학』 32, 2016, 19면). 하버마스는 민주적 토론을 가능하게 하는 공론장의 시발점은 17-18세기의 커피하우스와 살롱이라고 한 바 있다. 커피하우스는 정치적 공론장을 형성하였고 여론을 조성하고 '인쇄 자본주의'를 출현시키기도 하였다.

70 주요섭의 「아네모네의 마담」(1936)에서도 마담이 주인공으로 설정된다. 여기에서 마담은 개인사 없이 사랑 오인 인물로만 그려진다. 우리나라에서는 1930년대까지 여성 운영 다방이라고는 이화여전 졸업 후 동경 유학까지 다녀온 20대 중반 여배우 복혜숙의 '비너스'뿐이었다. 여성 레지는 1930년대 후반에 나타났다. 『표류도』에 '살롱'이 등장하기도 한다. 광희의 이야기 중 등장하는 이곳은 "말이 음악 살롱이지 이상한 곳이에요. 으슥한 구석지는 어린애들의 연애 장소랍니다. 불량한 십대들이 거래하는 장소죠."(188면)로 그려져 바흐친의 '살롱'과는 다른 개념이다.

는데 그것 역시 사회적 현상이었다.

> 술집은 늘 대로 늘고 물장사의 하나인 다방 또한 총총 들어서 있는
> 것이다. (…) 이 비싼 '단물'을 마셔가며 가칭 시인, 자칭 문학가들은 까치
> 둥지 같은 머리를 소파에 기대 놓고는 심각한 표정으로 돈 덩어리를 마셔
> 대는 것이다.[71]

강현희가 '대출'까지 하면서 이 직종에 뛰어든 것은 이런 현상에 기인한
것으로 보인다. 광복 직후 다방 붐은 일제 강점을 겪으면서 억압되고 억눌
렸던 민족적 욕망의 발현이라고도 볼 수 있다. 다방은 사회의 축소판이었
고, 만남의 장소, 대화의 공간 등의 역할을 한다.

첫째, 다방 공간을 통하여 당시 사회의 축소판이 그려진다. 마담 현희는
다방을 돈벌이 수단으로만 보지 않는다. 다방 마돈나는 "저들 모두의" "일
종의 오피스"이고 자신은 그 "오피스의 관리인"(9면)[72]이라고 생각하며 전문
적 관리인 마인드를 갖고 광화문 근처 자신의 다방[73] 상권을 분석하기도
한다. 다방 카운터에 앉은 그녀의 눈을 통해 당시 서울 사회상이 관찰된다.
주인공은 슈퍼바이저 역할을 하고 있는 것이다.

---

71 「명동의 생태」, ≪국도신문≫, 1950.4.13.
72 박경리, 『표류도』, 마로니에북스, 2013, 6면. 이하 텍스트 인용은 이 책.
73 "사철을 두고 음산한 분위기가 떠"도는, "북쪽과 서쪽에 창이 몇 개 있는 빌딩 한 모퉁이
에 자리 잡"은 강현희의 다방은 국회가 있던 세종로, 광화문과 종로 정도에 자리한 듯하
다. '귀부인, 애인, 성모 마리아'를 뜻하는 '마돈나'는 광복 직후 손소희, 전숙희, 유부용
등이 명동에 열었던, 명동 문인들 아지트였던 다방 이름을 차용한 것이다. 2017년 한국여
성문예원이 '제11회 명동 시낭송 콘서트-명동백작과 마돈나'라는 행사도 있었다(≪중도
일보≫ 2017.10.29.).

점심 후 차를 마시러 오는 손님들이 돌아간 뒤면 으레 다방 안은 이렇게 텅 빈다. (5면)

마돈나는 첫째 위치가 좋았다. 신문사, 국회, 관공서, 잡지사, 출판사, 그러한 건물들이 다방 주변에 있었다. 저널리스트들은 석간의 마감 시간이 열두 시기 때문에 오전 아홉 시를 전후하여 모닝 커피를 마시러 나온다. (7-9면)

정말이지 다방의 카운터처럼 이상한 곳은 없다. 서울 장안을 굽어보는 감시대 위에 선 것처럼 (…)

정치를 장사하고 다니는 무리들의 수작이나, 예술가라는 골패를 앞가슴에다 달고서 (…) 지식인들의 협잡, 국록을 먹는 관공리들의 의자倚子를 싸고도는 장사 수법, 심지어 똥차에서 쏟아지는 폭리를 노리고 이권을 쟁탈하는 데도 점잖은 무슨 단체의 인사나 무슨 유명인의 귀부인(?)들이 돈 보따리를 안고 다방에서 면담을 갖는 것이다. (96면)

우리 마돈나에 사람은 모여든다. 음악을 울려야지. 삶을 찬미하고 고통까지도 찬미하고. 우리는 살아야 하는 것이다. (113면)

언제 손님들이 많고 적은지, 그들의 실체와 목적은 무엇인지 분석하고 다방을 드나드는 인물들을 통하여 당시 사회상을 바라본다. 카운터에 앉아 뜨개질을 하면서 마담 강현희는 다방과 손님을 분석한다.[74] 정치인을 비롯하여 예술가, 지식인, 관공리, 귀부인 등 당대의 속된 풍경을 조망하고 온갖

---

[74] 주인공이 하고 있는 뜨개질이란 이상현의 질문에 대한 주인공의 답처럼 "부업"이 아니었다. 모성이거나 인내심과 끈기, 손님들에게 편한 분위기 조성의 방안일 수도 있다. 문학작품 속 여주인공의 뜨개질 모습이 종종 보인다. 시간 남는 것을 견디지 못하는 부지런한 여성들 모습으로 보인다. 한편 생각을 할 수 있게 만드는 장치이기도 하다. 강현희 역시 뜨개질을 "정비례로 다른 생각에 열중"하게 만드는 "참 묘한 일거리"라 생각하면서 "망망하고 비약적인 환각의 흐름 속에 휩싸여 떠내려"(45면)가는 것을 느낀다.

부조리와 부정 등까지도 통찰하고 있다. 이른바 물밑작업이나 부조리가 많은, 분단 이후 복잡한 한국사회에 대한 비판이 드러나는 부분이다. 아울러 어려움 속에서도 다방은 다방의 역할을 해내야 한다고 생각한다. 다방의 사회적 필요를 보이는 부분이다.

둘째, 다방은 만남과 토론의 장이었다. 다방에서의 만남은 '길 위에서의 만남'에 비해 자연스럽게 이뤄진다. 다양한 사람들이 만나고 헤어지는 장면이 그려진다. 우선 마담 현희의 눈에 인물들은 크게 이상현 같은 비판적 시각의 인물, 민우 같은 선량과 속물 사이 흔들리는 인물, 최 강사 같은 속물적 인물들로 분류된다. 이상현은 "대학의 교수직을 버리고 신경을 탕진해야 하는 거친 언론계로 들어"온 사람이며 "노골적인 저 반감을 표시"(16면)하는 인물로 그려진다. 강현희는 시인 민우를 긍정적으로 바라보고 있다. 시인은 "선량함이 하나의 구경거리로 취급되고 있는 현실"을 모르고 "향기를 잃은 듯 선량한 예술은 지금 금속적 채광을 받으며 표류"(22면)하고 있다며 안쓰러워하기도 한다. 속물적인 최 강사는 다방에 죽치고 앉아서는 차맛에 시비를 걸거나 상대방에게 차도 권하지 않는 모습을 보인다. 최 강사는 이곳에서 학생들과의 만남, 동료와의 만남, 사업상 만남 등 여러 만남을 갖는다. "학생들과 마주 앉"아서는 "아주 딴판으로 존대하게 어깨를" 펴고 "근엄해진 얼굴"(60면) 표정을 짓는가 하면, "자기에 대한 과대망상증에 걸려 있는 최 강사 같은 부류가 하찮은 이익을 위하여 파리 손이라도 비비는 듯한 시늉을 하는 꼬락서니"(96면)를 보이기도 한다. 다방 밖에서도 주인공을 쫓아다니거나 합승 택시에서 여 승객을 희롱하는 남자와 같이 낄낄거리기까지 하는 천박한 인물이기도 하다. 결국 "정중함이 향응 이상의 호의에 대한 방패인 것도 모르는 자부심 많은 저 지식인"(25면) 최 강사는 자질이 부족한 대학교수의 문제점을 대변하고 있는 인물인 것이다. 많은 손님 중에서도 현희와 연인 관계 형성은 이상현에게만 해당된다. 속물도 흔들리는 선량함도 피하려는 현희의 가치관을 보이는 부분이라 할 수 있다. 다방에서 인물들 간 많은 대화가 나타난다.

> 안심을 하기 위해서라면 아무 것도 아니라 생각하는 것이 좋겠지. 정조라는 것이 언제나 마음과 같이 있는 것이라면 후회가 있을 수 없고 죄악일 수도 없고. 더군다나 그것은 아무 것도 아니었을 거야. (…) 언제나 애정하고 같이 있어야 해. 애정에 후회가 없다면 정조에도 후회가 없을 거야. (98-99면)

다방에서 주인공이 카운슬러가 되어주는 장면으로, 다방 내 가장 진지한 대화 중 하나이다. 시인 민우를 짝사랑하던 광희는 "아주머니의 환상을 그리면서 저의 몸을 탐내"(99면)는 민우와 관계를 갖는다. "마음과 육신은 따로 있"는 민우와의 관계로 "잃어버린 처녀성"에 관하여 광희는 현희에게 상담을 요청하였다. 이때 현희는 "그것은 아무 것도 아니"라면서 정조란 애정을 조건으로 하는 것이어야 하며 "애정에 후회가 없"듯 "정조에도 후회"가 없으면 된다고 이야기한다. 현희의 이 말은 현희의 애정관을 보여준다. 그 외에 다방은 다양한 밀담, 공론의 장이 되고 있다.

> 업자들과 밀담을 필요로 하는 축들에게 다방은 그야말로 그들의 안방의 역할을 충분히 하는 것이다. 이 밖에 정치 브로커만 하더라도 마찬가지다. 국회가 가까우니 마돈나는 그들의 직각적인 상담에는 생광스런 장소라 할 수 있겠다. (9면)
> 사실 난 지금 참 곤란하단 말이야. K대나 S대는 시간강사이기는 하지만, 대외적 면목이 선단 말이야. 뭐니 해두 일류니까. B대로서는 어디

명함이나 한 장 써먹겠더라고? (59면)

요즘 세상엔. 시간표 짤 때가 되어보아, 오류대학이래도 돈 보따리가
오고 가지. (…) 좀 불리한 건 전학장파란 말이야. 그 조건이 나빠. 사실이
지 그때 학장파는 다 나갔잖아? 자네 혼자 남은 셈이지. (59면)

안 돼 그건. 일전에 내가 부탁한 일 들어주어야 돼요. 사실 저 여자는
말이야. 내 것인데 조건에 따라 양보할 수도 있어. (…) 이런 곳에 있는
여자는 레이디가 아니니까 손쉽고 또 뒤가 귀찮지 않거든. (229-230면)

다방이 "업자들과 밀담을 필요로 하는 축들", "정치 브로커" 등 다양한
사람들의 밀담과 상담, 면담 장소가 되고 있음을 보이는 부분이다. 당시
다방이 다양한 의견 교환의 장소, 거래 장소가 되고 있음을 알 수 있다.
최 강사와 일행의 대화를 통하여 1950년대 대학 강단 분위기가 감지된다.
"돈 보따리"니 "전학장파", "학장파" 등의 단어를 통해 강좌 배정에 금전이
나 인맥, 줄서기 등이 작용하였음을 알게 된다. 강사들 역시 학문적 성취나
교육에 대한 책임감보다는 "대외적 면목"을 위해 대학 강의를 하는 듯 보인
다. 이들의 부정적인 대화는 슈퍼바이저 현희에게 늘 들려온다. 그리고 그
러던 끝에 현희의 분노를 사게 된다. 현희는 인물들이 나누는 대화에 모욕
감과 분노로 "빈 청동 꽃병을 와락 잡아당"겨 살인을 하였던 것이다.[75] 문학
작품에서 인물의 행위는 배경과 긴밀한 연관 하에 분석될 필요가 있다.
문학에서 사건은 시간과 공간에 관여하는 모든 요소들의 총합으로써 발생
하는 것이기 때문이다.[76] 이 작품의 가장 극적 행위인 현희의 살인 역시

---

[75] 작품의 서술 시간은 사건의 전개를 따라가는 것으로 보이지만 작가가 "우리 마돈나에
있는 고물 중에서는 가장 연륜적인 관록을 제시하고 있는 것이며 또한 후일에 있어서
무서운 운명을 지니게 된다."(7면)라고 하는 것을 보면 사건 이후 서술로 보이기도 한다.
[76] 최진석, 「사건과 크로노토프」, 『인문과학』 24, 2012, 48면.

이러한 맥락으로 읽힌다. 사회의 축소판 다방에서 현희의 행위는 부조리에 대한 처단 욕구 표현이었다.

2) 서울의 거리 : 길위의 크로노토프

'길'이란 한 장소에서 다른 장소로 이동하는 공간이고, 길 위에서 만남은 예측하지 못한 만남을 의미하는 것이다. 살롱의 만남과는 달리 놀라움을 동반하게 된다. 작품에서 길 위에서의 만남은 강현희의 과거와 현재 양상으로 크게 나눠 볼 수 있다. 과거 동거인 찬수와 걷던 길에서의 만남이 있고 현재 시점에서 연인 이상현과의 데이트, 윤계영, 김민우, 양수정 등과의 만남 등이 이뤄진다. 전자는 죽음에 이르게 하는 만남, 후자는 로맨틱한 만남, 현실 자각을 주는 만남으로 구분된다.

첫째로, 죽음에 이르는 만남이다. 과거 길 위에서의 만남은 강현희가 남편을 잃는 결과를 초래했다.

> 교문 쪽을 피하여 부속병원이 있는 반대방향으로 걸어나갔다. 구릉진 길을 내려서 원남동으로 나갈 참인 것이다. 우리가 병원의 정문에 못 미쳤을 때 여맹女盟의 무슨 간부로 있는 K하고 공교롭게 부딪치고 말았다. (…) 정문을 나서는 동시에 나는 찬수가 걸어갔을 왼편 쪽으로 눈길을 보냈다. 골목길로 H의 옆모습이 막 사라졌다. (50면)

현희와 찬수는 학생 부부로서, 생계가 급해 사상 문제에는 끼어들지 않았는데, 어느 날 길에서 같은 학교 학생 H와 K를 만나게 된다. H는 "열렬한 커뮤니스트"로서 "나에게 호의를 보였고 사상적인 유혹도 꽤 심하게 했던"(47면) 인물로서 찬수와 몸싸움도 했지만 교류하고 지내던 사이이다. 현희의 "동기동창" K는 여맹 간부로서 활동 중인 인물이다. 1950년 9·28 수복 무렵 "안색에도 초조한 것이 완연히 나타나 있"던 이들이 수복된 서울을 떠나면서 반대파 제거 행동을 보인 것이다.[77]

둘째, 애정의 만남이 나타난다. 현희와 이상현과의 만남은 데이트로서, 서울 거리를 상세하게 묘사하는 부분이 되기도 한다.

> 어둠 속에 솟아 있는 건물과 가로수, 쭉 뻗어 있는 길과 전선 줄과 전차 선로, (…) 불빛과 그 불빛들의 여광餘光 속에 잠겨 있다. 그것들은 암색暗色과 원색原色을 짓눌러서 그려낸 신비로운 그림들처럼 한 폭 한 폭 전개되고 사라진다. (…) 나는 지금 환상에 싸여 밤을 밟고 (27–28면)
> 길게 뻗은 그림자 두 개를 밟으며 우리는 나란히 걸어간다. (…) 별빛이 무수히 흐르고 있었다. 교회당 뒤에 자리 잡고 있는 나직한 산허리가 박명(薄明) 속에 부드러운 선을 띠고 있었다. (90–91면)
> 괴로운 패배였다. 그렇다면 사랑과 포옹과 이렇게 서로 쳐다보고 앉았는 것은 윤리의식의 작용을 받지 않는단 말인가. (…) 거리에 나왔다. (…) 국도극장에서 관객들이 우우 몰려나온다. (134면)

걸어서 상현과 만나기로 한 다방에 가는 강현희의 눈에 서울 거리는 새삼 "신비로운 그림들처럼", "안개처럼", "환상에 싸여 밤을 밟고 가는" 등 다양한 비유로써 묘사된다. 이는 그 길을 걷는 인물의 심적 상황이 로맨틱하기 때문이다. 강현희와 이상현이 영화 '부활'을 보고 난 후 거리로 나와 걷고

---

77 최윤경의 앞의 글에서는 K가 찬수를 죽인 것으로 보지만, K와 지나친 뒤 먼저 앞으로 간 찬수가 쓰러진 뒤 골목길로 H가 보이는 것으로 보아 K와 H의 공모 혹은 H의 단독 범행일 가능성이 높다.

있는 부분에서는 "가슴속에는 영화에서 온 애상이 여음처럼 남아 있"는, "이러한 엷은 감동은 영화에서 오는 것이기보다 우리들의 애정"을 확인하고 있음을 이야기한다. 다음 부분은 교제를 하는 두 인물이 "사랑"과 "윤리의식" 사이 갈등을 하며 걷는 장면이다. 이상현과의 만남은 약속된 만남으로서 두 사람 사이 애정의 깊이가 커지고 갈등을 나타내는 매개체로 서울 거리가 묘사된다.

셋째, 그 외 여러 만남은 강현희에게 현실을 인식하게 하고 스트레스를 점층시키는 역할을 한다.

> 우리가 막 나일론 숍 앞에 이르렀을 때였다. 그곳에서 물건을 사가지고 나오는 여자가 한 사람 있었다. (29면)[78]
> 합선된 전선줄이 불을 뿜고, 전차는 지나간다. 레일 위를 갈고 지나간 수레바퀴 소리가 오래도록 뇌신경을 진동시키고 있었다. (32면)
> 아서원에서 계를 모은다는 날이다. 정각 한 시에 거리로 나왔다. 아서원 앞에까지 왔을 때 코발트빛 자동차가 한 대 미끄러져 왔다. (100면)
> 머릿속에는 도시 계획에 허물어지는 낡은 빌딩같이 착잡한 환상이 가득 차 있었다. 그 파괴 공사에 동원된 모터의 어지러운 소음처럼 전축이 털거덕거리고 있었다. (107면)

윤계영과의 만남은 현희의 어려운 상황을 극대화하는 것으로 작용한다. 윤계영은 강현희와 가까운 사이였다. "모조 다이아의 이어링을 흔들며 돌아

---

78 여기의 '나일론 숍'이란 당시 명동에 있던 '나일론 전문 가게'를 말하는 것으로 보인다. 한국 코오롱의 전신 한국 나일론 매장이 있었고 다양한 물건을 파는 화려한 장소였다. 한 기사(≪조선일보≫, 1958.11.02.)에 의하면 미망인 수공예협회에서 "명동 1가에 있는 나이론 숍 내에 자리를 얻어" 수공예품적 매장을 개설했다고 한다.

서는 계영"은 친구 현희를 향해 "모멸적인 웃음"을 던진다. 강현희 역시 "곡마단의 여두목이면 몰라도 그 몸짓과 말씨로써는 숙녀의 자리가 퍽 불안하겠어"(30면)라고 생각하며 그녀를 무시하고자 한다. 하지만 계영을 만난 뒤 그녀는 급격히 낭만에서 벗어나 현실을 깨닫는다. 애인 상현과 걷는 "미도파에 이르"는 거리도 "합선된 전선줄이 불을 뿜고"처럼 지극히 현실적으로 인식되기 시작한다. 이날 현희가 이상현에게 사별과 사생아 출산까지를 한꺼번에 털어놓게 된 것은 그 때문으로 볼 수 있다.

> 맞은편에서 중절모를 쓴 사나이가 눈을 맞으며 길을 횡단하여 우리가 서 있는 쪽으로 걸어온다. (…) 얼마만큼 떨어진 곳에서 우리들을 돌아보고 섰던 민우 씨는 몹시 당황한 듯 급히 가버린다. (43면)
>
> 목발 소리를 하나씩, 하나씩 남겨놓고 을지로 쪽으로 사라진다. 시청 앞의 광장을 지나면서 나는 그들의 귀로를 궁금하게 생각했다. (…) 염치를 차려야 할까? 억척스럽게 그의 애정을 받아야 할까? (87-88면)
>
> 어느새 종로삼가까지 와 있었다. (…) 자동차는 클랙슨을 빽빽거리고 있었고 헤드라이트가 가로 위에 무수히 교차하고 있었다. 전차는 연방 레일을 갈며 지나가고 전선줄에서 스파크할 불이 날카롭게 튀긴다. (…) 네온이 파충류의 배 등 모양으로 움직이고 있었다. (116면)
>
> 그럼 이자는 그곳에서부터 나를 미행했단 말인가. (…) 이자의 이렇듯 표변한 태도를 어떻게 해석할까? (…) "외로워서 그러시는군. 우리 얘기나 할까요?" (117면)
>
> 시청 앞의 광장을 지나 반도호텔 앞으로 간다. (…) 반도호텔의 지하실에 있는 바는 그 여자의 말대로 조용하게 비어 있었다. 응접실처럼 벽에 붙여놓은 긴 소파에 우리는 나란히 걸터앉았다. (217면)

다방 손님인 민우와의 만남은 이 소설에서 중요한 장면 중 하나이다. 정황상 "별로 할 일"도 없이 "저녁이면 와서 창가에 앉는"(22면) 시인 민우는 길 위에서의 이 만남 이후 돌변, 폭력적 인물이 된다. 약혼녀가 있는 그가 "아주머니의 환상"을 버리게 되는 결정적 장면이었던 것이다. 환상·낭만을 버린 그는 술을 마시고 밤늦게 찾아와 현희에게 분노를 표출하고, 마침내 광희의 육체를 농락한 뒤 떠나는 악행을 서슴지 않는다. 민우의 이런 행위는 다방 마담으로서 강현희가 평범한 사랑을 하는 일의 어려움을 암시하기도 한다. 길 위에서의 만남 중 강현희가 상이군인 커플을 만나는 장면은 그녀로 하여금 이상현과의 만남을 돌아보게 한다. 가난과 사별 등 상처를 가진 자신과 상이군인이 동일시되었던 것이다. 한국전쟁 이후 상이군인이 많았던 사회적 문제에 대한 작가적 관심도 보여준다. 다음 강현희는 윤계영, 순재 등 동창이었던 친구들을 만나기도 한다. 아서원 계 모임에 다녀온 뒤 상념에 빠진 현희가 바라보는 거리 풍경은 현희의 척박한 내면을 보여주는 역할을 한다. 길에서 최 강사를 만난 일은 소설의 사건 전개에 있어 중요한 구실을 한다. 두 번이나 그녀를 쫓아다니는 듯한 모습을 보이던 최 강사는 마침내 그녀에게 "엔조이"(118면)를 제안함으로써 강현희의 분노를 샀던 것이다. 길에서 현희는 이상현의 아내 양수정을 만나기도 한다. 양수정과의 만남은 강현희의 정신적 스트레스가 극에 달하는 효과를 만든다. 이런 만남들은 현희의 현실 자각, 스트레스 축적 등 이중의 구실을 했다.

1950년대 서울 거리 제시로써 작가는 당대 이데올로기적 긴박함, 다양한 가치들 갈등과 충돌 과정에서 일어나는 복잡성을 보이고 있다.

3) 언덕과 창밖 : 문턱의 크로노토프

바흐친이 말하는 문턱의 크로노토프란 두 세계 사이에서 갈등, 번민, 그리고 커다란 변화 가능성을 특징으로 하는 것이다. 이 작품에서 나타난 서울 삶의 문턱은 대표적으로 두 가지로 나타난다.

첫째, 친구들과 강현희 사이에 있는 문턱이다. 친구 순재와 계영은 성 같은 저택에 살고 현희는 그 바깥에 있다.

> 삼선교에서 합승을 버렸다. (…) 소위 부호들의 별장이라는 것이 그곳에 있다. (…) 상록수가 거무죽죽하게 뒤덮인 눈에 익은 지붕이 보인다. (…) 난데없이 클랙슨 소리도 없이 질풍처럼 바로 내 옆으로 시발이 지나간 때문이다. (68면)
>
> 잠긴 호수처럼 고요하고 달이 얼음조각처럼 전신줄에 댕그랗게 걸려 있었다. 경사진 길을 조심스럽게 내려온다. (…) 길은 험하고 추운 밤이다. (…) 그는 그의 남편과 내가 마주칠 기회를 막은 것이다. (71-72면)
>
> 전화로 계영이 설명해준 대로, 기상대에 못 미쳐서 붉은 벽돌의 양옥이 보였다. (…) 아마 사오백 평은 될 성싶었다. 나는 새삼스럽게 계영의 호사스런 생활에 놀랐다. (…) 세련된 호화로움에는 얼마 만 한 지성이 필요한가를 알지 못하는 모양이다. (222-223면)

현희는 '시발'의 횡포[79]에 시달리면서 순재의 집에 갔지만 친구로서 제대로 대접받지 못하고 쫓겨나다시피 나온다. 순재는 현희를 친구로 인정하지

---

79 '시발'이라는 자동차는 군용 지프의 외형을 한 차로서 당시 사기 어려울 만큼 인기가 있었고 영업용 '시발택시'도 인기였다. 그런데 여기에서 난폭운전으로 행인을 위협한 시발택시의 기사는 "빙그레 웃고 있"다. 교통 관련 법이 부재한, 혹은 미비한 당시 서울의 모습을 볼 수 있다.

않는 듯 보인다. 순재 몰락 후 현희의 빚을 이어받은 계영 역시 그러하다. 친구 현희에게 돈을 빌려준 순재와 계영은 고압적 자세를 보인다. 이들은 '친구/친구 아님'의 경계에 있다. 이들 사이 '/'은 우선 '돈', 자본주의이다. 자본주의란 돈이 있고 없음으로 사람의 가치를 평가하는 것이다.

> 문숙이가 교외에 땅을 샀는데 말이야, 한 달 동안에 천만 환 벌었대, 요즘엔 이자놀이보다 땅 사두는 게 빠르다더군. (104면)
> 신문에는 산에 나무를 하러 갔다가 허기를 못 이겨 아이를 등에 업은 채 쓰러져서 모자가 그대로 아사해버렸다는 기사가 실리고 (113면)
> 병신이 된 것쯤은 문제도 아닙니다. 두 다리가 멀쩡한 놈도 일자리가 없어서 자살을 한다는 판인데 병신인 제가 (112면)

조선인 전체가 가난한 것으로 보였던 일제강점기를 벗어나 광복이 되면서, 목도하게 된 극심한 빈부격차는 사회적으로 중요한 문제였다. 강점과 전쟁 와중에 약삭빠르게 재화를 모을 수 있었던 계층과 대다수의 그렇지 못한 사람들 사이의 격차가 실로 컸고 이는 심각한 사회적 문제를 야기했다.[80] 작품 앞부분에서 현희는 "구제품을 배급받아야 하는 가난한 사람들"과 "베푸는 사람"이라는 이분법적 이야기를 한다.[81] 전자는 후자에 대하여

---

[80] 당시 신문을 보면 "生活能力을 잃어버린 수많은 동포들은 지금도 굶주리고 헐벗고 있다. 二三日 前 서울과 대구에서는 두개의 비참한 변사사건이 발생하"였고 특히 대구에서 "굶어서 아무 힘도 없는 女子가 어린 것을 업고 山에 나무를 하러 갔다가 돌아오던 중 氣力脈盡해서 쓰러져 죽었는데 등에 업힌 어린것마저 따라죽은" 사건이 있다(「生活能力 없는 者의 悲劇」, ≪조선일보≫, 1959.03.17). 신문에서도 "極貧者 救護機關을 만들어서 生活能力이 없는 者를 救護줄 方法"을 고민하고 있다.

[81] 이와 관련하여 『표류도』의 이분법적 흐름에 집중한 연구도 있다(김영애, 「박경리의 『표류도』 연구」, 한국문학이론과 비평학회, 『한국문학이론과 비평』 34, 2007, 325-343면).

"고맙게 생각지 않"고 "반감과 미움에 가득"한 "뿌리 깊은 감정"(40면)을 갖는다는 것이다. 같은 학교를 다니며 어린 시절을 보낸 이들과 현희가 친구가 되기 어려운 것도 여기에 있다. 순재와 계영은 모두 벼락부자들이다. 순재가 전쟁 특화 산업으로 벼락부자가 된 경우라면 계영은 신분 세탁으로 출세한 경우이다. 현희의 부친 알선으로 "국민학교 훈장이던 계영의 아버지"는 범법행위로 감옥에 갔다가 "그 형무소살이는 해방과 더불어 혁명지사니 망명객이니 하는 엉뚱스런 이름을 붙"여 계영 부친으로 하여금 "민의원까지 지내"게 했다. 그 딸 계영은 "만주에서 사귄 만주군의 무슨 장교인지 하사관" 청년을 만나 "준장에까지 출세"를 함으로써 "한국적인 급조귀족"(31면)이 된 것이다. 이들은 내막을 다 알고 있는 현희가 불편할 것이고 현희 역시 계영에게 대하여 반감이 있다. "종삼에는 하룻밤의 파트롱", "거대한 양옥집에는 장기간의 파트롱"이라는 "말이 지닌 악의"(225면)로 계영을 대하는 것은 그 때문이다. 한편 순재와 계영의 현희에 대한 극도의 경계심은 현희가 미혼모이고 다방 마담이기 때문이다. 결혼하지 않은 현희는 가정의 침입자, "남편 뺏길 우려가 다분"(106면)한 사람일 뿐이다. 이것이 작품에 등장하는 하나의 '문턱', 넘을 수 없는 문턱인 것이다.

둘째, 상현과의 관계, 애정 문제에서 고려되는 문턱의 크로노토프이다. 현희는 기본적으로 상현을 향한 경제적 "열등감 때문에" "언제든지 헤어질 수 있다는 체념만"이 "단 하나의 방법"(92면)이라 생각한다.

우리들은 아무 데도 갈 곳이 없다. 우리는 이 점을 지켜야 하는가. 왜? 자동차가 가고 전차가 가고 저기 교회당의 첨탑이 보인다. (⋯) 우리들이 이 지점에서 움직이지 못하는 것은 역사의 의지다. (143면)
유리창이 닫혀진 마루의 일부까지 환히 내려다보였다. 햇볕이 포근하

게 내리쬐고 있었다. 내가 걸어온 뒷길의 냉한한 바람에 비하여 그곳은
마치 봄날처럼 따스한 햇살이 깔려 있는 것이다. (224면)

그녀는 "인간이 쌓아올린 역사"로 인해 "이 지점에서 움직이지 못"한다
고 말한다. 두 사람 관계를 향한 사회의 판단과 시선을 인식하는 것이다.
이상현을 사랑하면서도 그와의 미래를 꿈꾸기도 하면서도 문턱을 넘지 못
하는 모습이다. 문턱을 넘지 않는 것은 이상현도 마찬가지다.

> "아. 그런데 어떻게 이리 늦게……."
> 극히 소극적인 목소리였다. (73면)
> "들어가면 안 되죠? (…) 그럼 이대로 돌아갈까요?" (93면)
> 몇 번인가 당신이 앓고 있는 창 밑에 갔었지요. 그러나 담배만 태우다
> 가 돌아오곤 했소. (127면)
> 내려다보이는 시가지에 불빛들이 흐르고 있었다. 집에서 가까운 산등
> 성이다. 우리는 뚝섬에서 헤어진 이래 처음 만난 것이다. (142면)
> 우리는 통금 준비 사이렌이 불 때까지 언제나 가던 산등성이에서 불빛
> 이 흐르고 있던 시가지를 내려다보고 앉아 있었다. (210면)
> "성북동으로 옮겼군요." (…)
> 그리고 자동차에 오르더니 오던 길로 돌아가는 것이었다. (269면)

상현은 밤늦게 회사로 걸려온 현희의 전화에 본능적으로 몸을 사린다.
현희는 순재로 인한 상처를 치유 받고자 상현과 이야기하고자 전화를 걸었
고, 지극히 사무적인 상현의 반응을 확인하게 된다. 상현의 행동은 낯선
여성 전화를 바라보는 주변의 시선을 의식한 사회적 방어기제였다. 인용
부분에서 보듯 이들은 집 근처 "언제나 가던 산등성이"에 자주 오른다. 하지

만 번번이 상현은 현희의 집에 들어가지 않는다. 처음 집을 알게 되는 날이나 현희가 앓고 있을 때에도, 위기를 겪고 다시 만나게 된 날에도, 심지어 감옥에서 나오는 날 훈아의 죽음을 현희가 직면할 순간마저도 상현은 극히 소극적 태도로 현희 집 문턱 앞에 서 있기만 한다. 이런 행위는 상현 역시 큰 변화에 대한 두려움을 가진 때문으로 보인다. 현희의 거절, 체념과 상현의 용기 없음으로 인해 이들은 사랑의 완성이라는 문턱을 넘지 못하고 헤어지고 만다.

작품 속에서 작가가 설정한 '문턱'이란 급변하는 당대 사회적 변화의 움직임, 그러나 넘어서기 어려운 지점을 상징하는 것이었다.

4) 방·감옥·병원 : 밀실의 크로노토프

방이란 개인과 외부 세계의 경계를 짓는 공간이다. 외부로 열린 창과 문을 가졌다는 점에서 방은 개인적인 휴식의 공간이자, 다시 나가기 위한 준비 작업장이 되기도 한다. 『표류도』에서 개인적 공간으로서의 방, 밀실은 거의 없다. 여럿이 같이 생활하는 집안의 방과 형무소, 병원 정도가 '방'이라 할 수 있는 공간이다.

첫째, 개인만의 공간이 아니다. 현희에게는 '자기만의 방'이 없었다.[82] 다방 일을 마치고 집에 돌아온 현희는 어머니와 딸 훈아, 그리고 일을 돌봐주는 아이와 한 공간에서 생활한다. 개인적 공간이라 하기 어려운 이곳에서 현희는 어머니의 감시와 통제를 받는다. 같이 있는 방에서 그녀는 어머니와 애증관계만을 보인다.

---

82 버지니아 울프는 여성의 물질적·정신적 자립을 강조하면서 여성이 독립적 생활을 위해 돈과 '자기만의 방'이 필요하다고 했다.

보기 싫게 입을 떡 벌리고 코를 고는 어머니의 얼굴을 외면하면서 (…) 나는 그러한 어머니를 보는 것이 싫었다. 가엾다고 생각하면서 그의 못난 생애를 미워하고 싫어하는 것이다. (45-46면)

담배 연기가 자욱히 고인 방 안으로 어머니가 풀쑥 들어왔다. 눈살을 잔뜩 찌푸리며 못마땅하게 나를 바라본다. (…) 어머니는 담배를 피우는 내 모습을 사생아를 낳았던 그 행위처럼 배덕적인 것으로 알고 있다. "어제저녁에 사장댁에서 가져왔어. 정말 애 터지는 세상이구나. 그놈의 빚은 언제 갚고 사누." (52면)

남갈이는 못 살아도 빚이나 없이 살아야지. (119면)

이러다간 식구가 모두 쪽박 차기 알맞겠다. 빚만 소롯이 남고…… 어떻게 살아. (196면)

그때 나는 당신의 정절情節보다 나의 배덕背德이 훨씬 위대하다고 말대꾸를 하려다가 그 말을 삼켜버리고 어머니의 얼굴만 쏘아보았다. (163면)

모녀는 방에서 다정한 말을 나누지 않는다. 현희가 아이를 낳은 후 같이 살게 된 것으로 보이는 모녀간은 살갑지 못하다. 주인공은 "못난 생애"의 어머니를 미워하고 어머니 자는 모습까지 "외면"한다. 방에서 일어나는 일은 어머니의 잔소리와 현희의 담배 피우는 행위, 어머니와 현희의 마찰이 대부분이다. 어머니는 딸을 남 같이 대하며 빚에 대하여 채근하는 모습이다. 병약했던 어머니 역시 그 빚에 대한 책임이 있음에도 강현희를 대하는 어머니의 태도는 지극히 몰인정하기만 하다.[83] 방에서 유독 강조되는 강현

---

83 그럼에도 딸 현희는 어머니를 잘 모시려는 생각을 하고 있다. 상상의 집을 만들 때도 어머니를 웃게 하려고 "어머니의 방에는 쌀가마랑 일 년 동안 먹을 수 있는 식량이 쌓여 있는 곳간을 바라볼 수 있게 창을 만들"겠다고 생각한다. 아울러 "나는 밤에 혼자 침대에 누워서 아름다운 음악을 들으며 울리라."(115)라고 하여 자기만의 방에 대한 소망

희의 흡연 행위는 "빗소리나 머리맡의 시계소리가 무서워서 담배를 시작했"(52면)다고는 하지만, 어머니와의 단절, 혼자만의 공간에 대한 희구이자 외로움의 표현으로 보인다. 어머니는 현희를 부정한다. 현희의 "사생아를 낳았던" 행위를 부정하고 흡연 역시 "배덕"으로 보는 것이다. 현희 역시 그런 어머니를 부정한다. 어머니가 지킨 정절보다 사생아를 낳고 담배를 피우는 자신의 행위가 "위대"하다고까지 추어올린다. 결국 방은 휴식이나 재충전 장소라기보다 '어머니/나', '배덕/정절'의 마찰 공간일 뿐이다.

둘째, 작품에서 밀실은 불평등과 억압, 반성과 성찰의 공간이다. 구치소와 형무소는 현희의 또 다른 '방'이다. 형사 피의자인 강현희가 판결이 내려질 때까지 수용되었던 구치소는 사회와 형무소 사이의 공간이다. 현희가 판결을 유리하게 끌 여지도 있었던 곳이지만 이 공간에서 현희는 정신적 병과 우발적임을 변론 못한 채 1년 6개월 언도를 받는다. 형무소는 다양한 범죄자들이 모여 완전히 다른 삶들과의 마주침이 이뤄지는 공간이다.[84] 감옥은 푸코의 말대로 '감시와 처벌', 억압의 공간일 수밖에 없다. 주인공이 만나는 다양한 범죄인 중 전쟁 관련 범죄자들 묘사를 통해 극단적 불평등과 억압을 보여준다. 자신의 남편을 빨갱이로 몰아 죽인 영감과 살던 여자, 간첩이라는 죄로 죽은 남편으로 인해 수감된 여인들을 통해 작가는 전쟁과 이데올로기의 문제점을 지적한다. 이들의 아이들에게 내려지는 억압-"영양실조의 창백한 얼굴에 눈만이 이상하게 크고 해맑"지만 "소금에 절인 푸성귀처럼 나른하게 앉아서 이따금 졸기도"(262면)하는 모습을 보이는-을 통해 인간성 말살의 장을 고발하기도 한다. 범죄자가 된 강현희는 극심한 모욕을

을 보인다.

84 "낳은 아이의 모가지를 비틀었다는 계집애", "아편쟁이라는 단발 여인", "귀부인이라는 여자"(235면) 등 다양한 사람들이 모여 있었다.

당한다. 검사는 현희의 '정당한 분노' 가능성을 추호도 인정하지 않는다.

> 야합을 해서 사생아까지 낳고 많은 손님들을 접대해야 하는 다방 마담
> 의 직업을 가진 여성이라면 남자의 그만한 희롱쯤 받아넘겨 버리는 것이
> 당연하지 않소. 무슨 결백을 주장해야 하는 처녀도 아니요 가정부인도
> 아닌 처지에서 (255면)

혼전 임신을 '야합'이라는 단어로써 단죄하면서 검사는 직업에 대한 모욕
도 서슴지 않는다. 다방 마담이란 "처녀도 아니요 가정부인도 아닌 처지"니
희롱을 감수해야 한다는 발언인 것이다. 그럼에도 감옥이라는 밀실은 주인
공으로 하여금 반성과 성찰을 유도했다. 현희에게 반성과 성찰을 하게끔
한 요인은 광희와의 만남, 감옥이라는 공간이다. 광희에게 현희는 낙태를
종용했다. 자신과 같은 미혼모의 삶에 대한 걱정도 있었을 것이고 "내 자신
이 광희의 경우와 같은 것이 되지 않으리라는 보장은 없"(172면)어서였다.[85]
자신의 결정을 확신한 탓에 광희에 대한 현희의 행동은 고압적, 사무적,
기계적이었다. 감옥에서 현희가 광희를 만나게 되는 것은 하나의 아이러니
로서 현희가 자신을 성찰하게 만드는 구실을 하였다.

> 유치장의 천장을 가만히 쳐다본다. 피비린내를 뿜는 무수한 범죄자가
> 이 방을 거쳐 붉은 벽돌담 너머로 갔을 생각을 해본다. (232면)
> 높은 곳에 하나 있는 작은 창문의 창살 너머에서 얼어붙은 듯한 달빛

---

85 작품에서 광희는 현희의 또 다른 자아라고 볼 수 있다. 현희가 광희의 행실과 삶에 그토
    록 관여하려 했던 것은 광희에게서 자신의 모습을 발견하였기 때문이다. 광희가 낙태
    이후 광기에 이르고 죽음에 이르는 것처럼 현희 역시 아이를 잃은 후 광기에 이르게
    된다.

이 재어드는 밤이었다. (…) 냉기가 골수에까지 저려오는 마룻바닥에
(246면)

창은 방과 다른 세계 사이를 연결하는 것이지만, 유치장과 형무소의 '높은 곳'에 있는 창은 '연결'이 아니라 바깥 세계와의 단절을 표상한다. 철저한 닫힘의 상황에서 비로소 주인공은 자신의 내면을 직시한다. 감옥만이 감옥이 아니라 외부 사회 역시 "창살이 없고 수의가 없는 감옥"(240면)임을 깨닫게 되는 것이다.

'불효한 자식이구나.'
그 말을 되씹었다. 일찍이 없었던 회한이 가슴에 몰려들었다. (234면)
나는 혼자 일어나 앉아서 손을 깍지 짓고 고개를 수그려 기도하였다. 어릴 때 성당에 나를 데리고 가던 고모처럼 기도를 하였다. (…) 쭈그리고 앉은 무릎 위로 눈물이 떨어진다. (…) 나를 사랑해주던 찬수는 피 묻은 환상을 남겨두고 가버렸다. 그리고 저 창 너머 아득한 곳에 내 사랑하는 상현 씨는 서 있는 것이다. (…) 꿈나라의 왕자. 나는 사생아를 낳은 파렴치한 여자. 살인범이라는 낙인이 찍힌 저주스런 죄수. 저 창은 너무나 높은 곳에 있고 햇빛은 나를 위하여 있지 않았다. (246면)

강현희가 '효/불효'에 관한 "일찍이 없었던 회한"을 하게 된 것은 그 때문이다. 앞에서 주인공은 "내가 만일 죽어버린다면 어머니는 양로원의 흰 벽을 쳐다보고 저렇게 신경질을 부릴 것"(197면)을 상상하며 괴로워하기도 했을 정도로 어머니를 걱정한다. 기도도 해 본다. 하지만 그녀의 기도는 '환상 속 왕자=죽은 찬수=이상현'의 등식을 만들고 그들과 "사생아를 낳은 파렴치한 여자", "살인범"이라는 자신 사이 "너무나 높은 곳"에 있는 창으로

인한 단절만을 인식하게 한다. 감옥은 "규칙적인 시간표에 의하여 기계처럼" 움직이며 인간성을 잃게 하는 공간이었고 "망각의 과정"(261면)을 걸을 수밖에 없는 공간으로 그려진다.

셋째, 병원을 통해 '치유'의 공간이 그려진다. 강현희는 출감 후 열심히 살고자 했으나 훈아의 죽음에 다시 방황하게 된다. 사랑하는 이상현과의 새로운 삶의 가능성을 근본적으로 배제하고 자신을 학대하고 일에만 매진하는 모습을 보이다가 쓰러지고 만다.

> 병원에서 일주일을 보냈다. 나는 침대에 누워 내가 살아 있는가를 의심해보는 일이 많다. 꿈의 연속과 같은 죽음의 세계인지도 모른다는 생각이 드는 것이다. 그러면 나는 손을 들어 햇빛 있는 쪽으로 비쳐본다. (…) 그러고 있노라면 내가 아직 살아 있다는 생각이 들기 시작한다. 그 사실은 나를 안심시켜 주는 것이 된다. 앓는 동안 나에게 희미하게나마 정신적인 어느 변화가 온 모양이다. 그 사실은 또한 나를 당황케 했다. (281면)

병원 공간은 삶/죽음을 반추하게 한다. 강현희는 몸이 회복되자 제일 먼저 거울로 자신을 비춰본다. 그리고 어릴 적 사촌 오빠와의 에피소드를 떠올리며 삶의 의욕을 떠올린다. 그리고 '결혼'이라는 것을 돌아본다. "가장 가까운 거리에서 떠내려가고 있"(283)는 환규에게 프러포즈를 하는 것은 그 때문이다. 작품의 말미에 설정된 병원이라는 공간은 현희를 둘러싼 여러 문제를 한꺼번에 봉합하기 위한 작위적 장치로 보이기도 한다. 여러 작품에서 작가 박경리가 보인 병원 공간에 대한 당대적 의미에 주목할 필요도 있으리라 보인다.

박경리가 파악한 1950년대 서울의 크로노토프를 다음과 같이 정리해 볼 수 있다. 첫째, 살롱/다방의 크로노토프를 통하여 당시 사회 축소판을 보게 한다. 각계각층의 사람들이 모인 다방에서 당시 사회의 욕망 구조 또한 알 수 있는 것이다. 약속되거나 일정한 사람들의 만남이 이뤄지고 그 안에서 일이 성사되기도 한다. 둘째, 『표류도』에서 길 위에서의 만남은 크게 세 가지로 나뉜다. 사람을 죽이는 만남, 로맨틱한 애정을 전제로 한 만남, 현실을 깨닫게 하는 여러 만남 등이 그것이다. 주인공은 사상적 반대파를 만남으로써 남편을 잃고 미혼모가 되게 된다. 그런가 하면 이상현과의 만남을 통해 강현희는 잊었던 애정의 문제에 다시 다가가게 된다. 친구들이나 이상현 아내와의 만남, 시인 민우, 상이군인 등과의 만남을 통해 강현희는 자신에게 주어진 아픈 현실을 다시 깨닫게 되기도 한다. 이때 인물들이 걷는 길은 주로 광화문과 명동 길이다. 셋째, 문턱의 크로노토프도 나타난다. 문턱이란 다른 곳으로 가기 위한 중간 지점이다. 주인공은 "낯선 두려움"을 주는 두 가지 문턱을 만나게 된다. 친구들과의 사이에 놓친 경제적인 문턱과 이상현과의 사이에 놓인 애정 차원의 문턱이 그것이다. 넷째, 밀실 크로노토프를 볼 수 있다. 여기에서 밀실이란 '자기만의 방' 차원 공간을 말한다. 『표류도』에서 '자기만의 방'은 없다. 방에서는 어머니로부터 빚에 대한 채근을 받고 그에 대한 방어기제로 담배 피우는 행위만 이뤄진다. 자기만의 방이 없어 휴식이 부족했던 강현희는 구치소와 형무소라는 억압의 공간에서 사유와 반성을, 병원이라는 힐링 장소에서 육체적 정신적 재정비를 하고 재생의 의지를 다져보는 것이다.

4. 한무숙의 서울 - 변화에 대한 아쉬움, 애착의 공간

'서울'과 관련하여 한무숙은 독특한 위치를 점하는 작가이다. 많은 여성 작가들이 지방 출신으로 글을 쓰기 위해 서울에 머물면서 객지로서 서울을 묘사하는 경우가 많았고 그들은 서울살이의 어려움, 낯섦과 공포 등을 많이 표현했다. 한무숙은 서울 출신 여성 작가 대표성을 띠며 서울 묘사에 비교적 익숙한 특성을 보인다.[86] 서울이 재편, 재건되고 있던 1950년대를 비롯하여 그녀의 작품에는 변화하는 서울의 모습이 잘 담겨 있다. 이것은 그녀가 서울 출신이라는 것, 서울 떠난 생활이 많았으나 본가가 서울에 있었다는 것과 관련이 있어 보인다. 그럼에도 한무숙 작품에 나타난 공간 연구, 특히 서울 장소성에 주목한 연구는 비교적 드물다. 한무숙 소설 대표작을 중심으로 공간성과 여성성을 살펴본 이미림이 전통가옥, 정신병원, 기생집이라는 소설 속 공간과 전통 여성, 광녀, 창녀라는 여성성과 연결을 시키면서 소설 장소의 특징이 인물 형상화, 플롯 구성, 서사전략과 긴밀한 관련성을 보인다는 정도이다.[87] 『빛의 계단』은 대부분 작가론의 일부로만 다루어지다가 최근 연구를 통해 그 의미가 확대되기는 하지만 주제 연구 쪽으로 치우치는

---

86 한무숙이 1957년 서울시 도시 미화 자문 위원이었던 것도 그녀가 서울을 많이 다루었다는 사실과 무관하지 않을 것이다. 옥란과 복남의 이야기인 「램프」(1946)는 돈암동을 비롯한 서울을 배경으로 하고 좋아했던 이를 돌봐주는 조건으로 딸 규희를 서울로부터 피난 가게 하는 이야기 「아버지」(1951)는 청계천과 다옥동 등 서울을 배경으로 한다. 「군복」(1953)도 서울을 그리워하는 은희의 이야기이다. 한무숙의 1950년대 단편들은 남편이나 시가로부터 버림받고 홀로 키운 아들을 징용으로 잃고 미쳐버리는 성인어미 이야기인 「환희」(1953)처럼 주로 하층 계급의 이야기이다.

87 이미림, 「한무숙 소설의 공간성과 여성성-「감정이 있는 심연」, 「유수암」, 「석류나무집 이야기」를 중심으로」, 『학술논총』 36, 원주대학, 2004, 60-62면. 한무숙이 보이는 장소에 대한 구체적이고 사실적인 묘사는 작가가 미술학도였다는 사실과도 관련된다고 볼 수 있다.

경향이 있다. 주로 전후사회의 특수성 속에서 비정한 사업가가 윤경전이라는 인물을 만나 사랑을 통해 인간성을 회복하게 되는 과정에 주목하는 경향이다. 김은석은 이 작품이 사랑과 도덕의 문제를 그리되 사랑 이야기 이면에 도덕의 문제를 배치했다는 점에서 주목하고 여주인공이 이상적 여인상으로 설정되고 도덕의 문제와 대치될 때 남성 주인공은 죽을 수밖에 없었다는 것, 서병규로 대표되는 상류층의 가족 이야기 역시 도덕과 무관할 수 없음에 주목했다.[88] 김윤경은 한무숙이 탐욕과 타락이 만연한 세상이 감히 물들일 수 없는 신성한 공간으로서의 '가정'을 상상하면서 사랑의 당사자들이 죽거나 혼자 남겨지는 상태임에 주목하면서 전후 현실상 이상적 스위트홈은 허상임을 보여주는 것이라 하였다.[89] 한무숙 소설 『빛의 계단』에서 장소성은 개인의 삶의 영역 표시 수준을 벗어나 당시 사회적 삶의 영역으로서의 검토될 필요가 있다. 역사적으로 서울의 통치자 격변 기간이었던 광복 전후 혼란기를 겪은 1950년대 작가들이 보이는 서울 장소성의 중요성 때문이기도 하다.

『빛의 계단』은 10개의 장으로 되어 있다. 앞으로의 논의를 위해 각각의 장에 등장하는 주요 장소를 정리하면 [표]와 같다.

---

88 김은석, 「'가족 개인'의 사랑과 도덕」, 한국근대문학회, 『한국근대문학연구』 18(2), 2014, 111-138면.
89 김윤경, 「1950년대 근대가족 담론의 소설적 재현양상—빛의 계단을 중심으로」, 한국비평문학회, 『비평문학』 (62), 2016, 31-57면.

장 제목	주요 장소	비고
무관심이라는 오만	남대문 시장, 가회동, 신당동	종로구 중구
산다는 것	서병규 집, 소사	신당동(중구), 부천
해후	창경궁, 회현동, 원남동, 덕수궁	종로구 중구 동선
「샤리아르」	술집과 호텔, 장충단	회현동(중구)
단애	소공동, 조선호텔, 미도파, 시공관, 서울 거리와 다방	중구
구차한 대화	다방, 호텔 샤리아르, 신당동, 서정식 병원 (소공동)	중구
유물처럼	박물관, 서울 중심가	중구
빛의 의미	경주, 감은사지	경주
명암	병원, 시공관-중부경찰서-퇴계로 등 이동경로	중구
귀의	청량리 뇌병원, 임형인의 집, 서병규의 집	동대문구, 중구

1) 특정 지역에 대한 장소애착

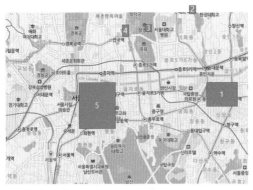

[그림 5] 『빛의 계단』의 주요 장소 1 신당동, 2 돈암동, 3 창경궁, 4 가회동, 5 중구 일대

『빛의 계단』에서 '서울'은 특정 지역으로 국한된다. 당시 서울 범위 확대가 『빛의 계단』에서는 별로 반영되지 않는다. 작품 속 주로 사용된 장소를 표시하면 [그림 5]와 같다. 『빛의 계단』에서 대부분의 장소는 종로구와 중구를 벗어나지 않는 것이다. 우선 서병규가 사는 곳은 ①의 신당동이다. 임형인도 신당동에 산다. 여주인공인 윤경전은 ②의 돈암동에 산다고 하지만 장소로

서 등장하지는 않는다. 나중에 난희가 입원하고 경전이 드나들어야 하는 곳인 청량리 정신병원도 그 부근이다. ③은 윤경전과 임형인이 재회하는 장소인 창경궁이다. ④의 가회동은 윤경전이 파산하기 전에 살다가 임형인이 경매로 낙찰 받은 집이 있는 곳이다. 이곳은 거론되기만 하고 작품상 특정 장소감을 보이지는 않는다.[90] 한편 이 작품에서 가장 많이 등장하는 곳은 윤경전이 살았던 추억의 장소 가회동도 아니고 주인공인 임형인이나 서병규의 집이 있는 신당동도 아니다. 서병규의 작은아들 서정해가 일하는 박물관이 있는 덕수궁 근처, 소공동과 조선호텔 근처, 서정식의 병원이 있는 중구 명동, 형인과 경전이 데이트를 하기도 하는 남산 등의 장소 ⑤이다. 동대문구 ②의 경우를 제외하면, 『빛의 계단』의 무대는 모두가 종로구, 중구를 벗어나지 않는다.

　① 「유물고가 어덴데요?」
　「경복궁 안이지.」 (『빛의 계단』[91] 480면)
　② 어쩌다 점심을 밖에서 할 때는 그들은 대개 길 건너 중국인가에 있는 수교자 집으로 갔다. 그러나 정해는 그 앞을 지나 소공동으로 빠졌다. 그리고 앞장을 서서 한참을 가더니 어느 빌딩 안으로 들어갔다. 엘리베이터에서 내린 후에야 경전은 그 옥상이 식당으로 되어 있는 것을 알았다. (480-481면)
　③ 서병규씨는 조선호텔 쪽으로 걸어가 바른편으로 발길을 꺾었다.

<hr />

90　작품에서 "친일파 거두가 지었다는 가회동 집"(402면)으로 묘사된다. 강점기 유명한 부자(이완용의 조카)였던 한상용이 지은 집, 현 백인제가옥(https://zrr.kr/IvTc) 정도를 모델로 한 것으로 보인다.
91　한무숙, 『빛의 계단』, 임옥인·손소희·한무숙·강신재, 『한국대표문학전집』 8, 三中堂, 1971. 이하 『빛의 계단』 인용은 모두 이 책.

그리고 똑바로 미도파 앞까지 가서 거기서 신호가 바뀔 때를 기다렸다. (442면)

④ 좀전과는 달리 여태껏 화려한 것, 휘황한 것들에 가려져 있었던 것들이 안막에 비쳐드는 것이다. (…)

시공관 모퉁이를 돌았을 때다. 모퉁이를 살짝 비킨 곳에 있는 어느 건물에서 난한 차림새의 여인이 뛰어 나왔다. (443면)

⑤ 그는 오랜만에 거리를 걷고 싶어졌다. 차를 기다리지 않고 걸어서 시청 앞까지 갔다. 차로만 지나 눈여겨 본 일이 없는 탓도 있겠지만 지리가 많이 변해 있었다.

전에는 화원이 있었던 곳이 왼통 광장으로 끼어 들어가 있고, 공사는 아직도 끝나지 않고 있는 모양이었다. 가운데만 훤하지 인도 쪽은 인부들과 행인들로 복작거렸다. 모처럼 거리를 걸어 보려는데 시달리는 것 같아, 임형인은 저도 모르게 미간이 접혀졌다. 그런 대로 소공동 쪽으로 방향을 꺾으려는데, (456면)

⑥ 그날도 경전은 어슬해진 늦가을 거리를 병원 쪽으로 걸어가며 시어머니의 말을 되씹고 있었다. (…) 정신을 둘러보니 건널목에 와 있었다. 조선호텔 앞이었다. (473-474면)

①에서는 '유물고'의 위치에 관한 논의가 보인다. 1953년에 경복궁 내 청사로 복귀한 박물관 소장품들이 1954년 남산의 분관에 있다가 다시 덕수궁으로 옮겨졌는데, 당시 유물고가 아직 경복궁 안에 있었음을 알게 하는 부분이다. 이러한 것은 작가가 박물관 관련 정보를 가지고 있음을 보여준다. ②는 이 작품에 많이 나오는 덕수궁과 소공동, 시청쯤의 거리이다. 당시 덕수궁 건너편 중국인가가 있다는 것, 특히 수교자, 중국식 물만두 가게가 있었음을 보여준다.[92] ③④는 이동공간으로서의 길거리 묘사가 보이는 부

분이다. 서병규의 시선으로 조선호텔, 미도파, 시공관 등의 건물이 제시된다.[93] 임형인은 주로 승용차를 타고 다니는 인물이다. 그런 그가 걸으면서 보통 때 눈여겨보지 않던 거리를 보면서, 시청 앞을 지나 소공동 쪽으로 방향을 꺾는 장면이 ⑤에 나타난다. ⑥은 덕수궁의 박물관에서 퇴근하며 소공동 서정식의 병원 쪽으로 걸어가던 경전이 조선호텔 앞에 서게 되는 장면이다. 덕수궁과 조선호텔, 소공동의 경로를 익숙한 듯 보여주는 것을 알 수 있다.

원남동 굴다리를 지나 돈화문 근처에 이르렀을 때 임형인은 차창 너머로 그 소복의 여인이 좀전의 완강한 청년과 서 있는 것을 보았다. (424면)
「회현동으로.」
차가 '샤리아르'에 닿자, 현관 너머로 밖을 보고 있던 호텔 종업원이 뛰어나와 문을 열었다. (469면)
버스에 올랐을 때는 머리가 텅 비어버린 것 같았다. 차체의 동요가 머리에 울렸다. 앉을 자리가 없어 키가 큰 그는 허리를 우그정해야만

---

92 이곳에는 1910년대부터 화교들이 모여 중국음식점, 한의원, 목욕탕, 잡화상, 서점 등 16여 가구 25여 개의 점포들로 차이나타운이 형성되어 있었다고 한다. 회현역 근처 남대문시장 근처부터 서울시청, 명동 주한중국대사관 일대까지 사실상 차이나타운이었던 것이다. 1912년 일제가 소공로를 개통, 중국인들 거주가 줄었고 1970년대 초 화교회관 계획이 있었으나 무위로 끝나 플라자호텔이 세워졌다. 지금은 한성화교소학교와 일부 수입서적 상과 중국요리 전문점, 중국상품 전문점이 남아있다. (차이나타운 나무위키)

93 '시공관'은 1936년에 일본인에 의해 명동에 세워진 명치좌의 후신이다. 광복 후 일본인 사장 소유의 국제극장이었고, 서울시가 접수한 뒤 시공관으로 사용하였다. 1959년 중앙 국립극장이 시공관을 공동 사용하면서 '국립극장'의 역할도 했다. 금융기관 영업장으로 바뀌었다가 지금은 명동예술극장으로 재개관되었다.(시공관 지식백과 https://cutt.ly/ 8w8D2hzA) '미도파'는 중구 남대문로(현재 롯데백화점 영플라자 명동점 자리)에 있었던 백화점이다. 1921년 일인에 의해 세워진 조지아백화점의 광복 후 명칭으로, 1954년부터 무역협회가 인수하여 임대백화점으로 영업되다가 2013년 롯데쇼핑과 합병되면서 없어 졌다. (https://cutt.ly/Lw8D2CuI)

했다. 합승을 할 것을 잘못 했다고 후회하는데, 정거장도 아닌 곳에서
차가 덜컥 선다. 교차점인 모양이다. (509면)

차는 서울운동장을 지나 장충단 쪽으로 달려갔다. (…)

차는 옛날 일인들이 엥구라고 부르던 신당동 저택지로 접어들어, 어느
집 앞에서 머물렀다. (516면)

차로 이동하는 사람들에 의하여 관찰되는 서울 거리의 묘사이다. 임형인
은 주로 승용차나 택시를 타고 다니며 거리를 바라본다. 창경원에서 모임을
가진 뒤 형인이 차로 지나가는 '굴다리'란 창덕궁과 종묘를 잇는 길을 말한
다.[94] 그가 도착한 '샤리아르'는 "남산 밑", 회현동에 있는 호텔이라고 한
다.[95] 서정해는 버스를 주로 이용한다. 윤경전과 같이 타거나 혼자 타면서

---

94 작품에서 몇 차례 등장하는 '굴다
리'란 종로구 와룡동 창경궁에서 종
묘로 건너가는 다리를 말하는 것으
로 보인다. 당대 여러 작품에서 이야
기되는 것처럼 '구름다리'로도 불렸
다(https://bit.ly/3wHCfjC 검색일
2021.05.01). 창덕궁과 종묘로 연결

되는 산 구릉을 자르고 건너다니는 다리로써 만들어진 이것(서울특별시사편찬위원회,
『서울지명사전』, 경인문화사, 2009)은 일제에 의한 장소성 훼손의 예로 볼 수 있다. 후에
창경궁과 연결되었으나 2010년부터 공사에 들어가("원래 종묘와 창경궁은 담장을 사이
에 두고 숲으로 연결돼 있었는데 일제가 담장을 허물고 율곡로를 만들어 끊어 버렸다.
이에 서울시는 율곡로 일부를 지하차도로 만들고 그 위에 녹지를 조성해 다시 연결하는
사업을 추진해왔다." 「일제가 단절한 종묘~창경궁 구간 복원」, 『건설경제』, 2013.04.04.)
2022년 반 정도 지하화한 율곡터널로 만들어졌다. (https://cutt.ly/6w8D9f1B) 검색일
2024.01.15.

95 "우린 샤리아르에 있어요. (…) 남산 밑에 있어요."(449면)라는 미스윤의 말을 참고할
때, '샤리아르'의 위치가 현 힐튼호텔이나 신라호텔 정도에 있음을 알 수 있다. 그러나
신라호텔은 회현동이 아니라 장충동에 1973년에야 세워졌으며 남산 중턱 회현동의 힐튼
호텔 역시 1983년에 개관(김혜영, 「호텔위탁경영방식의 분석과 경영계약 조건의 개선방
향에 관한 연구 : 힐튼호텔을 중심으로」, 세종대학교 대학원 석사학위 논문, 1994, 53면)

차창 밖을 내다본다. 당시 버스 차체가 많이 흔들리고 교차로 같은 데에선 "덜컥"거리며 선다는 묘사는 매우 생생한 표현이다. 다음은 윤경전의 시선으로 임형인의 집에 가는 길이 이야기된다. 서울운동장, 장충단공원을 신당동으로 가는 노선을 보여준다. 신당동 저택지를 그 이전에 "엥구"[96]라고 불렸음 역시 그곳에 오래 지낸 사람이라야 알 수 있는 표현으로 보인다.

『빛의 계단』속 장소가 돈암동, 가회동, 소공동이나 신당동에 국한된 것은 당시 작가들이 가졌던 일종의 장소애착으로 해석해 볼 수 있다. 한무숙역시 이곳에 장소애착을 보인다.

2) 붐비는 인파, 화려한 도시

『빛의 계단』에서 서울은 도시로서 복잡성과 화려함이 강조된다.

① 「수정」에 이르러 임형인은 어리둥절하고 말았다. 조용하고 운치있는 곳이라고 우긴 박전무의 말과는 딴판으로 거기는 숱한 사람들로 흥성거리고 있었기 때문이다. (…) 테이블은 난간 옆에만 있는 것이 아니고 널마루 둘레에 즐비하게 놓여 있고 (420면)
창경원 안이라는 특수지대가 그들에게 얼마만큼의 이완을 주는 모양으로 뻐젓이 손을 맞잡고 있는 축들도 있다. (423면)
② 중화전 추녀에 앉힌 십이지(十二支) 동물들이, 푸른 하늘을 지고 떨어질 듯이 위태해 보인다. 회랑의 창유리들이 아침해에 조명이나 받는

하였기에 샤리아르는 순전히 가공의 공간임을 알 수 있다. 호텔 이름을 『아라비안나이트』의 왕 이름으로 지은 것은 임형인의 무의식에 있는 여성에 대한 불신을 보여준다. 첫사랑에 의한 배신으로 인한 상처의 외면화 혹은 '세헤라자데'에 대한 기대를 볼 수 있다.

96 '엥구'는 일본어로, "요염한 정경을 읊은 川柳"의 뜻으로만 찾아진다. 당시 신당동의 주택가 중 특정한 곳을 그리 불렀음을 짐작할 뿐이다.

것처럼 번쩍였다. (…) 세 사람은 나란히 대한문을 나섰다. 맑은 날씨라선
지, 시간이 그래선지 거리는 여느때보다 더 들끓고 있는 것 같았다. (…)
국화 때라는 계절 까닭인지 한결 붐비는 궁문 앞에 다시 한 번 눈을 주고
비듬이 떠 있는 머리를 흔들었다. (479-480면)

　③ 잠자코 차창 밖으로 눈을 던졌다. 포도에는 사람이 물결을 이루고
있었다. (481면)

사람이 붐비는 곳으로 설정된 곳들이다. ①은 창경궁 내부 음식점의 모습
이다. 임형인이 거래처 사장을 만나러간 '수정'이라는 곳은 창경궁의 내부
에 있었는데, 사람들이 많이 있음이 묘사된다. 당시 '창경원'으로서 만남의
장소와 함께 동물원까지 겸하는 공간이었던 창경궁 안이 묘사된다.[97] 이곳
에서 젊은 남녀는 손을 잡고 데이트를 하는데 그것은 이곳이 일종의 "특수
지대"로서 "얼마만큼의 이완"감을 주는 곳이라고 이야기된다. 창경궁을 만
남의 장소로 사용한 것은 일제강점기 염상섭의 소설『백구』에서도 볼 수
있었지만 그 안에 연회장으로 쓰일 만한 음식점이 있음은『빛의 계단』에서
나타난다. ②는 덕수궁 근처, 정전인 중화전과 대한문 주변이다. 십이지로
되어 있는 중화전의 추녀나 회랑의 번쩍임 묘사를 통해 화려함이 보이고
정문인 대한문을 나서면 마침 국화 축제로 인해 사람들이 "들끓"는 거리가
묘사된다.[98] 여기 인용된 부분은 주로 궁궐과 연관되는 장소이다. "임금과

97　'창경궁'을 '창경원'으로 만든 것은 왕조의 정통성을 구경거리로 격하하기 위해 일제가
　　벌인 장소성 훼손의 한 예이다. 임진왜란을 빌어 200칸이 넘던 창경궁을 훼손한 일본은
　　강점기에 더욱 훼손하였다.

98　여기에서 '중화전'은 덕수궁의 정전인 '태극전'을 고친 이름이다. 2층으로 완공되었으나
　　화재로 소실, 현재 단층으로 남아 있다. 「국화가 만발. 어제부터 덕수궁서 공개」(≪조선일
　　보≫, 1955.10.26.) 「덕수궁 미술관 1일부터 무료공개」(≪경향신문≫, 1955.10.03.) 「21일
　　부터 국화전 덕수궁에서 개최」(≪조선일보≫, 1958.10.17.) 등의 기사를 통해 당시 국화

그의 가족 및 그들의 생활을 돌보는 사람들이 사는 곳" 궁궐은 서울 배경의 소설에서 자주 활용된다. 그런데, 『빛의 계단』에서는 궁궐이 그 특유의 장소 정신과는 무관하게 사람들이 드나들고 있는 장소로만 묘사됨을 볼 수 있다. 서울의 도시성, 복잡성은 사람이 이룬 물결로만 그치지 않는다.

④ 버스, 전차, 합승, 택시, 지이프, 세단차의 물결이 끊임없이 흐른다. (442면)

⑤ 높은 데서 내려다보는 서울은 제법 현대 도시의 면모를 갖추어 보인다. (469면)

⑥ 땅거미 진 거리를 버얼겋게 불을 켠 차들이 낙역으로 지나간다. 낮에보다도 더한 속도로 그것들은 꼬리를 무는 것 같았다. (474면)

⑦ 내려다보는 서울 거리는 빗 속에 번진 불빛 속으로 환상이 차 있었고, 잇달은 차들이 비에 젖은 아스팔트길을 오렌지빛 비말을 튀기며 쓸고 달렸다. (…) 로우터리를 도는 차들과 사람들이 장난감 같아 그것도 재미스러웠다. (…)「제법 대도시 같군.」 (481면)

각종 탈것들이 망라되어 있는 도시 서울의 모습을 볼 수 있다. 버스와 전차가 공존하고 아스팔트길과 로터리가 차들로 "낙역으로" 붐비는 것이 당시 서울의 장소성인 것이다. 1950년대 전차는 버스와 함께 주요 운행수단이었다.[99]

축제가 정기적으로 있었음을 알 수 있다. 덕수궁의 국화 전시가 신문에서 보이는 것은 1947년부터다(「사진은 공개한 덕수궁의 국화전시」, ≪경향신문≫, 1947.10.25). 심지어 전쟁 중인 1950년에도 수복 직후 바로 전시를 열었다(「덕수궁 菊花公開」, ≪조선일보≫, 1950.10.26.).

99 1890년대 말 대한제국 시기부터 운행된 전차는 일제강점기를 지나며 많은 변화를 겪었고 한국전쟁 이후 미국의 지원으로 복구되었으며 1960년대 재정 등 문제로 폐선되기까지

⑧ 정신을 돌려 보니 S호텔 네온이 눈 위에서 타고 있었다.

『들어가 보실까요?』

하고 정식이가 문을 열었다. (447면)

⑨ 식사를 마치고 K 그릴을 나왔을 때는 세 시 가까웠다. 평일이었으나 날씨가 맑은 까닭인지 거리에는 사람이 많았다. (501면)

⑩ 「<중앙>이 좋다던데요.」

운전사가 끼어들었다.

「뭔데?」

「옛날 영화라는데 인기가 대단한 모양이에요.」

「그럼 그리루 갑시다.」

말하고 정식은 경전 쪽으로 웃는 낯을 돌렸다. 둘이 다 좀 비밀스러운 심정이 섞인 즐거움을 느꼈다.

극장 앞에서 차를 내린 후 둘은 비로소 상연물이 「카사부랑카」라는 것을 알았다. 사변 전에 한번 본 일이 있었지만 정식은 내색 않고 표를 샀다. (476면)

화려한 도시의 면모가 드러나는 부분이다. 서병규와 정식 부자는 소공동에서 만나 걷다가 "호텔 그릴"로 가자고 하고 S호텔의 그릴에 가서 화려한 식사를 한다. 다음으로 서정식과 임형인, 윤경전이 같이 식사를 하는 곳은 "K그릴"이다. 이는 아마도 당시 유명 음식점이었던 '국제그릴'을 염두에 둔 설정으로 보인다. 미군정기에 유엔군은 군인 출입 가능 업소를 지정하게 되는데 '국제그릴'이 국제호텔, 대원호텔, 국일관 등과 더불어 여기에 포함되기도 한다.[100] ⑩에서 "비밀스러운 심정이 섞인 즐거움"을 갖게 하는 장소

서울의 주요 운행수단이었다(최인영, 「6·25전쟁 전후 서울지역 교통환경의 변화와 電車의 한계」, 『도시연구』 7(2), 2015, 193-219면).

로 극장이 선택되는데, 중앙극장이라는 실제 상호의 사용이 눈에 띈다.[101]
1950년대 말 서울을 사람이 많고 화려한 도시로 그려놓은 것은 한무숙이
보이는 당대 서울의 장소감의 표현이라 할 수 있다.

3) 급변과 '단애', 비정한 인간소외의 장

『빛의 계단』에서 서울의 이미지가 직접적으로 드러나는 경우가 보인다.
그것은 주로 '변화'와 관련된다.

　① 소공동이라면 은행촌인지라 서병규씨는 거기 지리에 밝다. 그러나
와 보고 놀란 것은 못 보던 집이 들어서 있는 점이었다. (441면)
　② 오가는 행인이 모두 젊은이들이다. 옆을 스치고 지나는 사람과의
거리는 불과 한 미터가 못되지만 그 사람과 서병규라는 진갑노인 사이에
는 몇 십년이라는 시간이 단애를 이루고 있는 것이다. (444면)[102]

100　「유엔 군인 출입 '그릴' 등 결정」, ≪동아일보≫, 1957.09.14. 김장수씨 장편소설 『백마고
　　지』 출판기념회가 충무로 약전그릴에서 열린다는 뉴스(≪경향신문≫, 1954.12.27.)를 참
　　고할 때 당시 '그릴'이라는 명칭을 사용하는 곳이 여러 군데 있었던 듯 보인다. 신문
　　뉴스에서 '호텔 그릴'이라는 말이 사용된 예는 강점기에서도 찾아진다(시인 윤곤강의
　　시집 『동물시집』의 출판 격려 축하회가 "소화통 본정리통 경성호텔 신관 그릴"에서 열렸
　　다. ≪동아일보≫, 1939.09.03.). 신문에서 '국제그릴'이 처음 나오는 뉴스는 「김창집씨
　　도미환송회 17일 국제그릴서 성황」(≪경향신문≫, 1956.3.20.)이다. 그 외에도 신임 서울
　　시장 취임 환영식, 정치인들 친목회 장소로 사용된 예를 찾을 수 있었다. 서병규 부자가
　　간 곳은 S호텔의 그릴로 이야기된다. 1950년대 소공동 근처 호텔이라면, 1902년 세워진
　　'손탁호텔', 1914년 세워진 '조선호텔', 1938년 세워진 '반도호텔' 중 하나일 것이고 'K그
　　릴'이 알파벳 사용상 '국제그릴' 정도로 추산되는 바, S호텔은 국제그릴이 있던 조선호텔
　　을 모델로 한 듯 보인다.
101　'중앙극장'은 명동에 위치하였던 영화관이다. 1934년부터 영업을 시작하였고, 1990년대
　　중반, 영화관이 멀티플렉스 형식으로 바뀌기 전까지 양질의 한국영화를 많이 상영하던
　　극장이다. 2007년부터 '중앙시네마'라는 이름으로 바뀌었고 2010년에 문을 닫았다.

③ 성당의 창유리가 상기 하늘빛을 어리고 번들거린다. 그런 것은 아무 데도 보이지 않았지만 서병규씨는 웬지 까마귀 소리를 들은 것 같았다.

그는 눈을 들어 성당 언덕 숲을 한 번 둘러 본 후 다방 층계를 내려갔다. 다방 안은 담배 연기와 사람 입김으로 자욱하다.

이런 것을 음악적 분위기라고 하는 것일지 모르나, 컴컴한 조명 하며 좀 불건강한 장소라고 서병규씨는 생각하며 얼핏 보아 비어 있을 것 같지 않은 자리를 물색했다. (444면)

④「의사당이 선답니다. 아주 산 모양이 변해 버렸 읍죠.」

운전수의 말에 임형인도 차창 밖으로 눈을 던졌다. 운전수의 말대로 대규모의 공/사가 행해지고 있는 모양으로, 불도우저랑 트럭이랑 부산하게 움직이고 사람들의 고함 소리도 들렸다. 어디가 어떻게 변했는지는 모르나 지형이 달라 있었다.

「동양서 젤 높은 건물이 선답죠.」 (468-469면)

⑤「박물관이 경복궁에 있을 땐 좋았었는데……」 (480면)

소공동 일대는 일제강점기 때 일제에 의한 남촌 개발정책에 의해 많은 은행시설이 들어서 '은행촌'이라는 별칭이 붙기까지 했던 곳이다.[103] 그러한 장소성이 광복과 전쟁 이후에도 지속되었던 것을 알 수 있다. 이곳에 새로

---

102 "골짜기의 주민-그렇다. 골짜기에 서 있는 것이다. 일찌기는 낡은 인습의 준령이 앞을 막고 있었다. 그리고 옛날 같으면 언젠가는 시간이 자기를 그 높이에까지 올려다 주었으련만 눈을 들어보니 인습보다도 더 높은 새시대의 준령이 가로막고 있는 것이다."(455면) 와 같은 부분은 시간의 공간화를 보일 정도로 격세지감을 표현하고 있다. 이로써 세대 단절감을 느끼는 당시 노년들의 심리 상태가 표현된다.

103 '-촌'이란 "'마을' 또는 '지역'의 뜻을 더하는 접미사"로서, 어떤 특징을 가진 지역을 뜻하는 단어를 파생시킨다. 1950년대 이전 '다방골'이던 중구 다동은 '다방촌'으로, 은행 등이 많던 소공동은 '은행촌'으로 불렸었다. 소공동에는 지금도 은행들이 많이 남아 있다.

운 장소성이 첨가되고 점차 젊은이들의 공간으로 변화하고 있어 서병규는 "놀란" 마음이 되고 "한 미터가 못 되"는 젊은이들과 자신의 공간적 거리는 "몇 십년" "시간이 단애를 이루고 있다"고 느낀다. 서병규의 눈에 새삼 인식되는 서울의 이미지는 노인들이 배척하는 곳, "단애"의 느낌으로 묘사된다. 변화된 명동의 장소감에 부정적인 그이기에 성당의 창유리는 "번들거리"는 것으로, "웬지 까마귀 소리"마저 들리고 다방은 "좀 불 건강한 장소"로 느껴진다. 서병규에 비해 임형인은 변화에 무감각하다. 택시 기사가 서울의 변화를 이야기하지만 임형인은 그에 별 반응을 보이지 않고 그저 바라볼 뿐이다. 기사의 말로써 당시 남산에 의사당이 생기려는 계획이 있었음을 알 수 있다.[104] ⑤의 서술은 박물관의 현황을 잘 알고 있는 작가이기에 가능하다. 서정해와 윤경전이 근무하고 있는 때에는 덕수궁에 있는 박물관이, 그 전에는 경복궁에 있었다는 것이다. 박물관이 조선총독부 자리인 경복궁에 있었던 것은 1953년 이전이었으니[105] 화자는 그 전부터 박물관에 근무하고 있었던 인물로 보인다.

---

104 정부 수립 후 제헌국회가 처음 생긴 곳은 중앙청(종로구 세종로)였고 이후 시민회관별관 (중구 태평로1가 60-1)을 사용하기도 했다. 전쟁기 경북의 문화극장에 두었었고 환도 후 다시 중앙청, 1950년대 말 시민회관별관에 두었다(https://cutt.ly/5w1KeKXz). 당시 제대로 된 국회의사당을 설립하려고 물색한 곳은 종로였는데, 반대로 무산되었고 차선책이 남산이었는데 역시 백지화, 1975년 여의도 지금 위치에 세워지게 되었다.

105 우리나라 최초의 박물관은 1908년 창경궁 내에 설치된 이왕가박물관이지만 최초 국립박물관의 모태는 일제강점기 조선총독부에 의한 총독부박물관이다. 일제는 1915년 12월 1일 시정 5주년기념 물산공진회 때 경복궁 내 미술관을 건립했고 이후 이를 총독부박물관으로 변경했다. 이것이 광복 이후 국립박물관으로 자리를 잡았는데 한국전쟁 때 부산으로 소개되었다가 올라와 1953년 경복궁 내 청사에 있다가 1954년 남산 민족박물관 자리로, 다시 1955년 11월에 덕수궁 석조전으로, 1972년 경복궁으로 이전되었던 것이 1997년 기공되어 2005년 개관한 용산국립박물관 자리로 옮겨질 때까지 있었다(https://cutt.ly/lw1Ke2J1).

⑥「껌 사세요.」 허리에도 채 닿지 않는 계집아이가 노란 포장의 껌을 내밀고 있다. (…) 그는 주머니에서 백환 한 장을 꺼내어 때가 꾀죄죄한 조그만 손에 그것을 쥐어 주었다. 아이는 돈을 받고도 성큼 껌을 내놓으려 들지 않고 윗눈질로 노인의 눈치를 살피다가 서병규씨가 「관 둬라.」 하고 손을 젓자, 껌과 돈을 겹쳐 쥐고 갑자기 오히려 불령(不逞)한 표정까지 지으며 저쪽으로 뛰어가 버렸다. (443면)

⑦ 누군가가 들고 있던 손가방을 던졌다. 그러자 조무래기는 그 가방에 거려 쓰러졌다. 사람들이 와아 모였다. 마구 때린다, 찬다, 수라장이다. (…) 뭇 발길에 채이며, 등을 새우같이 꼬부려 동그랗게 몸을 뭉치고 마구 딩굴던 조무래기의 모습이 자꾸만 눈에 아른거린다. (456면)

거리의 모습을 통하여 장소감이 표현되는 부분이다. 명동 거리를 걷던 서병규는 근대화 흐름 속에서 소외된 인물의 모습을 거리의 아이를 통하여 보게 된다. 서병규의 시선은 노인에게 껌을 권하는 거리의 소녀에 대하여 불쾌함에 그친다. 임형인 역시 그러한 아이들을 만난다. 소매치기 소년은 임형인의 시선으로는 "조무래기"이다. 영양부족으로 보이는 어린아이가 소매치기라 하여 군중에게 폭력을 당하는 일에 관하여 "알 수 없는 일이야"하며 쓰게 웃는 형인은 근대화된 서울에서 소외된 사람들의 문제를 어느 정도 인지하고 있음을 알게 한다.

다른 부분에서도 서울의 비정함, 인간 소외의 장소감이 나타난다.

⑧ 일단 궁문 안을 나서면 사나운 도회가 있었다. 발밑에 구르는 가로수의 낙엽처럼 가난한 꿈이 부스러진다. (473면)

⑨ 그는 이 현대식 설비를 갖춘 칠층의 호화스러운 호텔이 그만 높이의 방대한 쓰레기더미같이 느껴지는 것이었다. (435면)

⑧에서 화자는 궁문 밖의 서울 거리를 "사나운 도회"로 인식한다. 그리고 자신들의 꿈은 "가로수의 낙엽처럼 가난"하다고 본다. ⑨에서 임형인은 자신의 호텔을 "쓰레기더미"로 인식하는데 이를 통해 그가 서울에 대하여 갖는 장소감을 알게 된다. 임형인의 자본 형성은 경전의 경우를 통해 볼 수 있듯, 다른 사람의 불행과 연관이 있다. 그는 전후 혼란상을 틈 타 다른 이의 경제력을 무너뜨리고 자신만의 이익을 취하는 인물인 것이다.[106] "서울은 눈 감으면 코 베어 가는 곳"이라는 지방 사람들의 서울에 대한 두려움의 표현은 혼란기 이런 일이 횡행했던 사회상과 연관 있다. 그런 임형인이 자신이 쌓은 부를 '쓰레기'로 여기는, 자신 삶에 대한 부정은 자본주의 만능 서울에 대한 부정이기도 하다. 형인은 신당동에 관리인까지 둔 저택을 소유했고 샤리아르 호텔의 주인으로서 그곳을 제집처럼 사용하고 있다. 어느 곳에서도 형인은 심리적 안정감을 느끼지 못하고 악몽을 꾸거나 불면증으로 방황한다.

⑩ 빽빽이 들어선 숱한 집들-그 숱한 집들 중의 어느 하나만에서라도 애틋이 기다려주는 사람이 있을 수도 있는 일이 아니겠는가. (⋯)
「어디로요?」
집으로 가고 싶었다. 애꾸할멈이 기다리는 집으로? 싫다. 스스로움 없이 인간과 부빌 수 있는 데가 그리운 것이다.
날(刀)을 세우지 않아도 좋은 시간이, 제멋대로 자신을 풀어버릴 수 있는 공간이, 갖고 싶다. (⋯) 이 지옥도같이 너부러진 방이 바로 자기에게 허락된 공간이고 (470면)

---

106 당시 부산은 "혼란한 사회 속에서 불법과 부조리를 통해 부를 획득"하는 곳이기도 했다 (박은정, 「1960년대 소설에 나타난 전시(戰時) 후방 사회의 변동」, 『한국근대문학연구』 17(2), 2016, 231면). 부산에서 만나 경제력을 쌓은 임형인과 박전무의 자본 축적 역시 그러했던 것을 알게 된다.

형인은 "고향이란 지역적으로 고정된 것이 아니라" "그리움이 있는 곳, 마음이 가는 곳"(500면)이라고 말한 바 있는데, '집' 역시 단순한 공간이 아니라 특정 장소성을 가진 곳이어야 했다. 그것은 고용인인 "애꾸할멈"이 주인인 자신을 "기다리는" 곳이 아니라 "애틋이 기다려주는 사람", "인간과 부빌 수 있는 데", "자신을 풀어버릴 수 있는 공간", '감정'이 있는 곳에 대한 바람을 의미한다.

> ⑪ 경전은 오랜만에 '여인의 방'을 본 것 같았다.
> 여인이 씀으로써 화려하고, 더럽혀지고 미소롭고, 약간 죄스럽기조차 한 그런 방. 그것은 확실히 살고 있는 모습이었다. 숨쉬고 허뜨리고 펼쳐 놓고 (…) 그리고 지금은 절망과 슬픔과 고뇌가 넘을 듯 넘을 듯 고여 있는 가난한 자기 방.
> 그녀는 문득 자기가 생활하며 있는 사람이 아니었고, 그러한 방들에 놓여 있었던 정물이었던 것같이 느껴지는 것을 어찌할 수 없었다.
> 진정 지금 그녀는 잘못 놓인 정물처럼 때 냄새 같은 것조차 느껴지는 이 살아 숨 쉬는 방에 어울리지 않게 서 있는 것이다.(412면)

여기에서 경전 역시 장소를 단순한 공간으로만 보지 않는 것을 알 수 있다. 여주인공 경전은 작품 내에서 살던 집을 빼앗겼다.[107] 쫓겨나 지금 거주하고 있는 방은 "절망과 슬픔과 고뇌가 넘을 듯 넘을 듯 고여 있는" 쓸쓸한 장소이다. 경전이 이전의 자기가 살던 가회동 집에 대한 그리움은 서병규 며느리의 방(신당동)을 바라보는 시선을 통해 표현된다. 그 방이 "화

---

107 살던 터전을 빼앗기는 이야기는 최정희 「흉가」에서부터 중요한 문제였다. 「흉가」에서 주인공은 거리로 나앉게 된 상황에서 흉가임에도 불구하고 집을 계약하고 표면적으로는 더 좋은 환경에 만족하기도 하지만, 『빛의 계단』에서 윤경전은 그렇지 못하고 방황한다.

려하고" "확실히 살고 있는" 곳이다.

[표 4] 정서적 단어 분류에 따른 5가지 감정의 언어적 분류

척도	<1>	<2>	<3>	<4>	<5>
크기	슬픈 감정	-	보통	-	기쁜 감정
감정	슬프다	쓸쓸하다	평온하다	즐겁다	매우 기쁘다

— 박상선 외, 「심박과 언어를 활용한 특정 장소에 대한 인간의 감정 유추 연구」
(『한국HCI학회 학술대회 자료집』, 2014, 259면)을 요약

장소감을 크기로 수치화하는 것이 가능하다면([표 4]), 『빛의 계단』에 나타난 서울에 대한 장소감을 [표 5]와 같이 정리할 수 있다.

[표 5] 『빛의 계단』에 나타난 서울의 장소감

장소		주된 사건	장소감	척도	주된 초점
1. 신당동	서병규의 집	식사, 일상	평온, 아이들	3	서병규
		부러움	쓸쓸함	2	윤경전
	임형인의 집	머묾	조용함	2	임형인
2. 돈암동 일대	윤경전의 집			1	
	청량리 뇌병원	난희 입원		1	윤경전
3. 창경궁과 원남동 일대		'해후'	변화하는 곳 사람이 많음	3	윤경전 임형인
4. 가회동			그리운 곳	2	
5. 중심가 술집과 호텔, 장충단	서울 거리(남대문 시장, 소공동, 조선호텔, 미도파, 시공관, 중부경찰서, 퇴계로)	만남 거리 풍경 관찰	변화하는 곳	1	서병규
				2	임형인
	명동의 다방	아들 만남	단애의 감정	1	서병규
	서정식 병원(소공동)	의사-보호자로 만남	미안함, 어색함	2	윤경전
	덕수궁 안 박물관	일하는 곳	변화하는 곳	3	윤경전
	궁궐 바깥	거리 풍경	사나운 도시 사람이 많음	1	윤경전
	호텔 샤리아르	형인 숙소	"쓰레기" "지옥"	1	임형인

이로써 알 수 있는 것은 『빛의 계단』에서 전쟁 후 참상 같은 것을 도외시하고 있음에도 불구하고 그 장소감은 '즐겁다', '매우 기쁘다' 장소감이 없이 대부분이 '쓸쓸하다' 수준이라는 사실이다. 한 가족이 모두 살고 있는 서병규의 집이나 창경궁, 덕수궁 등의 궁궐에서 '평온하다' 정도의 장소감이 예외적일 뿐 다 낮은 장소감이다.

5. 1950년대 여성 작가 장편소설 속 서울의 장소성

1950년대 소설이 "병신스러움"(김윤식)이나 서정으로의 침잠, 단선적 반공주의로 획일화되는 경향[108]에서, 당대 여성 작가들 역할은 여러 모로 중요성을 띤다. 여성 문학 2기로 분류되는 최정희와 3기에 속하는 박경리, 손소희, 한무숙 등 여성 작가 장편소설에는 특히 서울에 대한 장소감이 두드러지는데, 작가별 특징도 도출된다. 최정희는 강점기인 1930년대부터 서울에 살며 저작 활동을 했다.[109] 손소희는 활동 전 일본 니혼대학 유학, 만주 기자 생활 등 외국 생활을 먼저 했으나 광복 직후 기자 생활과 작가 활동을 겸하면서 주로 서울에 거주했다. 박경리의 서울 입성은 1946년 결혼과 대학 진학 무렵으로 보인다. 그녀는 등단 이후 1980년대 서울을 떠날 때까지 줄곧 서울에 머물면서 저작 활동을 했다.[110] 1942년 일어 장편소설로 등단했

---

108 김정남, 「부르디외의 상징폭력과 1950년대 상경인의 소외의식」, 비교한국학회, 『비교한국학』 29(1), 2021, 186-187면.

109 여성주의와의 관련성뿐 아니라 친일적인 면에 이르기까지 최정희는 다양하게 조명된다. 박죽심의 「최정희 문학 연구」(중앙대학교 대학원 박사학위 논문, 2010) 등 박사논문이 여러 편 있다.

110 박경리는 학교 졸업 후 잠시 황해도 연안여자중학교에 근무하다가 한국전쟁 기간에 남하했다. 여러 작품에서 학교와 선생에 대한 애착이 보인다. 박경리 연구는 활발하여 최근 연구들(채희영, 「박경리 소설에 나타난 가족 서사 구조 연구」, 서울시립대학교, 2021 ;

으나 1948년 『역사는 흐른다』로 재등단한 한무숙은 서울 출생이다.[111]

1950년대 중후반 박경리, 손소희, 한무숙, 최정희 등이 줄지어 발표한 『끝없는 낭만』, 『태양의 계곡』, 『표류도』, 『빛의 계단』 등 장편소설이 장소 서울 속 여성들 모습을 포착하는 것은 우연이 아니다.[112] 『끝없는 낭만』, 『태양의 계곡』은 10-20대 미혼 여성, 『표류도』, 『빛의 계단』은 30대 기혼 여성을 주인공으로 하고, 당대 유력지에 연재 후 바로 출간된 공통점을 갖는다.[113] 강점기부터 장편소설을 발표했던 최정희는[114] 『끝없는 낭만』을 통해 전쟁으로 인한 서울살이 고됨을 그렸다. 신혼여행지 경주나 곤의 부대 장면을 빼면 모두 서울이 배경이다. 손소희의 첫 장편소설인 『태양의 계곡』

임회숙, 「박경리 『토지』 창작방법론 연구」, 동아대학교, 2021)을 비롯, 20여 개 박사학위 논문이 있다.

111 한무숙 연구도 죽음이라든가 윤리의식 등에 주목하는 연구(임은희, 「한무숙 소설에 나타 난 병리적 징후와 여성 주체」, 한국문학이론과비평학회, 『한국문학이론과비평』 43, 2009)를 비롯하여 여성 작가로서의 특징이나, 작중 여성 인물 관련 연구들이 있으나 여러 작가와 묶여서 논의될 뿐, 단독 연구 박사논문은 없다. 「램프」(1946) 등 많은 작품에 서 돈암동, 청계천 등 서울을 배경으로 하거나 그리워하는 내용을 담았다. 손소희도 「 1960년대 대중연애소설의 젠더 패러디 연구」(이지영, 이화여자대학교 대학원 박사학위 논문 2014) 같이 여성 작가들과 묶이는 경우 제외하면, 단독 연구 박사논문은 없다. 연구 빈약성은 김동리와 재혼 등 외적 요인에 기인한 것으로 보인다.

112 지면 관계상 본고는 네 작가 작품들로 범위를 한정하기로 한다. 박화성(『고개를 넘으면』), 임옥인(『월남 전후』), 강신재(『청춘의 불문율』) 등도 차후 논의 대상이다.

113 대상 작품들은 당시 서울 거주 여성 작가 장편 중 잡지 연재 이후 바로 출간된 것들이다.

제목	발표 시기	발표매체	출간
『끝없는 낭만』	1956.1-1957.3	『희망』	동학사, 1958
『태양의 계곡』	1957.5-1959.8	『현대문학』	현대문학사, 1959
『표류도』	1959.2-1959.10	『현대문학』	현대문학사, 1959
『빛의 계단』	1959.9-1960.7	≪한국일보≫	현대문학사, 1960

114 자신이 겪어온 역사적인 상황을 장편소설을 통하여 정리하는 최정희는 광복 후에도 1953 년 이래 『녹색의 문』, 『정적일순』 등 거의 매년 장편을 탈고했다. 장편소설 『인생찬가』로 는 1958년 서울시문화상을 수상하기도 했다. 이 글에서는 전후 발표한 장편 중 『끝없는 낭만』만을 선택하였다.

은 액자식 구성인데 외화는 1953년 4월30일부터 1954년 2월까지 약 8개월 간 부산과 서울을, 내화는 1949년 가을부터 오빠가 죽던 1951년 2월 사이의 서울을 배경으로 한다. 전체 7장 내 서울이 등장하고 주인공을 통해 환도 과정도 그려진다. 출간 이듬해 영화화될 정도로 인기가 높았던[115] 박경리의 두 번째 장편소설 『표류도』는 본격적 장편의 구조 속에 당시 사회와 인생 문제에 초점을 두며 서울의 곳곳을 묘사한다.[116] 한무숙의 두 번째 장편소설 『빛의 계단』 역시 서울이 주 배경으로, 서울의 변화상을 다루고 있다.

1) 장소애착 : 종로구 중구 중심

우리는 서울에 머물렀읍니다. 셋방을 얻고 어머니가 삯바느질을 해서 위선 끼니를 이어갔읍니다. (『끝없는 낭만』[117], 20면)

집은 명륜동에 얻었읍니다. 크지는 않지만 (『끝』, 53면)

상매네가 이사한 집은 가회동이었어요. (『끝』, 91면)

정순자 집은 명동 딸라 장사들이 우글거리는 골목에 있었읍니다. 정순자의 집이 아니고 정순자가 세 들어 있는 방이었읍니다. 방마다 정순자와 같은 여자들이 들어 있었읍니다. (『끝』, 174면)

---

115 인기리에 연재된 『표류도』는 1960년 12월 영화화되었다. 문정숙, 김진규, 최무룡, 엄앵란 등 쟁쟁한 연기자들이 출연, 러닝타임 124분 영화(중앙문화영화주식회사, 권프로덕션감독 권영순)로 개봉되었다(https://bit.ly/3fEWTuS 검색일 2021.03.01).

116 최유찬, 「죽음을 넘는 사랑의 노래」, 박경리, 『애가』, 마로니에북스, 294면 ; 『애가』는 애정, 갈등 이야기 집중, "작위성과 미흡한 완성도"(유임하, 「박경리 초기소설에 나타난 전쟁체험과 문학적 전환」, 한국문학연구학회, 『현대문학의 연구』 46, 2012, 492면)의 문제와 함께 서울이 아니라 'P시' 등 지방이 주요 배경이어서 본 논의에서는 제외했다.

117 최정희, 『끝없는 낭만』, 『최정희·손소희』, 한국문학전집 12권, 삼성출판사, 1986. 이하 이 책 인용은 『끝』, 면수』로 표기.

『끝없는 낭만』의 이차래, 김상매의 주 거주지는 명륜동과 가회동이다. 강점 하 "마음 놓고 한번 살아보고 싶"(16)어서 친구 배형식을 따라 망명했다가 귀국한 이영근의 딸 이차래 시점인 이 글에서 망명인 서울 정착과정은 평탄치 못했다. 이차래는 서울 어딘가에서 셋방살이하던 중 피란 간 사람의 빈집으로 옮겨가 살다가 환도 후 시민들이 돌아와 집을 비워주게 되었을 무렵 캐리 죠오지 호의로 "이층에 방 두 개와 아랫층에 온돌방 세 개와 목욕간이 있고 지하실이 있"(53)는 명륜동 집으로 옮겨 가는 것으로 그려진다.[118] 피란 갔다가 환도 후 대학 진학을 위해 가회동에 수월하게 집을 구하는 상매네와 대조적이다. 차래가 죽음에 이르는 정순자 집은 중구 명동이다. "명동 딸라 장사들이 우글거리는 골목"의 정순자 집은 "방마다 정순자와 같은 여자들이 들어 있"(174)는 곳이다. 주거지는 종로구, 중구이며 종로구가 안정된 장소라면, 중구는 불안정한 장소로 그려진다.

> 충무로 이가에 이를 무렵 (…) 동방 악기점 앞 (『태양의 계곡』[119], 87면)
> 위치가 남산동인 것도 좋았고 (…) 피아노 연습곡집을 사와야겠다고 집을 나왔다. 집을 나와 퇴계로에 이르니 길은 말끔히 청소되어 있었다. 말끔히 청소된 길 위에는 드물게밖에 사람이 없었다. (『태』, 253~254면)

『태양의 계곡』에서는 준호 하숙집이 있던 창신동 빈민촌과 지희 집 등이 주거지인데, 지희 집은 정확한 위치가 나오지 않고 걸어서 충무로나 관철동

---

118 차래가 명륜동 이주 전 살던 곳 정보는 없다. 해방과 함께 귀국한 사람들중 많은 이들이 용산구 남산 밑 언덕 해방촌에 주로 살았는데, 전쟁기 차래네 집은 군부대가 있었던 서울대학교 근처, 동숭동 언저리로 볼 수 있다.
119 손소희, 『태양의 계곡/리라기』, 손소희문학전집4, 도서출판 나남, 1990. 이 책 인용은 '『태』, 면수'로 표기.

을 다니는 정도로만 이야기된다. 부산으로 피란 갔던 김정아는 환도 후 서울 남산동에 거주하게 된다. 과거 지희가 앨범을 사러 동방 악기점을 찾으며 관철동 일대를 걸었는데 환도 후 정아는 피아노 악보를 사러 집을 나와 퇴계로를 걷는다.[120] 모두 서울 종로구, 중구에 국한된다.

> 돈암동이죠? (…) 야간 통행증이 있으니 (『표류도』,[121] 43면)
> 기상대에 못 미쳐서 북은 벽돌의 (…) 아담한 현대식 양옥집이 한 채
> 보였다. (…) 햇별이 포근하게 내리쬐고 있었다. (『표』, 222-224면)

『표류도』에서 강현희의 카페 '마돈나'는 장소가 명시되지는 않는다. 다만 현희가 카페를 나가 "국회로부터 중앙청에 이르는 넓은 가로"(87)를 지나 명동에 이르는 것으로 보아 광화문 근처임을 알 수 있다. 이상현의 집은 현희가 친구이자 채권자 윤계영의 집을 찾았을 때 알게 되는 것처럼 송월동 계영 집 근처로 광화문에서 멀지 않다.[122] '야간 통행증'을 가진 이상현이 택시를 타고 데려다주는 강현희 집은 돈암동으로, 종로구와 중구를 벗어난다.[123]

---

120 두 인물이 음악에 관심 있음을 보인다. 동방 악기점은 충무로 2가의 악기점이라 이야기되지만, 고유명사로 찾아지지는 않는다. 부산에서 밖으로만 돌던 김정아가 피아노를 치는데 곡은 '홈스위트 홈'이다. 김정아의 '정착'을 보여주는 상징이다.

121 박경리, 『표류도』, 마로니에북스, 2013. 이하 이 책 인용은 '『표』, 면수'로 표기.

122 '기상대'란 광복 후 만들어진 '국립중앙관상대'의 별칭이다. "二十년이나 오랜 락원동의 살림사리에서 지난 一日부터 인왕산기슭 해발八十七미돌의 松月洞마루턱이에 약一천평 긔지에 (…) 이사를하얏다"(「경성측후소 모던신청사」, ≪동아일보≫, 1932.11.10.)는 기사를 참고할 때 광복 전 '측후소'로서 송월동에 옮겨져 있었음을 알 수 있다. 이후 '국립기상청'이 되었고 1998년 동작구 신대방동 청사로 이전하기까지 이곳에 있었다. 현재 송월동 부지는 서울기상관측소로 사용된다.

123 우리나라는 광복 직후 1945년 9월 7일부터 1982년 1월 5일 폐지될 때까지 야간 통행금지 제도가 있었고 기자 등 필요한 사람들에게는 야간 통행증을 주었다. 『표류도』에서는

그 가회동 집에서였다.

일제시대에 친일파 거두가 지었다는 그 집 (『빛의 계단』,[124] 402면)

「회현동으로.」 (…) 종업원이 뛰어나와 문을 열었다. (『빛』, 469면)

신당동 집이었다. 언제 어떻게 돌아온 것인지 (『빛』, 463면)

"돈암동 말구 신당동으루 가 주세요." (『빛』, 503면)

서울운동장을 지나 장충단 쪽으로 달려갔다. (…) 차는 옛날 일인들이
엥구라고 부르던 신당동 저택지로 접어들어, (『빛』, 516면)

경전이 살던 "친일파 거두가 지었다는" 집이 있는 곳은 가회동이다. 이
집을 잃은 윤경전이 옮겨 가 사는 곳은 돈암동이다. 『빛의 계단』에서 가장
많은 부분을 차지하는 곳은 임형인의 사무실이 있는 남대문 시장 근처,
그의 숙소인 호텔이 있는 회현동, 그의 집과 서병규 집이 있는 신당동 등이
다. 덕수궁 안에서 근무하는 서정해는 동료들을 데리고 식사하러 소공동
쪽으로 가기도 한다. 택시를 타고 가다가 목적지를 정정하는 부분에서, '돈
암동'은 가회동 집을 떠난 경전의 집을, '신당동'은 서병규의 집을 가리킨다.
인물들의 시선으로 회현동-원남동-덕수궁(박물관), 혹은 시공관-중부경찰
서-퇴계로 등 이동경로가 드러나기도 한다. 술집과 호텔, 미도파 등 백화
점, 시공관, 다방, 병원 등이 즐비한 거리가 그려진다. 회상 장소인 부천
소사, 답사 장소인 경북 경주를 빼면 대부분 서울이고 특히 중구, 종로구
중심이다.

주된 교통수단 택시를 통해 당시 서울의 택시 합승문화도 보여준다.

124 한무숙, 『빛의 계단』, 임옥인 외, 『한국대표문학전집』 8, 삼중당, 1971. 이하 이 책 인용은
'『빛』, 면수'로 표기.

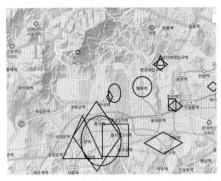

[그림 6] 거주지와 활동 공간을 중심으로 한, 작품 내 주요 장소. (○는 『끝없는 낭만』, □는 『태양의 계곡』, △는 『표류도』, ◇는 『빛의 계단』의 주요 장소를 표시함. 서울역을 기준으로 북쪽, 종로구와 중구가 대부분임을 알 수 있음) 『빛의 계단』의 범위가 비교적 넓다.

네 작품 주요 장소를 지도에 표한 것이 [그림 6]이다. 작가들의 특정 장소에 대한 쏠림 현상, 장소애착을 볼 수 있다. 이차래는 종로구, 김정아는 중구에 거주한다. 빚을 내야 할 정도로 형편이 어려운 강현희와 가회동에서 쫓겨난 윤경전이 살고 있는 곳은 동대문구인데 이곳은 주요공간이 되지 못한다.[125] 인물들의 주된 활동무대는 중구에 집중되는데, 그 중에서도 명동과 소공동 일대는 네 작품 모두에서 주요 장소가 된다. 강점기 이래 많은 작가들이 종로구와 중구에 장소애착을 보였던 바, 1950년대 서울 거주 여성 작가들에게도 이곳이 일체감, 장소의존성, 장소착근성을 주는 곳이었음을 확인할 수 있다. 이-푸 투안의 말을 빌지 않더라도 인간이 장소에 애착을 갖기까지는 시간이 필요하며 주요인물 활동지, 거주지를 작가가 잘 아는 곳으로 설정하는 것은 리얼리티를 위해 필수적이기도 하다. 강점기부터 최정희가 강점기 김동환을 도와 『삼천리』를 발간했던 곳은 종로구 돈의동이었다.[126] 손소희는 명동 근처에서 다방을 경영한 바 있고 박경리는 1950년대 중반 태평로에 있던 ≪평화신

---

125 '돈암동'은 여러 작품에서 자주 등장하는 곳이다. 일제강점기부터 대학가로서 젊은 청년층이 거주하던 곳이고 광복 이후 월남민들이 터전으로 삼던 곳이기도 하다. 지금은 성북구에 속하지만 당시는 동대문구였다.

126 『삼천리』는 대중을 표방하여 만들었던 잡지이다. 그러나 점차 친일적 성격을 띠고 제명을 '대동아'로 바꾸기도 했다. 광복 이후 김동환이 친일 행적 관련 재판을 받는 와중인 1948년 5월에 속간, 한국전쟁 직전까지 발행되었다.

문≫, ≪서울신문≫ 기자 활동을 했으며 한무숙은 지방에 내려가 살다가 결혼 후 서울 종로구에서 살았다.[127] 이들에게서 보이는 종로구, 중구에 대한 장소애착은 강점기 이래 현대소설적 전통 답습이기도 하지만 리얼리티 확보와도 관련이 있는 것이다.

2) 익숙함의 장소감 : 작가별 특징

작가들은 서울 정보를 활용, 익숙함이라는 장소감을 표현한다. 오래 서울에 거주한 최정희는 물론 서울 거주 10년 정도 된 손소희나 박경리, 서울 출신 한무숙 모두 서울 거리에 대한 다양한 정보를 표현하고 있다.

> 미국 대사관을 향해 움직였습니다. (…) 행진하여 미국 공보원과 반도호텔 앞을 지나고 을지로 사가로 해서 대학병원 앞에 이르렀습니다. (…) 데모 군중은 창경원 앞까지 올려 뻗쳐 (『끝』, 76-77면)
> 전차도 버스도 타지 않았습니다. 그대로 눈속을 헤치며 시공관에 (『끝』, 169면)
> 오하라 대위의 지프차를 타고 국제그릴로 향했어요. (『끝』, 126면)

『끝없는 낭만』에서는 당시 핫이슈였던 휴전 관련 데모 장면과 차래 방황 장면에서 서울 거리의 구체적 정보가 주어진다. 대미 관련 문제의식을 보인

---

127 손소희는 여성신문사를 그만두고 1946년 전숙희와 성악가 여성과 함께 다방 '마돈나'를 경영하는 한편, 1949년 전숙희·조경희 등과 종합지 『혜성』 주간이 되기도 한다. 손소희는 1957년부터 대학에 다녔으니 작품 발표 무렵 대학 재학 중이었음을 짐작할 수 있다. 그런가 하면 한무숙은 1953년 환도 후 한옥 명장 심목수가 그해 종로구 명륜동에 지은 전통가옥(현재 한무숙문학관 자리)에서 40여 년을 살았다.

바 없던 이차래가 이 행렬에 끼어든 것은 당시 학생들 분위기였겠지만 개인적으로 복잡한 고민이 외면화된 결과이다. 여기에서 '미국 대사관', '반도호텔'과 '미국 공보원'을 지나 '창경원'에 이르는 시위 행렬 움직임을 통해 '삼엄함'의 장소감도 보이지만, 서울 거리에 대한 익숙함이 뚜렷이 강조된다. 상매가 연설을 하고 있는 '시공관'이 등장, 당시 이곳의 사용처도 알려준다. 시공관은 국립극장을 겸하면서 각종 대회의 장이 되었던 것이다. 상업적 장소 '국제그릴'도 보인다.[128]

> 둘은 정신없이 등허리를 구부리고 마구 관철동 쪽으로 (…) 관철동 소개터에 인접한 남의 집 처마밑을 재이듯 걷고 (『태』, 130면)
> 명동에 있는 금붕어다방에서 만나기로 약속하자고 한다. (『태』, 251면)
> 폐허화된 충무로를 지나 명동에 이르니 (…) 시공관 쪽을 향해 걸었고 다시 성당을 향해 (『태』, 254면)
> <금붕어> 다방 못 미쳐 고본점이 있었다. (『태』, 258면)
> "예전 <금강 그릴> 말씀이죠?" (…) <악전 그릴>로 들어갔다. 당시 <악전 그릴>은 충무로에 남은 유일한 양식점이기도 하였다. (『태』, 260면)
> 상공은행 본점으로 갔더니 (『태』, 264면)
> 그이는 무뚝뚝한 말씨로 해군본부 앞 로터리를 건너서자 걸음을 멈추고 (…) "상공은행 앞에 새로 다방이 났어요. (…)" (『태』, 269면)
> 마주 바라다보고 헤어졌다. 해군본부 앞이었다. (『태』, 279면)

---

128 휴전 반대 시위는 1951년 6월 10일부터 시작, 지속적으로 일어났다. 당시 시공관은 지금 명동예술극장 자리에 있었다. 1934년 '명치좌'라는 이름의 극장으로 개관, 1948년 서울 시공관이 되어 국립극장 역할도 겸했다. '국제그릴'은 「올림픽 파견 4원칙 토의원에서 건의」(≪경향신문≫, 1952.05.02.)에서 보이는 시내 국제구락부 그릴을 지칭하는 것으로 보인다.

『태양의 계곡』에서는 과거 지희 시점, 현재 정아 시점에서 충무로와 관철동 거리가 묘사된다. '관철동 소개터'는 종묘 앞쪽에 있던 공지를 말한다. 현재 김정아 시점으로 시공관, 명동성당, 강중령과 만남을 갖는 금붕어다방, 그 근처의 고본점, 강중령과 식사를 하는 '악전그릴' 등 실재했던 상업적 장소도 등장한다.[129] 공공기관도 볼 수 있다. 부산 춤 친구였던 한상은이 일하고 있는 상공은행도 등장하고 강인식, 석은과 만나는 길에 있는 해군본부 역시 당대 명동을 보여주는 장소이다. 두 사람이 결혼하는 '남산교회'도 실재했던 곳을 모델로 한 듯 보인다.[130]

> 우리가 막 나일론 숍 앞에 이르렀을 때였다. (『표』, 29면)
> 중국요리점인 대여도大麗都에 와서 (『표』, 34면)
> 합승이 종로 입구에 머물렀을 때 (…) 합승이 종로오가에서 동숭동으로 커브를 돌았을 때 (…) S대학에 못 미쳐서 합승을 정지 (『표』, 66~67면)

---

129 당시 명동에 실제로 '금붕어다방'이라는 곳이 있었다. "김용환 화백은 만화 행각 차 구미시찰의 장도에 오르게 되리라는 바 10월 1일 하오 6시 금붕어 다방에서 환송회를 연다"(「코주부 미국으로」, 《경향신문》, 1955.09.30.) 등 기사들이 있다. 소설에서 이 다방 이름을 그대로 쓴 것으로 보인다. 1940년대 말 '금강그릴'은 《경향신문》(1949.11.25.) 광고(오른쪽 그림)에서 보듯 충무로 2가에 있었고 이후 '악전그릴'로 간판을 바꿔 "충무로에 남은 유일한 양식점"이었다. 「집회 이원순씨 환영」(《경향신문》, 1953.10.03.) 등 기사에서 이곳에서의 행사를 볼 수 있다.

130 '상공은행'은 현 '우리은행'의 전신이다. 1937년 8월 설립된 조선무진주식회사가 광복 후 일반 은행업무로 전환하면서 상호를 바꾼 것으로서 1960년 한일은행(후에 한빛은행으로, 2002년 우리은행으로 개칭)이 될 때까지 '한국상공은행'으로 불렸다(https://bit.ly/3z3t7ar 검색일 2021.03.03). 대한민국 해군본부는 1946년 1월 진해 군항 내 건물에 해방병단총사령부를 설치하면서 시작되었는데, 1948년부터 회현동 구 미나카이 백화점 건물(현 밀리오레 자리)을 사령부로 사용했다(https://bit.ly/3xGNj1N 검색일 2021.03.03). '남산교회'는 1976년 서울시 도시계획에 따라 철거될 때까지 서울시 회현동 2가 2번지에 실제로 있던 교회 이름이다(https://bit.ly/3z0ASy1 검색일 2021.03.03).

삼선교에서 합승을 버렸다. (…) 성북동 쪽으로 (『표』, 68면)

이월 삼일날 한시에 아서원雅敍園으로 나와. (『표』, 86면)

어느덧 시공관 앞에 와서 우두커니 서 있었던 것이다. (『표』, 88면)

아서원에서 계를 모은다는 날이다. (『표』, 100면)

거리에 나왔다. 최종회의 영화가 끝난 모양이다. 국도극장에서 관객들
이 우우 몰려나온다. (『표』, 134면)

조선호텔을 지나 소공동으로 빠져나왔다. 명동으로 (…) 스탠드바에
들어갔다. (『표』, 193면)

어디 백화라던가요? 명동에 있는 바 (『표』, 206면)

종삼 같은 곳에 굴러떨어졌는지도 모른다. 불쌍한 광희. (『표』, 208면)

S신문사의 게시판을 비쳐주는 전등불이 무지갯빛처럼 지고 있었다.
(…) 국회로부터 중앙청에 이르는 넓은 가로는 (『표』, 87면)

『표류도』에는 상업적 장소가 비교적 많이 등장한다. 현희의 카페 '마돈
나', '나일론 숍', 상현과 현희의 데이트 장소 '대여도', 유한마담들의 계모임
장소 '아서원', 국도극장, 현희와 상현 아내가 회동하는 조선호텔 등 실재
공간이 그려진다.[131] 명동에 '바' 등 술집과 당대 '종삼'이라 불리던 사창가

---

131 다양한 상업시설이 거론된다. '마돈나'는 1950년대 손소희가 경영했던 카페 이름을 차용
한 듯하다. '나일론 숍'은 당시 명동1가에 있던(≪조선일보≫, 1958.11.02.) '나일론 전문
가게'를 가리킨다. 한국 나일론 매장은 당시 다양한 물건을 파는 곳이었다. 1950년대
연 '대여도(대려도)'는 수백 석을 확보한 화려한 중국식당이었다. '아서원' 역시 중국식당
이었는데, 1907년 개점, "황금정 일정목 아서원에 모뒤여 연회를하는 즁"(「미의원단경성
도착을 기하야 독립운동을 재차개시」, ≪조선일보≫, 1920.08.23.) 등 기록이 있다. 두
곳 다 1950년대 유명한 사교 장소였으나 '아서원'은 송사로 폐점했고(「정치 밀담 나눈
그 중국집, 이제는 없어」, ≪한겨레≫, 2015.09.09.) 대여도는 이전했다. 이들이 지나는
'국도극장'은 을지로에 있던 극장이다. 1913년 일본인에 의해 '황금연예관'으로 개관,
1925년 '경성보창극장', 1936년 '황금좌'였다가 광복 이후 1946년 신축 개관하면서 국도
극장이 되어 1999년까지 영업했다(https://bit.ly/3DesLQJ 검색일 2021.04.05). 상현과

언급도 보인다.[132] 공공기관도 등장한다. 광화문에서 돈암동 가는 길의 "S대학", "S대학에 못 미쳐서 합승을 정지"시켜 내리는, 서울대학교가 있던 동숭동 근처 거리 정보도 주어진다. 이니셜 사용법에 의거, "S신문사"는 역시 태평로에 있던 '서울신문사' 정도로 파악된다. 당시 '국회'는 태평로, 현 서울특별시 의회 자리에 있었다.[133]

원남동 굴다리를 지나 돈화문 근처에 이르렀을 때 (『빛』, 424면)

시공관 모퉁이를 돌았을 때다. (『빛』, 443면)

「의사당이 선답니다. 아주 산 모양이 변해 버렸읍죠. (…) 동양서 젤 높은 건물이 선답죠.」(『빛』, 468-469면)

「유물고가 어덴데요?」(…) 「박물관이 경복궁에 있을 땐 좋았었는데……」(『빛』, 480면)

조선호텔 쪽으로 걸어가 바른편으로 발길을 꺾었다. 그리고 똑바로 미도파 앞까지 (『빛』, 441-442면)

정신을 돌려 보니 S호텔 네온이 눈 위에서 타고 있었다. (『빛』, 447면)

비로소 상연물이 「카사부랑카」라는 것을 알았다. (『빛』, 476면)

현희는 영화 「부활」을 감상한다. 당시 고전을 리메이크하는 서독영화들이 많았는데(「부흥하는 서독영화」(≪조선일보≫, 1959.12.05.) 「부활」은 명보극장에서 상영했다(「부활」의 '명보극장' 광고-「영화예술 육십년사에 찬연한 세기의 애련 명화!」, ≪조선일보≫, 1959.01.02.).

132 현 쪽방촌이 있는 돈의동을 비롯 낙원동, 동익동, 인의동, 장사동 등 종로 3가에 윤락가가 있었고 1950년대에 이른바 '종삼' 사창가로 불렸다(「윤락지대①」, ≪조선일보≫, 1959. 6.10.).

133 당시 세종대로(태평로1가)에는 '동아일보사', '조선일보사', '서울신문사' 등이 있었다. 일제강점기 ≪매일신보≫를 광복 후 미군정이 접수·관리, 정간처분했다가 변경·속간한 ≪서울신문≫은 당시 정부기관지 구실을 하여 4·19 때는 시위군중에 공격당하기도 했다. '중앙청'은 정부 수립 후 청사로 사용한 옛 조선총독부 건물이다. 일제 잔재 청산의 의미로 1995년 철거되었다.

식사를 마치고 K그릴을 나왔을 때는 (『빛』, 501면)

『빛의 계단』에서 특징적인 것은 창덕궁 정문인 돈화문, 덕수궁 등 고궁과 시공관, 의사당, 조선호텔 같은 현대 건물들이 같이 등장하며 변화에 대한 민감함이 나타난다는 것이다. '유물고'가 "박물관이 경복궁에 있을 땐 좋았었"는데 위치를 다른 곳으로 옮긴 것이며 국회의사당을 위해 남산을 깎은 것까지, 정보에 빠른 택시기사의 입을 통해 "동양서 젤 높은 건물", 국회의사당 건축계획에 대한 정보도 주어진다.[134] 지리에 밝은 노인 서병규의 시선을 통해 소공동의 크고 작은 변화도 묘사된다. "원남동 굴다리" 같이 지금은 없어진 당시의 지명 정보를 보여주는가 하면,[135] "시공관 모퉁이"를 돌아 "조선호텔 쪽으로 걸어가 바른편"이라든가 "미도파 앞까지"와 같은 상세한 지리 묘사가 인상적이다. 서정식이 임형인, 윤경전을 데리고 가는 "K그릴", 영화 「카사부랑카」를 보는 '중앙극장' 등 상업적 장소도 등장한다.[136]

작가들은 서울 거리에 익숙함을 보인다. 대상이 된 네 작품 모두에서 '시공관'이 등장한다. 당시 이곳이 서울의 중요한 랜드마크였음을 반증한

---

134 이는 남산 현 백범광장 근처에 지으려 했던 국회의사당 건물 이야기이다. 국회는 중앙청을 개수해 사용하다가 전쟁 후, 부민관(현 서울특별시의회 본관)을 사용했고 의사당을 위해 종묘를 물색하였다. 여건이 좋지 않아 차선책이 남산이었는데(「동양최고 높이 건물 오명의 '재일교포공학도' 것 당선 설계도 확정」, ≪동아일보≫, 1959.11.20.) 기초공사 후 5·16으로 무산, 취소되어 1975년 여의도 현 위치에 세워지게 되었다.

135 창경궁과 종묘 사이에 있었던 다리이다. 강점기 일제가 궁궐을 훼손, 도로를 설치하고 궁 사이 다리를 놓았는데 이를 '굴다리', '구름다리'로 불렀었다. 2010년 경 철거 계획을 세웠고 이 책 앞부분에 제시했듯 율곡터널로 만들어졌다.

136 '미도파'는 강점기 조지아백화점의 후신으로 2013년 롯데쇼핑과 합병하여 없어진 백화점이다. 'K그릴'은 앞서 보인 '국제그릴' 정도로 보인다. '중앙극장'은 명동에 있던 영화관으로 1934년 개관, 2010년까지 영업했다(https://bit.ly/3rcgtmP 검색일 2021.05.01). 「카사블랑카」는 1957년 3월 한국에서 처음 개봉한다(https://bit.ly/2VFsAgw 검색일 2021.05.01).

다. '국제그릴'이라는 음식점도 여러 작품에서 볼 수 있다. 최정희나 한무숙이 보다 넓은 범위로 서울 거리를 묘사한다면, 손소희는 관철동과 충무로, 박경리는 명동을 중심으로 한정된 묘사를 한다는 차이점이 보인다. 특별히 한무숙은 궁궐 관련 지식, 서울 변화 관련 다양한 정보를 표현하고 있다.

3) 소외감과 반가움의 장소감 : 작가별 특징

세상에 나서 이처럼 으리으리한 데 와 보기도 처음이고 또 이러한 요리를 구경해 본 일도 없었던 것이예요. (『끝』, 126면)

"필동 쪽으로 가요." (…) 창경원 앞을 지나 구름다리께에 이르렀을 땐 백설의 터널을 뚫는 것 같은 착각을 일으켰습니다. (…) 필동 어구에 내려서 걷기 시작했어요. 성남 영아원 앞까지 (『끝』, 170-171면)

전쟁기 "으리으리한" 음식점에 가는 장면에서, 낯설어하는 이차래와 달리 군인들이나 김상매는 자연스럽게 가고 있다. 전쟁이라는 극한 상황에서도 미군이나 특권층의 생활은 부유했음을 보여주는 이 장면에서 이차래가 느끼는 소외감이 잘 나타난다. '성남 영아원'은 당시 영아들을 수용하던 곳을 모델로 한 듯 보인다.[137] 이곳으로 가면서 이차래가 느끼는 "백설의 터널을 뚫는 것 같은 착각"은 막막함을 표상하는 것이다.

결눈을 팔면 보여지는 서울의 밤이 눈 아래 있었다. 우리의 조상은 서울을 아끼고 서울을 사랑하는 피를 우리에게 물려주었다. 서울은 우리

---

137 소파로 2길 31에 있었던 '남산원' 정도를 모델로 한 듯 보인다. 이곳은 군경 유자녀원으로서 1952년 4월 군인과 경찰 유자녀를 인수, 수용하면서 시작되었다(https://bit.ly/3vmIXwx 검색일 2021.05.06).

의 거점이요, 고향이다. 그리고 사랑하는 사람이 살고 있는 집과 골목이 그 안에 있다. (…) 애석한 노릇이었다. 그 밤에 서울의 심장이 타고 있었다. (…) 잊을 수 없는 사람들이 살고 있는 거리는 (『태』, 143면)

1950년 봄 북악산 봉우리 위에서 그이와 손을 맞잡고, 우러러 보던 그 하늘이다. (…) 홍릉의 넓은 잔디 위에 딩굴며 (『태』, 27면)

피아노 연습곡집을 사와야겠다고 집을 나왔다. (…) 이어 성당이 보이고 성모상이 눈앞에 솟은 듯 서 있었다. (『태』, 254면)

성모상은 다름없이 그 자리에 서 있었다. (…) 눈앞에는 희고 좁다란 길이, 성모상을 중심하고 두 가닥으로 구불텅하게 뻗어 있었다. (『태』, 257-258면)

『태양의 계곡』에서 서울에 대한 장소감은 한편으로는 불안함, 안타까움과 다른 편으로는 그리움, 안락함이라는 극단적 감정이다. 전쟁기 이지희에게 서울은 불안하고 두려움을 주는 장소였다. 서울시민으로서 서울에 대한 장소감은 김준호의 전언에 잘 드러난다. 그는 불에 타는 서울을 바라보며 "서울을 아끼고 서울을 사랑하는 피를 우리에게 물려주었"던 조상을 떠올리며 안타까워한다. 같은 시기 대학 신입생으로서 연애 중이던 김정아에게 '홍릉'[138]을 비롯한 서울은 낭만적 장소였다. 그렇기에 환도의 감정 역시 남다르다. 김정아는 "부산이 멀어져 가는 것보다, 보다 고마운 일은 없었어요."(249)라고 말하며 피란지에서의 고충과 대비시켜 서울에 대한 애틋한 장소감을 표현한다. 이지희와 비슷한 장소지만 "폐허화된 충무로"에서 김

---

138 '홍릉'은 인천광역시 강화군 강화읍 국화리에 있는, 고려 제23대 고종의 능도 있으나, 여기에서 말하는 '홍릉'은 청량리에 있던 명성황후 능으로 보인다. 시해된 명성황후는 동대문구 청량리동의 '홍릉'(현 '홍릉수목원' 자리)에 초장되었다 천릉하였지만, 아직 이 곳에는 '홍릉'이라는 지명이 남아 있다.

정아는 시공관과 성당을 확인하며 안도감을 느끼는 것이다. "정부의 환도에 따라 각 주요기관의 선발대가 환도해 온"(264) 상황에서 안정되어 가는 서울 장소감이 표현되는 부분이다.

> 마돈나는 북쪽과 서쪽에 창이 몇 개 있는 빌딩 한 모퉁이에 자리 잡고 있었다. 사철을 두고 음산한 분위기가 떠돌고 있는 (『표』, 6-7면)
> 안국동으로 해서 고궁의 돌담을 따라 달리는 자동차 속에서 나는 인간에 대한 신뢰감에 젖어본다. (『표』, 44면)
> 성북동 쪽으로 발을 옮겨놓는다. 개천을 끼고 (『표』, 68면)
> 지나가는 여자한테 그러고 덤비지 뭐에요. (…) 날치기에요. 그만 핸드백을 덮치더니 다리야 날 살리라고 달아나지 뭐에요. (『표』, 83면)
> 시청 뒤로 뻗어나간 길을 막 질러가려고 할 때, 덕수궁 뒷거리에서 (…) 한쪽 다리가 잘려진 상이군인이었다. (『표』, 87-88면)
> 음악 살롱에 누나뻘이나 되는 계집애하고 (…) 이상한 곳이에요. 으슥한 구석지는 어린애들의 연애 장소랍니다. 불량한 십대들이 (『표』, 188면)

강현희가 고궁의 돌담길을 지나는 장면에서 "인간에 대한 신뢰감"을 느낀다. 물론 고궁이 주는 장소감도 있으나 연인 이상현과 같이 있기 때문이다. 이 작품에서 이 외에 긍정적 장소감은 보기 어렵다. 카페 주변은 "음산한 분위기"를 띠는 곳이고 채권자를 찾아 간 성북동 주변은 부자들과의 거리감, 열등감과 소외감을 주는 곳이다. '날치기'와 상이군인은 당시 서울 거리 장소감을 대표적으로 보여준다. 이들은 서울 거리의 불안함과 상흔, 피폐함을 드러내는 장치가 된다. 1930년대 서울에 등장했다가 광복 후 다시 등장한 성인 휴게 장소 '다방'이 당시 "불량한 십대"들에 의해 불온한 장소감을 주고 있었음도 알려진다.

> 창경원 안이라는 특수지대가 그들에게 얼마만큼의 이완 (『빛』, 423면)
> 일단 궁문 안을 나서면 사나운 도회가 있었다. (『빛』, 473면)
> 까마귀 소리를 들은 것 같았다. (…) 이런 것을 음악적 분위기라고 하
> 는 것일지 모르나, 컴컴한 조명 하며 좀 불건강한 장소라고 (『빛』, 444면)
> 그는 이 현대식 설비를 갖춘 칠층의 호화스러운 호텔이 그만 높이의
> 방대한 쓰레기더미같이 느껴지는 것이었다. (『빛』, 435면)
> 인도 쪽은 인부들과 행인들로 복작거렸다. 모처럼 거리를 걸어 보려는
> 데 시달리는 것 같아, (…) 소공동 쪽으로 방향을 (『빛』, 456면)
> 빽빽이 들어선 숱한 집들—그 숱한 집들 중의 어느 하나만에서라도 (…)
> 날(刀)을 세우지 않아도 좋은 시간이, 제멋대로 자신을 풀어버릴 수 있는
> 공간이, 갖고 싶다. (『빛』, 470면)

『빛의 계단』에서는 궁궐이 비교적 자주 등장한다. 임형인이 창경궁에
들어가기도 하고 서정해와 윤경전이 덕수궁 안으로 출근하기도 한다. 이때
"얼마만큼의 이완"을 주는 궁궐과 "사나운 도회"가 대조를 이룬다. 현대문
명, 개발에 대한 반감은 명동의 랜드마크가 된 성당이 "까마귀 소리"와 대비
되고, "호화스러운 호텔"은 "방대한 쓰레기더미같이 느껴"지는 데에서 두드
러진다. 보수 중인 거리는 "인부들과 행인들로 복작거"리고 "시달리는 것"
으로 묘사된다. 다방 등 "젊은이"들의 공간은 "불건강한 장소"로 이야기된
다. 명동의 구체적 장소감은 "단애", 단절감이다. 인물이 "제멋대로 자신을
풀어버릴 수 있는 공간" 없음을 안타까워하는 것은 그 때문이다. 현대문명
과 개발 속에서 인간이 느끼는 외로움과 인간소외, 긴장감 등이 강조되고
있다.

서울은 일제강점기와 한국전쟁을 거치며 많은 변화를 경험하였다. 특히 1950년대 서울은 내적으로 많은 갈등을 봉합한 채 외적 재건이라는 당면과제 속에 급변하고 있었다. 새롭게 재편되는 경제 상황 속에서 물질만능 사조의 팽배가 뚜렷했다. 또한 '이촌향도'라는 말이 생길 정도로 수많은 인구가 수도권에, 특히 서울에 집중되면서 서울은 더욱 복잡하고 다양한 공간이 되었다. 이런 격변의 시기 여성 작가들이 차례로 장편소설을 발표하며 서울살이의 다양한 양상 속에 장소성을 표현하고 있다. 『끝없는 낭만』속 서울은 '낭만'적으로 살아갈 수 없는 혼란의 공간, 죽음의 장소라면 『표류도』와 『빛의 계단』속 서울은 죽음을 경험하면서도 살아가야 할, 이겨나가야 할 장소이다. 『태양의 계곡』에서 서울은 감격적 복원의 장소이기도 하다. 이들 작품 속에 구현된 1950년대 서울의 장소감은 물질만능 시대상과도 관련을 갖는다. 이차래가 느낀 빈부, 신분 격차로 인한 소외감은 강현희가 성북동을 찾으며 느끼는 황량함, 윤경전이 서병규 집에서 느끼는 거리감 등과도 맥을 같이한다. 급변하는 시대적 상황과도 무관하지 않다. 김준호와 김정아를 통하여 서울에 대한 그리움이나 반가움 등은 환도 후 서울시민의 장소감을 보여주는 것이 된다.

[그림 1]에서 볼 수 있듯이 한국 근대소설들은 대부분 경성, 동경, 평양이라는 축을 중심으로 펼쳐지며 그 중에서도 단연 작가들이 살고 있는 땅, 서울에 대한 관심이 컸다.[1]

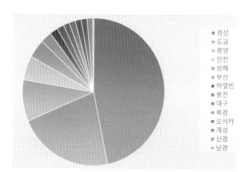

[그림 1] 한국 근대소설 속 주요 도시(권은, 위의 책, 178면)

이 책은 1920년대부터 1960년에 이르기까지 현대 작가들의 서울 사용법을 알아보고자 하였다. 주된 포인트는 서울 출신 작가와 비서울 출신 작가들의 장편소설에 나타난 서울 사용법상 차이점이었다. 비서울, 지방 출신 작가들 중에서도 여성 작가들에 주로 주목하였다. 여성으로서 객지 생활을 하면서 글을 쓴 이들의 눈에 비친 서울이 궁금했기 때문이다. 그리고 이들과 대조를

---

1   권은, 「'멀리서 읽기'를 통한 한국 근대소설의 지도그리기 : 디지털 인문학을 통한 공간 연구 방법론 모색」, 『돈암어문학』 41, 2022, 177-178면.

이룰 만한 작가로 서울을 주된 무대로 글을 썼던 염상섭과 박태원을 선택하였다. 강점기에서 한국전쟁기에 이르는 격변의 현장 속에서 서울을 바라보는 작가들의 시각 변화도 보고자 하였다. 여기에서는 서울을 주로 다룬 작가였던 주요작가들이 월북하거나 절필한 이유로 염상섭과 최정희만 비교 대상이 될 수밖에 없었다.

1. 현대 작가들의 작품 속 서울 사용 양상

한국 현대문학 1세대 여성 작가들에 의한 서울의 이미지, 스토리텔링 양상은 다음과 같이 정리된다. 첫째, 종로구 중구 위주였다. 이는 서울의 다양한 모습 포착이라 하기 어렵다. 중심가로만 이해하는 것은 서울의 관문인 서울역을 둘러싼 종로구 중구에 한정되어 활동한 때문이기도 할 것이다. 중심가를 선택하여 스토리텔링을 하면서도 그 장소의 특성, 장소감까지는 포착하지 못하고 있음을 알 수 있다. 둘째, 서울은 사교와 활동의 중심지로 그려진다. 이때 직업이나 사람들의 교류를 통한 활발한 경제, 사회적인 활동이 실질적으로 그려지지는 못하고 있음을 보게 된다. 주인성이나 심을순, 현숙 등이 등장하는 사교계의 모습이 정확히 포착되지는 못하는 것이다. 이는 작가들의 서울 인식이 피상적이었음을 알려준다. 이로 인해 이들은 소극적인 서울 스토리텔링 방식을 보일 수밖에 없다. 셋째, 이들에 의한 서울의 이미지는 낯설고 불쾌한 시선의 장이다. 서울 거리에 대한 낯설고 두렵고 불쾌한 시선의 묘사는 신여성에 대한 당대의 시선을 상징한다. 넷째, 또한 어둠의 이미지가 지배적이다. 어둠의 강조는 강점 하 수도 서울의 복잡상과 그로 인한 미래에 대한 작가들의 암담한 심경을 보여주는 것으로 볼 수 있다. 김명순과 나혜석의 서울 공간 스토리텔링 방식은 장소가 갖는 역사적인 의미와 공간의 특징에 주목하지 못하고 있다. 김명순과 나혜석은 상경하여 서울을 중심으로 한 문단과 사교계의 중앙 무대에서 화려하게 활동하였지만 정신병자로, 행려병자로 말년을 비참하게 끝냈다는 공통점이 있다. 「돌아다 볼 때」의 작가 김명순이 주인공의 결혼을 통해 결혼의 문제점을 파악하고 독신으로 살았다면, 나혜석은 이와 정확히 반대의 삶을 살았다. 적극적, 능동적, 계몽적인 「경희」의 주인공 경희가 독신으로 살기를 선언하는 것과 달리 나혜석은 결혼을 했고 아이를 낳으며 모성도 경험했다. 나혜석의 행보에는 「경희」에 표방되었던 주된 생각 중 하나, 곧 공부한 여성이 오히려 바느질이나 음식 등 살림살이까지 더 잘할 수 있다는 것이 보인다. 여성 작가, 신여성으로서의 일종 오기였으리라 본다. 작가 스스로 성공적인 결혼을 통하여 "제 힘으로 찾고 제 실력으로 얻는" 삶을 구현하고자 하였던 것이다. 김명순과 나혜석, 이처럼 각기 다르게 살았으나 둘 다 비참한 말로를 겪었다는 것은 당시 사회적 편견과 억압 속에서 여성 작가가 운신한다는 것이 어떠한 의미였는가를 보여준다. 강점기 이들 서울 여성 작가들은 국가적·사회적으로, 젠더로, 이중 삼중 타자적 위치였던 것이다.

근대인과 모더니티에 주안점을 두고 광교와 청계천변을 누빈 박태원이나 근대인의 일상으로써의 북촌을 그려낸 염상섭과 박태원은 작품 속 배경이 자기가 태어나고 자란 서울을 벗어나는 경우가 드물었다. 염상섭과 박태원의 경우는 서울을 주로 다뤘으나 유학생활을 한 동경 등 일본도 중요한 배경이 된다. 염상섭 역시 종로구와 중구에 집착했고 그것은 그의 작품의 주된 공간으로 나타났다. 염상섭에게 경성은 인물이 살아 움직이는, 삶의 현재적 공간으로 그려지고 있다. 염상섭은 식민지인의 소외의식을 망국의 고도, 식민지적 근대화의 표본인 서울을 통해 느끼고 있었다. 그뿐 아니라 강점 하 여러 작가들은 서울 곳곳을 둘러보며 장소감을 통해 작가의 소외의식, 민족의식을 표현하고 있다. 박태원의 경우는 유독 도시 중심이고 도시 근교를 배경으로 한 것이 3편 정도, 시골을 배경으로 한 것이 2편에 불과하다. 박태원 역시 서울 문안의 장소성을 보인다. 종로구와 중구 거리 묘사에 익숙함을 보이고 발달된 교통, 화려한 삶을 담아냈다. 염상섭과 박태원이 다루는 서울 지역은 종로구 재동, 계동 지역으로 비슷하게 겹치는 경향이다. 두 작가 모두 자신이 거처하고 있는 지역을 공간적 배경으로 삼은 때문이다. 모더니스트 박태원이 염상섭 못지않은, 본격적인 의미에서의 리얼리스트였다는 것을 확인시켜 주는 것이다.

2세대 여성 작가들의 서울 활용 양상은 조금 변화를 보인다. 최정희를 보자면, 역시 앞선 작가들처럼 배경이 종로구와 중구로 국한되는 양상이다. 이는 자신이 잘 아는 곳을 배경으로 한다는 리얼리스트로서의 특성 때문이다. 공간 스토리텔링이 의미를 갖는 것은 그 사실성 때문이기도 하다. 그런데 최정희 소설에 나타난 서울의 장소성은 1세대 여성 작가들보다 구체적이고 주체적이다. 신당동과 자하문, 청량리역 등 지역을 넓혀가고 자신이 관찰하며 장소감도 주도적으로 만들어 내고 있다. 최정희 작품에 나타난 이러한 양상에 관해 여러 차원에서 생각해 볼 수 있다. 먼저 최정희의 사상에서 원인을 찾을 수 있다. 그녀는 잠시나마 사회주의 사상을 가졌었고 전향했다고는 하나 여러 작품에서 보이듯 사상의 기본을 유지하고 있었다. 사회주의 사상이라는 특성상 개인적 차원의 삶과 함께 사회 전반에 대한 인식을 하게 되었고 다양한 관찰이 가능했다. 강점기 서울의 명칭은 '경성'이었지만 최정희는 유독 '서울' 혹은 '한양'이라고 호칭하였다. 「작가일기」에서 보인 바 있는 민족 주체성 등 균형적인 시각의 견지 역시 사상과도 무관하지 않아 보인다. 다음, 최정희가 가진 직업과도 연관이 있다. 자유업인 시인, 화가, 소설가였던 1세대 여성 작가들과 달리 최정희는 샐러리맨 생활을 시작했다. 보육교사를 거쳐 신문기자가 된 뒤는 일선에서 사회를 관찰할 수 있었다. 많은 사람과 대화를 해야 했으며 예리하게 당대 시대정신을 읽을 수 있었다. 이 때문에 그는 작품 흐름 변화가 다양하게 나타난다. 그런가 하면 나혜석이나 김명순에 비해 최정희는 외국 유학 기간이 짧았고 서울에 오래 머물렀기에 서울에 대한 지식이 많았다. 나혜석은 일본 유학뿐 아니라 외국을 두루 다니느라 서울 체류 기간이 비교적 짧았고 김명순은 두 차례 일본 유학을 했음에도 프랑스 유학을 꿈꾸며 재도일하는 등 서울에 머물지 않으려 했다. 이에 비해 최정희는 조선에서 학교를 다녔고 보육교사로서 일하러 1년여 일본 다녀온 정도이다. 비교적 짧은 도일 기간으로 인해 최정희의 서울에 대한 이해도가 비교적 높았고 서울에서의 적응이 보다 용이했으리라 보인다. 마지막으로는 최정희의 생활 태도, 생활력에서 원인을 찾을 수 있다. 민족적 차별 위에 성적 차별까지 가중되었던 당시는 여성이 독거로 살아가기 용이한 시대가 아니었다. 이혼으로 가정을 잃고 친정에서도 내쳐진 나혜석이 정상적으로 살아가기 어려웠던 것은 그 때문이다. 그나마 나혜석이 결혼을 통해 잠시 세간의 스토킹에서 벗어나는 시간이 있었다면, 실질적인 고아로서 결혼조차 하지 않은 김명순에게는 나혜석 정도의 여유조차 없었다. 하지만 최정희는 죽고 싶은 마음을 잡아가며 버티어야 했다. 최정희는 이른바, '살림'을 살았다. 거기에는 아들과 어머니라는 부양가족의 존재가 큰몫을 했으리라 보인다. 서울에 온 뒤 기자생활과 창작에 몰두한 것은 생계라는 당면 문제 때문이었다. 재혼 후에도 실질적인 가장은 최정희였다. 생활을 위해서 글을 쓰려면 많은 생각과 구체적인 관찰을 해야 했고 이것이 그의 문학 속 구체적 장소성으로 나타났다. 이것이 10여 년의 차이를 보이기는 하지만 동시대를 살다가 비참한 말로를 맞이한 1기 여성작가들과 최정희가 갈라지는 부분이라 보인다.

광복 후에 서울 활용 양상은 어떠한 변화가 나타나는가가 관심사였다. 광복 전부터 활동하던 염상섭은 어떻게 서울을 그리는가. 서울 장소성을 통하여 당시 세대를 묘사한 경우를 염상섭의 크로노토프로써 검토하였다. 염상섭의 로컬 크로노토프 고찰을 통하여 알 수 있는 것은 광복 전 작품에서 보였던 장소애착 장소에 대한 변화는 거의 없다는 사실이다. 병직이 잡혔다고 하는 토성역(황해도 개풍의 기차 정거장)처럼 지명만 거론되는 곳이 있을 뿐, 대부분은 서울의 종로구 중구에 국한된다. 다만 중심 무대가 북촌 중심에서 좀 더 명동 쪽으로, 돈암동 쪽으로 옮겨진 것이 차이점이다. 염상섭『효풍』에 나타난 크로노토프의 양상을 응접실, 길, 문턱이라는 특징적 크로노토프로써 살펴본 결과를 정리하면 다음과 같다. 첫째, 경요각, 술집, 댄스홀 등을 배경으로 한 이른바 응접실 크로노토프에서는 미국 관련 담론, 당시부터 만연한 빨갱이 논의, 친일파 청산의 문제를 볼 수 있다. 둘째, 명동이나 혜란 직장과 집 사이를 중심으로 한 길에서의 만남 크로노토프에서는 혼란한 사회상, 미행과 감시, 폭력과 불신 등으로 얼룩진 사회가 여실히 드러나고 있다.『효풍』의 시공간은 광복 후 서울을 배경으로 하고 있음에도 억압, 공권력, 폭력 등의 면에서 광복 전 작품들과 너무나 닮아 있다. 셋째, 문턱의 크로노토프는 당시 많은 인물들에게서 공통되는 것이었다. 병직은 혜란의 가게 앞에 서성거림으로써 혜란/화순 사이, 연애/비연애라는 경계선상 위치를 보여준다. 결국 제목에서 제시하듯 '혼란스럽고 어지러운 1940년대 서울'이 이 작품의 도미넌트 크로노토프이다. 바로 이것이 작가가 도달한 결론이고 당대 진단이다. 크로노토프를 통해 작가의 주제의식까지 표명되고 있음을 알게 된다. 급한 마무리 역시 귀환 서사를 넘어 도달한 작가의 정리되지 않은 결론의 반영으로 보인다. 염상섭 경우가 그러하다면, 광복 후 등단, 당대 신진 작가였던 박경리가 파악한 1950년대 서울의 크로노토프는 어떠하였을까. 박경리 2번째 장편소설 『표류도』에 나타난 크로노토프를 검토하면 다음과 같다. 첫째, 살롱/다방의 크로노토프를 통하여 당시 사회 축소판을 보게 한다. 각계각층의 사람들이 모인 다방에서 당시 사회의 욕망 구조 또한 알 수 있는 것이다. 약속되거나 일정한 사람들의 만남이 이뤄지고 그 안에서 일이 성사되기도 한다. 둘째, 『표류도』에서 길 위에서의 만남은 크게 세 가지로 나뉜다. 사람을 죽이는 만남, 로맨틱한 애정을 전제로 한 만남, 현실을 깨닫게 하는 여러 만남 등이 그것이다. 이때 인물들이 걷는 길은 주로 광화문과 명동 길이다. 작가 박경리의 애착 장소의 표현으로 볼 수 있다. 셋째, 문턱의 크로노토프도 나타난다. 문턱이란 다른 곳으로 가기 위한 중간 지점이다. 변화를 전제하는 문턱 앞에 인물들은 두려움을 경험하게 마련이다. 이 작품에서 인물들은 문턱 앞에 넘지 못할 상황만 인지하고 열등감을 강화하는 데 그쳤다. 넷째, 밀실 크로노토프를 볼 수 있다. 여기에서 밀실이란 '자기만의 방' 차원 공간을 말한다. 작품 속 구치소와 형무소처럼 방을 대체하는 밀실은 불평등과 억압의 공간이었으나 또한 삶을 반성하고 신에 대하여 사유하게 하는 공간이기도 했다. 병원은 삶의 의욕을 일으키는 공간으로 작용했다. 작품에서 1950년대 다방이라는 살롱, 길 위에서 만남, 문턱, 밀실 크로노토프들은 모두 플롯과의 긴밀한 연관성 속에서 이뤄졌다. 이를 통하여 당대 작가(기성 작가 염상섭과 신진 작가 박령리)가 파악한 당대성-시간성과 공간화 양상을 확인할 수 있었다. 『효풍』과 『표류도』는 응접실, 길 위, 문턱의 크로노토프가 공통되지만 '밀실'은 후자에만 있었다는 차이점도 흥미롭다.

염상섭처럼 광복 전부터 활동한 또 다른 작가 최정희 작품을 보면 인물이 특정 장소에 적응하고 소속감을 가지고 살아가려는 양상으로의 변화가 나타난다. 그러면서 서울은 이전보다 다양한 양상으로 그려진다. 이는 그녀가 서울에 비교적 오래 거주하면서 서울을 미시적 삶의 장소로 파악하고 구체적 묘사에 성공하였기 때문으로 보인다.

격변의 시기 여성 작가들이 차례로 장편소설을 발표하며 서울살이의 다양한 양상 속에 장소성을 표현하고 있다. 『끝없는 낭만』 속 서울은 '낭만'적으로 살아갈 수 없는 혼란의 공간, 죽음의 장소라면 『표류도』와 『빛의 계단』 속 서울은 죽음을 경험하면서도 살아가야 할, 이겨나가야 할 장소이다. 『태양의 계곡』에서 서울은 감격적 복원의 장소이기도 하다. 그 장소성을 장소애착과 장소감으로 고찰한 바는 다음과 같다. 첫째, 장소애착 면에서 지리적으로는 서울의 종로구와 중구를 크게 벗어나지 않았고 겹치는 곳이 많았다. 특별히 중구 명동은 작가 모두가 중요한 장소로 사용한다. 지방에서 자랐으나 서울 출신인 한무숙이나 상경 후 서울생활 20여 년이 지난 최정희, 상경 10여 년 된 박경리와 손소희 등 모두 장소애착 면에서는 별반 차이를 보이지 않는 것이다. 둘째, 서울 장소에 대한 정보를 활용하는 익숙함의 장소감이 나타난다. 최정희와 한무숙은 비교적 넓은 범위로 서울 거리에 대한 다양한 지식과 익숙함을 묘사한다면, 손소희와 박경리는 특정 지역에 집중된다. 서울에 오래 머물렀거나 기반이 서울 출신 작가와 서울에 올라온 지 얼마 안 된 작가들 간 차이점으로 보인다. 셋째, 인물의 서울에 대한 감정, 장소감 면으로 살펴본 결과 다양한 양상을 볼 수 있다. 서울에서 인물들은 이런저런 모습으로 죽어가거나 병들어간다. 작품 모두에 공통적인 여성의 광기 역시 1950년대 서울 장소성과 연관 지어 생각할 여지를 준다.

김명순과 나혜석 등 여성 작가 1세대들은 서울을 사교와 활동의 중심지로 인식하면서도 낯설고 불쾌함의 장소성으로, 타자적 태도를 보인 바 있다. 신여성으로서 삶의 어려움, 강점 하 수도 서울의 복잡한 성격이 반영된 탓이었다. 이에 비해 여성 작가 2, 3세대가 중심이 된 1950년대 후반 장편소설 속 서울 장소성은 의미 있는 변화가 감지된다. 적어도 서울살이의 어려움, 낯섦과 공포 등의 장소감이 극복된 듯 보인다. 강점기부터 서울에 오래 머물렀던 최정희나 서울 출신 한무숙은 물론이고, 지방 출신 손소희나 박경리에게서도 서울이 '촌놈의식', '열등의식'과 같은 낯섦과 공포의 장소로만 그려지지 않는다. 인간소외의 감을 강조하고 변화에 대한 부정적 장소감을 보이기는 하지만 작가들은 서울을 애착이 가는 곳, 익숙한 곳으로 바라보고 있다. 이러한 변화에는 무엇보다 광복과 전쟁 등 역사, 사회적 변화가 작용했다. 아울러 1950년대 여성 작가의 저변 확대가 긴요했다고 보인다.

2. 문학 지도의 구현

앞에서 확인할 수 있듯 1950년대까지 한국 현대작가들의 서울 사용은 특정 지구에 집중된 경향이다. 종로구와 중구가 가장 많이 사용되었다.

앞에서 살펴본 바와 같이 서울에 구제가 생긴 것은 1943년이었다. 이때 종로구, 중구, 성동구, 서대문구, 동대문구, 용산구, 영등포구 등 7개의 구로 구획되었고 1944년 마포구가 추가되었다. 광복 이후인 1949년 동대문구 일부 지역을 포함하여 확장, 성북구가 추가되었고 1973년 관악구, 도봉구가 추가되면서 11개 구로 늘었다.[2] 따라서 본 책의 연구대상 작가들이 글을 쓸 무렵은 지금과는 구획이 다르다. 1920-30년대는 구제가 생기기 전, 광복과 한국전쟁 직후 1950년대는 9개의 구로 나뉘어 있던 때였던 것이다. 각 구별로 크게 행정동으로 나뉘고(행정동 별로 행정복지센터가 있음), 행정동은 다시 법정동으로 나뉘는 양상을 보인다.

---

2   서울연구데이터베이스 https://data.si.re.kr/ ; 지금은 25개의 구로 세분화되어 있다.

1) 종로구의 사용 - 낙원동 등 종로 거리 중심

[그림 2] 종로구 법정동(표시는 주요 사용 지역)
https://ko.wikipedia.org/wiki/%EC%A2%85%EB%
A1%9C%EA%B5%AC%EC%9D%98_%ED%96%89
%EC%A0%95_%EA%B5%AC%EC%97%AD

종로구는 대한민국 서울특별시의 중앙부로서, 1394년 조선왕조가 한양에 도읍을 정한 후 수도 서울의 도심을 이루는 곳이다. 한양도성 자체가 남산을 빼면 거의 종로구일 정도로 이곳은 '문안', 성내의 의미를 갖는다. 지금의 종로1가에 도성문을 여닫는 시각을 일러주는 큰 종이 있어서 '운종가'라고 불렀고 '종 있는 거리'라는 뜻으로 종로구가 되었다. 행정동으로는 17개 동으로 되어 있으나 법정동으로는 87개의 동이 있다.[3] 주로 등장한 지역을 표한 것이 [그림 2]이다.

| 가회동 | 재동 | 종로 | 낙원동 |

---

3   위키백과, 종로구

대상 작품들 속에서 가회동, 종로 거리, 낙원동이 가장 빈번하게 등장하였다. '가회동'이란 단어 자체가 「인맥」·『끝없는 낭만』(최정희), 『빛의 계단』(한무숙) 등에서 사용되는 반면, 박태원이나 염상섭은 가회동이라는 큰 동명(행정동)보다 법정동인 재동, 계동처럼 법정동으로 사용하고 있다. 재동이 『무화과』(염상섭)에, 계동이 『성장』(박태원)에 등장한다. 나혜석의 「현숙」부터 박태원의 여러 단편과 최정희의 「찬란한 대낮」(단편), 『탄금의 서』·『녹색의 문』(장편), 박경리의 『표류도』 등 광범위한 작품에서의 종로동 사용이 두드러진다. 박태원의 「소설가 구보씨의 일일」과 『여인성장』, 그리고 최정희의 「지맥」 등에서 낙원동이 등장한다. 카페가 있고 사람이 많은, 화려한 거리로 그려진다. 수송동은 「지맥」(최정희)에 언급되는데, 「지맥」의 주인공은 낙원동에서 가까워서 수송동으로 이사를 결심한다. 장사동이 『백구』(염상섭)에서 주요 공간으로 사용되고 이상 김해경이 자주 사용했던 관철동은 친구였던 박태원이 「보고」·「윤초시의 상경」·「미녀도」에서 사용했다. 『태양의 계곡』(손소희)에서는 바쁜 전쟁통 지나가는 거리 정도로 등장한다. 인사동은 『삼대』·『무화과』·『효풍』(염상섭), 『탄금의 서』(최정희) 등 여러 작품에서 나타난다.

| 안국동 | 삼청동 | 관철동 | 화동 |

다음으로는 안국동, 권농동, 와룡동 등 가회동 지역과 삼청동, 사간동 등 가회동 인근 지역이 많이 보인다. 안국동은 「현숙」(나혜석), 『탄금의 서』(최정희) 등의 작품에 등장하고 그 외 권농동이 『녹색의 문』(최정희)에서 주요 공간으로 설정되며, 와룡동이 「전말」(박태원) 등에서 언급된다. 가회동에 가까운 삼청동도 자주 등장한다. 삼청동은 『무화과』(염상섭)에서 볼 수 있고 사간동이 '간동'이라는 이름으로 『삼대』·『무화과』(염상섭), 「미녀도」(박태원) 등에 사용된다. 화동은 염상섭이 『삼대』와 『효풍』에서 '화개동'이라는 명칭으로 사용했다.

| 명륜동 | 혜화동 | 효자동 | 사직동 |

명륜동, 동숭동, 혜화동 등도 여러 작품에서 등장한다. 「모르는 사람 갓치」, 「숨 못는 날 밤」(김명순) 등에서 '숭삼동'으로 나타난 명륜동은 「천맥」, 『끝없는 낭만』(최정희) 등에서 주요 공간이 된다. 옆의 동숭동도 「나는 사랑한다」(김명순), 『표류도』(박경리) 등의 작품에서 볼 수 있다. 혜화동은 『여인성장』(박태원), 「바람 속에서」·「찬란한 대낮」(손소희) 등에서 등장한다. 동소문에 있던 문화촌이라는 지명은 「장미의 집」(최정희)에만 등장하는데 박태원의 『여인성장』에서 "조선 사람들이 느리구 게으른 것이 도무지가 온돌" 때문이라면서 혜화동 부근에 문화주택을 짓는 이야기가 나온다. 이로써 서

울 도심부 있었던 문화촌 존재를 다시 확인할 수 있다. 근처 원남동은 광복 전에는 사용이 없다가 『효풍』(염상섭) 이후 「찬란한 대낮」(최정희)·『표류도』(박경리)·『빛의 계단』(한무숙) 등에서 사용된다. 그 외 창신동이 『무화과』(염상섭), 청진동이 「지맥」(최정희) 등에 등장한다.

같은 종로구여도 서촌은 비교적 많이 언급되지는 않는다. 효자동이 『삼대』(염상섭), 『녹색의 문』(최정희)에서, 사직동이 「현숙」(나혜석)·「미녀도」(박태원)·『효풍』(염상섭) 등에서 사용된다. 당주동도 『삼대』와 『여인성장』(박태원)에서 주요인물이 사는 곳으로 등장한다. 그 외, 송월동이 『백구』(염상섭)에 등장하는 정도이다.

2) 중구의 사용 – 번화한 거리 중심

| 명동 | 을지로동 | 충무로동 | 남산동 |

중구는 시의 도심부 '중앙'이라는 뜻으로 붙여진 이름이다. 구획이 시작되던 일제강점기 일본인들이 남산 근처 남촌에 많이 살았는데 이로 인해 남촌 일대를 경성부 중심이라 하여 '중구'로 붙였던 데에서 비롯된다. 서울의 대표적 산인 남산이 있고 서울특별시청 등 각종 관공서와 기업체들의 본사 건물, 재래시장 등이 밀집한 곳이다. 행정동으로는 15개 동으로 되어

있으나 법정동으로는 74개의 동이 있다.[4] 작품에 주로 등장한 지역을 표한 것이 [그림 3]이다.

중구의 사용은 명동을 중심으로 을지로, 충무로에 몰리면서 비교적 넓게 사용되는 편이다. 명동은 강점기 명칭 '명치정'이라는 이름으로 「지맥」(최정희), 『무화과』(염상섭), 『여인성장』(박태원)의 주요무대가 되었고 광복 이후에도 『효풍』(염상섭)을 비롯하여 『끝없는 낭만』(최정희), 『빛의 계단』(한무숙), 『태양의 계곡』(손소희), 『표류도』(박경리) 등에서 번화하고 화려한 거리로 묘사되면서 인물들이 방황하거나 산책한 공간으로 사용되었다. 을지로동은 강점기 명칭 '황금정'이라는 이름으로 『삼대』·『무화과』·『백구』(염상섭), 「음우」·「재운」·「채가」·「재운」 등 박태원의 여러 단편들에서 사용되었고

[그림 3] 중구 법정동(표시는 주요 사용 지역)
https://commons.wikimedia.org/wiki/File :
Map_of_Neighborhoods_of_Jung-gu_Seoul.svg

광복 이후에도 『효풍』(염상섭), 『끝없는 낭만』(최정희), 『표류도』(박경리) 등에서 보인다. 명동과 인접한 충무로 역시 광복 전 '본정' 혹은 '혼마찌' 등의 명칭으로 「푸른 지평의 쌍곡」(최정희), 『무화과』(염상섭), 『여인성장』(박태원) 사용되다가 광복 이후에는 지명보다는 그곳에 있던 건물이나 지명으로 나타난다. 남산동 역시 이곳에서 가까운데 『태양의 계곡』 주인공이 정착하는 지역으로 그려진다.

4   위키백과, 중구

| 다동 | 수하동 | 청계천 | 신당동 |

중구를 비교적 많이 다룬 것은 염상섭이다. 『삼대』 삼부작에서 그는 다동, 북창동, 수표동, 저동, 수하동, 소공동(주로 '장곡천정'이라는 명칭으로) 등 중구 지역을 사용한 바 있다. 다동은 광복 이후 작품인 『효풍』에서도 등장하고 소공동은 한무숙의 『빛의 계단』에서도 등장한다. 그 외 박태원과 최정희의 소설에서는 청계천(『천변 풍경』, 「찬란한 대낮」), 정동(「흉가」, 「골목안」) 등이 인물들이 사는 곳으로 그려진다. 염상섭은 북창동을 '창골'이라는 이름으로 『삼대』와 『효풍』에 사용했고 한무숙은 『빛의 계단』에서 회현동을, 김명순은 「손님」에서 태평동을 사용하였다. 광복 후임에도 염상섭의 『효풍』에서 '대화정'이라는 일본식 명칭으로 사용된 바 있는 필동은 『끝없는 낭만』에서고 사용된다. 조금 떨어져 있으며 지리적으로 넓은 신당동은 「인맥」·『탄금의 서』(최정희), 『빛의 계단』(한무숙) 등에서 인물의 거주 공간으로 사용된다.

3) 그 외 지역 - 성북구, 서대문구와 기타

같은 서울이면서 그 외 지역의 사용 빈도는 매우 낮다. 그 중 많이 등장하는 것은 성북구 성북동과 돈암동이다. 먼저 돈암동은 박태원의 『여인성장』

| 돈암동 | 성북동 | 정릉 | 현저동 |

에서부터 인물들의 주거지로 사용되지만, 주로 등장하는 것은 광복 이후이다. 『효풍』(염상섭), 「찬란한 대낮」·『탄금의 서』(최정희), 『빛의 계단』(한무숙), 『표류도』(박경리) 등의 작품에서 주요인물이 사는 곳으로 등장한다. 성북동은 『여인성장』(박태원), 「바람 속에서」·「찬란한 대낮」(최정희), 『표류도』(박경리) 등에서 대체로 잘 사는 사람들이 살고 있는 곳으로 사용된다. 정릉은 「찬란한 대낮」(최정희)에서 유흥지로 나올 뿐 주거 공간 개념으로는 보이지 않는다.

빈도는 낮지만 서대문구의 사용도 볼 수 있다. 현저동이 『여인성장』(박태원), 『백구』(염상섭)에서 강순영이나 김원랑 등 주요인물이 사는 곳으로 그려지고, 신문로 거리가 '오궁골'이라는 지명으로 『백구』에서 기생 춘홍이 사는 곳으로 등장한다. 아현동은 「천맥」에서 주인공이 과거 살던 곳으로만 등장한다.

그 외에도 종로구 중구와 이웃한 동대문구의 홍릉(손소희의 『태양의 계곡)과 청량리(한무숙의 『빛의 계단』), 성동구의 성동구 옥수동(「천맥」), 용산구 용산 거리(최정희의 『탄금의 서』) 등이 언급된다. 조금 더 떨어진 영등포구의 경우 노량진이 「찬란한 대낮」(최정희), 『효풍』(염상섭)에서, 흑석동이 『효풍』에서 등장한다.

| 아현동 | 홍릉 | 청량리 | 용산 |

　　작가들이 작품의 배경으로 서울 중에서도 유독 종로구, 중구에 주목하고 집중한 이유를 생각해 볼 필요가 있다. 우선적으로 지방에서 올라온 작가들이 처음 만나는 서울의 시작점이 서울역이라는 사실과 관련 있어 보인다. 그리고 상경한 이들의 지향점이 이곳에서 궁궐 쪽이었다는 사실과도 관련되리라 보인다. 이것이 '문안'인 것이다. 작가들은 작품에서 서울역 기준 종로구 중구 쪽에 주목하고 그 반대쪽 영등포나 용산 쪽은 거론 빈도가 낮았다. 여기에는 물론 종로구와 중구가 서울 중심가라는 사실도 작용한다. 문화재도 종로구 중구에 밀집되어 있다. 한국의 지정 등록 문화재는 경북, 경남에 이어 서울시에 많이 분포되어 있다(약 12.2%). 그리고 서울의 문화재 전체 중 54%가, 서울 소재 국가지정문화재 834개 중 약 61%가 종로구와 중구, 용산구에 집중되어 있다. 서울시 시지정문화재 역시 34%가 종로구에 집중되어 있다.[5] 조선시대부터 서울의 경제와 사교 활동 대부분은 궁궐을 중심으로 이뤄졌기에 전통적으로 동대문-서대문을 중심으로 사대문 안이 서울이라는 인식이 컸다. 지속적으로 서울 지평이 확장되어도 상황은 크게

5　　반정화·민현석·노민택, 「서울시 근대문화유산의 스토리텔링을 통한 관광활성화 방안」, 『서울 연구원 정책과제연구보고서』, 2009, 17-18면.

달라지지 않았다. 기존의 인식이 변화되기 어려웠기 때문이다.

서울을 다룬 작가와 작품 연구는 범위가 좀 더 확대되어야 한다. 박화성, 강신재, 임옥인 등 많은 작가들이 서울을 독특하게 묘사하고 있다. 이런 작업은 추후 이어질 것이다. 서울 특정 지역 중심으로, 서울의 다양한 면모가 부각되고 있음을 파악할 수 있어야 할 것이다. 각각 다른 시각으로, 다른 장소감으로 묘사한 바를 통해 서울의 다양성과 포괄성을 이해해야 하리라고 본다. 이것은 그 실증적 연구의 하나가 되리라 본다.

아울러 서울 외 다른 지역으로도 지평을 넓혀 많은 지역에 관한 작가들의 인식과 작품 속 반영 관련 연구가 이어지면 좋겠다. 한국문화 속 지역학 연구가 지속될 필요가 있으리라 본다.

참고문헌

1. 기본 자료

김명순, 송명희 엮음, 『김명순 작품집』, 지만지고전천줄, 2008.

박경리, 『표류도』, 마로니에북스, 2013.

손소희, 『태양의 계곡/리라기』, 나남출판사, 1990.

박태원, 『한국해금문학전집』 3, 삼성출판사, 1988.

_____, 『한국해금문학전집』 4, 삼성출판사, 1988.

염상섭, 『삼대』, 문학과 지성사, 2010.

_____, 『무화과』, 동아출판사, 1995.

_____, 『백구』, 염상섭 전집5, 민음사, 1987.

_____, 『효풍』, 실천문학사, 1998.

최정희, 『최정희 선집』, 신한국문학전집12, 어문각, 1975.

_____, 『녹색의 문 외』, 삼성출판사, 1982.

_____, 『끝없는 낭만』, 『최정희·손소희』, 한국문학전집 12권, 삼성출판사, 1986.

최정희·지하련, 『도정』, (주)현대문학, 2011.

한무숙, 『빛의 계단』, 임옥인 외, 『한국대표문학전집』 8, 삼중당, 1971.

서정자 엮음, 『정월 라혜석 전집』, 국학자료원, 2001.

오형엽 엮음, 『나혜석 작품집』, 지만지고전천줄, 2009.

편집부, 『서울지명사전』, 서울특별시사편찬위원회, 2009.

한국문학평론가협회, 『문학비평용어사전』, 국학자료원, 2006.

『삼천리』『개벽』, 『별건곤』 등 잡지와 ≪동아일보≫, ≪조선일보≫, ≪서울신문≫, ≪오
　　　마이뉴스≫, ≪경향신문≫, ≪한겨레≫ 등 신문.

네이버 지도 https://map.naver.com/p/

서울 연구데이터베이스 https://data.si.re.kr/node/31828

한국사 데이터베이스 사이트 http://db.history.go.kr/

위키미디어커먼즈 https://commons.wikimedia.org/wiki/Main_Page

2. 단행본 및 논문

권기배, 「바흐찐 크로노토프 이론의 국내수용에 관한 고찰」, 『노어노문학』 18(1), 2006.

권 은, 「'멀리서 읽기'를 통한 한국 근대소설의 지도그리기」, 『돈암어문학』 41, 2022.

김근호, 「소설 텍스트 중층적 읽기의 공간론」, 『독서연구』 19, 2008.6.

김동실, 「서울의 지형적 배경과 도시화 양상」, 한국 교원대학교 박사학위 논문, 2008.

김백영, 「제국의 스펙터클 효과와 식민지 대중의 도시경험」, 『사회와역사』 75, 2007.

김영순, 「공간 텍스트의 사회문화적 재구성과 공간 스토리텔링」, 『인문콘텐츠』 (19), 2010.

김정숙, 「최정희의 해방기 소설과 『녹색의 문』에 나타난 현실 인식의 변화」, 『비평문학』 제34집, 2009.

김종건, 「소설의 공간구조가 지닌 의미」, 『우리말글』 13, 1995.

김지혜, 「인사동 내 업종분포 및 이용행태 변화를 통한 장소성 변화에 관한 연구」, 서울시립대학교 대학원 석사학위 논문, 2012.

김춘식, 「식민지 도시 '경성'과 '모던 서울'의 표상」, 『한국문학연구』 38, 2010.

김효순, 「식민지기 조선인 여성작가 최정희의 문학과 전쟁동원」, 『일본연구』 32, 2012.

나병철, 『근대성과 근대문학』, 문예출판사, 2000.

박상선 외, 「심박과 언어를 활용한 특정 장소에 대한 인간의 감정 유추 연구」, 『한국HCI 학회 학술대회 자료집』, 2014.

박죽심, 「최정희 문학 연구」, 중앙대학교 대학원 박사학위 논문, 2010.

박진숙, 「박태원의 통속소설과 시대의 '명랑성'」, 『한국현대문학연구』 27, 2009.

박철수, 「박완서 소설을 통해 본 1970년대 대한민국 수도」, 『대한건축학회 논문집』 30(3), 2014.

박태상, 「박태원의 『임진조국전쟁』과 김훈의 『칼의 노래』 비교 연구」, 『한국문예비평연구』 52, 2016.

반정화·민현석·노민택, 「서울시 근대문화유산의 스토리텔링을 통한 관광활성화 방안」, 서울연구원 정책과제연구보고서, 2009.

서정자, 「일제강점기 한국 여류 소설 연구」, 숙명여자대학교 대학원 박사학위 논문, 1988.

서정철, 「바흐찐과 크로노토프」, 『외국문학연구』 8, 2001.

송은영, 「1950년대 서울의 도시공간과 문학적 표상」, 『한국학연구』 29, 2013.

신승모, 「조선의 일본인 경영 서점에 관한 시론 -일한서방의 사례를 중심으로-」, 『일어일문학연구』 79(2), 2011.

안영숙·장시광, 「문화현상에서 스토리텔링 개념 정의와 기능」, 『온지논총』 42(0), 2015.

여홍상, 『바흐친과 문화이론』(현대의문학이론 24), 문학과지성사, 1997.

염복규, 「민족과 욕망의 랜드마크」, 『도시연구』 (6), 2011.

연세대 근대한국학 연구소, 『한국문학의 근대와 근대성』, 소명출판, 2006.

오제도 외, 『적화삼삭구인집』, 국제보도연맹, 1951.

오현숙, 「'암흑기'를 넘어 텍스트'들'의 심층으로」, 『구보학보』 9, 2013.

이병순, 「현실추수와 낭만적 서정의 세계」, 현대소설학회, 『현대소설연구』 (26), 2005.

이봉범, 「냉전 금제와 프로파간다」, 『대동문화연구』 107, 2019.

이석환·황기원, 「장소와 장소성의 다의적 개념에 관한 연구」, 『국토계획』 32(5), 1997.

이정옥, 「경제개발총력전시대 장편소설의 섹슈얼리티 구성방식」, 『아시아여성연구』 42, 2003.

이현규·김재철·길정섭·권순호, 『걸으며 만나는 서울의 기억』 1, 책과나무, 2023.

임나영, 「1945-1948년 우익 청년단 테러의 전개 양상과 성격」, 서울대학교 대학원 석사학위 논문, 2008.

장동천, 「소설의 정전성과 시공간의 의미」, 『중국학논총』 37, 2012.

전우용, 『서울은 깊다』, 돌베개, 2008.

전정은, 「문학작품을 통한 1930년대 경성중심부의 장소성 해석」, 서울대학교 환경대학원, 2012.

전종한, 「도시 뒷골목의 '장소 기억'」, 『대한지리학회지』 44(6), 2009.

_____, 「도시 '본정통'의 장소 기억」, 『대한지리학회지』 48(3), 2013.

조동범, 『(100년의) 서울을 걷는 인문학 : 상징 코드로 읽는 서울 인문 기행』, 도마뱀출판사, 2022.

조소영, 「미군정의 점령정책으로서의 언론정책과 언론법제의 고찰」, 『법과 사회』 24, 2003.

최명표, 「소문으로 구성된 김명순의 삶과 문학」, 『현대문학이론연구』 30, 2007.

최열·임하경, 「장소애착 인지 및 결정요인 분석」, 『국토계획』 40(2), 2005.

최인영, 「6·25전쟁 전후 서울지역 교통환경의 변화와 電車의 한계」, 『도시연구』 7(2), 2015.

홍성태, 『서울에서 서울을 찾는다』, 궁리출판, 2004.

홍정욱, 「명동 역사 속 문화적 재구성」, 『글로벌문화콘텐츠』(27), 2017.

가스통 바슐라르, 곽광수 역, 『공간의 시학』, 동문선, 2003.

마르쿠스 슈뢰르, 정인모 배정희 역, 『공간, 장소, 경계 : 공간의 사회학 이론 정립을 위하여』, 에코리브르, 2010.

미셸 푸코, 이규현 역, 『말과 사물』, 민음사, 2012.

미하일 바흐친, 전승희 외 역, 『장편소설과 민중언어』, 창작과비평사, 2002.

발터 벤야민, 조형준 역, 『아케이드 프로젝트 2』, 새물결, 2005.

앙리 르페브르, 양영란 역, 『공간의 생산』, 에코리브르, 2011.

에드워드 렐프, 김덕현 외 역,『장소와 장소상실』, 논형, 2005.

이-푸 투안, 심승희·구동회 역,『공간과 장소』, 대윤, 2007.

_____, 이옥진 역,『토포필리아 : 환경 지각 태도 가치의 연구』, 에코리브르, 2011.

N. Bemong et al. (eds.),『Bakhtin's Theory of the Literary Chronotope : Reflections, Applications, Perspectives』, Ginkgo-Academia Press, 2010.